LE DRUIDE DE SHANNARA

Du même auteur
aux Éditions J'ai lu

Shannara

1 - L'épée de Shannara, *J'ai lu* 7556
2 - Les pierres elfiques de Shannara, *J'ai lu* 7714
3 - L'enchantement de Shannara, *J'ai lu* 7940

L'héritage de Shannara

1 - Les descendants de Shannara, *J'ai lu* 8110

Royaume magique à vendre !

1 - Royaume magique à vendre !, *J'ai lu* 3667
2 - La licorne noire, *J'ai lu* 4096
3 - Le Sceptre et le Sort, *J'ai lu* 4277
4 - La boîte à malice, *J'ai lu* 4510
5 - Le brouet des sorcières, *J'ai lu* 6683

Hook, *J'ai lu* 3298

TERRY BROOKS

LE DRUIDE
DE SHANNARA

L'HÉRITAGE DE SHANNARA - LIVRE DEUX

TRADUIT DE L'AMÉRICAIN
PAR ROSALIE GUILLAUME

Titre original :
THE DRUID OF SHANNARA
Cette traduction est publiée en accord avec The Ballantine Publishing Group, une division de Random House, Inc.

© Terry D. Brooks, 1991

Pour la traduction française :
© Bragelonne, 2005

*À Laurie et Peter,
pour leur amour, leur soutien
et leurs encouragements
dans tous les domaines*

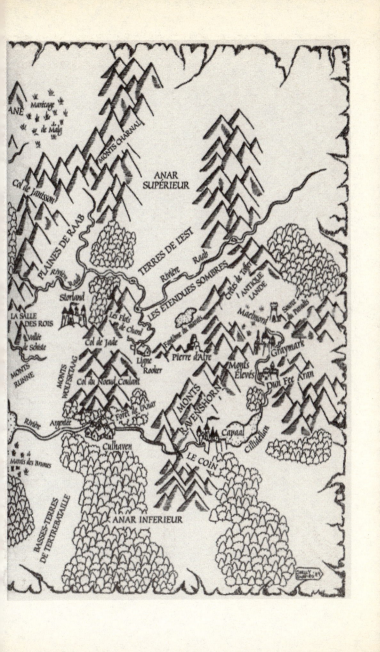

Chapitre 1

Le roi de la rivière Argentée regardait les Jardins qui étaient son domaine depuis l'aube des temps de la magie et qui donnaient sur le monde des mortels. Ce qu'il vit là-bas le découragea. Partout, le pays souffrait : la riche terre noire se transformait en poussière, les plaines jaunissaient, les forêts devenaient des cimetières hérissés de troncs morts et les rivières comme les lacs stagnaient ou s'asséchaient. Les créatures sauvages mouraient aussi, ne trouvant plus de nourriture saine.

Même l'air commençait à être contaminé.

Et pendant ce temps, pensa le roi, *les Ombreurs gagnent en puissance.*

Il tendit la main pour effleurer le cyclamen pourpre qui poussait à ses pieds. Non loin de là, des forsythias formaient un petit buisson, des cornouillers et des cerisiers se dressaient en arrière-plan. Il y avait aussi des fuchsias, des hibiscus, des rhododendrons, des dahlias, des iris, des azalées, des jonquilles, des roses et cent autres variétés de fleurs et de plantes toujours en floraison – un feu d'artifice de couleurs qui s'étendait à perte de vue. Des animaux, gros ou petits, dont la naissance remontait à l'époque lointaine où tous vivaient en paix et en harmonie, peuplaient également les Jardins.

Dans le monde actuel – celui des Quatre Terres et des races qui avaient évolué après le chaos et la destruction des Grandes Guerres –, cette époque était pratiquement oubliée. Le roi de la rivière Argentée restait son seul vestige. Présent quand le monde était encore jeune, ses premières créatures venant de naître, le souverain était également jeune et accompagné de nombreux membres de sa race.

Aujourd'hui, il était le dernier. À part les Jardins, préservés grâce à la magie, tout ce qu'il avait connu n'était plus.

La Parole avait donné les Jardins au roi de la rivière Argentée, lui ordonnant de les entretenir, en souvenir de ce qui avait été et serait peut-être de nouveau un jour... Le monde extérieur évoluerait, comme l'exigeait la règle, mais les Jardins resteraient à jamais semblables à eux-mêmes.

Pourtant, ils *rétrécissaient*. Moins physiquement que mentalement...

Les Jardins avaient des frontières fixes et inaltérables, car ils s'étendaient dans un plan de l'existence que les bouleversements du monde des mortels n'affectaient pas.

Les Jardins étaient plus une *présence* qu'un lieu. Mais une présence minée par la maladie qui dévorait le monde auquel ils étaient liés.

Car leur but, de même que celui de leur gardien, était de protéger l'univers des mortels. À mesure que les Quatre Terres succombaient sous les assauts du poison, le travail devenait de plus en plus difficile, et ses effets se révélaient de moins en moins durables.

Les humains ne croyaient presque plus à l'existence de la magie et, de ce fait, l'affaiblissaient davantage encore.

Le roi de la rivière Argentée s'en désolait. Il ne s'apitoyait pas sur lui-même, mais sur les peuples des Quatre Terres, ces mortels qui risquaient de perdre à jamais la magie. Les Jardins étaient leur refuge depuis des siècles, et le monarque les protégeait. Il veillait sur eux, leur apportait la paix et garantissait que la bienveillance et la bonne volonté résident en un endroit où elles seraient accessibles à tous.

Maintenant, c'était terminé. Il ne pouvait plus protéger personne. Le poison répandu par les Ombreurs dans les Quatre Terres avait érodé ses forces, le confinant au cœur de ses Jardins. Désormais, il était incapable d'aider les humains qu'il avait défendus pendant si longtemps.

Plongé dans le désespoir, il regarda un long moment les ruines du monde. Des souvenirs tourbillonnaient dans son esprit. Jadis, les druides protégeaient aussi les Quatre Terres, mais ils avaient disparu. Grâce aux vestiges de la magie de l'ancien monde, quelques descendants de la maison elfique de Shannara avaient longtemps été les défenseurs de l'humanité. Mais tous étaient décédés.

Le roi s'efforça de bannir son désespoir et de réveiller la flamme de l'espérance. Les druides reviendraient, et de nouvelles générations étaient nées dans l'antique maison de Shannara. Même s'il ne pouvait plus y aller, le roi de la rivière Argentée savait tout ce qui se passait dans les Quatre Terres. L'ombre d'Allanon avait engagé plusieurs jeunes membres de la lignée de Shannara pour qu'ils retrouvent la magie perdue. Ils réussiraient peut-être – s'ils survivaient assez longtemps pour cela. Mais ils étaient en danger de mort, menacés à l'est, au sud et à l'ouest par les Ombreurs, et au nord par Uhl Belk, le roi de Pierre.

Les yeux du vieux roi se fermèrent un instant. Il connaissait le moyen de sauver les enfants de Shannara : une tempête magique, si puissante et complexe que rien ne pourrait l'arrêter. Elle abattrait les barrières érigées par l'ennemi, puis balayerait les mensonges et les illusions qui dissimulaient la vérité aux quatre personnes dont tout dépendait.

Oui, *quatre,* pas trois ! Même Allanon n'avait pas mesuré tout ce qui devait être accompli...

Le roi revint vers le centre de son refuge. Il laissa le chant des oiseaux, l'odeur des fleurs et la chaleur de l'air l'envelopper et le calmer. Dans ses Jardins, pratiquement rien ne lui était impossible. Mais on avait besoin de sa magie ailleurs...

Il savait ce qu'il devait faire. Afin de s'y préparer, il revêtit l'apparence du vieil homme qu'il incarnait parfois pour se montrer au monde extérieur. Sa démarche se fit hésitante et son souffle haletant. Ses yeux se voilèrent, son corps sembla soudain douloureux et voûté. Le chant des oiseaux cessa et les petits animaux s'éloignèrent. Il se força à se séparer de tout ce qu'il était, devenant ce qu'il aurait pu être s'il avait été un mortel : un vieillard.

Il avait besoin de sentir le poids de l'humanité sur ses épaules pour mieux se consacrer à sa mission et solliciter la part de lui qui était nécessaire.

Il s'arrêta devant une mare d'eau claire alimentée par un petit ruisseau. Une licorne s'y abreuvait. Autour de la mare, la terre était noire et fertile. Des fleurs délicates, minuscules et sans nom, y poussaient. Elles avaient la couleur de la neige vierge.

À l'autre extrémité de la mare, un arbrisseau à la forme complexe émergeait d'une touffe d'herbes violacées. Ses feuilles vert tendre étaient tachetées de rouge. Deux rochers massifs surplombaient la mare, des traces de minerai coloré brillaient sous le soleil.

Le roi de la rivière Argentée demeura immobile au milieu de la vie grouillante et s'obligea à s'unir à elle. Quand ce fut fait, quand la nature environnante eut assimilé sa forme humaine, il leva ses mains fragiles de vieillard et invoqua la magie. Les notions de temps et d'âge qui lui rappelaient la condition des mortels disparurent.

L'arbrisseau vint le premier. Arraché au sol, il se posa devant le roi, lui apportant la matière première qu'il utiliserait. Le végétal se ploya lentement pour prendre la forme requise. Puis ses feuilles se rétractèrent contre les branches et disparurent.

La terre s'accumula par petits tas autour de l'arbre pour achever la silhouette. Les minerais dessinèrent les muscles, l'eau de la mare devint les fluides de la vie et les pétales des minuscules fleurs recouvrirent l'ensemble telle une peau.

Le roi se servit de fils de soie pris à la crinière de la licorne pour créer la chevelure. Pour les yeux, il utilisa des perles noires.

La magie opéra lentement devant lui et sa créature prit forme.

Quand il eut terminé, la jeune fille était parfaite à tous les points de vue, sauf un.

Elle ne vivait pas encore.

Il chercha autour de lui, puis repéra une colombe. L'interceptant en plein vol, il la plaça, encore vivante, dans la poitrine de sa création afin qu'elle en devînt le cœur. Puis il s'approcha d'elle et lui offrit son souffle vital pour l'animer.

Ensuite, il recula et attendit.

La poitrine de la jeune fille se souleva doucement et ses membres frémirent. Ses yeux s'ouvrirent. Noirs comme le jais, ils contrastaient avec ses traits pâles et délicats et sa frêle ossature. La créature avait des cheveux si blancs qu'ils paraissaient argentés, comme si des fils de ce métal étaient mêlés aux mèches.

— Qui suis-je ? demanda-t-elle d'une voix chantante, semblable au bruissement d'un ruisseau.

— Tu es ma fille, dit le roi de la rivière Argentée, submergé par une émotion qu'il avait cru oubliée depuis longtemps.

Il ne précisa pas qu'elle était une élémentale – une enfant de la terre créée par sa magie. Elle le savait grâce aux instincts dont il l'avait dotée et n'avait pas besoin d'autre explication.

Elle fit un pas hésitant, puis un autre. Découvrant qu'elle pouvait marcher, elle bougea plus rapidement. Testant ses capacités, elle tourna autour de son père et l'étudia timidement. Puis elle regarda autour d'elle. S'imprégnant des couleurs, des sons et des odeurs des Jardins, elle se sentit avec eux une parenté qu'elle ne s'expliquait pas.

— Ces Jardins sont-ils ma mère ? demanda-t-elle.

Le roi répondit par l'affirmative.

— Fais-je partie de vous deux ?

— Oui. Viens avec moi.

Marchant ensemble dans les Jardins, ils les explorèrent comme l'auraient fait un père et sa fille. Ils admirèrent les fleurs, observèrent les mouvements rapides des oiseaux et des animaux et étudièrent la structure complexe des sous-bois, puis celle des rochers et de la terre.

La jeune fille était intelligente, vive, intéressée par tout et respectueuse de la vie.

Le roi se félicita de sa création.

Puis il lui montra la magie. Il lui expliqua d'abord la sienne, commençant par de petits exemples pour ne pas l'effaroucher. Ensuite, il la laissa tester son propre pouvoir. Elle fut étonnée d'apprendre qu'elle le détenait, et encore plus de voir ce qu'il pouvait accomplir. Mais elle n'hésita pas à l'utiliser.

Elle en était même avide !

— Tu as un nom... Aimerais-tu le connaître ?

— Oui !

— Tu t'appelles Force Vitale. Comprends-tu pourquoi ?

Elle réfléchit un moment.

— Oui...

Il la conduisit près d'un vieux noyer blanc à l'écorce en lambeaux. Très douce, la brise sentait le jasmin et le bégonia. Ils s'assirent sur l'herbe tendre. Un griffon sortit des hautes herbes et se frotta à la main de la jeune fille.

— Force Vitale, dit le roi de la rivière Argentée, tu dois accomplir une mission.

Avec une étrange douceur, il révéla à la jeune fille qu'elle devait quitter les Jardins et s'aventurer dans le monde des humains. Il lui indiqua où il lui faudrait aller et ce qu'elle devrait y faire. Puis il lui parla de l'Oncle Obscur, du montagnard, de l'être sans nom, des Ombreurs, d'Uhl Belk, d'Eldwist et de la Pierre elfique noire. Pendant qu'il lui révélait la vérité sur ce qu'elle était, il éprouva une émotion incontestablement humaine émanant d'une partie de lui qu'il avait occultée pendant des siècles. Ce sentiment lui inspira une profonde tristesse qui fit trembler sa voix et lui fit monter les larmes aux yeux.

Il se tut, surpris de devoir lutter contre ces émotions. Et il lui fallut consentir à un gros effort pour recommencer à parler.

La jeune fille le regarda en silence. Elle n'alla pas à l'encontre de ses directives et ne remit pas ses ordres en question. Elle écouta et accepta.

Quand il eut terminé, elle se leva.

— Je comprends ce qu'on attend de moi, dit-elle. Je suis prête.

— C'est faux, mon enfant. Tu le découvriras quand tu partiras d'ici. Malgré ce que tu es et ce que tu peux accomplir, tu restes vulnérable à des dangers dont je ne puis te protéger. Sois prudente et apprends à te protéger toi-même. Surtout, méfie-toi de ce que tu ne comprends pas.

— Je le ferai, dit-elle.

Le roi l'accompagna à la lisière des Jardins, là où le monde des mortels commençait, et ils contemplèrent l'avancée progressive de la désolation.

Ils restèrent ainsi un long moment, puis Force Vitale parla.

— Je sens qu'on a besoin de moi, là-bas.

Le monarque hocha la tête en silence, éprouvant déjà la douleur de sa perte alors qu'elle était encore là.

C'est seulement une élémentale, se dit-il.

Mais il sut aussitôt que c'était faux. Elle était bien plus que cela et faisait partie de lui, comme s'il l'avait engendrée.

— Au revoir, père, dit-elle soudain.

Puis elle sortit des Jardins et disparut dans le monde des mortels. Sans l'embrasser ni le toucher, elle partit, parce qu'elle ignorait que faire d'autre.

Le roi de la rivière Argentée se détourna, épuisé par ses efforts. Il lui faudrait du temps pour récupérer...

Il se débarrassa de sa forme humaine, se purgea des souvenirs et des sensations y étant rattachés, et redevint la créature magique qu'il était.

Même ainsi, ses sentiments pour Force Vitale – sa fille, l'enfant qu'il avait conçue – restèrent nichés en lui.

Chapitre 2

Walker Boh se réveilla en frissonnant.
« Oncle Obscur... »
Le murmure d'une voix, dans son esprit, le ramena du bord de la mare sombre où il glissait, le tirant de la noirceur absolue vers les franges grises de la lumière. Il sursauta si violemment que les muscles de ses jambes se tétanisèrent.

Alors, il leva brusquement la tête, ouvrit les yeux et regarda devant lui sans rien voir. Des vagues de douleur parcouraient son corps, il lui sembla qu'il était torturé par un fer chauffé à blanc.

Il se recroquevilla sur lui-même – un vain effort pour diminuer la douleur. Seul son bras droit resta tendu devant lui, telle une excroissance étrangère à son corps, pour toujours liée au sol de la caverne où il était étendu, transformé en pierre jusqu'au coude.

L'origine de la douleur se trouvait là.

Il ferma les yeux pour tenter de la contraindre à le quitter. Mais il n'avait plus la force de la commander. Sa magie avait presque disparu, consumée par son combat contre le venin de l'Asphinx. Voilà sept jours qu'il était entré dans la salle des Rois, à la recherche de la Pierre elfique noire. Sept jours qu'il avait trouvé, à sa place, la créature mortelle tapie là pour lui tendre un piège.

Oui, exprès pour lui, il en était sûr !

Mais par qui ? Les Ombreurs ou quelqu'un d'autre ? Qui était maintenant en possession de la Pierre elfique noire ?

Désespérément, il se remémora les événements qui l'avaient conduit ici. L'ombre d'Allanon, mort depuis trois cents ans, avait fait appel à la magie des héritiers de Shannara : Par Ohmsford, sa cousine Wren Ohmsford et lui-même. Le message leur avait été apporté par l'ancien druide Cogline, qui les avait pressés de l'écouter. Ils avaient obéi, se rassemblant au lac Hadeshorn, l'antique lieu où reposaient les druides morts. Allanon était apparu et les avait chargés de trois missions censées saper les forces des Ombreurs, ces monstres qui volaient la vie des Quatre Terres grâce à leur magie noire.

Walker devait retrouver Paranor, la demeure disparue des druides, et faire revenir ces derniers. Il avait refusé ce travail, jusqu'à ce que Cogline lui apporte un volume tiré des archives des druides qui racontait l'histoire d'une Pierre elfique noire réputée pouvoir faire reparaître Paranor. Cela l'avait amené à consulter le fantôme du Marais, qui perçait à jour les secrets de la terre et ceux des hommes.

Il scruta l'obscurité autour de lui, puis les portes des tombes des rois des Quatre Terres, avec leurs trésors empilés devant leurs cryptes et les sentinelles de pierre dont les yeux regardaient droit devant eux sans rien voir.

Il était seul avec les fantômes des monarques.

Et il agonisait.

Des larmes perlèrent à ses paupières, mais il lutta pour les refouler. Il était un tel imbécile !

« *Oncle Obscur...* » Dans sa tête, il entendit les mots résonner ironiquement. La voix était celle du fantôme du Marais, l'esprit maléfique et menteur responsable de ce qui lui arrivait. Les énigmes du fantôme l'avaient amené dans la salle des Rois, à la recherche de la Pierre elfique noire. Le spectre devait savoir qu'il n'y trouverait aucune Pierre, mais un Asphinx, le piège qui le détruirait.

Et pourquoi en serait-il allé autrement ? se demanda Walker. Après tout, le fantôme du Marais le haïssait plus que toute autre personne. Ne s'était-il pas vanté de l'envoyer à sa mort en lui donnant ce qu'il lui demandait ?

Walker avait fait tous les efforts nécessaires pour confirmer les prédictions de l'esprit. Il s'était rué vers la mort, persuadé d'être capable de se jouer des dangers qu'il rencontrerait. *Souviens-toi*, se reprocha-t-il, *souviens-toi comme tu avais confiance en toi !*

Il fut pris de convulsions comme le venin brûla de nouveau dans ses veines. Avoir confiance en soi était bien beau...

Mais regarde où cela t'a mené, pensa-t-il amèrement.

Il se força à se relever sur les genoux et à se pencher vers l'ouverture qui béait dans le sol de la caverne où sa main s'était fondue à la roche. Il voyait à peine les restes de l'Asphinx, le corps du serpent de pierre enroulé autour de son bras, à jamais uni à la montagne. Serrant les dents, il remonta la manche de son manteau. Son bras était dur et gris jusqu'au coude, et des filaments sombres progressaient vers son épaule. Le processus était lent mais régulier. Son corps entier se changeait en pierre.

Cette transformation importait peu parce qu'il mourrait de faim bien avant d'en arriver là. Ou de soif. Ou empoisonné par le venin...

Il laissa sa manche retomber pour ne plus voir ce qui lui arrivait. Sept jours étaient passés ! Le peu de nourriture qu'il portait dans ses bagages n'avait pas duré bien longtemps, et il avait bu sa dernière gorgée d'eau deux jours plus tôt.

Ses forces déclinaient très vite. Il avait de la fièvre, ses périodes de lucidité devenaient de plus en plus rares. Il s'était d'abord battu contre son sort, essayant d'employer sa magie pour ralentir l'avancée du poison, puis refaire de sa main et de son bras des membres vivants. Mais son pouvoir avait échoué. Ensuite, il avait tenté de libérer son bras du sol, pensant possible de le désolidariser de la pierre d'une façon ou d'une autre. Mais le roc tenait bon. Il était condamné sans espoir de remise de peine. L'épuisement l'avait finalement contraint à dormir.

À mesure que les jours passaient, il somnolait davantage, et éprouvait un mal fou à revenir au monde réel.

Agenouillé dans les ténèbres et luttant contre la douleur après avoir été momentanément distrait de sa situation par la voix du fantôme du Marais, il fut saisi par une terrible certitude : s'il se rendormait de nouveau, il ne se réveillerait pas. Il respira par à-coups, refoulant ainsi sa peur. Il ne devait pas laisser la fin venir ! Il ne fallait pas abandonner.

Walker s'obligea à réfléchir. Tant qu'il pourrait penser, se dit-il, il ne s'endormirait pas. Il se souvint de sa conversation avec le fantôme du Marais, essayant de comprendre ce que l'esprit avait voulu lui dire.

Quand il lui avait indiqué l'endroit où il trouverait la Pierre elfique noire, le fantôme n'avait pas expressément désigné la salle des Rois. Boh avait-il tiré de mauvaises conclusions ? Avait-il été délibérément abusé ? Y avait-il une once de vérité dans les propos du spectre ?

Les pensées de Walker tournaient en rond, son esprit refusant de se plier aux exigences de sa volonté. Il ferma les yeux, désespéré, et eut beaucoup de mal à se forcer à les rouvrir. Ses vêtements imbibés de sueur glaciale le faisaient frissonner. Son souffle devenait irrégulier, sa vision se troublait, et il avait de plus en plus de peine à déglutir. Comment réfléchir quand tant de choses le distrayaient ? Il avait seulement envie de se coucher et de...

Cédant à la panique, il racla ses genoux contre le sol jusqu'à ce qu'ils saignent. La douleur supplémentaire l'aiderait à rester conscient, pensa-t-il.

Et pourtant, il la sentit à peine.

Il se concentra de nouveau sur le fantôme du Marais et le revit se gausser de lui, ravi de sa déconfiture. Puis il entendit sa voix railleuse l'appeler.

La colère lui redonna des forces. Il devait se souvenir de *quelque chose*, il le savait. Il y avait dans les paroles du spectre un détail dont il pouvait se servir, si seulement il lui revenait...

Par pitié, faites que je ne m'endorme pas !

La salle des Rois ne répondit pas à sa prière. Les statues restèrent silencieuses, indifférentes à son problème. La montagne attendait...

Je dois me libérer ! hurla-t-il dans sa tête.

Puis il se rappela les visions, et plus spécialement la première que le fantôme du Marais lui avait montrée, celle où il était debout sur un nuage au-dessus des autres membres de la petite compagnie réunie au lac Hadeshorn. Furieux, il avait dit qu'il préférerait se couper la main plutôt que de voir revenir les druides.

Puis il avait levé un bras, montrant que sa main était effectivement coupée.

Se souvenant de la vision, il comprit la vérité.

Il réprima un sentiment d'horreur et baissa la tête jusqu'à ce qu'elle repose sur le sol de la caverne.

Walker pleura, sentant les larmes couler le long de ses joues et lui brûler les yeux quand elles se mêlèrent à la sueur. Il se raidit, terrorisé par le choix douloureux qu'il avait à faire.

Non ! Non, il refusait d'en passer par là.

Pourtant, il savait que son salut en dépendait.

Ses larmes se transformèrent en un rire de dément. Il attendit jusqu'à ce que ce rire s'épuise de lui-même, puis releva les yeux. Il n'avait plus le choix. Son destin était scellé : s'il ne se libérait pas immédiatement, il n'y parviendrait jamais.

Et il n'y avait qu'une seule façon de procéder...

Il se prépara mentalement à cette idée, contenant ses émotions et mobilisant tout ce qui restait de ses forces.

Il regarda autour de lui, chercha l'objet dont il avait besoin et le localisa rapidement : une pierre de la taille et de la forme d'un tranchant de hache, avec un côté irrégulier assez dur pour être entier après avoir été arraché à la voûte par la violence de la bataille entre Allanon et le serpent Valg, quatre siècles plus tôt. La pierre était à six pas de là, hors de portée d'un homme ordinaire. Mais pas de Walker Boh !

Il invoqua une partie de la magie qui lui restait et retrouva son calme pendant qu'il l'utilisait.

La pierre avança lentement avec un petit bruit qui résonna dans le silence de la caverne. Walker sentit le vertige l'envahir. La fièvre le rendait nauséeux. Il continua pourtant de faire avancer l'arme improvisée.

Qui arriva enfin à portée de sa main libre.

Laissant la magie refluer, Boh tendit la main, saisit la pierre et la ramena lentement vers lui. Elle était si lourde qu'il se demanda un instant s'il pourrait la soulever, sans parler de...

Impossible d'aller au bout de sa pensée ! Il ne pouvait pas imaginer ce qu'il allait faire.

La pierre en main, il se cala sur les genoux et la leva au-dessus de sa tête. Après un bref instant d'hésitation, il l'abattit sur son bras de pierre, entre le coude et le poignet.

La douleur fut si vive qu'il hurla, certain qu'on le déchiquetait de l'intérieur. Quand il tomba en avant, le fragment de rocher en forme de hache lui échappa.

Puis il s'aperçut que quelque chose avait changé.

Il se remit sur les genoux et regarda son bras. Le coup avait brisé net le membre de pierre. Son poignet et sa main étaient toujours attachés à l'Asphinx, dans la niche obscure. Mais il était libre.

Il resta agenouillé un long moment, incrédule, à regarder ce qui restait de son bras : la chair striée de gris au-dessus de son coude et le moignon de pierre au-dessous.

Le membre était raide et paraissait de plomb. Le poison, toujours dans son sang, continuait à faire des ravages. Des ondes de douleur se diffusaient dans tout son corps.

Mais il était libre. Par les ombres, il était libre !

Il y eut de l'autre côté de la salle un bruit faible et insistant, comme si quelque chose s'était réveillé.

Walker Boh frissonna quand il comprit ce qui était arrivé. Son hurlement l'avait trahi. La salle suivante était l'Assemblée, le lieu où Valg, le gardien des morts, résidait autrefois.

Et il y était peut-être encore...

Walker se leva, pris de vertige.

Il ignora la douleur et la fatigue et partit en titubant vers les portes bardées de fer par où il était entré. Il se ferma aux sons autour de lui et à tout ce qu'il éprouvait, se concentrant sur un but très simple : atteindre le passage, de l'autre côté de la salle. Si le serpent l'attaquait, il savait qu'il serait perdu.

Il eut de la chance, car le reptile ne sortit pas de sa tanière. Rien ne bougea. Walker atteignit les portes de la tombe et avança dans les ténèbres.

Il ne se souvint jamais vraiment de ce qui arriva ensuite. Mais il parvint à revenir sur ses pas dans la salle des Rois, dépassant les Banshee dont les hurlements rendaient les hommes fous et les Sphinx dont le regard les transformait en pierre.

Pourtant, il entendit les cris des Banshee, sentit le regard des Sphinx le brûler et éprouva la terreur générée par l'antique magie de la montagne qui essayait de faire de lui une de ses victimes.

Il réussit néanmoins à fuir, protégé par un ultime bouclier de détermination, sa volonté d'acier se combinant à la fatigue et à la douleur.

La magie devait être venue à son aide, pensa-t-il ensuite. Le pouvoir était un mystère permanent...

Il avança dans l'obscurité, d'abord entre des murs de pierre qui menaçaient de se refermer sur lui, puis le long de tunnels où il ne pouvait ni voir ni entendre.

À l'aube, il émergea dans le monde extérieur.

La chiche lumière du soleil levant brillait dans un ciel chargé de nuages et de pluie, souvenir de l'orage de la nuit précédente. Son bras serré sous son manteau comme un enfant blessé, Walker descendit de la montagne, se dirigeant vers les plaines du sud.

Il marcha uniquement parce que sa volonté refusait de le laisser abandonner. Il ne sentait presque pas son corps – et quasiment plus la douleur de l'empoisonnement –, comme si ses membres étaient tirés par les ficelles d'un marionnettiste. Ses cheveux noirs agités par le vent lui fouettaient le visage, le torturant jusqu'à ce que ses yeux soient remplis de larmes.

Oncle Obscur, murmurait dans son esprit la voix du fantôme des Marais.

Il perdit toute notion du temps.

La lumière du soleil ne dispersant pas les nuages, la journée resta grise et hostile. Des pistes et des sentiers défilèrent sous ses pieds, procession incessante de rochers, de canyons et de précipices. Walker ne les voyait plus. Il savait seulement qu'il quittait la montagne et revenait vers le monde qu'il avait si stupidement abandonné.

Il était midi quand il atteignit la vallée de Schiste. Dévoré par la fièvre, il tituba un long moment sur le sol de pierre noire et luisante avant de comprendre où il était. Quand il s'en aperçut, ses forces le lâchèrent.

Il s'écroula, son manteau étalé autour de lui. Sentant pourtant les bords coupants des pierres entailler la peau de ses mains et de son visage, il resta allongé là où il était tombé.

Après un moment, il rampa péniblement vers les eaux placides du lac, traînant sous lui son bras au moignon de pierre. Dans son délire, il lui semblait logique de plonger le membre détruit dans les eaux mortelles du lac. Leur poison, se disait-il, combattrait celui qui le tuait à petit feu.

Cette idée manquait cruellement de bon sens, mais pour Walker Boh, la folie était devenue une façon de vivre...

Trop faible pour parcourir plus de quelques pas, il plongea dans l'inconscience. La dernière chose dont il se souvint fut son étonnement : pourquoi faisait-il si noir au milieu de la journée ?

Il dormit et rêva que l'ombre d'Allanon venait à lui. Elle se dressa hors des eaux bouillonnantes du lac Hadeshorn, arrachée du monde des esprits où elle demeurait.

Elle tendit les bras vers Walker, le remit debout et lui insuffla une force nouvelle, rendant la clarté à son esprit et à sa vision. Spectrale et translucide, elle planait sur les eaux verdâtres du lac, mais ses mains étaient étrangement humaines.

— Oncle Obscur...

Quand l'ombre parla, les mots n'étaient pas haineux comme ceux du fantôme du Marais. Il s'agissait simplement d'une façon de désigner ce qu'était Walker.

— Pourquoi n'acceptes-tu pas la mission que je t'ai confiée ?

Furieux, Walker essaya de répondre. En vain.

— On a besoin de toi, Walker. Pas *moi*, mais les Quatre Terres et les races de ce monde nouveau.

Si tu n'acceptes pas, il n'y aura aucun espoir pour eux...

La fureur de Walker n'eut plus de bornes. Ramener les druides, qui n'existaient plus, et faire revenir Paranor !

C'est ça ! pensa-t-il.

C'est ça, ombre d'Allanon ! Avec mon corps démoli, je partirai à la recherche de ce que tu désires. Peu importe que je sois à l'agonie, incapable de m'aider moi-même et encore moins les autres...

— Accepte, Walker. Reconnais la vérité sur toi-même et sur ta destinée...

Walker ne comprit pas ce que voulait dire l'ombre.

— Il te manque un sentiment de parenté avec ceux qui sont venus avant toi et qui connaissaient le sens de l'acceptation.

Walker frissonna quand la silhouette se troubla. Ses forces le trahirent. Il s'écroula sur la rive du lac, plongé dans la confusion et tellement perdu qu'il lui semblait impossible de jamais se retrouver.

Aidez-moi, Allanon, supplia-t-il, désespéré.

L'ombre était immobile devant lui, se découpant sur un fond de ciel orageux et de pics dénudés – le spectre de la mort venu chercher une nouvelle victime. Il sembla soudain à Walker que mourir était tout ce qui lui restait à faire.

Voulez-vous que je meure ? demanda-t-il, incrédule. *C'est cela que vous attendez de moi ?*

L'ombre ne répondit pas.

Pourquoi refusez-vous de m'aider ?

— Pourquoi refusez-vous de m'aider ?

Cette fois, les mots ne sortaient pas de sa bouche, mais de celle d'Allanon.

Puis l'ombre se dissipa. Les eaux du lac Hadeshorn bouillonnèrent avant de se calmer. Autour de

Walker, tout était sombre. Un univers rempli de fantômes et d'images fugitives, comme un lieu de rencontre entre la vie et la mort, à une croisée des chemins où abondent les questions sans réponse.

Walker Boh vit ces choses un instant, conscient qu'il les contemplait pour de bon, et pas en rêve, parce que sa vision était bien réelle.

Puis tout disparut et il retomba dans les ténèbres.

Quand il se réveilla, quelqu'un était penché sur lui. Dans une brume de fièvre et de douleur, Walker aperçut une mince silhouette vêtue de robes grises. Son visage décharné était entouré d'un halo blanc de cheveux et de barbe. Un nez crochu pointait tout près du front de l'Oncle Obscur, comme s'il voulait absorber ce qui restait de sa vie.

— Walker ? dit doucement l'homme.

C'était Cogline. Boh essaya de se lever. Le poids de son bras de pierre le tira vers le sol et l'obligea à s'allonger de nouveau. Le vieil homme tâtonna sous son manteau et en sortit le membre pétrifié. Walker l'entendit inspirer bruyamment.

— Comment m'avez-vous... trouvé ? haleta-t-il.

— Allanon, grogna Cogline.

Walker soupira.

— Depuis combien de temps suis-je... ?

— Trois jours. Et j'ignore pourquoi tu es encore en vie. Logiquement, tu devrais être mort.

— Exact, dit Walker en tendant le bras pour serrer le vieil homme contre lui.

Ce contact familier lui fit monter les larmes aux yeux.

— Je ne crois pas... que mon heure soit arrivée, fit-il.

Cogline serra très fort Walker dans ses bras.

— Non, mon garçon. Pas encore...

Puis le vieil homme souleva le blessé avec une force insoupçonnable. Le soutenant, il le conduisit vers l'extrémité sud de la vallée.

Une nouvelle aube se levait, mais celle-là était brillante et claire dans le ciel sans nuages.

— Appuie-toi sur moi, dit Cogline. Des chevaux et de l'aide nous attendent. Tiens bon !

Walker Boh décida de lutter.

Chapitre 3

Cogline emmena Walker à Storland. Même avec son compagnon attaché sur le dos du cheval, il leur fallut jusqu'à la nuit pour faire le trajet. Ils sortirent des dents du Dragon dans la chaleur et la lumière d'une belle journée, tournèrent à l'est à travers les plaines de Rabb et se frayèrent un chemin dans les forêts de l'Anar central, au sein des Terres de l'Est, vers le légendaire village des Stors.

Fou de douleur et hanté par l'idée de la mort, Walker resta conscient la plus grande partie du temps. Pas très sûr de l'endroit où il était ni de ce qui lui arrivait, il sentait seulement le cheval bouger sous lui et entendait vaguement les paroles de Cogline, qui lui répétait que tout irait bien.

Il ne pensait pas que ce fût vrai.

Silencieux, frais et sec dans l'ombre des arbres, Storland était un havre à l'abri de la chaleur et de la poussière des plaines.

Sur la place centrale, des mains se tendirent pour aider Walker à descendre de selle, l'arrachant à l'odeur de la sueur, aux mouvements du cheval et à l'idée de s'abandonner à la mort qui attendait de l'emporter. Car il ignorait pourquoi il vivait encore et ne voyait aucune bonne raison à cela.

Des silhouettes vêtues de blanc se rassemblèrent autour de lui pour l'aider à marcher : des Stors, les gnomes guérisseurs du village. Tout le monde les connaissait, car ils détenaient la science thérapeutique la plus avancée des Quatre Terres.

Wil Ohmsford avait autrefois étudié avec eux et il était devenu un guérisseur – le seul homme du Sud à avoir réussi cet exploit. Ici, Shea Ohmsford avait été soigné après une attaque dans les monts Wolfsktaag.

Quelque temps plus tôt, Walker Boh lui-même y avait amené Par Ohmsford, empoisonné par des animaux-garous dans l'Antique lande. Maintenant, c'était son tour d'être sauvé. Mais il savait que ce ne serait pas possible.

On lui fit boire un étrange liquide. Presque aussitôt, la douleur se calma.

Le sommeil lui ferait du bien, pensa-t-il alors.

On le porta jusqu'à la maison de guérison et on lui attribua un lit confortable dans une chambre d'où l'on voyait la forêt par les fentes des rideaux. Une fois déshabillé, on l'enveloppa dans des couvertures. Puis on lui fit de nouveau boire un liquide amer et on le laissa s'endormir.

Il plongea aussitôt dans le sommeil.

Pendant qu'il se reposait, sa fièvre tomba et son épuisement se dissipa. La douleur demeura, mais lointaine, comme si elle ne faisait pas vraiment partie de lui.

Il s'enfonça dans la chaleur et le confort de sa couche. Aucune vision ne le dérangea et pas une sombre pensée ne le réveilla.

Allanon et Cogline, l'angoisse d'avoir perdu un membre, la lutte pour échapper à l'Asphinx et à la salle des Rois, le sentiment de ne plus être maître de sa destinée... Tout était oublié. Il dormait en paix.

Il ignora combien de temps, car il n'avait plus conscience des jours qui se succédaient. Quand il commença à s'éveiller, flottant hors de la paisible obscurité du repos pour revenir dans un monde de demi-sommeil, des souvenirs de son enfance remontèrent à la surface. Des bribes des jours où il apprenait à vivre avec la frustration et l'émerveillement de découvrir qui il était – et *ce* qu'il était.

Il eut aussi des souvenirs clairs et précis.

Encore enfant, il apprit qu'il contrôlait la magie. Sauf qu'il ne l'appelait pas « magie », à cette époque, convaincu que ce pouvoir était à la disposition de tout un chacun.

Il vivait alors avec son père, Kenner, et sa mère, Risse, à la Pierre d'Âtre, dans les étendues Sombres, sans autre enfant à qui se comparer.

Plus tard, sa mère lui expliqua que son pouvoir était inhabituel et le distinguait des autres gamins.

Il la revit alors qu'elle lui parlait, sa peau très blanche contrastant avec ses cheveux noirs de jais, qu'elle portait tressés et piquetés de fleurs.

Ravi, il entendit de nouveau sa voix douce et irrésistible. Risse... Il avait profondément aimé sa mère, qui ne contrôlait pas la magie. C'était une Boh, et le pouvoir provenait du côté de son père, la lignée des Ohmsford. Elle le lui avait dit après l'avoir fait asseoir devant elle par une belle journée d'automne emplie de l'odeur des feuilles mortes et du bois brûlé. Elle avait parlé avec douceur, essayant de le rassurer, et de lui cacher – sans succès – le malaise qu'elle éprouvait.

La magie permettait parfois à Walker de percevoir ce que les autres ressentaient. Pas tout le temps, ni pour tout le monde, mais avec sa mère, cela fonctionnait presque toujours.

Elle mourut un an plus tard, d'une fièvre que même ses talents de guérison ne parvinrent pas à combattre.

Il resta seul avec son père et son « don », comme elle l'appelait, se développa rapidement. La magie améliorant ses capacités, il découvrit qu'il pouvait saisir des choses sur les autres sans qu'on lui dise rien : les changements d'humeur, les émotions qu'ils voulaient cacher, leurs opinions, leurs idées, leurs besoins, leurs espoirs et les raisons de leurs actes.

Il y avait toujours des visiteurs à la Pierre d'Âtre : des voyageurs, des colporteurs, des forestiers, des trappeurs, des chasseurs et même des éclaireurs. Walker connaissait tout à leur sujet sans qu'ils aient besoin d'ouvrir la bouche. Il leur racontait souvent ce qu'il avait appris. Un jeu qu'il aimait jouer... Mais certains prirent peur et son père lui ordonna de cesser. Walker obéit. À ce moment-là, il se découvrit une nouvelle et fascinante capacité : communiquer avec les animaux et même avec les plantes.

Il lisait dans leurs esprits, comme avec les humains, même si leurs pensées et leurs émotions étaient plus limitées et plus rudimentaires.

Dès lors, il partit pendant des heures en excursion, avide d'aventure et de découverte... Un explorateur de la vie, voilà ce qu'il était !

Alors que le temps passait, il devint clair que les dons de Walker l'aideraient aussi dans ses études. Dès qu'il eut compris comment les lettres de l'alphabet se combinaient pour devenir des mots, il commença à lire les ouvrages de la bibliothèque de son père. Ensuite, il maîtrisa sans effort les mathématiques. Puisqu'il comprenait intuitivement les sciences, ses professeurs durent lui expliquer peu de chose.

L'histoire devint sa passion, car il avait une prodigieuse mémoire des dates, des lieux, des événements et des gens.

Il commença à tenir un journal au sujet de tout ce qu'il apprenait, compilant les enseignements qu'il transmettrait un jour aux autres.

Plus il grandissait, et plus l'attitude de son père changeait. Au début, il tenta de se persuader qu'il se trompait. Mais ses soupçons se confirmèrent et il finit par lui poser la question.

Homme mince et vif aux yeux intelligents, Kenner était accablé d'un bégaiement qu'il s'était longtemps acharné à éliminer. Très doué pour les travaux manuels, il fuyait tout ce qui ressemblait de près ou de loin à la magie. Sans détour, il reconnut que celle de son fils le mettait mal à l'aise.

Kenner n'avait aucun pouvoir. Jeune, il en avait montré quelques signes, qui avaient totalement disparu après la puberté. Il en était allé ainsi pour son père et son grand-père – et pour tous les Ohmsford depuis l'époque de Brin.

Ce n'était pas le cas de Walker, dont le pouvoir semblait augmenter de jour en jour.

Kenner avoua qu'il craignait que la magie ne finisse par submerger son fils, se développant jusqu'au point où il ne pourrait plus la contrôler. Mais il affirma, comme Risse, que c'était un don et qu'il ne fallait pas essayer de la supprimer, car elle avait toujours un but précis quand elle apparaissait.

Peu après, il raconta à Walker l'histoire de la magie des Ohmsford. Il lui parla du druide Allanon, de la jeune Brin Ohmsford et du mystérieux héritage qu'il lui avait laissé en mourant. Âgé de douze ans quand son père lui fit ce récit, Walker voulut savoir ce que cet héritage représentait, mais Kenner fut incapable de le lui dire. Il put seulement lui raconter l'histoire de sa transmission dans la lignée des Ohmsford.

— La magie s'est manifestée en toi, Walker, dit-il. Tu la légueras à tes enfants, et eux aux leurs, jusqu'au jour où elle sera nécessaire. C'est cela, ton héritage.

— À quoi bon recevoir un héritage qui n'a aucun but ?

— La magie a toujours un but. Même quand nous ne le comprenons pas.

Un an plus tard, quand Walker cessa d'être un enfant pour devenir un adolescent, la magie lui révéla un de ses autres aspects, plus sinistre.

Walker découvrit qu'elle pouvait être destructrice. Quand il était en colère, ses émotions se transformaient en énergie. Lorsque cela arrivait, il pouvait déplacer des objets ou les briser sans les toucher. Parfois, il pouvait même générer une sorte de feu. Pas un feu ordinaire, car il ne brûlait pas et avait la couleur du cobalt.

En résumé, la magie ne faisait pas ce qu'il souhaitait, mais bien ce qu'elle avait décidé, et il lui fallut des semaines pour apprendre à la maîtriser.

Il essaya de garder cette découverte secrète, mais son père s'en aperçut, comme de tout ce qui concernait son fils.

S'il ne dit pas grand-chose, l'adolescent sentit s'élargir le gouffre qui les séparait.

Walker approchait de l'âge adulte quand son père prit la décision de quitter la Pierre d'Âtre. Depuis des années, la santé de Kenner Ohmsford se dégradait. Son corps autrefois solide était miné par une maladie mystérieuse. Fermant la petite maison qui était le foyer de Walker depuis sa naissance, il l'emmena vivre à Valombre au sein d'une autre famille d'Ohmsford : Jaralan, Mirianna et leurs fils, Par et Coll.

Ce déménagement fut le pire événement de la vie de Walker. Après la Pierre d'Âtre, Valombre lui parut minuscule.

À la Pierre d'Âtre, il disposait d'une liberté illimitée. À Valombre, il existait des frontières qu'il ne pouvait franchir. Walker n'avait pas l'habitude de vivre au milieu de tant de personnes. Malgré ses efforts, il n'arriva pas à s'intégrer. Pourtant, il devait aller à l'école, même s'il n'y apprenait rien de nouveau.

Son maître et ses camarades ne l'aimaient pas et n'avaient pas confiance en lui. Parce qu'il savait trop de choses, les autres adolescents décidèrent vite qu'ils ne voulaient rien avoir à faire avec lui. Sa magie devint un piège qu'il ne pouvait fuir. Elle se manifestait dans tout ce qu'il faisait, et quand il comprit qu'il aurait été avisé de la cacher, il était trop tard.

Il se laissa rosser plusieurs fois sans réagir, paralysé par l'idée de ce qui se passerait s'il autorisait le feu magique à lui échapper.

Il habitait à Valombre depuis moins d'un an quand son père mourut. À ce moment-là, Walker aurait voulu mourir aussi...

Il continua pourtant à vivre avec Jaralan et Mirianna, emplis de compassion pour lui parce qu'un de leurs fils, Par, semblait être affligé du même « don » que lui.

Par était un descendant de Jaïr Ohmsford, le frère de Brin. Depuis la mort d'Allanon, les deux branches de la famille se transmettaient de génération en génération la magie de leurs ancêtres. L'apparition du pouvoir chez Par n'était donc pas totalement inattendue. Mais sa magie se manifestait sous une forme moins complexe et imprévisible que celle de Walker. Elle consistait essentiellement à créer des images réalistes avec sa voix.

Par était encore petit quand cela commença, et Coll se révéla trop jeune pour protéger son frère.

Walker le prit sous son aile. Cette démarche lui sembla naturelle, car il était le seul à vraiment comprendre ce que Par vivait.

Sa relation avec le gamin changea tout, car elle lui donna enfin un but. Il passa du temps avec Par pour l'aider à s'adapter à la présence de la magie dans son corps. Il le conseilla sur son utilisation, l'informa des précautions nécessaires et des manières de se protéger. Enfin, il essaya de lui apprendre comment réagir face à la peur et à l'aversion des gens qui ne comprendraient pas.

Bref, il devint son mentor.

Les Valombriens commencèrent à l'appeler l'« Oncle Obscur ». Les enfants lancèrent cette mode, et les adultes la suivirent...

Il n'était pas l'oncle de Par – ni de quiconque d'autre. Mais pour les villageois, ses liens familiaux avec les Ohmsford n'étaient pas clairs, car personne ne savait ce qu'il était exactement par rapport à Jaralan et Mirianna. Ils le baptisèrent ainsi et le surnom resta.

À cette époque, Walker était grand pour son âge. Pâle, les cheveux noirs comme ceux de sa mère, il avait ce type de peau qui semble ne jamais pouvoir bronzer et donne une allure un peu fantomatique.

Les enfants de Valombre crurent qu'il était un être de la nuit résolu à fuir la lumière du jour. Du coup, sa relation avec Par leur sembla plus que jamais pleine de mystère.

Il devint l'« Oncle Obscur » : un étrange jeune homme taciturne aux intuitions incompréhensibles.

Malgré le nom dont on l'avait affublé, l'attitude de Walker s'améliora. Très vite, il apprit à s'arranger des soupçons et du manque de confiance. Les autres ne s'attaquèrent plus à lui, car il pouvait détourner leur hostilité d'un simple regard ou d'un geste.

En utilisant la magie pour se protéger, il vit qu'il était capable d'obliger les gens à la prudence, les empêchant ainsi de réaliser leurs mauvaises intentions.

Il se montra même doué pour désamorcer les conflits et donc les bagarres ! Hélas, cela augmenta encore la distance qui le séparait d'eux. Les adultes et les adolescents se détournèrent de lui. Seuls les enfants lui manifestèrent encore de l'amitié.

Walker ne fut jamais heureux à Valombre, où la méfiance et la peur ne cessèrent pas, à peine cachées sous les sourires forcés et les salutations polies.

Les villageois le laissèrent vivre parmi eux, mais ne l'acceptèrent pas. Walker savait que la magie était la cause de son problème. Même si ses parents pensaient que c'était un don, il la percevait comme une malédiction qui le poursuivrait jusqu'à la tombe...

Devenu adulte, Walker résolut de retourner à la Pierre d'Âtre, ce foyer auquel étaient rattachés tant de bons souvenirs, loin des Valombriens et du malaise qu'ils lui imposaient avec leurs soupçons et leur méfiance.

Le jeune Par s'étant très bien adapté à sa magie, Walker ne s'inquiétait plus pour lui. Par était né à Valombre où tous le respectaient. De plus, son attitude face au pouvoir était très différente de celle de Walker.

Par voulait tout savoir sur ce que sa magie pouvait faire. Ce que les autres pensaient lui importait peu. À mesure qu'il grandissait, son « oncle » et lui s'éloignèrent l'un de l'autre.

Walker savait que c'était inévitable.

Il comprit qu'il était temps pour lui de partir. Tout en sachant que cela lui était impossible, Jaralan et Mirianna essayèrent de le convaincre de rester...

Sept ans après son arrivée, Walker Boh quitta Valombre. À cette époque-là, il avait déjà adopté le nom de sa mère, refusant celui d'Ohmsford parce qu'il le liait à l'héritage qui lui empoisonnait l'existence.

Il retourna dans les étendues Sombres avec l'impression d'être un animal sauvage resté trop longtemps en captivité.

De retour chez lui, il rompit tout lien avec sa vie passée. Se jurant de ne jamais plus employer la magie, il décida de rester loin des autres hommes jusqu'à la fin de ses jours.

Pendant un an, il resta fidèle à ces deux résolutions. Puis Cogline arriva, et tout changea...

Boh émergea soudainement de son demi-sommeil. Alors que ses souvenirs s'estompaient, il s'étira dans la tiédeur de son lit et ouvrit les yeux.

Un moment, il se demanda où il était, quelle était cette chambre inondée de soleil malgré la présence d'un bosquet d'arbres devant la fenêtre.

La pièce était petite, propre et presque vide, avec seulement une table de chevet et une chaise à côté de son lit. Un vase de fleurs, une cuvette d'eau et quelques vêtements reposaient sur la table.

La porte était fermée.

Storland, voilà où il se trouvait ! Cogline l'y avait amené...

Puis il se rappela pourquoi.

Il sortit son bras mutilé de sous les couvertures. S'il ne souffrait plus, la lourdeur était toujours présente et il n'avait plus aucune sensation.

Walker se mordit la lèvre de colère et de frustration. À part la douleur, rien n'avait changé. Le moignon de pierre était toujours là, comme les traînées grises qui, montant vers son épaule, indiquaient le chemin que suivait le poison.

Walker remit son bras sous les couvertures. Les Stors n'avaient pas pu le soigner. Et si les meilleurs guérisseurs des Quatre Terres étaient incapables de le débarrasser du poison de l'Asphinx...

Il n'eut pas le courage d'aller au bout de sa pensée. Au contraire, il ferma les yeux et essaya de se rendormir. En vain. Il revoyait sans arrêt son bras se briser sous l'impact du rocher.

Désespéré, il pleura à chaudes larmes.

Une heure plus tard, la porte s'ouvrit et Cogline entra.

— Walker..., souffla-t-il.

— Ils ne peuvent pas me sauver, n'est-ce pas ?

Le vieil homme se pétrifia.

— Tu es vivant, non ?

— Ne jouez pas sur les mots ! Quoi qu'ils aient fait, cela n'a pas suffi pour éliminer le poison. Je le sens. Je suis en vie, mais c'est temporaire. Si je me trompe, prouvez-le-moi !

Cogline ne répondit pas immédiatement.

— Tu ne te trompes pas... Le poison est toujours dans ton corps. Les Stors n'ont pas le pouvoir de l'éliminer ni d'endiguer sa progression. Mais ils ont ralenti le processus. En éradiquant la douleur, ils t'ont donné du temps. C'est plus que je n'espérais, considérant la nature et la gravité de ta blessure. Comment te sens-tu ?

Walker eut un sourire amer.

— Comme si j'étais en train de mourir... Mais au moins, je crève confortablement...

Ils se regardèrent un moment sans parler. Puis Cogline s'assit.

— Dis-moi ce qui est arrivé...

Walker raconta qu'il avait lu le livre que Cogline lui avait apporté. Ayant appris l'existence de la Pierre elfique noire, il avait décidé de demander conseil au fantôme du Marais. Après avoir entendu les énigmes de l'esprit et eu des visions, il s'était décidé à aller dans la salle des Rois pour chercher le compartiment secret caché dans le sol de la crypte. Puis il avait été mordu et empoisonné par l'Asphinx laissé là pour le piéger.

— Pour piéger *quelqu'un*, corrigea Cogline. Pas forcément toi.

— Que savez-vous de tout cela ? Vous jouez le même jeu que les druides ? Et Allanon ? Était-il informé que...

— Allanon ne savait rien du tout ! Tu as interprété à ta façon les énigmes du fantôme du Marais. Une décision stupide ! Je t'avais pourtant averti que le fantôme trouverait un moyen de te conduire à ta perte. Comment Allanon aurait-il pu connaître tes problèmes ? Tu attribues trop de pouvoirs à un homme mort depuis trois cents ans. Et même s'il était encore en vie, sa magie n'aurait jamais pu percer les mystères de la salle des Rois. Une fois entré, tu étais hors de sa portée et de la mienne. Quand tu es ressorti et que tu t'es effondré près du lac Hadeshorn, il a découvert ce qui t'était arrivé et m'a appelé pour que je vienne à ton aide. J'ai fait aussi vite que possible, mais mon voyage a quand même duré trois jours.

Le vieil homme leva un doigt accusateur, maigre comme une brindille sèche.

— T'es-tu demandé pourquoi tu n'étais pas mort plus tôt ? Parce qu'Allanon a trouvé un moyen de te garder en vie, d'abord jusqu'à mon arrivée, puis jusqu'à ce que les Stors puissent te soigner ! Réfléchis à cela, avant de lancer des accusations...

Cogline foudroya Walker du regard, qui le lui rendit bien. Mais le malade détourna les yeux le premier, trop épuisé pour prolonger l'affrontement.

— J'ai du mal à faire confiance à quelqu'un en ce moment, dit-il, gêné.

— Tu as toujours du mal à faire confiance ! rugit Cogline. Voilà des années que tu as revêtu une armure mentale, Walker. Dès ce jour, tu as cessé de faire confiance aux autres. Je me souviens d'une époque où ce n'était pas le cas...

Dans le silence qui suivit, Walker se souvint de l'époque dont parlait Cogline. Celle où il était venu le voir et lui avait proposé de lui montrer comment se servir de la magie.

Cogline avait raison. En ce temps-là, il était plein d'espoir.

Il faillit éclater de rire. Cela semblait si loin !

— Je pourrai peut-être utiliser ma magie pour combattre le poison, dit-il. Quand je serai rentré à la Pierre d'Âtre, une fois reposé... Brin Ohmsford avait ce pouvoir, autrefois.

Cogline baissa les yeux, l'air pensif. Ses mains noueuses serrant les plis de ses robes, il semblait tenter de décider quelque chose.

Walker attendit un moment, puis il demanda :

— Qu'est-il arrivé aux autres ? Par, Coll et Wren ?

Cogline ne leva pas les yeux.

— Par s'est lancé à la recherche de l'Épée, avec Coll. La jeune vagabonde est partie chercher les elfes. Eux ont accepté la mission qu'Allanon leur a confiée. (Il leva les yeux.) Et toi ? L'as-tu acceptée ?

Walker trouva la question à la fois absurde et troublante. À une époque, il n'aurait pas hésité à répondre. Il repensa à ce qu'Allanon lui avait demandé : restaurer Paranor et faire revenir les druides. Une entreprise ridicule et impossible !

Il ne prendrait pas part à une telle idiotie, avait-il annoncé à Par, à Coll, à Wren et aux autres membres de la petite compagnie venue dans la vallée de Schiste. Il méprisait les druides, qui avaient toujours manipulé les Ohmsford, et ne deviendrait pas leur jouet. Il était si sûr de lui à ce moment-là !

Il aurait préféré se couper la main que voir revenir les druides, avait-il affirmé.

La perte de sa main semblait bien avoir été le prix à payer...

Cela lui interdisait-il de ramener dans le monde Paranor et les druides ? Et surtout, qu'avait-il l'intention de faire ?

Il prit conscience que Cogline le dévisageait, impatient d'entendre sa réponse.

Walker regarda le vieil homme sans le voir. Il pensa aux archives des druides et au récit sur la Pierre elfique noire. S'il n'était pas parti à sa recherche, il n'aurait pas perdu son bras. Mais pourquoi y était-il allé ?

Par curiosité, avait-il pensé.

Une réponse trop simple, il le savait. Son départ ne signifiait-il pas *en soi* qu'il avait accepté la mission d'Allanon ?

Sinon, pourquoi était-il parti ?

— Cogline, où avez-vous trouvé ce grimoire des druides ? Vous avez dit l'avoir pris à Paranor. Ce n'est sûrement pas le cas...

Cogline eut un sourire ironique.

— Pourquoi, Walker ?

— Parce que Paranor a été expédiée hors du monde des hommes par Allanon, il y a trois cents ans de cela. La forteresse n'existe plus.

Le visage de Cogline se plissa comme un vieux parchemin.

— Elle n'existe plus ? Bien sûr que si, Walker ! Tu te trompes. N'importe qui peut l'atteindre, à condition d'avoir la magie qu'il faut. Même toi !

Walker hésita, soudain moins sûr de lui.

— Allanon a bien expédié Paranor hors du monde des hommes, mais elle existe toujours, dit Cogline. Pour revenir, elle a besoin de la magie de la Pierre elfique noire. Jusque-là, elle restera perdue pour les Quatre Terres. Mais ceux qui ont les moyens de le faire et le courage d'essayer peuvent toujours y entrer. Veux-tu savoir pourquoi ? Aimerais-tu écouter le récit de mon voyage au cœur de Paranor ?

Walker hésita, se demandant s'il avait envie d'entendre parler des druides et de leur magie.

Puis il se décida.

— Oui, dit-il.

— Mais tu es prêt à ne pas croire un mot de ce que je te raconterai, n'est-ce pas ?

— Exact.

Le vieil homme se pencha en avant.

— Je vais parler et je te laisserai juger par toi-même... C'était après ta rencontre avec Allanon. Il pensait, et moi aussi, que tu n'accepterais pas la mission, refusant de t'impliquer sans preuves qu'elle était réalisable. Allanon avait de bonnes raisons de vouloir que tu t'occupes de cela. Mais tu es différent des autres, car tu doutes de tout ce qu'on te dit. Tu es venu voir l'ombre du druide en étant décidé à rejeter ce qu'il te dirait.

Walker fit mine de protester, mais Cogline leva une main.

— Ne prétends pas le contraire ! Je te connais mieux que tu ne te connais toi-même... Écoute-moi, pour le moment. Je suis allé vers le nord, poussé par Allanon, vous laissant débattre de vos actions à venir. Ta décision était prise : tu ne ferais pas ce qu'on te demandait. Pour ma part, j'avais décidé de te convaincre de changer d'avis. Walker, je crois que les rêves disaient la vérité. Je la vois, même si tu ne la distingues pas encore. Je n'aurais pas été le messager d'Allanon s'il y avait eu un moyen de l'éviter. L'époque où j'étais un druide est révolue depuis longtemps, et je n'ai pas envie de revenir en arrière. Mais personne ne peut agir à ma place. Pour cette raison, je ferai ce qui est nécessaire. Te persuader de t'investir dans cette affaire me paraissait essentiel.

Tremblant sous la force de sa conviction, Cogline regarda Walker comme pour la lui communiquer autrement que par des mots.

— Je suis allé vers le nord... Quittant la vallée de Schiste, j'ai traversé les dents du Dragon, jusqu'à la vallée de la forteresse des druides. Il ne reste rien de Paranor, sinon quelques ruines sur des hauteurs désolées. Des forêts entourent toujours l'endroit où elle se dressait, mais rien ne pousse là où elle était – même pas un brin d'herbe. Le mur d'épines qui la protégeait autrefois a disparu, comme si un géant l'avait arraché.

» Je suis resté là, regardant le vide et pensant au passé. Je sentais la présence de la forteresse. Je la voyais quasiment surgir des ombres, imposante contre le ciel obscur. Je devinais la forme de ses tours et de ses parapets de pierre. J'ai attendu, parce qu'Allanon savait de quoi j'avais besoin et me dirait que faire le moment venu.

Le regard du vieil homme se voila.

— Vaincu par la fatigue, je m'endormis. Et Allanon me rendit visite en rêve, comme il le fait pour chacun de nous. Il me révéla que Paranor était toujours là, envoyée par la magie dans un lieu et un temps différents. Puis il me demanda si j'acceptais d'y entrer et d'en rapporter un livre qui expliquerait comment ramener Paranor dans les Quatre Terres. Il me demanda si je te l'apporterais. (Le vieil homme hésita, comme s'il allait dévoiler autre chose.) J'acceptai.

» Alors, il tendit la main vers moi et me tira hors de mon corps. Je devins autre chose que moi-même – mais je ne saurais te dire quoi. Allanon me dit ce que je devais faire. Je marchai jusqu'à l'endroit où se dressaient autrefois les murs de la forteresse, les yeux fermés pour qu'ils ne me trompent pas, et je tendis la main vers les mondes situés au-delà du nôtre, cherchant ce qui avait jadis existé. Imagine ma stupéfaction quand les murs de Paranor se matérialisèrent sous mes doigts ! Bien sûr, j'ouvris les yeux un instant pour les regarder, mais je ne vis rien. Et je dus tout recommencer. Même sous la forme d'un esprit, je ne pouvais pas pénétrer au-delà de la magie si je ne respectais pas les règles. Cette fois, je n'ouvris pas les yeux. Sondant les murs, je cherchai la trappe cachée au pied de la forteresse. Puis je poussai le mécanisme qui ouvre les verrous, et j'entrai.

» À ce moment-là, j'eus le droit d'ouvrir les yeux et je regardai autour de moi. Walker, je vis l'antique Paranor, un immense château dont les tours s'élevaient vers les étoiles. Le chemin me parut interminable pendant que je montais les escaliers et parcourais les couloirs, comme un rat dans un labyrinthe. L'odeur et le goût de la mort étaient partout et l'air avait une étrange couleur verdâtre. Si j'avais tenté d'entrer avec mon corps de chair et de sang, j'aurais été immédiatement détruit. En remontant les couloirs de pierre pour trouver des signes de vie, je sentais la magie. Les fournaises autrefois alimentées par le feu venu du centre de la terre s'étaient éteintes, laissant Paranor froide et sans vie. Quand j'arrivai dans les salles supérieures, je trouvai des os grotesques et difformes – les restes des spectres Mords et des gnomes qu'Allanon avait enfermés quand il avait invoqué la magie pour envoyer Paranor loin de ce monde. Il n'y avait rien de vivant dans la forteresse, excepté moi.

Le vieil homme se tut un moment, perdu dans ses souvenirs.

— Je cherchai la crypte où sont cachées les archives. J'avais une vague idée de l'endroit, en partie à cause du séjour que j'avais fait à Paranor, quand j'étudiais – et surtout grâce à la magie d'Allanon. Je fouillai la bibliothèque pour trouver l'entrée secrète, car je pouvais toucher les objets, comme si j'étais toujours une créature de chair et de sang, et non un esprit. Je sondai les bords poussiéreux des étagères, jusqu'à ce que je trouve les verrous qui commandent les portes. Elles s'ouvrirent, puis la magie céda devant moi, me laissant passer. Je vis les archives des druides et pris l'ouvrage dont j'avais besoin.

» Après, je revins par le chemin que j'avais emprunté à l'aller, fantôme sorti de la nuit des temps, sentant le froid glacial de la mort des druides et l'imminence de la mienne. Mon garçon, je remontai les couloirs dans une transe qui me permettait de capter l'horreur de ce qui règne désormais dans le château. Un tel pouvoir, Walker ! La magie qu'Allanon avait invoquée était toujours aussi effrayante. Terrifié, je m'enfuis – pas sous ma forme corporelle, mais en esprit. J'étais terrorisé !

» Quand je me réveillai, je détenais l'ouvrage et je te l'ai apporté...

Cogline se tut pendant que Walker réfléchissait à son récit.

— Il est donc possible d'entrer dans Paranor, même si elle n'existe plus dans les Quatre Terres ?

— Les hommes ordinaires ne le peuvent pas, dit Cogline. Mais toi, peut-être... Avec l'aide de la magie de la Pierre elfique noire...

— Peut-être, répéta Walker, sinistre. Quel pouvoir a la Pierre ?

— Je ne sais rien de plus que toi...

— Pas même où la trouver ? Ni qui la possède ?

— Rien.

— Rien, répéta Walker, amer.

Il ferma les yeux pour cacher ses sentiments. Quand il les rouvrit, son regard affichait de la résignation.

— Voilà comment je vois les choses : vous attendez de moi que j'accepte la mission d'Allanon. Je peux le faire si je retrouve d'abord la Pierre elfique noire. Mais ni vous ni moi ne savons où elle est, ni qui la détient. Et je suis infecté par le poison de l'Asphinx. Lentement transformé en pierre, je mourrai bientôt ! Même si j'étais persuadé de...

» Ne comprenez-vous pas ? Je n'ai pas assez de temps !

— Et si tu l'avais ?

Walker eut un rire sinistre.

— Cogline, dans ce cas, j'ignore ce que je ferais, avoua-t-il d'une voix épuisée.

Le vieil homme se leva, regarda son ami un long moment et lâcha :

— Tu le sais ! Pourtant tu continues à refuser d'accepter la vérité. Dans ton cœur, tu la reconnais, mais tu ne veux pas l'admettre. Pourquoi ?

Walker le regarda sans répondre.

Cogline haussa les épaules.

— Je n'ai rien de plus à te dire. Repose-toi... Dans un jour ou deux, tu seras assez remis pour partir. Les Stors ont fait tout ce qu'ils pouvaient. Ta guérison, si elle est possible, devra venir d'une autre source. Je te ramènerai à la Pierre d'Âtre.

— Je me guérirai, souffla Walker d'une voix pleine de colère et de désespoir.

Cogline ne répondit pas et sortit de la chambre.

— Je le ferai, jura Walker Boh, alors que la porte se refermait.

Chapitre 4

Après avoir quitté Padishar Creel et les survivants du Mouvement, il fallut plus de trois jours à Morgan Leah pour arriver à Culhaven. Il voyagea vers le sud, des dents du Dragon au village des nains. Le premier jour, la pluie balaya les montagnes, détrempa les pistes et étouffa la contrée sous des nuages gris et du brouillard. Le deuxième, les orages terminés, la terre commença à sécher. Le troisième, l'été revint. L'air sentait bon les fleurs et le soleil brillait dans un ciel sans nuages.

L'humeur de Morgan s'améliora avec le retour du beau temps. Quand il s'était mis en route, il était découragé...

Steff avait péri dans les tunnels de la Saillie. Persuadé – à tort – qu'il aurait pu faire quelque chose pour empêcher ce drame, le jeune homme remâchait sa culpabilité.

Teel avait tué Steff. Jusqu'au dernier moment, Morgan et son ami n'avaient pas su qu'elle n'était plus la jeune naine dont Steff était tombé amoureux, mais une Ombreuse avide de les détruire.

Morgan avait eu des doutes, mais sans découvrir de preuves jusqu'à ce qu'elle se trahisse. À ce moment-là, il était trop tard. Ses amis, les Valombriens Par et Coll Ohmsford, avaient disparu après avoir échappé de justesse aux monstres de la Fosse, à Tyrsis. Depuis, personne ne les avait revus. La Saillie, la forteresse des membres du Mouvement, était entre les mains des armées de la Fédération. Padishar Creel et ses hors-la-loi avaient fui vers le nord, dans les montagnes.

Comble de malheur, l'Épée de Shannara brillait toujours par son absence. Ils l'avaient cherchée pendant des semaines, défiant la Fédération et les Ombreurs.

Tout cela pour rien...

Mais Morgan Leah était solide. Après un jour ou deux de dépression, sa nature optimiste reprit le dessus. Désormais, il était un vétéran de la lutte contre l'oppression qui frappait sa terre natale ! Avant cette aventure, il s'était contenté d'agacer les sbires de la Fédération qui occupaient son pays. En résumé, il n'avait jamais rien fait qui pût modifier le cours des événements dans les Quatre Terres.

Il courait peu de risques et le résultat de ses entreprises était proportionnel... Mais la situation avait changé ! Lors des dernières semaines, il avait voyagé jusqu'au lac Hadeshorn pour rencontrer l'ombre d'Allanon. S'étant joint à la quête de l'Épée de Shannara, il avait combattu les Ombreurs et la Fédération, puis sauvé la vie de Padishar Creel et de ses hors-la-loi en les avertissant de l'état de Teel avant qu'elle les trahisse une dernière fois. À cette occasion, il avait accompli un acte *vraiment* important.

Et il était prêt à aller encore plus loin.

Il avait fait une promesse à Steff. Pendant qu'il agonisait, Morgan lui avait juré d'aller à Culhaven, à l'orphelinat, pour prévenir grand-mère Élise et tante Jilt qu'elles étaient en danger.

Grand-mère Élise et tante Jilt étaient la seule famille que Steff eût jamais connue, et le montagnard ne les abandonnerait pas. Si Teel avait trahi Steff, elle les aurait probablement vendues aussi. Morgan devait les mettre en sécurité.

Cette mission lui donnait le sentiment d'être utile, et l'aidait à sortir de sa dépression. Au début de son voyage, il avait traîné, ralenti par le temps et son humeur morose. À partir du troisième jour, il s'était secoué. Il conduirait grand-mère Élise et tante Jilt en sécurité. Puis il retournerait à Tyrsis et trouverait les Valombriens. Ensuite, il continuerait à chercher l'Épée de Shannara et débarrasserait Leah et les Quatre Terres des Ombreurs et de la Fédération. Il était vivant, et tout restait possible !

Il fredonna en marchant, laissant le soleil lui réchauffer le visage et bannir ses doutes. Le moment était venu de se remettre à l'action !

De temps en temps, ses pensées dérivaient vers la magie perdue de l'Épée de Leah. Il portait toujours la lame brisée à sa ceinture, dans le fourreau de fortune qu'il avait fabriqué. Il pensa au pouvoir que l'arme lui avait donné et au sentiment qu'il éprouvait depuis sa disparition. On eût dit qu'il n'était plus *entier*...

La lame possédait pourtant encore un faible pouvoir. Et il était parvenu à l'invoquer dans les catacombes de la Saillie, quand il avait tué Teel.

Il en restait juste assez pour lui sauver la vie.

Au fond de lui, en secret, il gardait l'espoir que la magie de l'Épée de Leah pourrait être restaurée.

Le troisième jour de son voyage, à l'approche du soir, il sortit des forêts de l'Anar et entra dans

Culhaven. Le village délabré servait de refuges à tous les nains trop vieux pour être envoyés dans les mines ou vendus comme esclaves par la Fédération. Autrefois impeccablement entretenu, l'endroit n'était plus qu'un alignement de bâtiments négligés peuplés de nains découragés. La forêt s'étendait jusqu'aux constructions périphériques, les jardins et les cours étaient envahis par les mauvaises herbes, les rues pleines d'ornières et de broussailles. Les planches des maisons étaient disjointes, leur peinture s'écaillait. Les tuiles et les ardoises des toits étaient cassées, les appuis des fenêtres et les encadrements des portes tombaient en ruine.

Des yeux suivirent le montagnard quand il entra dans le village. Il sentit que des villageois l'espionnaient, cachés derrière leurs fenêtres. Les quelques nains qu'il croisa refusèrent de soutenir son regard et se détournèrent de lui.

Il continua d'avancer, furieux à l'idée de ce que ces malheureux avaient subi. On leur avait tout pris, excepté leur vie, et elle ne valait plus grand-chose...

Comme Par Ohmsford, Morgan se demanda pourquoi on leur avait infligé cela.

Il se tint à l'écart des voies principales, empruntant des chemins de traverse pour éviter d'attirer l'attention. Habitant les Terres du Sud, il était libre de se déplacer à sa guise dans les Terres de l'Est, mais il n'aimait pas les sbires de la Fédération et préférait garder ses distances. Même si rien de ce qui était arrivé aux nains n'était de son fait, il avait quand même honte d'avoir été épargné.

Une patrouille de la Fédération passa à côté de lui et les soldats le saluèrent cordialement.

Il eut du mal à leur rendre leur salut.

À l'approche de l'orphelinat, l'inquiétude le saisit. Dans son esprit, l'anxiété luttait contre la confiance. Et s'il arrivait trop tard ?

Il chassa cette idée. Il n'y avait aucune raison de croire que c'était le cas. Teel n'aurait pas risqué de se dévoiler en agissant trop vite. Elle avait sans doute attendu jusqu'à ce que ça n'ait plus d'importance.

Le soleil descendit derrière les arbres, à l'ouest, et les ombres s'allongèrent. L'air devenant plus frais, la sueur sécha sur le dos de Morgan.

Alors que le crépuscule tombait, le jeune homme regarda ses mains et étudia le fin réseau de cicatrices blanches qui courait sur sa peau brune. Depuis Tyrsis et la Saillie, il était couvert de bleus divers.

Ces cicatrices n'étaient pas grand-chose, se dit-il. Celles qu'on ne voyait pas – à l'intérieur – se révélaient bien plus profondes.

Il vit qu'un enfant nain le regardait, à demi caché derrière un muret de pierre. Morgan fut incapable de déterminer si ce gamin émacié et vêtu de haillons était un garçon ou une fille. Des yeux noirs le suivirent un moment, puis disparurent.

Il avança plus vite, de nouveau inquiet, et aperçut enfin le toit de l'orphelinat et ses premiers murs.

Angoissé, il s'arrêta net.

La cour de l'orphelinat était vide. L'herbe n'avait pas été coupée, et il n'y avait pas d'enfants en vue.

Morgan lutta contre la panique. Les fenêtres de la vieille bâtisse étaient obscures. Aucun signe de vie...

Il continua jusqu'au portail, puis s'arrêta de nouveau. Tout était immobile.

En fin de compte, il arrivait trop tard.

Il fit mine de repartir, puis se ravisa et observa la vieille maison, se demandant s'il n'allait pas se jeter dans un piège. Il demeura un long moment immobile et regarda autour de lui. Mais il n'y avait aucun signe de vie. Et aucune raison que quelqu'un l'attendît ici...

Il passa le portail et gagna le porche. Puis il ouvrit la porte d'entrée. Comme il faisait noir, il attendit que ses yeux se soient habitués à l'obscurité. Quand ce fut fait, il entra, explora toutes les pièces, puis revint vers l'entrée.

Il y avait de la poussière partout. Cela faisait un moment que le bâtiment n'avait pas été habité...

Qu'était-il arrivé aux deux vieilles naines ?

Morgan se laissa tomber sur les marches du porche, le dos appuyé à la rambarde. La Fédération les avait emmenées. C'était la seule explication. Grand-mère Élise et tante Jilt n'auraient pas quitté leur maison pour une autre raison, et surtout pas en abandonnant leurs enfants. De plus, leurs vêtements étaient encore dans les commodes et les placards. Il y avait aussi ceux des gamins, leurs jouets, la literie...

Et la maison avait été fermée dans l'urgence. Trop de choses étaient en désordre. Ce n'aurait pas été le cas si les vieilles femmes avaient eu le choix.

Morgan maudit le destin. Steff lui avait fait confiance. Il ne pouvait pas abandonner. Il devait trouver grand-mère Élise et tante Jilt. Mais où ? Et qui, à Culhaven, lui dirait ce qu'il avait besoin de savoir ?

Personne parmi ceux qui étaient informés, se dit-il. Les nains ne lui feraient pas confiance, même s'il passait le reste de sa vie à leur poser des questions.

Il resta assis un long moment. Puis il s'aperçut qu'un enfant le regardait – celui qui l'avait espionné sur la route.

C'était un garçon...

Morgan le laissa en paix jusqu'à ce qu'il semble un peu plus à l'aise. Puis il demanda :

— Tu peux me dire ce qui est arrivé aux dames qui vivaient ici ?

Le gamin disparut si vite qu'on eût dit que la terre l'avait englouti.

Morgan soupira. Il aurait dû s'y attendre. Donc, il faudrait qu'il trouve un moyen d'arracher l'information aux responsables de la Fédération... Ce serait dangereux, surtout si Teel leur avait parlé de lui en même temps que de grand-mère Élise et de tante Jilt. Et il n'avait aucune raison de supposer que ce n'était pas le cas. Elle avait dû trahir les vieilles femmes un peu avant le départ du petit groupe pour les étendues Sombres. La Fédération les avait sans doute capturées dès que Teel était sortie du village.

Elle ne s'était pas souciée du fait que Steff, Morgan ou les Valombriens pourraient apprendre sa trahison. Normal, puisqu'ils étaient censés mourir avant d'en arriver là.

Morgan aurait voulu taper sur quelque chose ou sur quelqu'un. Par et Coll avaient disparu. Steff était mort. Et maintenant, deux vieilles femmes qui n'avaient jamais fait de mal à personne étaient entre les mains de la Fédération...

— Messire, dit une voix.

Il leva les yeux. L'enfant était revenu, accompagné par un autre gamin, plus âgé. C'était le deuxième qui avait parlé, un adolescent râblé aux cheveux roux en bataille.

— Les soldats de la Fédération ont emmené les vieilles dames à la maison de correction. Personne ne vit plus ici.

Les gosses disparurent prestement. Morgan regarda devant lui. Le garçon lui avait-il dit la vérité ? Il décida que oui.

Très bien ! Il avait désormais un point de départ.

Il se leva et franchit le portail. Puis il suivit la route défoncée qui conduisait au centre du village. Les maisons cédèrent la place à des boutiques et la route s'élargit. Morgan contourna le secteur des commerces, où il regarda la lumière du jour disparaître et les étoiles commencer à briller.

Les rues principales étaient éclairées par la lumière des torches, mais pas celles qu'il suivait. Il entendait des voix dans l'obscurité, vagues et difficiles à identifier, comme si les passants craignaient qu'on comprenne leurs propos.

Les maisons changèrent d'aspect, devenant impeccables, avec des jardins nets et propres. *Des demeures de la Fédération*, pensa Morgan, *volées aux nains et entretenues par leurs anciens propriétaires.*

Il ravala son amertume, se forçant à se concentrer sur la tâche qui l'attendait. Il savait où était la maison de correction et à quoi elle servait. Les femmes qu'on y envoyait, trop vieilles pour être vendues comme esclaves de plaisir, étaient encore assez robustes pour les travaux ménagers, la vaisselle, la couture et d'autres corvées domestiques. Elles étaient affectées aux baraquements de la Fédération pour les entretenir et satisfaire les besoins de la garnison. Si le jeune garçon avait dit la vérité, c'était ce que faisaient grand-mère Élise et tante Jilt.

Morgan atteignit la maison de correction quelques minutes plus tard. Il y avait cinq baraquements, des bâtiments longs et bas, parallèles les uns aux autres, avec des fenêtres des deux côtés et des portes aux extrémités. La nuit, les femmes sortaient de sous les établis des paillasses, des couvertures, des cuvettes et des pots de chambre. Steff y avait emmené Morgan un jour. Et cela lui avait paru une visite de trop !

Il resta caché dans l'ombre d'un appentis de stockage, de l'autre côté des baraquements, réfléchissant à ce qu'il allait faire. Des gardes surveillaient les entrées et les voies d'accès aux baraquements. En réalité, les femmes étaient prisonnières dans la maison de correction. Elles n'avaient pas le droit de sortir, sauf en cas de maladie, ou pour finir au cimetière. Les libérations étaient rares, et les visites – peu fréquentes – se déroulaient sous une stricte surveillance. Morgan ne se souvenait pas du moment où elles étaient permises. De toute façon, peu importait. Il bouillait de fureur à l'idée qu'Élise et Jilt soient détenues dans un endroit pareil.

Steff n'aurait pas attendu pour les libérer, et il ne traînerait pas non plus !

Mais comment entrerait-il ? Et de quelle façon les ferait-il sortir ?

Le problème semblait insoluble. Il n'y avait pas moyen d'approcher de la maison de correction sans être vu, et il semblait impossible de savoir dans quel baraquement les vieilles dames étaient détenues. Il devait en apprendre plus avant de tenter un sauvetage.

Il aurait tant aimé que Steff soit là pour le conseiller !

Finalement, il abandonna.

Retournant au centre du village, il loua une chambre dans une des auberges où descendaient les marchands venus des Terres du Sud. Il prit un bain pour se débarrasser de la saleté accumulée pendant le voyage, lava ses vêtements et alla se coucher.

Il resta éveillé un long moment, pensant à grand-mère Élise et à tante Jilt. Puis le sommeil le terrassa.

Quand il se réveilla, il savait ce qu'il devait faire pour sauver ses amies.

Il s'habilla, prit son petit déjeuner dans la salle commune de l'auberge et se mit à l'ouvrage. Ce qu'il prévoyait de faire était dangereux, mais il ne voyait pas comment agir autrement. Après avoir posé quelques questions, il découvrit les noms des tavernes les plus fréquentées par les soldats de la Fédération.

Il y en avait trois, toutes situées dans la même rue, près des marchés du village. Il choisit celle qui l'inspirait le plus – un bouge obscur appelé *La Haute Botte* –, s'installa à une table à côté du comptoir et commanda une chope de bière.

Puis il attendit.

Des soldats entrèrent, probablement des membres des équipes de nuit pas encore décidés à aller se coucher. Ils parlaient de la vie de la garnison, sans se soucier d'être entendus. Morgan tendit l'oreille. De temps en temps, il levait la tête, posait une question d'une voix amicale ou se permettait un commentaire. Parfois, il payait même un verre aux soldats.

Beaucoup de conversations tournaient autour d'une jeune femme qu'on disait être la fille du roi de la rivière Argentée. Arrivée du sud-ouest du lac Arc-en-ciel, elle se dirigeait vers l'est. Partout où elle passait, elle faisait des miracles. On n'avait jamais vu une telle magie, disait-on. En ce moment, elle était en route pour Culhaven.

L'essentiel des bavardages concernait la façon détestable dont l'armée de la Fédération était dirigée. Quand de simples soldats discutaient, cela n'avait rien d'étonnant. Bien entendu, cette partie de la conversation intéressa particulièrement Morgan.

La journée passa ainsi, la bière et les discours l'aidant à supporter l'ennui et la chaleur.

Des soldats de la Fédération arrivaient et partaient, mais Morgan restait là, présence presque invisible derrière sa chope de bière. Au début, il avait pensé aller d'une taverne à l'autre. Mais il constata vite qu'il apprendrait là tout ce qu'il avait besoin de savoir.

Au milieu de l'après-midi, il obtint l'information indispensable. Le moment de passer à l'action étant venu, il se leva et traversa la rue. Puis il entra dans la deuxième taverne, *La Mare aux Grenouilles*, et s'installa à une table couverte d'une nappe verte qui lui rappela un nénuphar perdu au milieu d'une mare.

Alors, il chercha sa victime.

Il la trouva presque aussitôt. Un soldat de sa taille qui buvait seul, perdu dans ses pensées. Sa tête touchait presque le comptoir. Après deux heures, il se redressa et finit son dernier verre.

Se levant, il tituba vers la porte. Morgan le suivit.

La journée était presque terminée et le soleil descendait déjà vers les arbres de la forêt environnante. Avec l'approche du crépuscule, la lumière devenait grise. Le soldat avança d'un pas hésitant sur la chaussée où d'autres militaires revenaient vers les baraquements.

Morgan savait où il allait. Il dépassa le type pour lui couper la route, l'intercepta devant une échoppe de maréchal-ferrant et fit semblant de le bousculer par maladresse. En fait, il y alla si fort que l'homme perdit connaissance avant d'atteindre le sol. Morgan fit mine d'être exaspéré, puis il le ramassa et le hissa sur son épaule. Le maréchal-ferrant et ses employés observant son manège, il annonça d'une voix irritée qu'il était bien obligé de ramener cet ivrogne dans son baraquement.

Puis il partit, affichant un air dégoûté.

Il porta le soldat jusqu'à une grange, à quelques pas de là et se glissa à l'intérieur.

Débarrassant l'homme de son uniforme, il l'attacha et le bâillonna. Puis il le cacha derrière un tas de sacs d'avoine.

Morgan endossa l'uniforme, le brossa de son mieux et fourra ses propres vêtements dans le sac qu'il avait apporté. Ses armes remises à sa ceinture, il sortit.

À présent, tout dépendait de sa rapidité. Il devait atteindre le centre administratif de la maison de correction juste après la prise de service de l'équipe de nuit. La journée passée à la taverne lui ayant tout appris sur les lieux, les hommes et les procédures, il lui restait à tirer parti de ces informations.

Les ombres du crépuscule s'allongeaient déjà et les rues commençaient à se vider. Les soldats, les commerçants et les habitants du village rentraient tous chez eux pour le dîner.

Morgan ne parla à personne. Il salua les officiers, mais évita d'attirer l'attention sur lui, prenant un air hautain destiné à empêcher les autres soldats de lui adresser la parole.

Cela semblait marcher : personne ne s'approcha de lui.

La maison de correction était éclairée quand il y arriva, mais l'activité touchait à sa fin. Les repas – du pain et de la soupe – étaient distribués aux prisonnières par des gardes. L'odeur qui flottait dans l'air n'était pas très appétissante.

Morgan se campa près des entrepôts et fit mine de vérifier quelque chose.

Le changement d'équipe eut lieu au coucher du soleil. Alors que de nouveaux gardes venaient remplacer leurs collègues, Morgan ne quitta pas le centre administratif des yeux.

L'officier transmit le relais à celui de nuit. Un aide de camp prit place au bureau de la réception.

Deux hommes de garde, c'était tout... Morgan attendit quelques minutes qu'ils soient en poste, puis il inspira profondément et sortit des ombres.

Quand il entra, l'aide de camp lui jeta un regard morne.

— Je suis là pour les vieilles dames, dit Morgan d'une voix exaspérée. On ne vous l'a pas dit ?

— Non. Je viens d'arriver...

— D'accord, mais il devrait y avoir un formulaire de réquisition sur votre bureau, datant d'une heure à peine. Il n'est pas là ?

— Ma foi, je..., balbutia l'homme en cherchant dans des piles de documents.

— Signé par le major Assomal.

Le type savait qui était Assomal. Pas un soldat de la garnison de Culhaven ne l'ignorait. Dans la taverne, Morgan avait entendu parler de cet officier. Assomal était le gradé le plus haï par les soldats. Personne ne voulait avoir affaire à lui plus que le strict nécessaire.

L'aide de camp se leva.

— Je vais chercher l'officier de nuit.

Il entra dans le bureau et revint très vite accompagné de son supérieur.

Le capitaine était visiblement inquiet. Rusé, Morgan le salua avec un soupçon d'insolence.

— De quoi s'agit-il ? demanda le capitaine d'une voix qui se voulait énergique – sans grand succès.

Morgan croisa les mains dans son dos et se redressa, le cœur battant la chamade.

— Le major Assomal demande les services de deux naines actuellement enfermées dans la maison de correction. Je les ai choisies au cours de la journée. Puis je suis parti pour vous laisser le temps de régler la paperasserie. Il semble que ces documents n'aient jamais été remplis !

Le capitaine, un homme au visage rond et pâle, devait avoir passé la majeure partie de sa carrière derrière un bureau.

— Je ne suis pas au courant, dit-il d'une voix irritée.

Morgan haussa les épaules.

— Parfait ! Dois-je répéter ce message au major Assomal, capitaine ?

L'homme pâlit.

— Non, non ! Je ne voulais pas dire cela. C'est seulement que... Tout ceci est très ennuyeux.

— D'autant plus que le major Assomal attend mon retour, dit Morgan. Avec les naines.

Le capitaine leva les bras au ciel.

— D'accord ! Quelle importance ? Je vais signer leur sortie. Qu'on les amène ici et qu'on ne parle plus de cette histoire !

L'officier ouvrit le registre des noms. Morgan apprit que grand-mère Élise et tante Jilt étaient dans le baraquement quatre.

L'officier griffonna un ordre de sortie. Quand il voulut envoyer son aide de camp chercher les vieilles dames, Morgan insista pour l'accompagner.

— Histoire de m'assurer qu'il n'y a aucun problème, expliqua-t-il. Moi aussi, je dois rendre des comptes au major Assomal !

Le capitaine ne discuta pas, à l'évidence pressé de se débarrasser du problème.

La nuit étant tranquille et agréablement tiède, Morgan se sentit presque joyeux. Son plan marchait !

Ils gagnèrent le bâtiment quatre, présentèrent l'ordre de libération aux gardes de la porte principale, puis attendirent pendant qu'ils l'examinaient.

Très vite, les soldats ouvrirent les verrous et leur firent signe d'entrer. Morgan et son compagnon obéirent.

La maison de correction grouillait de prisonnières. L'air sentait le rance et la sueur et il y avait de la poussière partout.

Assises à même le sol, les naines finissaient leur repas. Toutes les têtes se tournèrent vers les deux soldats de la Fédération qui venaient d'entrer. Morgan ne se trompa pas sur les regards emplis de haine et de peur.

— Appelez mes naines, dit Morgan.

L'aide de camp s'exécuta, sa voix résonnant dans la pièce.

Deux silhouettes voûtées se levèrent lentement.

— Maintenant, attendez-moi dehors, ordonna Morgan.

L'homme hésita, puis sortit.

Morgan regarda grand-mère Élise et tante Jilt se frayer un chemin entre les prisonnières, les établis et les paillasses.

Il eut du mal à les reconnaître. Les beaux cheveux gris de grand-mère Élise étaient emmêlés de crasse. Le petit visage d'oiseau d'habitude amical de tante Jilt affichait une incroyable dureté.

Ces naines ployaient sous autre chose que le fardeau de l'âge. On eût dit que marcher les faisait souffrir.

— Grand-mère... Tante Jilt.

Elles levèrent les yeux et regardèrent Morgan.

Tante Jilt retint son souffle.

— Morgan ! murmura grand-mère Élise. C'est vraiment toi, mon petit ?

Quand le jeune homme se pencha vers les naines et les serra dans ses bras, elles se laissèrent aller contre lui comme des poupées de chiffon. Derrière eux, les prisonnières regardaient, ne comprenant pas ce qui se passait.

Morgan écarta doucement ses deux vieilles amies.

— Écoutez bien ! Nous n'avons pas beaucoup de temps. J'ai trompé le capitaine pour qu'il me laisse vous emmener, mais il s'apercevra tôt ou tard du subterfuge. Nous devons nous dépêcher. Vous avez un endroit sûr où vous réfugier ?

— La Résistance nous cachera, dit tante Jilt, l'air déterminé. Nous y avons encore des amis.

— Morgan, où est Steff ? demanda grand-mère Élise.

Le montagnard se força à soutenir le regard de la vieille naine.

— Je suis désolé, grand-mère. Steff est tombé en combattant la Fédération. (De la tristesse passa dans les yeux de la vieille naine.) Teel est morte aussi. C'est elle qui l'a tué. Elle n'était pas ce que nous pensions, mais une Ombreuse, une créature de la magie noire liée à la Fédération. Elle vous a trahies aussi.

— Pauvre Steff..., murmura Élise.

— Les soldats sont venus nous arrêter juste après votre départ, dit tante Jilt. Ils ont emmené les enfants, et ils nous ont jetées dans cette cage. Je savais qu'il y avait eu un problème et j'ai cru qu'ils vous avaient capturés aussi. Par l'enfer, Teel faisait partie de notre famille !

— Je vous comprends, tante Jilt, dit Morgan. Mais il est devenu difficile de savoir à qui faire confiance. Les nains auprès de qui vous pensez vous réfugier sont-ils fiables ? Vous êtes sûres que vous serez en sécurité ?

— Aussi sûres que possible, répondit tante Jilt. Arrête de pleurer, Élise. Nous devons faire ce que dit Morgan et sortir d'ici le plus vite possible.

Grand-mère Élise essuya ses larmes.

Morgan se redressa et regarda ses amies.

— Souvenez-vous que vous ne me connaissez pas. Ici, vous êtes des prisonnières que j'escorte. Et si quelque chose tournait mal, si nous sommes séparés, filez vers l'endroit où vous serez en sécurité. J'ai promis à Steff que je vous mettrai à l'abri. Essayez de ne pas me faire mentir !

— D'accord, dit grand-mère Élise.

Ils sortirent, Morgan marchant devant les deux vieilles dames, qui gardaient la tête humblement baissée. L'aide de camp attendait dans son coin, l'air gêné, et les gardes semblaient s'ennuyer. Puis Morgan, son compagnon et les deux naines retournèrent au centre administratif. Le capitaine attendait impatiemment, les documents de sortie à la main.

Il les tendit à Morgan pour qu'il les signe, puis les fourra dans la main de son assistant et partit à grands pas vers son bureau.

L'aide de camp regarda Morgan.

Se félicitant du succès de sa ruse, celui-ci lâcha :
— J'y vais. Le major Assomal m'attend.

Il se tourna, prêt à sortir, juste au moment où la porte s'ouvrait. Un officier entra, les barrettes d'un commandant sur les manches.

— Commandant Soldt ! dit l'aide de camp en se levant d'un bond.

Soldt était chargé de superviser les prisonniers. Morgan se demanda ce qu'il faisait au centre administratif à une heure pareille. En tout cas, ça n'arrangeait pas son affaire !

Il salua l'officier.

Soldt regarda les naines.

— Que font-elles hors de leurs quartiers ?
— Une simple réquisition, commandant, dit l'aide de camp. Du major Assomal...
— Assomal ? répéta Soldt. Il est en mission ! Que ferait-il de deux vieilles peaux ? (Il regarda Morgan.) Je ne vous reconnais pas, soldat. Donnez-moi vos papiers.

Morgan frappa de toutes ses forces. Soldt tomba sur le sol, inconscient.

Le montagnard se jeta sur l'aide de camp, qui avait reculé en hurlant de terreur, et lui cogna la tête contre le bureau. Le capitaine sortit juste à temps pour recevoir quelques coups de poing. Il tomba comme une masse.

— Filez, murmura Morgan à ses amies.

Ils se ruèrent hors du centre administratif.

Morgan regarda alentour et soupira de soulagement : les sentinelles n'avaient pas bougé. Personne n'avait entendu les échos de la brève lutte...

Il conduisit les vieilles dames dans la rue, s'éloignant de la maison de correction. Quand une patrouille apparut, le montagnard ralentit l'allure, mais se plaça devant les naines et prit un air autoritaire. La patrouille changea de direction avant d'arriver à leur hauteur.

Hélas, quelqu'un hurla derrière eux, appelant à l'aide.

Morgan poussa aussitôt les vieilles dames dans une ruelle.

Les cris augmentèrent. Puis une corne sonna l'alarme.

— Ils nous rattraperont bientôt, marmonna Morgan.

Il tira les naines à l'abri d'un porche et attendit.

Des soldats arrivaient des deux côtés de la rue. Certain que tout s'écroulait autour de lui, Morgan serra les poings. Quoi qu'il arrive, il ne pouvait pas laisser la Fédération remettre la main sur Élise et Jilt.

Il se pencha vers elles.

— Je vais les attirer loin de vous, murmura-t-il. Restez ici jusqu'à ce qu'ils se lancent à ma poursuite, puis foncez ! Quand vous serez cachées, restez-le !

— Et toi ? demanda grand-mère Élise.

— Ne vous en faites pas... Obéissez-moi et ne vous lancez pas à ma recherche. Je vous retrouverai quand cette affaire sera terminée. Au revoir, grand-mère Élise. Au revoir, tante Jilt.

Ignorant les supplications de ses amies, il les embrassa, les serra brièvement contre lui et fonça dans la rue pour rejoindre la première patrouille.

— Suivez-moi, ils sont par là ! cria-t-il.

Les soldats se lancèrent sur ses talons.

Morgan tira son épée du fourreau qu'il portait sur le dos. Croisant une deuxième colonne de soldats, il les appela, leur faisant signe de le suivre. À leurs yeux, il était seulement un frère d'armes – pour le moment. Et s'il les obligeait à passer devant lui, il pourrait s'échapper aussi.

Peut-être...

— Dans cette grange, devant nous ! cria-t-il à la première patrouille. Ils sont là-dedans !

Les deux groupes foncèrent, laissant Morgan derrière eux. Quand il tourna le coin pour leur échapper, il croisa une troisième patrouille.

— Ils se sont cachés dans...

Morgan s'arrêta net. Le chef de ce groupe était le capitaine de nuit, et il l'avait reconnu !

Morgan essaya de se dégager, mais les soldats se jetèrent sur lui et le firent tomber sur le sol.

Où ils entreprirent de le rouer de coups.

Cela ne marche pas comme je l'espérais... pensa le montagnard.

Juste avant de perdre connaissance.

Chapitre 5

Trois jours plus tard, la fille du roi de la rivière Argentée arriva à Culhaven. La nouvelle de sa venue la précéda d'un jour et demi. Quand elle fut en vue du village, les deux côtés du chemin étaient bondés sur presque une lieue. Les gens venaient de partout : de Culhaven, des communautés voisines des Terres de l'Est et du Sud, des fermes des plaines et même des montagnes, au nord. Il y avait des nains, des humains et une poignée de gnomes, des deux sexes et de tous les âges.

Tous étaient en haillons et – jusqu'à ce moment précis – sans espoir.

Ils attendaient le long de la route, certains poussés par la curiosité, d'autres, de loin plus nombreux, motivés par le besoin de croire de nouveau en quelque chose.

Ce qu'on racontait sur la jeune fille était merveilleux. Apparue au cœur de la région de la rivière Argentée, près du lac Arc-en-ciel, elle était une créature magique surgie adulte de la terre. S'arrêtant dans chaque village, elle faisait sans cesse des miracles.

On disait qu'elle guérissait la contrée, transformant des tiges noires et desséchées en pousses vertes. Elle faisait aussi fleurir les bourgeons et mûrir les fruits en les effleurant. En somme, elle rendait la vie à la terre.

Même aux endroits les plus touchés par la maladie, elle avait le dessus grâce à une étrange affinité avec la terre directement héritée de son père. Depuis des années, les gens pensaient qu'il avait disparu en même temps que la magie. À présent, on savait que ce n'était pas le cas. Pour le prouver, le roi avait envoyé sa fille aux peuples opprimés. Leur ancien mode d'existence leur serait rendu.

En tout cas, les récits le prétendaient.

Et personne n'était plus pressé de découvrir la vérité que Pe Ell.

Aux environs de midi, il attendait l'arrivée de la jeune fille à l'ombre d'un immense noyer à l'écorce rugueuse. Il y était venu au lever du soleil, dès qu'il avait entendu dire qu'elle serait là dans la journée.

Pe Ell était très patient et il savait attendre. Au milieu d'une foule sans cesse grandissante, il regardait le soleil monter lentement dans le ciel.

Autour de lui, les gens parlaient sans retenue. Il écouta attentivement les récits des exploits de la jeune fille – et de ceux qu'on attendait encore d'elle.

Les nains étaient les plus véhéments en matière de croyance – et de doute. Certains affirmaient qu'elle sauverait leur peuple, d'autres qu'elle était une marionnette des Terres du Sud. Les voix montaient, hurlaient, puis se taisaient.

Pe Ell écoutait en silence.

— Elle vient nous libérer du joug de la Fédération et nous rendre nos terres, que le roi de la rivière Argentée tient pour sacrées ! Elle est là pour chasser les occupants !

— Niaiseries, vieille femme ! Rien ne dit que cette fille soit ce qu'elle affirme être. Que sais-tu de ce qu'elle peut ou ne peut pas faire ?

— Je sais ce que je sais ! Et je perçois les événements qui arriveront.

— Tout ce que tu perçois, c'est la douleur de tes vieilles articulations ! En réalité, tu ignores, comme nous, qui est cette fille et ce que demain nous apportera. Il est stupide de nous griser d'espoir !

— Et encore plus de nous laisser aller au désespoir !

Et ainsi de suite... Ces conversations ne servaient à rien, mais elles aidaient à tuer le temps.

Pe Ell soupira. Il se disputait rarement, car il avait rarement des raisons de le faire.

Quand la rumeur annonça enfin qu'*elle* approchait, les querelles se calmèrent. Lorsqu'elle apparut, les derniers murmures se turent. Un silence étrange tomba sur les gens massés au bord de la route, suggérant que la jeune fille n'était pas ce qu'ils avaient attendu... ou qu'elle était davantage que cela.

Elle arriva, entourée par ceux qui voulaient devenir ses fidèles et suivaient ses pas depuis le début de son voyage : une foule bigarrée, vêtue de haillons, mais aux visages radieux.

La jeune fille portait des vêtements grossiers et mal cousus. Petite et menue, nimbée d'une étrange aura, elle ne semblait pas tout à fait réelle.

Encadrés par de longs cheveux argentés aussi brillants que de l'eau sous le clair de lune, ses traits étaient parfaits. Elle marchait seule au milieu d'une foule qui ne l'approchait jamais de trop près. On eût dit qu'elle flottait parmi ses disciples. Et elle ne paraissait pas s'apercevoir de leur présence malgré les nombreuses voix qui l'appelaient.

Passant à côté de Pe Ell, elle se tourna vers lui pour le regarder.

Il frissonna de surprise. Le poids de ce regard – ou le simple fait d'en avoir été l'objet – suffit à le déstabiliser.

La jeune fille détourna ses étranges yeux noirs presque aussitôt et continua son chemin, tel un rayon de soleil aveuglant.

Pe Ell la regarda s'éloigner, ignorant ce qu'elle lui avait fait pendant le court instant où leurs yeux s'étaient croisés. Il eut le sentiment qu'elle avait lu dans son cœur et son esprit. D'un simple regard, elle avait découvert tout ce qu'il y avait à savoir sur lui.

Et c'était la plus belle créature qu'il ait jamais vue !

Elle entra dans le village, toujours escortée par la foule. Pe Ell lui emboîta le pas.

Très grand, il était si maigre qu'il semblait émacié et fragile. Rien n'était plus éloigné de la vérité, car il était dur comme l'acier. Le visage long et étroit, un nez en forme de bec d'aigle, il avait de hauts sourcils, un grand front et des cheveux châtains coupés en brosse.

Ses yeux noisette étaient désarmants de franchise. Quand il souriait – et il le faisait souvent – sa bouche partait légèrement de travers.

Il marchait un peu voûté, comme un adolescent dégingandé ou un félin qui traque sa proie. Il avait les mains fines et délicates. Il portait des vêtements verts de forestier taillés dans un tissu grossier, des bottes lacées en cuir usé et un manteau court aux nombreuses poches.

Pe Ell n'avait aucune arme visible, car son Stiehl était attaché par des lanières sur sa cuisse droite. Le couteau était caché par son pantalon – mais il pouvait facilement l'atteindre à travers la fente ménagée dans sa poche.

Sentant la magie de sa lame le réchauffer, il avança pour ne pas perdre la jeune fille de vue. Les gens s'écartaient sur son passage, à cause de ce qu'ils lisaient sur son visage, de la façon dont il bougeait, ou du mur invisible qu'ils percevaient autour de lui.

Il n'aimait pas qu'on le touche, et les autres semblaient le comprendre d'instinct.

Immanquablement, ils s'éloignaient de lui.

Il se fraya un chemin dans leurs rangs comme l'ombre chasse la lumière, les yeux rivés sur la jeune fille.

Elle l'avait regardé pour une raison précise, et cela l'intriguait. Il ignorait à quoi s'attendre quand il la verrait, mais n'avait rien prévu de semblable.

Pe Ell était à la fois surpris, content et vaguement inquiet. Détestant les choses qu'il ne pouvait pas contrôler, il se doutait que la jeune fille ne se laisserait pas dominer par n'importe qui.

Cela dit, il n'était pas *n'importe qui*.

La foule entonna une vieille chanson qui parlait de la renaissance de la terre après la moisson et de la nourriture qu'on apportait des champs jusqu'aux tables des paysans qui avaient travaillé pour la produire. Une ode aux saisons, à la pluie et au soleil...

D'autres chants s'élevèrent pour glorifier le roi de la rivière Argentée.

La jeune fille ne sembla pas les entendre. Elle traversa les premiers pâtés de maisons, à la lisière du village, puis le quartier des échoppes, au centre de la communauté.

Des soldats de la Fédération apparurent et tentèrent de canaliser la foule, mais ils étaient trop peu nombreux et trop mal préparés. Apparemment, ils avaient sous-estimé l'impact de l'arrivée de la jeune fille dans la communauté.

Les nains étaient les plus excités. On eût dit qu'on leur avait rendu leurs vies volées par la Fédération. Ce peuple était soumis depuis tant d'années, et si peu de chose lui avait redonné espoir !

Mais la jeune fille semblait être le sauveur qu'ils attendaient depuis longtemps. Cette conviction était due à une autre cause que les récits relatant ses miracles : cela tenait à son aspect et à ce qui émanait d'elle.

Pe Ell le sentit aussi clairement que la foule. Différente de tous les êtres qu'il avait rencontrés, elle était venue ici dans un but précis.

Elle allait *faire* quelque chose !

Toute activité cessa à Culhaven quand le village entier, oppresseurs comme opprimés, découvrit ce qui se passait et y participa. Pe Ell pensa à une vague qui accumule de la force dans l'océan et grandit jusqu'à faire paraître minuscule l'étendue d'eau qui lui a donné naissance. Il en allait de même avec cette jeune fille. Elle donnait l'impression que tout cessait, hormis le moment présent. Tout ce qui n'était pas elle s'évanouissait et perdait sa signification. Pe Ell sourit de cette sensation étonnamment merveilleuse.

La vague balaya le village, traversa le quartier des échoppes et des affaires, les marchés aux esclaves, la maison de correction, les complexes de l'armée, les maisons déglinguées des nains, les demeures bien entretenues de la Fédération et sortit par l'autre extrémité du village. Personne ne semblait savoir où la vague allait. Excepté la jeune fille, qui la guidait selon son bon plaisir.

Quand la jeune fille s'arrêta, la foule ralentit, tourna autour d'elle et s'immobilisa.

Arrivée au pied des pentes noircies des jardins de Meade, la visiteuse leva les yeux vers la crête de la colline dénudée, comme si elle regardait, au-delà, un lieu que personne ne voyait.

Des centaines de gens attendaient désormais de savoir ce qu'elle allait faire.

Lentement, elle avança sur la côte. La foule ne l'y suivit pas, devinant qu'elle n'était pas censée l'accompagner.

La marée humaine s'ouvrit devant elle, pleine d'espoir.

Quelques mains se tendirent pour la toucher, mais aucune n'y parvint.

Pe Ell se fraya un chemin dans l'assistance et arriva à moins de dix pas de la jeune fille. S'il avançait avec détermination, il ignorait encore quel serait son prochain geste.

Soudain, un groupe de soldats se campa devant la visiteuse.

— Votre présence ici n'est pas autorisée, dit un commandant de la Fédération. Vous devez repartir.

La jeune fille le regarda sans broncher.

— Ce lieu vous est interdit, insista le commandant. Une proclamation du Conseil de la Coalition du gouvernement de la Fédération, que j'ai l'honneur de servir, prohibe l'accès à cet endroit. Me comprenez-vous ?

La jeune fille ne répondit pas.

— Si vous refusez de rebrousser chemin, je serai obligé de vous expulser.

Des cris de colère retentirent dans la foule.

La jeune fille avança d'un pas.

— Si vous ne partez pas *immédiatement*, je devrai...

La visiteuse fit un geste. Aussitôt, les jambes de l'homme furent emprisonnées par des racines de deux pouces d'épaisseur. Les soldats qui l'accompagnaient reculèrent quand leurs piques se transformèrent en bâtons qui s'effritèrent entre leurs mains.

La jeune fille passa à côté d'eux comme si elle ne les voyait pas. La voix du commandant se transforma en un murmure de terreur, puis se tut.

Pe Ell eut un sourire féroce. La magie ! La jeune fille contrôlait la magie véritable ! Les histoires ne mentaient pas. C'était déjà plus qu'il n'aurait osé espérer. Était-elle vraiment la fille du roi de la rivière Argentée ?

Les soldats restèrent à l'écart, refusant d'affronter ce genre de pouvoir. Quelques sous-officiers essayèrent de lancer des ordres, mais personne ne voulut obéir après ce qui était arrivé au commandant.

Pe Ell regarda autour de lui. Apparemment, il n'y avait pas de Questeur dans le village. En leur absence, personne n'agirait.

La jeune fille gravit les côtes carbonisées en dérangeant à peine la terre sèche qu'elle foulait. Le soleil transformait ces étendues stériles en fournaise, mais elle ne sembla pas dérangée par la chaleur.

Pendant qu'il la regardait, Pe Ell se sentit attiré comme par un gouffre sans fond. Avec l'impression qu'il y avait de l'autre côté quelque chose de si impossible qu'il ne pouvait pas l'imaginer...

Que va-t-elle faire ?

Arrivée en haut de la côte, elle s'arrêta et sembla un moment chercher quelque chose – peut-être une présence invisible qui lui parlerait.

Se laissant tomber sur le sol, elle enfonça ses mains dans la terre carbonisée. Quand elle baissa la tête, ses cheveux lui firent comme un voile de lumière argentée.

Tout devint silencieux.

La terre commença à trembler et un grondement jaillit de ses profondeurs. La foule recula. Les hommes se campèrent sur leurs jambes, les femmes attrapèrent leurs enfants, et des cris retentirent.

Pe Ell avança d'un pas, ses yeux noisette rivés sur la jeune fille. Il n'était pas effrayé. Il attendait cet instant depuis longtemps, et rien n'aurait pu le décider à s'éloigner.

De la lumière sembla jaillir de la colline, si aveuglante qu'elle cacha la lumière du soleil. Des geysers explosèrent et montèrent vers le ciel, bombardant de poussière et de terre Pe Ell et les disciples les plus proches du pied de la colline.

Tout bougeait et se soulevait comme si un géant enterré dans la colline se réveillait. De gros rochers sortirent brusquement de la terre comme les os d'une gigantesque créature. La surface carbonisée de la colline disparut et de la terre fraîche prit sa place. Riche et fertile, elle emplit l'air de son odeur entêtante. Des racines se dressèrent comme des serpents et des pousses vertes se déployèrent.

La jeune fille était toujours agenouillée. Sous ses amples manches, ses bras restaient plongés dans la terre.

On ne voyait pas son visage.

Beaucoup de spectateurs s'étaient également agenouillés. Certains imploraient les forces de la magie, qu'on disait autrefois maîtresse de la destinée des hommes. D'autres tentaient simplement d'éviter de tomber, car les secousses devenaient violentes au point que les arbres en étaient ébranlés.

Une vague d'excitation déferla dans le corps de Pe Ell. Il aurait voulu courir vers la jeune fille, la prendre dans ses bras, sentir ce qui se passait en elle et partager son pouvoir.

Les rochers firent un vacarme apocalyptique alors qu'ils retombaient sur le sol, modifiant la configuration de la colline. Des terrasses se formèrent, de la mousse et du lierre emplissant leurs fissures. Des pistes serpentèrent sur la colline et des racines devinrent des arbrisseaux qui se transformèrent bientôt en arbres aux multiples branches.

Les cycles de croissance ramenés à quelques minutes, des feuilles apparurent et grandirent comme si elles ne pouvaient pas attendre plus longtemps de recevoir les rayons du soleil. Des herbes et des broussailles couvrirent les sous-bois. Des fleurs surgirent un peu partout, arc-en-ciel de couleurs qui manqua aveugler Pe Ell.

Puis le grondement cessa et le silence qui suivit fut vite brisé par le chant des oiseaux.

Pe Ell regarda la foule. La plupart des fidèles étaient toujours à genoux, les yeux écarquillés. Beaucoup pleuraient.

Il se tourna de nouveau vers la jeune fille. En quelques minutes, elle avait transformé la colline – effaçant ainsi une centaine d'années de déprédations volontaires – et rendu aux nains de Culhaven le symbole de leur nature et de leur fierté.

Les jardins de Meade !

Elle était toujours à genoux, tête baissée. Quand elle se releva, elle tenait à peine debout. Toute sa force ayant été consumée pour restaurer les jardins, elle semblait ne plus rien avoir à donner.

Elle tituba, son beau visage marqué et ses cheveux d'argent emmêlés.

Pe Ell sentit les yeux de la jeune fille se poser sur lui. Cette fois, il n'hésita pas. Gravissant la pente, il sauta par-dessus les rochers et les broussailles sans emprunter les pistes.

La foule se précipita sur ses talons et des voix l'appelèrent, mais il ne regarda pas derrière lui. Arrivant près de la jeune fille au moment où elle tombait, il la prit dans ses bras et la tint serrée contre lui comme si elle était une créature sauvage, la protégeant et l'empêchant de fuir en même temps.

Quand les yeux de la visiteuse se levèrent vers lui, il mesura la profondeur des sentiments qu'ils exprimaient. À cet instant, il se sentit lié à elle d'une manière impossible à décrire.

— Emmenez-moi dans un endroit où je me reposerai, murmura-t-elle.

La foule était arrivée à leur hauteur. Pe Ell dit quelques mots pour rassurer les fidèles, affirmant que la jeune fille était seulement fatiguée.

Aussitôt, il entendit ses paroles passer de bouche en bouche.

Quelques soldats de la Fédération avaient suivi le mouvement. Ils avaient judicieusement choisi de rester à l'écart.

Pe Ell commença à reculer, portant la jeune fille, étonné par son faible poids.

Des nains lui proposèrent de les suivre et d'amener la fille du roi de la rivière Argentée chez eux.

Pe Ell se laissa guider. Pour le moment, une maison en valait une autre. La foule les suivit un moment du regard, puis entra dans les jardins paradisiaques.

Pe Ell descendit la colline et retourna à Culhaven, la jeune fille endormie dans les bras.

Elle s'était mise sous sa protection.

Un étrange paradoxe. Car après tout, il était chargé de la tuer !

Chapitre 6

Pe Ell emmena la fille du roi de la rivière Argentée dans la maison des nains – une famille composée d'un homme, de son épouse, de leur fille veuve et de ses deux enfants en bas âge.

Ils vivaient dans une petite maison de pierre, à l'extrémité est du village. Juste devant se dressaient un chêne blanc et un orme rouge. Un endroit tranquille et isolé...

La plus grande partie de la foule ne les suivit pas. Cependant, quelques nains s'installèrent un camp à l'extérieur de la propriété. C'étaient, pour l'essentiel, des fidèles qui accompagnaient la jeune fille depuis le sud, convaincus qu'elle les sauverait.

Mais elle ne leur était pas destinée, Pe Ell le savait. Désormais, elle lui appartenait.

Avec l'aide des nains, il l'installa dans la petite chambre du fond où dormaient normalement le maître de maison et son épouse. Puis le nain, sa femme et leur fille sortirent préparer un repas aux disciples résolus à monter la garde.

Pe Ell resta à côté de la jeune fille.

Assis sur une chaise, près du lit, il la regarda dormir. Les enfants s'attardèrent un moment, curieux de voir ce qui se passerait. Mais ils finirent par se lasser et le laissèrent seul.

Pe Ell resta à son poste, attendant patiemment que la jeune fille se réveille. Il étudia la forme de son corps, détaillant la courbe de ses hanches et de ses épaules, puis l'arrondi de son dos. Elle était si menue ! On eût dit une minuscule étincelle de chair et de vie.

Pe Ell s'étonna de la texture de sa peau, de sa couleur et de son absence de défauts. Elle aurait pu avoir été fabriquée par un grand artiste, dont elle aurait alors été le chef-d'œuvre.

Dehors, on alluma des feux, et des bruits de voix filtrèrent à travers les fenêtres.

Pe Ell n'était pas fatigué et n'avait pas besoin de dormir.

Il occupa son temps à réfléchir.

Une semaine plus tôt, on l'avait « convoqué » à la sentinelle du Sud pour y rencontrer Rimmer Dall. Il y était allé parce qu'il le voulait bien, pas par obligation. S'ennuyant ferme, il espérait que le Premier Questeur lui confierait une mission intéressante. Pour Pe Ell, c'était la seule chose qui importait au sujet de Rimmer Dall. Ce qu'il faisait de sa vie et de celle des autres ne l'intéressait pas. Il n'avait aucune illusion, parfaitement conscient de ce qu'était Rimmer Dall. Mais il s'en moquait.

Le déplacement lui prit deux jours. Il quitta les collines de TertreBataille, où il avait élu domicile, voyagea à cheval vers le nord et arriva à la sentinelle du Sud au coucher du soleil, le deuxième jour. Descendant de cheval quand il était encore hors de vue des gardes, il approcha à pied. Il n'aurait pas eu besoin de prendre tant de précautions pour entrer sans que personne l'en empêche. Mais il appréciait l'idée d'aller et venir à sa guise. Et il aimait faire montre de ses talents.

Surtout face aux Ombreurs.

Quand il entra dans le monolithe de pierre noire, Pe Ell aurait pu être un fantôme issu des ténèbres, sortant des fissures du mur.

Ainsi, il dépassa les gardes sans qu'ils le voient.

La sentinelle du Sud était silencieuse et sombre. Avec tous ses couloirs vides, elle ressemblait à une crypte bien entretenue. Seuls les morts avaient leur place ici – ou ceux qui travaillaient avec la mort.

Pe Ell avança dans les catacombes. Sentant la magie emprisonnée dans la terre, il entendit son murmure alors qu'elle essayait de se libérer. Un géant endormi que Rimmer Dall et ses Ombreurs croyaient pouvoir apprivoiser.

Ils gardaient bien leur secret, mais aucun ne résistait à Pe Ell...

Quand il fut presque arrivé à la haute tour où Rimmer Dall l'attendait, il tua un des gardes – un Ombreur – simplement parce qu'il en avait envie. Caché dans les ombres, il attendit que la créature passe à côté de lui, attirée par le bruit qu'il venait de faire à cette fin.

Il sortit le Stiehl de son fourreau et tua sa victime d'un seul coup. Le garde mourut dans ses bras, son ombre flottant devant lui comme de la fumée noire tandis que son corps se réduisait en cendres. Pe Ell regarda ses yeux perdre toute expression. Puis il laissa l'uniforme vide à un endroit où on le trouverait aisément.

Tuant depuis très longtemps, il était un expert du meurtre. Très jeune, il avait découvert sa capacité de chercher et de détruire une victime, même bien gardée. Il *savait* comment se jouer des protections les plus solides. La mort effrayait la plupart des gens, mais pas lui. À ses yeux, elle était la sœur jumelle de la vie – et de loin la plus intéressante des deux. Secrète, inconnue et mystérieuse, quand elle venait, nul ne l'évitait, et elle durait éternellement.

Pour lui, la mort était une forteresse sombre aux salles infinies attendant d'être explorée. La plupart des gens n'y entraient qu'une seule fois, parce qu'ils n'avaient pas le choix. Pe Ell voulait lui rendre visite aussi souvent que possible, et ceux qu'il tuait lui en donnaient l'occasion. Chaque fois qu'il regardait quelqu'un mourir, il découvrait une salle de plus – une facette supplémentaire du secret.

Alors, il renaissait.

Dans la tour, il remarqua deux gardes postés devant une porte fermée. Bien entendu, ils ne le virent pas approcher. Pe Ell écouta et devina qu'il y avait quelqu'un dans la salle – un prisonnier. Il se demanda un instant s'il devait essayer de découvrir de qui il s'agissait. Mais il lui aurait fallu demander, un exercice qu'il détestait, ou tuer les gardes, ce qu'il ne se sentait plus d'humeur à faire pour le moment.

Il passa son chemin.

En haut de l'escalier obscur qui conduisait au sommet de la sentinelle du Sud, il entra dans une pièce composée de cellules irrégulières connectées comme les couloirs d'un labyrinthe. Il n'y avait pas de portes, seulement des entrées – et pas de gardes.

Pe Ell avança, silencieux comme une ombre. Dehors, il faisait nuit.

Le tueur à gages traversa les salles, tous les sens aux aguets.

Puis il s'arrêta et se retourna.

Rimmer Dall sortit des ténèbres. Pe Ell sourit. Dall aussi était très doué pour se rendre invisible.

— Combien en avez-vous tué ? demanda-t-il, de sa voix sifflante.

— Un seul, répondit Pe Ell avec un sourire. Mais j'en abattrai peut-être un autre en partant.

Les yeux de Dall brillèrent d'une lueur rouge.

— Un de ces quatre, vous jouerez une fois de trop à votre jeu favori. Un jour, vous passerez un rien trop près de la mort, et elle vous emportera au lieu de prendre votre victime.

Pe Ell haussa les épaules. L'idée de sa propre fin ne le troublait pas. Il savait qu'elle arriverait, tôt ou tard. Quand elle serait là, elle aurait le visage familier qu'il avait vu toute sa vie. Pour la plupart des gens, il y avait le passé, le présent et l'avenir. Pas pour lui ! Le passé était une série de souvenirs – les vestiges racornis de tout ce qui avait été perdu. L'avenir lui semblait une vague promesse faite de rêves et de néant. Il n'avait rien à faire de l'un ou de l'autre ! Pour lui, seul le présent comptait, parce que c'était là que la mort survenait et parce qu'il pouvait le contrôler.

Pe Ell aimait le contrôle par-dessus tout. Le présent étant une chaîne d'événements forgée par les vivants et les morts – et en constante évolution –, on se trouvait toujours là pour voir ce qui se passait.

Une fenêtre donnait sur les ténèbres, de l'autre côté d'une table et de deux chaises. Pe Ell alla s'asseoir et Rimmer Dall le rejoignit. Ils restèrent assis en silence un moment, chacun voyant chez l'autre quelque chose de plus que son corps physique.

Ils se connaissaient depuis plus de vingt ans.

Rimmer Dall était alors un des membres les moins importants du comité de surveillance du Conseil de la Coalition, mais déjà très impliqué dans la politique destructrice de la Fédération. Sans pitié et déterminé, à peine sorti de l'adolescence, il se montrait déjà redoutable.

C'était aussi un Ombreur, bien entendu, mais peu de gens le savaient. À peu près du même âge, Pe Ell avait déjà plus de vingt meurtres à son actif. Ils s'étaient rencontrés dans les quartiers d'un homme que Rimmer Dall était venu éliminer, parce qu'il convoitait son poste au sein du gouvernement des Terres du Sud.

Pe Ell était arrivé le premier, envoyé par un autre ennemi de l'homme, décidément peu populaire. Ils s'étaient affrontés devant le corps du pauvre type, les ombres de la nuit les enveloppant dans les ténèbres qui reflétaient leurs âmes, et avaient vite senti qu'ils se ressemblaient.

Tous les deux disposaient de la magie et n'étaient pas ce qu'ils paraissaient être. De plus, aucun n'avait peur de l'autre.

La cité de Wayford, dans les Terres du Sud, était livrée aux intrigues d'hommes dont l'ambition égalait la leur. Mais dont les capacités étaient de loin inférieures.

Ils se regardèrent dans les yeux, et chacun mesura le potentiel d'une éventuelle alliance.

Ce jour-là, ils scellèrent un pacte irrévocable. Pe Ell devint l'arme et Rimmer Dall la main qui la dirigeait. Chacun servant l'autre suivant son bon plaisir, il n'y avait ni contrainte ni lien. Ils prenaient à l'autre ce dont ils avaient besoin et lui rendaient ce qui se révélait inutile. Pourtant, aucun n'avait identifié les besoins et les motivations de son complice.

Rimmer Dall restait un chef Ombreur aux plans entourés du secret le plus inviolable et Pe Ell un tueur fasciné par la mort.

Dall l'invitait à éliminer les ennemis qui lui paraissaient particulièrement dangereux. Pe Ell acceptait quand le défi lui paraissait intéressant. Ainsi, tous deux se nourrissaient confortablement de la mort des autres.

— Qui gardez-vous prisonnier dans la pièce d'en dessous ? demanda soudain Pe Ell.

— Un habitant des Terres du Sud – de Valombre –, pour être précis. Un homme appelé Ohmsford. Il a un frère qui croit l'avoir tué. Je me suis arrangé pour le lui laisser penser. Quand le moment sera venu, je leur permettrai de se revoir...

— Encore un jeu de votre cru...

— Mais dont l'enjeu est très élevé. Il implique une magie aux proportions inimaginables. Un pouvoir bien plus grand que le vôtre, le mien ou celui de n'importe qui. Un pouvoir illimité !

Pe Ell sentait toujours le poids du Stiehl contre sa cuisse et la chaleur de sa magie. Il lui était difficile d'en imaginer une plus puissante – et impossible d'en rêver une qui fût plus utile ! Le Stiehl était l'arme parfaite, car rien ne lui résistait. Ni le fer ni la pierre. Rien. Tout se révélait trop faible contre elle. Et même les Ombreurs y étaient vulnérables. Il l'avait découvert des années auparavant, quand l'un d'eux avait essayé de le tuer en s'introduisant dans sa chambre.

L'assassin avait cru le surprendre, mais Pe Ell ne dormait jamais et il avait tué sans mal la créature de ténèbres.

Plus tard, il s'était demandé si l'Ombreur n'avait pas été envoyé par Rimmer Dall pour le mettre à l'épreuve. Mais il avait décidé de ne pas chercher à le savoir. Peu importait ! Le Stiehl le rendait invincible.

Persuadé que le destin lui avait offert cette arme, il ignorait qui l'avait fabriquée. Quand il l'avait trouvée, à douze ans, il voyageait avec un homme qui prétendait être son oncle – un ivrogne toujours prêt à taper sur plus faible que lui.

Ils voyageaient à travers les terres de TertreBataille, vendant les marchandises volées par son oncle. Ce soir-là, ils avaient dressé leur camp dans un ravin situé à la lisière des Chênes Noirs, et le soûlard l'avait encore battu pour une faute imaginaire.

Puis il s'était endormi, une bouteille serrée contre son cœur.

Pe Ell se fichait des raclées, car il en recevait depuis l'âge de quatre ans, l'époque où son oncle, après la mort de ses parents, l'avait emmené avec lui.

À cette époque, il avait du mal à se souvenir du temps où on ne le tabassait pas tous les jours. Mais la façon dont son oncle s'y prenait le dérangeait, comme si chaque coup avait pour but de découvrir les limites de ce qu'il pouvait endurer.

Pe Ell commençait à penser qu'il avait atteint ses limites.

Il s'éloigna dans le crépuscule, attendant que la douleur se calme. Soudain, il aperçut une caverne qui l'attira comme un aimant. Une fascination qu'il n'avait jamais comprise, même après coup...

Cachée par les broussailles et à demi enterrée sous des rochers, on eût dit une gueule noire donnant sur les entrailles de la terre.

Pe Ell pénétra à l'intérieur sans hésitation. Bien peu de chose lui faisait peur, même à cette époque.

Comme il avait toujours eu une vue très développée, la plus chiche lumière lui suffisait pour trouver son chemin.

Il avança jusqu'à l'endroit où gisaient des ossements humains vieux de plusieurs siècles et éparpillés comme si on leur avait donné des coups de pied. Le Stiehl gisait au milieu, sa lame émettant une lueur argentée dans les ténèbres.

Le nom du couteau était gravé sur le manche. Pe Ell le ramassa et sentit sa chaleur. C'était un talisman d'une autre ère, une arme gorgée de puissance. Il comprit aussitôt qu'elle était magique et que rien ne lui résisterait.

Quittant la caverne, il retourna au camp et trancha la gorge de son oncle – après l'avoir réveillé pour qu'il sache qui le tuait...

— Il y a une jeune fille, dit soudain Rimmer Dall.
Puis il attendit.
Pe Ell regarda le visage desséché de l'homme, dont les yeux rouges scintillaient.

— On raconte qu'elle contrôle la magie, siffla le Premier Questeur. Qu'elle peut changer la nature de la terre, éliminer la maladie et tous les fléaux, et faire pousser des fleurs sur le sol le plus ingrat. On prétend aussi qu'elle est la fille du roi de la rivière Argentée.

— L'est-elle vraiment ?

— Oui. Les récits ne mentent pas... J'ignore pourquoi, mais elle voyage en direction de Culhaven. Il semble qu'elle ait une mission à remplir. Je veux que vous découvriez laquelle, puis que vous l'éliminiez.

Pe Ell s'étira confortablement.

— Pourquoi ne la tuez-vous pas vous-même ?

— La fille du roi de la rivière Argentée nous répugne. De plus, elle reconnaîtrait instantanément un Ombreur. Les créatures magiques ont des caractéristiques identiques qui leur permettent de s'identifier sans peine. Il faut que ce soit quelqu'un d'autre – un homme qui pourra l'approcher d'assez près et qu'elle ne soupçonnera pas.

— *« Quelqu'un d'autre »*, répéta Pe Ell, avec un sourire. Il y a des tas de « quelqu'un d'autre », Rimmer. Envoyez le premier qui vous tombera sous la main. Vous disposez d'une armée d'assassins stupidement loyaux qui seront heureux de tuer une fille assez bête pour révéler qu'elle contrôle la magie. Ce travail ne m'intéresse pas.

— En êtes-vous certain ?

Pe Ell soupira. Le marchandage commençait. Il se leva et se pencha sur la table pour mieux voir le visage de Dall.

— Vous m'avez souvent dit que je ressemblais aux Ombreurs. Nous sommes très proches, selon vous. Nous manions une magie contre laquelle il n'existe aucune défense. Et nous avons une vision de la vie que personne d'autre ne partage. Dotés d'instincts et de capacités identiques, nous sommes les deux faces de la même pièce. Rimmer Dall, sauf si vous m'avez menti, cette fille me démasquerait aussi rapidement qu'un Ombreur. Donc, il serait stupide de me charger de ce travail.

— Il faut que ce soit vous...

— Il *faut*, maintenant ?

— Votre magie n'est pas innée, mais distincte de votre personne. Même si la jeune fille la perçoit, elle ignorera *qui* vous êtes. Elle ne sera pas avertie du danger. Du coup, vous pourrez agir.

Pe Ell haussa les épaules.

— Comme je vous l'ai dit, cette affaire ne m'intéresse pas.

— Parce qu'elle ne vous lance aucun défi ?

— Oui...

Rimmer Dall s'adossa à sa chaise et son visage disparut dans les ténèbres.

— Cette fille n'est pas une simple créature de chair et de sang. Elle ne sera pas facile à vaincre. Sa magie la protégera, et il faudra un pouvoir encore plus fort pour la tuer. Des hommes ordinaires munis d'armes classiques n'auront aucune chance. Mes assassins, comme vous les appelez si dédaigneusement, ne me seront d'aucune utilité. Les soldats de la Fédération peuvent approcher de la fille, mais sont incapables de lui faire du mal. Les Ombreurs, eux, ne réussiront même pas à l'aborder. Dans le cas contraire, je ne suis pas certain que cela ferait la moindre différence. Me comprenez-vous ?

Pe Ell ferma les yeux et sentit que Rimmer Dall le regardait.

— Cette fille est dangereuse ! Elle a été envoyée dans le but d'accomplir une mission importante dont j'ignore tout. Je dois le découvrir et l'empêcher d'agir. Ce ne sera pas facile. Cela pourrait même être trop compliqué pour vous...

Pe Ell inclina la tête, pensif.

— C'est ce que vous croyez ?

— Oui.

Pe Ell se leva d'un bond, le Stiehl au poing. Il posa la pointe de la lame sur le nez de Rimmer Dall et afficha un sourire effrayant.

— Vraiment ?

Rimmer Dall ne cligna même pas des yeux.

— Faites ce que je vous demande. Allez à Culhaven. Rencontrez cette fille. Découvrez ses plans. Puis tuez-la.

Pe Ell se demanda s'il ne ferait pas mieux d'égorger Rimmer Dall. Il y avait déjà pensé. Récemment, cette idée lui avait même paru fascinante. Il ne devait aucune loyauté à l'Ombreur et ne se souciait pas de lui. De plus, leur association n'était plus aussi satisfaisante qu'à une époque. Fatigué des manigances de Dall, il ne se sentait plus aussi à l'aise avec leur marché. Pourquoi ne pas mettre fin à l'arrangement... et à la vie de Rimmer Dall ?

Le Stiehl trembla. Hélas, ce meurtre n'avait aucun intérêt réel. Tuer Rimmer Dall ne servirait à rien, à moins d'être prêt à découvrir les secrets qui seraient révélés au moment de la mort du Premier Questeur.

Mais pourquoi précipiter les choses ? Mieux valait savourer cette idée pendant un moment. Oui, il était préférable d'attendre...

Pe Ell rengaina le Stiehl et recula. Un instant, il eut le sentiment d'avoir raté une occasion qui ne se reproduirait pas. Mais c'était idiot. Rimmer Dall ne pouvait pas l'empêcher de revenir. La vie du Premier Questeur était entre ses mains – et il pourrait en disposer au moment qu'il choisirait.

Il le regarda un moment, puis écarta les bras.

— Je le ferai.

Il se tourna pour partir, mais Rimmer Dall le rappela.

— Faites attention, Pe Ell ! Cette fille est au minimum votre égale. Ne jouez pas avec elle. Quand vous aurez découvert son but, tuez-la rapidement.

Pe Ell quitta la pièce et se fondit dans les ombres de la forteresse, se fichant de ce que Rimmer Dall pensait ou souhaitait. Il suffisait qu'il ait accepté de faire ce que l'Ombreur lui avait demandé. La manière était son affaire.

Il partit pour Culhaven et ne tua aucun garde en sortant.

Uniquement parce que l'effort n'en valait pas la peine.

La jeune fille se réveilla quelques heures avant l'aube. La famille de nains dormait encore. Les feux de camp s'étaient transformés en cendres et les derniers murmures de conversation s'étaient tus.

Pe Ell revint au présent dès que la jeune fille ouvrit les yeux. Elle le regarda sans rien dire. Après un long moment, elle s'assit dans le lit.

— Je m'appelle Force Vitale, dit-elle.

— Mon nom est Pe Ell...

Elle tendit la main et prit la sienne, ses doigts aussi légers qu'une plume quand elle effleura sa peau. Puis elle frissonna et retira sa main.

— Je suis la fille du roi de la rivière Argentée...

Elle posa les jambes par terre et lissa sa belle chevelure. Pe Ell était pétrifié par sa beauté, mais elle semblait ne pas en avoir conscience.

— J'ai besoin de votre aide... Je suis sortie des Jardins de mon père pour me lancer à la recherche d'un talisman. Voyagerez-vous avec moi ?

La demande était si inattendue que Pe Ell en resta un moment sans voix.

— Pourquoi m'avez-vous choisi ? demanda-t-il enfin.

— Parce que vous êtes spécial !

Exactement la bonne réponse ! Pe Ell fut stupéfait qu'elle en sache assez pour dire ce qu'il avait envie d'entendre. Puis il se souvint de l'avertissement de Rimmer Dall et se raidit.

— Quel genre de talisman cherchons-nous ?

— Un artefact dont le pouvoir est assez grand pour se dresser contre celui des Ombreurs.

Pe Ell sursauta. Force Vitale était si belle ! Mais sa splendeur le déconcentrait et l'emplissait de confusion. Il se sentit soudain privé de toutes ses défenses, vulnérable jusqu'au tréfonds de son âme.

La jeune fille savait qui il était. Elle voyait tout.

À cet instant, il faillit la tuer. Mais l'extrême vulnérabilité de sa proie l'en empêcha. Malgré sa magie, elle n'avait aucune défense contre une arme comme le Stiehl. Il en était sûr. S'il décidait de la tuer, elle serait à sa merci.

Sachant cela, il choisit de ne pas l'éliminer.

Pas encore...

— Les Ombreurs, répéta-t-il doucement.

— Avez-vous peur d'eux ? demanda-t-elle.

— Non.

— De la magie ?

Pe Ell se pencha vers Force Vitale.

— Que savez-vous de moi ?

Elle ne détourna pas le regard.

— Je sais que j'ai besoin de vous. Parce que vous n'aurez pas peur de faire le nécessaire.

Pe Ell devina que ces mots avaient plusieurs sens, mais il aurait été incapable de dire lesquels.

— Viendrez-vous avec moi ? demanda-t-elle de nouveau.

« *Tuez-la rapidement* », avait dit Rimmer Dall.

Pe Ell se tourna vers la fenêtre et écouta le bruit de la rivière et du vent.

Il ne s'était jamais beaucoup soucié de l'avis des autres. En général, ils le donnaient dans leur propre intérêt, et cela ne servait à rien pour un homme dont la vie dépendait de la capacité à exercer son propre jugement. De plus, il y avait dans cette affaire un mystère que Rimmer Dall ne lui avait pas révélé. Des secrets à découvrir... Se pouvait-il que le talisman soit un objet craint par le Premier Questeur ? Pe Ell sourit. Et si le talisman tombait entre ses mains ? La situation pouvait devenir intéressante...

Il regarda de nouveau Force Vitale, convaincu de pouvoir la tuer quand il le déciderait.

— Je viendrai avec vous, dit-il.

Elle se leva, tendit les mains, prit la sienne et l'attira vers elle, comme l'aurait fait une amante.

— Deux autres personnes doivent m'accompagner. Elles sont nécessaires, comme vous. L'une est à Culhaven. Je veux que vous me l'ameniez.

Pe Ell fronça les sourcils. Il avait la ferme intention de la séparer des imbéciles postés devant la maison – ces crétins qui croyaient aux miracles et au destin.

Force Vitale lui appartenait.

— Non !

La jeune fille approcha, ses yeux noirs étrangement dépourvus d'expression.

— Sans eux, nous ne réussirons pas. Personne d'autre n'est nécessaire. Eux, oui !

Elle parlait avec tant de détermination qu'il lui fut impossible de protester. Ce qu'elle disait était peut-être vrai. Pour l'heure, elle en savait plus long que lui.

— Seulement deux compagnons ? demanda-t-il. Aucun des fidèles qui vous attendent dehors ?

Force Vitale hocha la tête.

— Marché conclu ! lança Pe Ell.

Il n'existait pas au monde deux individus capables de contrarier ses plans. Alors où était le risque ?

— Vous avez dit qu'un de ces hommes est au village. Où le trouverai-je ?

Pour la première fois depuis qu'elle s'était réveillée, la jeune fille détourna le regard.

— Dans les prisons de la Fédération...

Chapitre 7

Morgan Leah.

C'était le nom de l'homme que Pe Ell devait ramener à la fille du roi de la rivière Argentée.

Dans les rues de Culhaven quasiment désertes, les miséreux blottis dans les coins attendaient la fin de la nuit. Pe Ell les ignora et continua son chemin vers le centre du village et les prisons de la Fédération. L'aube ne se lèverait pas avant deux heures. Il avait le temps d'agir.

Il aurait pu retarder cette mission de sauvetage d'une nuit, mais il n'avait pas trouvé de bonne raison pour cela. Plus vite il libérerait cet homme, plus tôt ils se mettraient en chemin.

Il n'avait pas encore demandé à Force Vitale où ils iraient. Peu importait.

Il avança en réfléchissant à l'étrange effet que la jeune fille avait sur lui. À la fois enthousiasmé et terrifié, il oscillait entre l'impression d'être un homme en train de se redécouvrir et celle d'être... un imbécile. Rimmer Dall aurait probablement penché pour la seconde hypothèse, l'accusant de se laisser mener par le bout du nez. Mais Rimmer Dall n'avait pas d'âme, pas de cœur et aucun sens de la poésie de la vie et de la mort. Il ne se souciait de rien ni de personne – seulement du pouvoir dont il disposait ou qu'il cherchait à s'approprier.

Car les Ombreurs étaient des créatures vides. En dépit de ce que pensait Dall, Pe Ell lui ressemblait moins qu'il le supposait. Lui aussi comprenait les dures réalités de l'existence – ce qu'il fallait faire pour rester en vie et être en sécurité. Mais il sentait également la beauté des choses, particulièrement quand il s'agissait de la mort. Rimmer Dall la considérait comme une *extinction*. Quand Pe Ell tuait, il savourait la grâce et la symétrie d'un des événements les plus merveilleux de la vie.

Il était sûr que la mort de Force Vitale serait d'une incroyable beauté. Et très différente de tout ce qu'il avait vu jusque-là.

Donc, il ne précipiterait pas le destin de la jeune fille. Au contraire, il prendrait son temps pour mieux en profiter. Les sentiments qu'elle éveillait en lui ne changeraient pas son plan, mais ils faisaient partie de son âme et de son humanité. Rimmer Dall et ses Ombreurs ne pouvaient rien comprendre à cela, puisqu'ils étaient aussi insensibles que des pierres.

Mais pas Pe Ell.

Il dépassa la maison de correction, évitant les lumières du complexe et les officiers de nuit. Dans la forêt silencieuse, les sons se désincarnaient et devenaient quelque peu effrayants. Pe Ell s'unit à ce vide angoissant, ravi de la protection qu'il lui conférait.

Il voyait et entendait ce que personne d'autre ne percevait. Il en avait toujours été ainsi. Il sentait les créatures qui vivaient dans l'obscurité, même si elles se cachaient. Les Ombreurs aussi étaient comme ça. Mais beaucoup moins doués que lui...

Il s'arrêta à un croisement et attendit d'être sûr que la voie était libre. Il y avait des patrouilles partout...

Il pensa de nouveau à Force Vitale. Une enfant, une femme, une créature magique – elle était tout cela et plus encore. L'incarnation des choses les plus belles de la terre : un vallon baigné de soleil, des chutes d'eau majestueuses, un ciel bleu à midi, les couleurs d'un arc-en-ciel, les étoiles sur fond de ciel nocturne... Créature de chair et de sang, elle était pourtant une partie de la terre, de la montagne, des rivières et des antiques rochers que rien ne pouvait soumettre à part le temps. Empli de perplexité, il percevait en elle des choses à la fois incongrues et compatibles. Comment était-ce possible ? Qu'était-elle d'autre que ce qu'elle proclamait être ?

Pe Ell avança dans la nuit, se fondant dans les ombres. Il ignorait les réponses à ces questions, mais était décidé à le découvrir.

La silhouette massive de la prison se dressa soudain devant lui.

Il lui fallut un moment pour déterminer la marche à suivre. Il connaissait le plan des prisons fédérales de Culhaven. Même si personne ne le savait, à part Rimmer Dall, il y avait séjourné une fois ou deux. En prison, on trouvait aussi des gens à tuer. Mais ce ne serait pas le cas aujourd'hui.

Il avait envisagé d'abattre l'homme qu'on l'envoyait sauver. Une manière radicale de l'empêcher de participer à la recherche du talisman disparu...

Il suffisait de tuer ce type tout de suite, le second plus tard, et c'en serait fini de son dilemme. Il pourrait mentir sur ces événements, mais Force Vitale devinerait probablement la vérité.

Elle lui faisait confiance. Pourquoi courir le risque de perdre cet atout ? De plus, elle avait peut-être vraiment besoin de ces hommes pour récupérer le talisman. Il n'en savait pas encore suffisamment sur leur quête. Mieux valait attendre et voir venir.

Il s'adossa au mur – dissimulé dans son ombre – et réfléchit. Il pouvait entrer directement dans la prison, aller voir l'officier responsable, lui montrer son insigne d'Ombreur et l'obliger à libérer l'homme immédiatement. Pour cela, il aurait fallu qu'il s'exposât, ce qu'il préférait éviter. Personne ne le connaissait, à part Rimmer Dall. Il était l'assassin privé du Premier Questeur. Aucun des autres Ombreurs ne se doutait de son existence, car tous ceux qu'il avait rencontrés étaient morts. Inconnu de tous, il préférait le rester.

Il jugea donc préférable de faire sortir le prisonnier à sa manière habituelle, par la ruse et en silence.

Pe Ell retrouva son sourire particulier. Il devait sauver cet homme maintenant... et le tuer plus tard. Décidément, il vivait dans un monde étrange.

Il s'éloigna du mur et se fraya un chemin vers la prison.

Morgan Leah ne dormait pas. Couché sur une paillasse, il réfléchissait.

Il était resté éveillé la plus grande partie de la nuit, trop énervé pour dormir, hanté par des regrets, des inquiétudes et un sentiment de futilité qu'il n'arrivait pas à bannir. L'exiguïté de la cellule le rendait claustrophobe. Elle faisait à peine douze pieds de large, mais plus de vingt de haut, avec une porte bardée de fer et une minuscule fenêtre à barreaux si haut placée qu'il ne pouvait pas s'y accrocher pour regarder dehors.

La cellule n'ayant pas été nettoyée depuis son arrivée, elle empestait. Le peu de nourriture qu'on lui consentait arrivait par une étroite fente, en bas de la porte. On lui donnait aussi, deux fois par jour, un peu d'eau pour boire, mais pas assez pour se laver.

Il était incarcéré depuis presque une semaine, et personne n'était venu le voir.

Il commençait à penser que nul ne viendrait jamais.

Étrange... Au moment de sa capture, il aurait juré que les soldats ne tarderaient pas à utiliser tous les moyens à leur disposition pour découvrir pourquoi il avait voulu libérer deux vieilles naines. Il se demandait encore si grand-mère Élise et tante Jilt s'en étaient sorties.

Hélas, il n'avait aucun moyen de le savoir.

Il avait frappé un soldat puis volé un uniforme pour se faire passer pour un militaire de la Fédération. Ensuite, il s'était servi du nom d'un officier pour entrer dans la maison de correction.

En somme, il avait ridiculisé la Fédération, faisant passer ses membres pour une clique d'incompétents. Tout cela pour libérer deux vieilles naines. Les chefs ennemis *devaient* vouloir découvrir pourquoi ! Et avoir hâte de lui faire payer leur humiliation. Pourtant, ils lui avaient fichu la paix.

Comprendre pourquoi était essentiel.

Il lui semblait peu probable qu'on le laisse moisir dans cette cellule jusqu'à ce qu'il soit oublié. Mais le major Assomal était en mission. Attendait-on son retour pour commencer à l'interroger ?

Le commandant Soldt serait-il si patient, après ce qu'il avait fait ?

L'officier était-il mort ? Morgan l'avait-il tué ? Ou les militaires attendaient-ils quelqu'un d'autre ?

Morgan soupira. Quelqu'un d'autre... Il en revenait toujours à la même et inévitable conclusion.

Rimmer Dall !

Cela ne pouvait être que ça. Teel avait dénoncé grand-mère Élise et tante Jilt à la Fédération, mais plus particulièrement aux Ombreurs. Rimmer Dall devait savoir qu'il y avait un lien entre les deux naines, Par et Coll Ohmsford et les compagnons partis avec eux à la recherche de l'Épée de Shannara. Apprenant que quelqu'un avait libéré les vieilles dames, il voudrait sûrement venir voir qui avait été pris dans les filets de la Fédération.

Morgan se leva et s'assit sur le bord de sa paillasse. Il n'était plus aussi endolori que les premiers jours. Les effets de la raclée commençaient à s'estomper. Il avait de la chance de ne rien avoir eu de cassé. Et d'être en vie, tout simplement...

Ou peut-être pas tant de chance que cela ! Tout dépendait de la façon dont on considérait les choses. Apparemment, sa bonne étoile l'avait bel et bien abandonné. Il pensa à Par et à Coll, regrettant de ne plus pouvoir les aider comme il avait promis de le faire. Que deviendraient-ils sans lui ? Que leur était-il arrivé en son absence ?

Il se demanda si Damson Rhee les avait cachés après leur fuite de la Fosse de Tyrsis. Padishar Creel avait-il découvert où ils étaient ?

Morgan se posait des dizaines de questions et il était incapable de trouver l'ombre d'une réponse !

Il s'allongea de nouveau sur le dos, pensant à ce que sa vie aurait pu être. À une autre époque, il aurait été le prince de Leah, promis à gouverner un jour son pays natal. Mais la Fédération avait aboli la monarchie depuis deux cents ans. Aujourd'hui, sa famille ne régnait plus sur rien...

Malgré tout, il demeurait optimiste. Sa force mentale restait intacte en dépit de ce qui lui était arrivé. Le ressort qui lui avait permis d'affronter tant de drames était toujours présent. Il n'avait pas l'intention d'abandonner.

Il y avait toujours un moyen...

Il aurait simplement aimé le découvrir vite...

Il somnola un peu, perdu dans ses pensées et troublé par d'étranges associations mentales.

Puis il finit par s'endormir.

Une main se posa sur sa bouche, étouffant son exclamation de surprise. Une autre le maintint allongé. Il se débattit, mais son agresseur était trop fort.

— Doucement, dit une voix contre son oreille. Ne faites pas de bruit.

Morgan s'immobilisa. Un homme au visage étroit, vêtu d'un uniforme de la Fédération, le regardait dans les yeux.

Le type le lâcha et recula en souriant.

— Qui êtes-vous ? demanda Morgan.

— Quelqu'un qui peut vous faire sortir d'ici, si vous êtes assez malin pour écouter, Morgan Leah.

— Vous connaissez mon nom ?

— Un hasard... En réalité, je suis entré ici par mégarde. Vous ne pourriez pas me montrer la sortie ?

Morgan étudia l'homme. Ce grand gaillard maigre semblait savoir ce qu'il faisait. Un sourire artificiellement plaqué sur le visage, il n'avait rien d'amical. Morgan repoussa sa couverture, se leva et remarqua la manière dont l'homme recula, histoire de toujours laisser le même espace entre eux.

Prudent, pensa Morgan. *Un vrai félin.*

— Êtes-vous avec le Mouvement ? demanda Morgan.

— Je suis avec moi-même... Enfilez ça.

Il jeta des vêtements au prisonnier.

Quand le montagnard les regarda, il s'aperçut qu'il s'agissait d'un uniforme de la Fédération. L'inconnu disparut un instant dans l'obscurité, puis revint, portant un objet volumineux sur une épaule, et le posa sur le lit avec un grognement.

Morgan sursauta quand il vit que c'était un cadavre. L'inconnu ramassa la couverture et la posa sur le mort, pour donner l'impression qu'il dormait.

— Comme ça, il leur faudra plus longtemps pour s'apercevoir que vous avez filé, murmura-t-il.

Morgan s'habilla aussi vite que possible. L'homme lui fit signe de se hâter et ils sortirent de la cellule.

Le couloir désert était chichement éclairé par des lampes. Morgan n'avait rien vu de la prison quand on l'y avait amené, car il était inconscient. Perdant aussitôt tout sens de l'orientation, il s'appliqua à suivre l'inconnu le long des couloirs, devant des rangées de portes identiques à celle de sa cellule.

Ils ne rencontrèrent personne.

Quand ils atteignirent le premier poste de garde, lui aussi était désert. Apparemment, il n'y avait pas de sentinelle à cet endroit. L'inconnu avançait rapidement, mais par l'entrebâillement d'une porte, Morgan aperçut un reflet de lumière sur des lames. Il ralentit et sonda la pièce remplie de râteliers d'armes.

Soudain, il se souvint de l'Épée de Leah.

Pas question de partir sans elle !

— Attendez une minute ! dit-il à l'inconnu.

L'homme se tourna vers lui. Morgan poussa la porte, qui s'ouvrit difficilement, car quelque chose la bloquait.

Le montagnard parvint enfin à entrer. Derrière la porte, un autre soldat mort était appuyé contre le chambranle. Morgan se força à détourner le regard et fouilla les râteliers.

Il trouva vite son Épée, toujours glissée dans un fourreau de fortune et pendue à un clou, près d'un faisceau de pieux. Il attacha l'arme sur son dos, s'empara d'une épée à lame large et sortit.

L'inconnu l'attendait.

— Plus de retard, dit-il sèchement. La relève arrivera juste après le lever du soleil. Nous y sommes presque...

Morgan fit signe qu'il avait compris. Ils descendirent un escalier grinçant et débouchèrent dans une cour.

L'inconnu savait exactement où il allait. Aucun garde ne se montra jusqu'à ce qu'ils atteignent une guérite, derrière les murs, et les soldats ne les interpellèrent pas. Ils passèrent le portail et quittèrent la prison au moment où les premières lueurs de l'aube apparaissaient à l'horizon.

L'homme conduisit Morgan sur la route principale. Après quelques centaines de pas, ils entrèrent dans une grange par une porte dérobée. Les ténèbres étaient si denses que le montagnard dut avancer à tâtons.

L'inconnu alluma une lampe et tira de sous un tas de sacs vides des vêtements de forestiers classiques.

Ils se changèrent et fourrèrent les uniformes de la Fédération sous les sacs.

Sur un geste de l'homme, ils sortirent.

— Vous êtes un montagnard, c'est ça ? demanda le grand type pendant qu'ils traversaient le village.

— Oui.

— Morgan Leah. Votre nom est le même que celui du pays... Votre famille l'a jadis gouverné ?

— Oui, répondit Morgan. Mais la monarchie n'existe plus depuis longtemps.

Son compagnon avançait à grandes foulées, mais sans cesser de scruter les alentours.

Ils traversèrent un pont étroit, au-dessus d'un affluent de la rivière Argentée. Une vieille femme émaciée les croisa, un bébé famélique dans les bras. Morgan se retourna pour les regarder.

L'inconnu ne l'imita pas.

— Je m'appelle Pe Ell, dit-il, sans tendre la main.

— Où allons-nous ? demanda Morgan.

— Vous verrez. (Puis il ajouta :) Vous rencontrerez la dame qui m'a envoyé à votre secours.

Morgan pensa aussitôt à grand-mère Élise et à tante Jilt. Mais comment auraient-elles connu quelqu'un comme Pe Ell ? Il semblait acquis qu'il n'appartenait pas au Mouvement des hommes libres. Et peu probable qu'il soit un allié de la Résistance des nains.

Pe Ell, se dit Morgan, n'était l'allié de personne. Mais qui était la dame en question ?

Ils longèrent des chemins qui serpentaient entre les maisons de la lisière de Culhaven – des bâtisses en pierre et en bois déglinguées qui s'écroulaient sur leurs habitants.

Bientôt, Morgan entendit la rivière Argentée couler. Les maisons se firent plus rares et les arbres plus denses. Les nains déjà au travail dans leurs cours et leurs jardins les regardèrent passer, soupçonneux. Si Pe Ell s'en aperçut, il ne le montra pas.

Le soleil était plus haut dans le ciel quand ils arrivèrent à destination : une petite maison bien entretenue encerclée par une bande d'hommes dépenaillés en train de finir leur petit déjeuner et de rouler leurs sacs de couchage. Murmurant entre eux, ils regardèrent Pe Ell et Morgan approcher.

Pe Ell les dépassa sans rien dire, le montagnard sur les talons. Puis ils entrèrent dans la petite maison.

Une famille de nains prenait son petit déjeuner. Quand elle les salua, Pe Ell parut à peine s'en apercevoir.

Il conduisit Morgan dans une petite chambre dont il ferma la porte.

Une jeune fille était assise sur le lit.

— Merci, Pe Ell, dit-elle en se levant.

Morgan Leah en eut le souffle coupé. La jeune fille était d'une beauté étonnante. Les traits fins et délicats, elle avait les yeux les plus noirs que Morgan ait jamais vus. Sa longue chevelure argentée scintillait et il émanait de toute sa personne une douceur qui incitait à la protéger. Elle portait des vêtements ordinaires – une tunique, un pantalon tenu par une large ceinture de cuir et des bottes – mais qui ne cachaient pas la sensualité et la grâce de son corps.

— Morgan Leah, murmura la jeune fille.

S'apercevant qu'il la dévisageait, le montagnard s'empourpra.

— Je m'appelle Force Vitale. Mon père est le roi de la rivière Argentée. J'ai quitté ses Jardins, car il m'a envoyée dans votre monde retrouver un talisman. Pour cela, j'ai besoin de votre aide.

Morgan ouvrit la bouche, puis la referma, ne sachant que répondre. Il regarda Pe Ell, mais ses yeux étaient rivés sur la jeune fille.

Son sauveur était aussi fasciné que lui.

Force Vitale approcha de Morgan et lui posa les mains sur les joues. N'ayant jamais connu un contact pareil, il aurait donné n'importe quoi pour qu'il ne cessât jamais.

— Fermez les yeux, Morgan Leah, murmura-t-elle.

Le jeune homme obéit sans poser de questions et se sentit aussitôt en paix. Dehors, il entendait des voix lointaines, le bruit de la rivière, le murmure du vent, le chant des oiseaux et le grattement d'une binette de jardin. Puis les doigts de Force Vitale appuyèrent un peu plus fort contre sa peau, et tout disparut.

Morgan Leah flottait comme s'il avait été emporté dans un rêve. Une vive lueur l'entourait, l'empêchant d'y voir. Puis elle diminua et des images apparurent.

Il vit Force Vitale entrer à Culhaven par une route bordée d'hommes, de femmes et d'enfants qui l'acclamaient. Il la regarda marcher à travers une foule de nains, d'humains et de gnomes, jusqu'à la colline stérile où s'étendaient autrefois les jardins de Meade.

Il lui sembla soudain appartenir à la foule venue voir ce que ferait la jeune fille. Et il éprouva le même sentiment d'attente et d'espoir que ces malheureux.

Force Vitale gravit la colline, plongea les mains dans la terre calcinée et fit un miracle.

La terre se transforma et les jardins de Meade revinrent à la vie. Le cœur serré, Morgan laissa des larmes couler de ses yeux.

Les images s'effaçant, il se retrouva dans la maison et sentit les doigts de la jeune fille s'écarter de sa peau.

Il se frotta les yeux avec le dos de la main, puis les ouvrit.

Force Vitale le regardait.

— Était-ce réel ? demanda-t-il d'une voix tremblante malgré sa volonté de rester calme. C'est vraiment arrivé ?

— Oui.

— Pourquoi avez-vous fait revenir les jardins ?

— Parce que les nains ont besoin de croire de nouveau à quelque chose. Savez-vous qu'ils sont en train de mourir ?

— Pouvez-vous les sauver, Force Vitale ?

— Non, Morgan Leah... Peut-être le pourrez-vous, un jour. Mais pour le moment, vous devez venir avec moi.

— Où ?

La jeune fille leva son visage exquis vers la lumière.

— Au nord, Morgan Leah. Dans les étendues Sombres. Pour retrouver Walker Boh.

Pe Ell attendait dans un coin de la petite chambre, complètement oublié. Il n'aimait pas ce qu'il voyait et détestait la façon dont la jeune fille touchait le montagnard.

Elle ne l'avait pas caressé de cette façon !

Il s'inquiéta aussi qu'elle connût le nom du montagnard et celui de l'autre homme, Walker Boh.

Elle n'avait pas su le sien...

Force Vitale se tourna vers lui à ce moment, l'incluant de nouveau dans la conversation. Quand ils auraient trouvé le troisième homme, dit-elle, ils partiraient à la recherche du talisman.

Elle ne précisa pas ce qu'était le talisman, et aucun des deux ne le lui demanda.

Un résultat de l'effet qu'elle leur faisait, comprit Pe Ell. Ils ne mettaient pas en question ce qu'elle leur disait et gobaient ses paroles.

Ils croyaient en elle !

Pe Ell n'avait jamais réagi ainsi, mais il savait d'instinct que Force Vitale, la fille du roi de la rivière Argentée, ne mentait pas.

À vrai dire, il doutait qu'elle en fût capable.

— Il faut que vous veniez avec moi, dit-elle au montagnard.

Qui regarda Pe Ell.

— Vous venez aussi ?

Pe Ell apprécia la façon dont il posait cette question – avec une certaine méfiance dans la voix, et peut-être même un peu de peur. Il sourit et hocha la tête.

Bien entendu, montagnard, mais seulement pour vous tuer tous les deux quand je l'aurai décidé, pensa-t-il.

Morgan se tourna de nouveau vers la jeune fille et lui raconta une sombre histoire au sujet de deux vieilles naines qu'il disait avoir tirées de la maison de correction. À cause d'une promesse faite à un ami, il voulait savoir si elles étaient en sécurité.

Il contemplait la jeune fille comme si sa seule vue lui redonnait la vie.

Pe Ell secoua la tête. Cet homme n'était certainement pas un danger pour lui ! Pourquoi Force

Vitale le jugeait-il nécessaire à la récupération du mystérieux talisman ?

Parmi les fidèles qui l'avaient accompagnée jusqu'à la maison, dit Force Vitale, un homme saurait découvrir ce qui était arrivé aux naines. Puis il s'assurerait qu'elles étaient en sécurité.

— Quand ce sera fait, et si vous avez vraiment besoin de moi, je viendrai avec vous, promit Morgan Leah.

Pe Ell se détourna. Le montagnard viendrait parce qu'il n'avait pas le choix. Il lisait dans ses yeux qu'il était prêt à tout pour Force Vitale.

Le tueur comprenait ce sentiment et le partageait, jusqu'à un certain point. Au-delà, leurs intentions divergeaient radicalement...

Pe Ell se demanda ce qu'il éprouverait en poignardant la jeune fille. Et ce qu'il verrait dans ses yeux.

Force Vitale conduisit Morgan jusqu'au lit pour qu'il se repose. Pe Ell quitta la pièce en silence et sortit de la maison.

Il resta un moment dehors, les yeux fermés, à laisser le soleil lui réchauffer le visage.

Chapitre 8

Coll Ohmsford était prisonnier depuis huit jours dans la sentinelle du Sud quand il découvrit qui l'avait capturé.

Sa cellule était son seul univers, une pièce de vingt pieds carrés située au sommet de la tour de granit noir – une boîte de pierre et de mortier avec une porte métallique qui ne s'ouvrait jamais, une fenêtre fermée par des volets en métal, une paillasse, un banc de bois, une petite table et deux chaises.

Le jour, la lumière grise et triste filtrait à travers les volets. Par les fentes, il apercevait les eaux bleues du lac Arc-en-ciel et les frondaisons vertes des arbres. De temps en temps, il entrevoyait des grues, des sternes ou des mouettes et entendait leurs cris solitaires.

Parfois, il captait le gémissement du vent soufflant des monts de Runne à travers les gorges de la rivière Mermidon. Une ou deux fois, des loups hurlèrent.

Des odeurs de cuisine montaient de temps à autre à ses narines, mais elles ne semblaient pas émaner de la nourriture qu'on lui servait. Ses repas arrivaient sur un plateau glissé par une ouverture, dans le bas de la porte de fer, et il ignorait qui les lui passait.

Il mangeait et les plateaux s'entassaient près de la porte...

Un bourdonnement grave et constant retentissait quelque part sous la forteresse – une vibration qu'il avait d'abord prise pour un bruit de machines, puis qu'il identifia, plus tard, comme une sorte de tremblement de terre qui se répercutait dans les murs.

Quand Coll posait ses mains contre les parois, il les sentait frémir. Tout était chaud, les murs, le sol, la porte, la fenêtre, la pierre, le métal et le mortier. Il ignorait comment c'était possible, car les nuits étaient parfois glaciales. Mais c'était ainsi.

De temps en temps, il croyait entendre des bruits de pas de l'autre côté de sa porte – pas quand on lui apportait la nourriture, mais à d'autres moments, quand tout n'était que silence, à part le bourdonnement des insectes dans les arbres.

Les pas ne s'approchaient jamais, passant devant sa porte sans ralentir.

Sans origine identifiable, ils auraient pu venir de n'importe où...

Par moments, Coll avait le sentiment qu'on l'observait – pas très souvent, mais assez pour qu'il s'en aperçoive. Il sentait des yeux rivés sur lui, sans pouvoir déterminer d'où ces yeux le regardaient. Il avait l'impression qu'ils étaient autour de lui. Parfois, il entendait une respiration, mais quand il essayait de la localiser, il identifiait seulement la sienne.

Il passait le plus clair de son temps à réfléchir, parce qu'il n'y avait pas grand-chose d'autre à faire, sinon manger, dormir, arpenter sa cellule et regarder par les fentes des volets. Il pouvait aussi écouter et analyser l'odeur de l'air...

Mais penser gardait son esprit alerte et libre. L'isolement menaçait sa raison, car il avait été séparé de tout ce qu'il connaissait, sans motif apparent et par des geôliers qui se cachaient soigneusement.

Il s'inquiétait tant pour Par qu'il avait souvent envie de pleurer, persuadé que le monde l'avait oublié et continuait à tourner sans lui.

Tout ce qu'il connaissait avait-il changé ? Le temps s'étirait, lente succession de secondes, de minutes, d'heures et de jours. Il était perdu dans les ombres et entouré d'un silence presque total.

Son existence perdait son sens.

Par bonheur, réfléchir lui permettait de garder sa santé mentale.

Il pensait sans cesse à un moyen de s'évader. Mais la porte et la fenêtre étaient solidement scellées dans la pierre, et les parois, comme le sol, semblaient impénétrables. De plus, il n'avait pas d'outil.

Il essayait d'écouter les pas des inconnus qui patrouillaient dans les couloirs, mais n'apprit rien d'utile. La même chose lui arriva quand il tenta d'apercevoir ceux qui lui apportaient sa nourriture.

Fuir semblait impossible.

Il pensa alors à informer quelqu'un de sa présence dans la forteresse. Il aurait pu pousser dehors un message écrit sur un bout de tissu ou de papier, mais à quoi bon ? Le vent l'emporterait probablement vers le lac ou la montagne, et personne ne le trouverait. En tout cas, pas à temps pour que cela fasse une différence. Il aurait aussi pu crier, mais il se trouvait si haut dans la tour et si loin de la route que les voyageurs éventuels ne l'entendraient pas.

Le jour, il sondait la contrée sans apercevoir âme qui vive...

Bref, il se sentait totalement seul.

Il pensa finalement à ce qui se passait de l'autre côté de la porte. Utilisant d'abord ses sens, il échoua et recourut à son imagination.

Coll attribua à ceux qui l'avaient capturé des identités et des comportements. Des intrigues et des conspirations lui vinrent à l'esprit, avec tous les détails qu'il pouvait inventer.

Par, Morgan, Padishar Creel, Damson Rhee, des nains, des elfes et des hommes des Terres du Sud venaient à la tour noire pour le délivrer. Mais leurs efforts étaient toujours vains. Personne ne pouvait l'atteindre. Avec le temps, ses sauveurs imaginaires cessèrent toute tentative.

Derrière les murs de la sentinelle du Sud, la vie continua, monotone...

Après une semaine de cette existence solitaire, Coll Ohmsford commençait à désespérer.

Le huitième jour, Rimmer Dall vint le voir.

C'était vers la fin d'un après-midi gris et pluvieux. Les nuages d'orage alourdissaient le ciel sillonné d'éclairs, le tonnerre grondait. L'air estival était lourd de senteurs humides et il faisait un froid mortel dans la cellule de Coll. Debout près de la fenêtre aux volets fermés, le jeune homme regardait à travers les fentes, écoutant les flots de la rivière Mermidon bouillonner au milieu des rochers de la gorge.

Quand il entendit la porte s'ouvrir, il ne bougea pas, certain qu'il se trompait. Puis, du coin de l'œil, il vit le battant pivoter lentement et il se retourna aussitôt.

Une silhouette drapée dans un manteau à capuche apparut. Grande, sombre, effrayante, sans visage ni membres visibles, elle ressemblait à un spectre sorti de la nuit.

La première idée de Coll fut que c'était un Ombreur. Il se mit en position défensive, cherchant des yeux une arme dans la cellule qui lui parut soudain minuscule.

— N'ayez pas peur, Valombrien, dit le spectre d'une voix sifflante étrangement familière. Vous n'êtes pas en danger...

Le fantôme ferma la porte et avança. Coll vit alors les vêtements noirs ornés de la tête de loup blanche, la main gauche gantée et le visage étroit et maigre à la barbe rousse.

Rimmer Dall !

Coll pensa aussitôt aux circonstances de sa capture. Il était parti avec Par, Damson et la Taupe dans les souterrains de Tyrsis qui menaient à l'antique palais des rois de la cité. Ensuite, les frères Ohmsford étaient entrés seuls dans la Fosse pour chercher l'Épée de Shannara.

Puis Coll avait monté la garde devant la rotonde censée abriter l'arme. C'était la dernière fois qu'il avait vu Par...

Il avait été assommé puis enlevé. Jusque-là, il ignorait par qui. Mais il semblait logique qu'il s'agisse de Rimmer Dall, l'homme venu des semaines plus tôt à Varfleet et qui les avait pourchassés à travers les Quatre Terres.

Le Premier Questeur avança et s'arrêta à quelques pas de Coll. Son visage raviné était calme et rassurant.

— Êtes-vous reposé ?

— Une question stupide, répondit Coll. Où est mon frère ?

Rimmer Dall haussa les épaules.

— Je l'ignore. La dernière fois que je l'ai vu, il sortait de la rotonde avec l'Épée de Shannara.

Coll en resta bouche bée.

— Vous étiez là ?

— J'y étais...

— Et vous l'avez laissé prendre l'Épée ?

— Pourquoi pas ? Elle lui appartient.

— Vous voulez me faire croire que vous vous en fichez ?

— Oui, mais pas de la façon que vous imaginez.

— Vous avez laissé Par s'en aller, mais vous m'avez fait prisonnier. Exact ?

— Exact.

— Pourquoi ?

— Pour vous protéger.

Coll éclata de rire.

— De quoi ? De mon libre arbitre ?

— De votre frère.

— De Par ? Vous devez vraiment me prendre pour un imbécile !

L'homme croisa les bras.

— Pour être franc, vous protéger n'était pas ma seule raison. Vous êtes prisonnier pour un autre motif. Tôt ou tard, votre frère se lancera à votre recherche. Quand il le fera, j'aurai une autre occasion de lui parler. Vous garder ici me le garantit.

— En réalité, cracha Coll, vous m'avez attrapé, mais Par a réussi à s'échapper ! Il a trouvé l'Épée de Shannara, puis il s'est débrouillé pour que vous ne le voyiez pas partir. Maintenant, vous vous servez de moi comme d'un appât. Eh bien, ça ne marchera pas. Par est plus malin que ça !

— Si j'ai réussi à vous capturer à l'entrée de la rotonde, comment votre frère aurait-il pu s'enfuir ? Répondez, si vous le pouvez...

Dall attendit un moment, puis gagna la table et s'assit sur une chaise.

— Je vous dirai la vérité, Coll Ohmsford, si vous m'en donnez la possibilité. Vous acceptez ?

Coll regarda un moment le Questeur, puis il haussa les épaules. Qu'avait-il à perdre ? Il resta où il était, debout, mettant délibérément une certaine distance entre eux.

— Bien. Commençons par les Ombreurs. Ils ne sont pas ce qu'on vous a fait croire. Ce ne sont ni des monstres ni des spectres acharnés à détruire les races dont la simple présence empoisonne les Quatre Terres. Pour la plupart, ce sont des victimes. Des hommes, des femmes et des enfants qui contrôlent une partie des pouvoirs des temps anciens. Bref, le résultat de l'évolution de l'homme à travers les générations qui ont utilisé la magie. La Fédération les traque comme des animaux. Vous avez vu les pauvres créatures prisonnières de la Fosse. Des Ombreurs que la Fédération a emprisonnés, privés de nourriture jusqu'à ce qu'ils deviennent fous, les forçant à changer de telle façon qu'ils sont devenus pires que des bêtes sauvages. Vous avez vu aussi la femme des bois et le géant, pendant votre voyage vers Culhaven. Ils ne sont pas responsables de leur état.

Quand Coll s'apprêta à parler, Dall leva sa main gantée.

— Écoutez-moi, Valombrien ! Vous vous demandez comment je peux en savoir autant sur vous. Je vous l'expliquerai, si vous êtes patient.

» Je suis devenu Premier Questeur pour chasser les Ombreurs – pas avec l'intention de les emprisonner ou de leur faire du mal, mais pour les conduire en sécurité. Et je suis venu à Varfleet afin de vous protéger, votre frère et vous. Hélas, je n'en ai pas eu la possibilité. Depuis, je vous cherche pour vous expliquer ce que je sais. Pensant que vous retourneriez à Valombre, j'ai placé vos parents sous ma protection. Si j'arrivais à vous atteindre avant la Fédération, me suis-je dit, vous seriez en sécurité.

— Je n'en crois pas un mot !

Rimmer Dall ignora la remarque.

— Valombrien, on vous ment depuis le début. Le vieil homme, celui qui prétend s'appeler Cogline, affirme que les Ombreurs sont des ennemis. Dans la vallée de Schiste, l'ombre d'Allanon vous a informés qu'ils devaient être détruits. Récupérez la magie perdue de l'ancien monde, vous a-t-il dit. Trouvez l'Épée de Shannara. Trouvez les Pierres elfiques. Trouvez Paranor, la forteresse disparue, et ramenez les druides. Mais vous a-t-on révélé le but de toutes ces actions ? Bien sûr que non ! Parce que vous n'êtes pas censés le savoir. Sinon, vous auriez aussitôt abandonné cette quête. Les druides se soucient peu de vous et de votre race, et ils ne s'en sont jamais préoccupés. Ils veulent récupérer le pouvoir perdu à la mort d'Allanon. Ramenez-les, restaurez leur magie, et ils contrôleront de nouveau le destin des races. Voilà à quoi ils travaillent, Coll Ohmsford. Et la Fédération, dans son ignorance, les aide. Les Ombreurs sont des boucs émissaires parfaits pour les deux camps. Votre oncle a deviné une partie de la vérité. Il a compris qu'Allanon tentait de le manipuler, le lançant dans une quête qui ne profiterait à personne. Il vous a avertis qu'il refusait de participer à cette folie. Il avait raison. Les dangers sont bien plus grands que vous ne le supposez...

Dall se pencha vers Coll.

— J'ai dit tout cela à votre frère quand il est entré dans la rotonde pour prendre l'Épée de Shannara. Je l'attendais depuis des jours. Et je savais qu'il reviendrait récupérer l'arme. Il ne pouvait pas s'en empêcher. C'est un symptôme de la possession par la magie. Je le sais, car j'en souffre aussi.

Dall se leva et Coll recula, inquiet.

Le corps vêtu de noir scintilla dans l'obscurité et devint translucide. Puis il sembla se diviser, et Coll ne put dissimuler sa peur. La silhouette noire d'un Ombreur sortit de Rimmer Dall, ses yeux rouges étincelant.

Puis elle réintégra le corps du Questeur.

— Eh oui, je suis un Ombreur... Comme tous les Questeurs. C'est paradoxal, n'est-ce pas ? La Fédération l'ignore. Elle croit que nous sommes des hommes ordinaires et que nous cherchons comme elle à débarrasser les Quatre Terres de la magie. Ces gens sont des imbéciles ! La magie n'est pas l'ennemi du peuple. La Fédération le menace, et les druides aussi. Comme tous ceux qui voudraient empêcher les hommes et les femmes d'être ce qu'ils doivent être...

» J'ai dit tout cela à votre frère... et une chose de plus. Lui aussi est un Ombreur ! Mais je vois que vous ne me croyez toujours pas. Écoutez-moi bien : Par Ohmsford est *réellement* un Ombreur, que vous l'admettiez ou non. Walker Boh aussi. Et tous ceux qui possèdent la magie véritable. C'est ce que nous sommes tous. Des gens sains d'esprit et ordinaires, jusqu'à ce qu'on nous chasse, nous emprisonne ou nous rende fous, ainsi que le font les abrutis de la Fédération. Alors, la magie nous submerge, et nous devenons des animaux, comme la femme des bois, le géant et les créatures de la Fosse.

— Non, dit Coll, secouant la tête. Tout cela est un tissu de mensonges.

— Comment se fait-il que j'en sache tant à votre sujet, alors ? insista Rimmer Dall, étonnamment calme. Je connais tout de votre fuite vers le sud, le long de la rivière Mermidon, et de votre rencontre avec la femme des bois et le vieil homme. Je sais comment vous avez retrouvé le montagnard et l'avez persuadé de se joindre à vous, comment vous êtes allés à Culhaven, puis à la Pierre d'Âtre, et finalement au lac Hadeshorn. Je n'ignore rien sur les nains ni sur Walker Boh. *Idem* pour votre cousine, Wren Ohmsford. Je connais Padishar Creel, Damson et tout le reste. J'ai su que vous vouliez descendre dans la Fosse et j'ai essayé de vous en empêcher. Conscient que vous reviendriez, je vous y ai attendus. Comment ai-je appris tout cela, Valombrien ? Dites-le-moi !

— Un espion dans le camp des hors-la-loi, avança Coll, troublé.

— Qui ?

— Je l'ignore...

— Je vais vous le dire. L'espion était votre frère. Coll en resta bouche bée.

— Oui, votre frère, même s'il ne s'en doutait pas. Par est un Ombreur. Parfois, je sais ce que pensent mes semblables. Quand ils utilisent leur magie, la mienne réagit. Elle me révèle leurs pensées. Lorsque votre frère s'est servi de l'Enchantement de Shannara, mon pouvoir m'a permis de savoir ce qu'il pensait. C'est de cette façon que je vous ai trouvés. Mais cette utilisation de la magie a attiré d'autres créatures. Des ennemis. C'est ainsi que le gnoll vous a pistés dans les monts Wolfsktaag, et les gnomes-araignées à la Pierre d'Âtre.

» Réfléchissez, Valombrien ! Tout ce qui vous est arrivé résulte de vos actes. À Tyrsis, je n'ai pas cherché à vous faire du mal. Par a décidé de descendre dans la Fosse, à la recherche de l'Épée de Shannara. Je n'ai pas gardé l'arme. C'est vrai, je l'ai cachée, mais seulement pour l'obliger à venir à moi, afin que je puisse le sauver.

— Que voulez-vous dire ?

Les yeux clairs de Rimmer Dall brillèrent intensément.

— J'ai dit vous avoir amené ici pour vous protéger de votre frère. C'est la vérité. La magie d'un Ombreur est à double tranchant. Vous avez probablement déjà pensé la même chose. Elle peut être une bénédiction ou une malédiction – en résumé, aider les gens ou leur faire du mal... Mais c'est plus compliqué que cela. Un Ombreur peut être affecté par l'usage de la magie, surtout quand il est menacé ou pourchassé. La magie se délite, échappant à son possesseur. Souvenez-vous des créatures, dans la Fosse. Et de celles que vous avez rencontrées lors de vos voyages. Que leur est-il arrivé à votre avis ? Votre frère contrôle l'Enchantement de Shannara, mais c'est une façade qui dissimule la magie véritable tapie en lui. Un pouvoir bien plus puissant que votre frère ne l'imagine. Tandis qu'il fuit, se cache et tente de rester en sécurité, il devient de plus en plus fort. Si je n'arrive pas à l'atteindre à temps ou s'il continue à ignorer mes avertissements, cette magie le consumera.

Un long silence suivit. Coll se rappela que l'Enchantement de Shannara, selon Par, était capable de faire bien plus que créer des images. Il se souvint de la manière dont il avait réagi lors de leur première visite dans la Fosse, sa magie illuminant les ténèbres et les inscriptions de la rotonde. Enfin il pensa aux créatures prisonnières en ce lieu, devenues des monstres ou des démons...

Un instant, il se demanda si Rimmer Dall ne disait pas la vérité.

Le Premier Questeur avança d'un pas et s'arrêta.

— Pensez à tout cela, Coll Ohmsford...

Grand et sombre, Dall était effrayant à regarder, mais sa voix se voulait rassurante.

— Réfléchissez-y. Vous aurez le temps de le faire. J'ai l'intention de vous garder ici jusqu'à ce que votre frère vienne vous chercher. Ou jusqu'à ce qu'il utilise sa magie. D'une manière ou d'une autre, je dois le prévenir. Et vous protéger tous les deux, plus tous ceux avec qui vous entrerez en contact. Aidez-moi à trouver un moyen d'atteindre votre frère. Nous devons essayer. Je sais que vous ne me croyez pas pour le moment, mais vous y viendrez...

— J'en doute, lâcha Coll.

— On vous a raconté tant de mensonges, insista Rimmer Dall. Le moment venu, vous comprendrez.

Il retourna près de la porte de la cellule.

— Vous êtes resté assez longtemps dans cette pièce. Désormais, vous pourrez la quitter pendant la journée. Frappez à la porte quand vous voudrez sortir. Descendez dans la cour et entraînez-vous au maniement des armes. Quelqu'un vous y aidera. Vous devriez apprendre à mieux vous défendre. Mais ne vous y trompez pas : vous ne pourrez vous enfuir. La nuit, vous serez enfermé. J'aimerais qu'il en soit autrement, mais ce n'est pas possible. L'enjeu est trop important.

» J'ai un voyage à faire. Quelques jours seulement... Une autre question exige mon attention. Quand je reviendrai, nous en reparlerons.

Dall regarda Coll un long moment, comme s'il l'évaluait, puis il se retourna et partit.

Le Valombrien s'approcha de la fenêtre fermée et regarda de nouveau dehors par les fentes des volets.

Cette nuit-là, il dormit mal, hanté par des rêves où rôdaient des créatures obscures qui arboraient le visage de son frère. Les paroles de Rimmer Dall l'obsédaient.

Un tissu de mensonges, avait-il d'abord pensé. Mais son instinct lui soufflait qu'une partie au moins était vraie, et cela impliquait la déplaisante possibilité que *tout* l'était. Par, un Ombreur... La magie, une arme qui risquait de le détruire... Son frère et lui menacés par des forces obscures qu'ils ne pouvaient comprendre ni contrôler.

Il ne savait plus que croire.

Quand il se réveilla, il frappa à la porte. Un Questeur en manteau noir vint aussitôt lui ouvrir et l'accompagna dans la cour d'entraînement.

Un gaillard au crâne rasé et couvert de cicatrices lui proposa de s'entraîner avec lui.

Toute la matinée, ils utilisèrent des gourdins rembourrés. Coll eut du mal à suivre, mais se servir de nouveau de son corps lui fit du bien.

Plus tard, seul dans sa cellule, tandis que les nuages se dissipaient et que le soleil se montrait enfin, il réfléchit à sa nouvelle situation. Il était toujours prisonnier, certes, mais avec un peu plus de liberté de mouvements. Depuis qu'on lui avait offert le moyen d'être en forme, il ne se sentait plus aussi menacé.

Restait à savoir si Rimmer Dall disait la vérité ou pas, bien entendu. Il tentait peut-être de le manipuler. Mais quoi qu'il en soit, le Premier Questeur avait commis une erreur en lui offrant la possibilité d'explorer la sentinelle du Sud.

Et de trouver un moyen de s'enfuir.

Chapitre 9

La Pierre d'Âtre, Walker Boh croupissait dans une prison bien plus redoutable que celle dans laquelle avait été enfermé Morgan Leah.

Il était rentré de Storland farouchement décidé à chasser le poison de l'Asphinx de son corps, même si les Stors en avaient été incapables.

En une semaine, il avait perdu sa combativité, craignant de ne pouvoir sauver sa propre vie.

Les journées étant longues et chaudes, il errait obstinément dans la vallée, occupé à découvrir quelle sorte de magie serait susceptible d'endiguer le flot de poison.

Ses nuits, vides et sinistres, se résumaient à de vaines tentatives visant à appliquer ses théories.

Rien ne marchait.

Il commença par plonger au plus profond de sa magie avec l'espoir de dissoudre ou au moins de ralentir le poison.

Cette solution ne fonctionna pas.

Il lança alors une sorte d'assaut interne – l'équivalent intérieur du feu qu'il utilisait parfois pour se défendre, mais il ne parvint pas à trouver une source d'énergie disponible. La magie s'éparpillait et perdait tout pouvoir.

Il essaya les sorts qu'il avait appris des traditions et des légendes, puis ceux qu'il connaissait sans jamais les avoir étudiés. Tout échoua.

Il s'en remit aux poudres et aux produits chimiques auxquels Cogline se fiait tant. Les sciences de l'ancien monde importées dans le nouveau...

Il attaqua le moignon de pierre et essaya de le brûler jusqu'à ce qu'il reste uniquement de la chair, qui pourrait alors être cautérisée. Puis il essaya des potions absorbées par l'épiderme, supposées ronger la pierre.

Enfin, il eut recours à des champs magnétiques et des antitoxines.

En vain. Le poison, trop puissant, était impossible à éliminer. Lentement mais sûrement, il progressait dans son corps.

Et finirait par le tuer.

Rumeur était presque tout le temps avec lui. Le suivant dans la journée, il se couchait près de lui dans l'obscurité de sa chambre pendant qu'il s'évertuait à employer sa magie pour survivre.

Le félin de la lande semblait avoir compris ce qui arrivait à Walker. Il ne le quittait pas des yeux, comme s'il craignait qu'il disparaisse – et comme s'il pouvait l'en empêcher en le couvant de son regard doré. Les yeux jaunes et intelligents étaient toujours là, emplis d'inquiétude. Walker se surprit à y chercher les réponses qu'il ne trouvait nulle part ailleurs.

Cogline faisait pourtant tout ce qu'il pouvait pour l'aider. Comme le félin de la lande, il montait la garde, mais d'un peu plus loin, craignant que Walker ne le supporte pas s'il restait trop près – ou s'attardait trop longtemps.

Il existait toujours entre les deux hommes un antagonisme qui devenait pesant dès qu'ils restaient en présence l'un de l'autre plus de quelques minutes.

Cogline donnait les conseils qu'il pouvait. Mélangeant des poudres et des potions sur la demande de Walker, il lui administrait des onguents et des médicaments et proposait des formes de magie qu'il estimait utiles.

Surtout, il lui donnait un peu d'espoir en assurant qu'il était possible de trouver un antidote.

Walker lui en était reconnaissant, même s'il se serait refusé à l'admettre. Pour la première fois depuis des années, il n'avait pas envie de rester seul. S'il n'avait jamais beaucoup réfléchi à sa mort, persuadé qu'elle était encore loin et qu'il y serait préparé, il venait de découvrir qu'il se trompait sur les deux points. Il était en colère, effrayé et confus. Ses émotions le déstabilisant, il luttait pour garder son équilibre, sa confiance en lui et un peu d'espoir. Mais sans Cogline, il aurait été perdu. Le visage et la voix du vieil homme lui étaient si familiers qu'il s'y accrochait comme un noyé à un morceau de bois flotté.

Walker connaissait Cogline depuis longtemps. En l'absence de Par et de Coll – et dans une moindre mesure de Wren – le vieil homme était son unique lien avec le passé.

Un passé qu'il avait tour à tour méprisé et rejeté, et qu'il tentait désespérément de se réapproprier, car il était le seul pont menant à la magie qui le sauverait. S'il n'avait pas été si pressé d'être débarrassé de son influence – en somme, s'il avait pris plus de temps pour la comprendre et la maîtriser –, il n'aurait peut-être pas été obligé de se battre autant pour essayer de rester en vie.

Mais comme Walker Boh s'en aperçut à cette occasion, le passé reste toujours inaccessible.

Malgré tout, il continua à se sentir réconforté par la présence du vieil homme qui lui avait appris le peu qu'il savait sur la magie.

Son avenir devenu incertain, il se découvrit un étrange besoin de se raccrocher à ce qui subsistait de sa jeunesse.

Cogline y avait joué un grand rôle.

Il avait rejoint Walker pendant la deuxième année de sa vie solitaire à la Pierre d'Âtre. Risse était morte depuis quinze ans et Kenner depuis cinq. En dépit des efforts de Jaralan et de Mirianna Ohmsford pour l'intégrer à leur famille, le jeune homme était devenu un paria, parce que sa magie ne le laissait pas participer à la vie des autres. Depuis Brin, chez tous les autres Ohmsford, elle disparaissait à la puberté. Hélas, il n'avait pas connu cette chance. Au contraire, la magie était devenue plus forte, plus insistante et plus incontrôlable. Déjà difficile quand il vivait à Valombre, cette situation avait empiré à la Pierre d'Âtre. La magie se manifestait de manière variée : des perceptions bizarres, des prémonitions et des pics de pouvoir qui menaçaient de le détruire. Ne parvenant pas à maîtriser ces phénomènes, il ne les comprenait pas et ne trouvait aucun moyen de déchiffrer leur mode de fonctionnement. Mieux valait qu'il soit seul, car personne n'aurait été en sécurité près de lui.

Il s'aperçut vite que sa santé mentale en pâtissait.

Cogline changea tout cela. Il sortit de l'ombre des arbres un après-midi, comme s'il s'était matérialisé dans la brume qui descendait des monts Wolfsktaag à l'approche de l'automne. C'était un très vieil homme squelettique avec des cheveux en bataille et des yeux qui savaient tout. Rumeur était avec lui, silhouette noire qui semblait annoncer les changements qui allaient survenir dans la vie de l'Oncle Obscur.

Cogline raconta à Walker l'histoire de sa vie depuis l'époque de Bremen et du Conseil des druides, un millier d'années auparavant. Un récit direct qui exigeait d'être cru sans réserve.

Walker accepta l'histoire, aussi improbable qu'elle paraisse. Il avait entendu parler de Cogline, présent à l'époque de Brin Ohmsford, et le vieil homme était exactement tel que les légendes le décrivaient.

— Je dormais du Sommeil Druidique, sinon je me serais montré plus tôt. Je ne pensais pas que le moment était déjà venu, mais ta magie, révélée quand tu es devenu adulte, m'a indiqué qu'il était temps. Allanon avait prévu les choses ainsi quand il a confié à Brin la mission de transmettre la magie. Car une époque viendrait où elle serait de nouveau nécessaire, un des Ohmsford devant l'utiliser. Il est possible que tu sois celui-là, Walker. Si c'est le cas, tu auras besoin de mon aide...

Malgré ses doutes, Walker admit que le vieil homme pourrait lui montrer comment contrôler la magie. Et il en avait désespérément besoin !

Cogline resta près de lui pendant trois ans. Il lui enseigna les traditions des druides – les clés qui lui ouvriraient les portes de la compréhension. Puis il lui apprit comment Bremen et Allanon plongeaient dans leur propre esprit afin de maîtriser le pouvoir brut de la magie. Enfin, il lui montra comment se mettre dans l'état mental adéquat pour canaliser son don et ne pas le libérer au hasard.

Walker savait déjà certaines choses. Vivant avec la magie depuis des années, il avait appris les techniques de retenue nécessaires pour survivre aux exigences du pouvoir. Cogline l'aida à améliorer sa compréhension, le guidant vers des conclusions auxquelles il n'avait pas pensé et lui révélant des méthodes qu'il n'aurait pas cru praticables.

Lentement, Walker découvrit que la magie ne régentait plus sa vie. D'imprévisible, elle devint un outil relativement docile.

L'Oncle Obscur avait appris à se maîtriser.

Cogline lui parla des sciences de l'ancien monde et lui montra les produits chimiques et les potions qu'il avait fabriqués au fil des ans. Des poudres qui brûlaient le métal ou explosaient, et des solutions qui altéraient la nature même de la matière et des liquides.

Walker découvrit un nouveau type de pouvoir. Curieux de tout connaître, il imagina une combinaison des deux – un mélange de science et de magie que personne n'avait essayé jusque-là. Il prit son temps, procédant avec prudence pour ne pas devenir victime de ce pouvoir, comme les hommes de l'ancien monde qui avaient déclenché les Grandes Guerres, ou le druide rebelle Brona, avec ses porteurs du Crâne, ou encore les spectres Mords, à l'origine des Guerres des Races.

Pour une raison inconnue, sa façon de voir les choses changea. Était-ce l'excitation qu'il éprouvait en manipulant la magie. Ou son insatiable besoin d'en savoir toujours plus ? Quoi qu'il en fût, il pensa très vite qu'il lui serait impossible de maîtriser *complètement* la magie. Même s'il faisait de son mieux pour se protéger des effets néfastes du pouvoir, celui-ci finirait par le détruire.

Son attitude par rapport à la magie changea de nouveau du tout au tout et il s'efforça de la rejeter.

Son problème n'était pas simple : il cherchait à s'en éloigner, mais n'y parvenait pas parce qu'elle faisait partie de lui. Cogline vit ce qui se passait et essaya de le raisonner.

Walker refusa d'écouter. Il se demanda soudain pourquoi Cogline était venu, refusant de croire que c'était seulement pour l'aider. On essayait de le manipuler, se dit-il. Une conspiration druidique qui remontait au temps de Shea Ohmsford...

Et il n'y prendrait pas part.

Il se disputa avec Cogline, puis le combattit. À la fin, le vieil homme s'en alla.

Bien entendu, il revint plusieurs fois. Mais Walker n'accepta plus ses leçons. S'il en apprenait davantage, il craignait de perdre le contrôle qu'il avait si durement acquis. Mieux valait se fier à ce qu'il savait déjà. Sa compréhension de la magie était limitée, mais il pouvait s'en contenter. Et il préférait vivre seul, comme il l'avait prévu depuis le début.

Cogline continua de venir le voir, mais ne le convainquit jamais de s'abandonner aux druides ou à qui que ce fût.

Walker Boh serait seul jusqu'au bout. Et indépendant !

Maintenant que la fin était proche, il n'était plus si certain du chemin qu'il avait choisi. La mort était prête à l'emporter, et s'il ne s'était pas éloigné de la magie, il aurait peut-être pu la retarder un peu. Reconnaître cela l'obligeait à ravaler sa fierté. Mais Walker Boh ne s'était jamais dissimulé la vérité, et il n'allait pas commencer maintenant.

Un soir de la deuxième semaine de son retour à la Pierre d'Âtre, assis devant le feu, la douleur de l'empoisonnement lui rappela cruellement tout ce qu'il n'avait pas pu accomplir.

Il fit signe à Cogline, plongé dans un des livres qu'il avait apportés.

— Venez vous asseoir près de moi, vieil homme.

Cogline obéit sans protester. Ensemble, ils regardèrent les flammes danser dans la cheminée.

— Je suis en train de mourir, dit Walker. Éliminer le poison est impossible. Ma magie a échoué et votre science aussi. Nous devons accepter ce que cela signifie. J'ai l'intention de continuer à travailler à mon salut, mais je ne survivrai pas. (Il déplaça son bras de pierre, qui lui semblait de plus en plus lourd, comme s'il s'efforçait de le tirer en permanence vers le bas.) Avant de mourir, j'ai des choses à vous dire.

Cogline ouvrit la bouche, mais Walker lui fit signe d'attendre.

— Je me suis opposé à vous sans raison valable, alors que vous avez toujours été bon pour moi. J'en suis désolé.

» Mais j'avais peur de ce que la magie me ferait si je continuais à l'explorer. Aujourd'hui, je n'ai pas entièrement changé d'avis. J'ai toujours peur du pouvoir et je continue à croire que les druides utilisent les Ohmsford et leur disent seulement ce qu'ils veulent bien révéler. Je n'ai jamais accepté d'être dupe de leurs propos, mais j'avais tort de vous considérer comme l'un d'eux. Vos buts ne sont pas les leurs...

— Pour autant qu'un but puisse être mien, dit Cogline, et pas dicté par les circonstances ou le destin. Nous utilisons tant de mots pour décrire ce qui nous arrive... En fait, tout est si simple. Nous vivons notre vie comme nous sommes censés le faire, avec un rien de choix, pas mal de hasard, et en fonction de la personne que nous sommes. Qui peut dire que je suis moins victime que toi des manipulations des druides, Walker ? Allanon est venu à moi comme il est venu à toi, à Par et à Wren. Il m'a plié à sa volonté. Je ne peux pas prétendre le contraire...

— Peu importe ! J'ai été dur avec vous et je le regrette... Je voulais que vous soyez l'ennemi, parce que vous étiez un être de chair et de sang, pas un druide mort depuis longtemps ou une magie invisible. Je pouvais vous attaquer et voir en vous la source de ma peur. Cela me rendait les choses plus faciles.

Cogline haussa les épaules.

— Inutile de t'excuser. La magie est un fardeau difficile à porter pour n'importe qui, et encore plus pour toi. (Il s'interrompit.) Et je doute que tu en sois jamais libéré !

— Excepté par la mort...

— En supposant qu'elle arrive aussi vite que tu le penses. Allanon t'aurait-il confié une mission aussi facile à saboter ? Aurait-il risqué que son travail soit réduit à néant parce que tu allais mourir trop tôt ?

— Même les druides peuvent commettre des erreurs de jugement...

— Sur un sujet si important ?

— Il y a peut-être maldonne... Un autre que moi était sûrement censé posséder la magie à l'âge adulte. Je ne suis pas l'homme qu'il faut ! Cogline, qu'est-ce qui peut me sauver, à ce stade ? Que reste-t-il à tenter ?

— Je l'ignore, Walker, mais j'ai le sentiment qu'il y a un espoir...

Les deux hommes se turent.

Confortablement couché devant le feu, Rumeur leva la tête, regarda Walker, puis la reposa devant l'âtre. Le bois crépitait dans la cheminée et une bonne odeur de fumée montait dans l'air.

— Vous pensez que les druides n'en ont pas fini avec moi ? demanda Walker. Qu'ils ne me laisseront pas renoncer à la vie ?

— Je crois que tu détermineras ton sort toi-même. J'en ai toujours été persuadé. Il te manque la capacité de savoir ce que tu es censé faire. Ou du moins, celle de l'accepter.

Walker sentit un frisson lui parcourir l'échine. Les paroles du vieil homme faisaient écho à celles d'Allanon. Il savait ce que cela signifiait : acceptant d'être l'héritier de Brin Ohmsford, il devrait revêtir son armure magique et se jeter dans la bataille, tel un guerrier invincible venu du fond des temps.

Sa mission était de détruire les Ombreurs...

Alors qu'il agonisait ?

Comment pouvait-il faire ?

Le silence retomba. Cette fois, Walker ne le brisa pas.

Trois jours plus tard, l'état de l'Oncle Obscur empira, car les médicaments des Stors et les soins de Cogline refluèrent devant le poison.

Walker se réveilla fiévreux, malade et à peine capable de se lever. Après le petit déjeuner, il sortit sous le porche pour profiter de la chaleur du soleil, et s'écroula.

Cogline le remit au lit et lui passa des linges froids sur le corps pendant que la fièvre le dévorait.

Il but un peu mais ne parvint pas à manger.

Il rêva tout le temps. Une meute de créatures hideuses défila devant lui, le privant de sa raison. Il se battit de son mieux, mais ses armes ne pouvaient rien contre de tels êtres. À la fin, il abandonna la lutte et retomba dans un profond sommeil.

Il se réveilla de temps en temps et constata que Cogline était toujours près de lui. La présence du vieil homme lui permit de survivre, puis de s'arracher à l'abîme où il se serait peut-être laissé engloutir.

Des mains noueuses se tendaient vers lui, l'agrippaient ou le caressaient comme s'il était un enfant apeuré. La voix familière le calmait avec des paroles incompréhensibles qui le remplissaient de chaleur.

— Tu n'es pas encore destiné à mourir, Walker Boh, crut-il entendre à plusieurs reprises, mais sans en être sûr.

Parfois, le visage de son ami était tout près du sien, avec sa peau parcheminée, sa barbe, ses cheveux gris emmêlés et ses yeux pleins de compréhension. Walker sentait son odeur, semblable à celle d'un vieil arbre encore chargé de feuilles nouvelles.

Quand la maladie menaçait de le submerger, il sentait Cogline l'en libérer. Grâce à cela, il domina les effets du poison et s'obligea à récupérer.

Le quatrième jour, il ouvrit les yeux vers midi et mangea un peu de soupe. Puis il se força à examiner ce qui restait de son bras. Les dégâts avaient augmenté, le membre s'était changé en pierre presque jusqu'à l'épaule.

Cette nuit-là, il pleura de rage et de frustration. Avant de s'endormir, il s'aperçut que Cogline montait la garde à côté de lui, lui faisant comprendre paisiblement que tout irait bien.

Il se réveilla de nouveau aux petites heures du jour, quand le temps semble avoir perdu sa substance et sa réalité.

Son instinct le tira du sommeil avec le sentiment que quelque chose allait de travers. Il se dressa péniblement sur un coude, faible, désorienté et incapable de localiser la source de son malaise. Un son étrange, impossible à identifier, troublait la quiétude de la nuit. Quelque chose se passait dehors, mais le sommeil et la maladie l'empêchaient de savoir quoi.

La respiration lourde et pénible, il s'assit dans le lit, frissonnant sous les draps.

Soudain, une vive lumière jaillit à travers les fentes des rideaux de sa chambre.

Il entendit des voix. Non, se dit-il presque aussitôt, pas des voix : des sons gutturaux inhumains...

Épuisé par la fièvre, il lui fallut mobiliser toute sa volonté pour se traîner du lit à la fenêtre. Il ne fit pas de bruit, conscient de la nécessité d'être prudent. Dehors, les sons devenaient plus forts et une puissante odeur de charogne se répandait dans l'air.

Walker s'agrippa au rebord de la fenêtre et regarda dehors.

Ce qu'il vit par l'entrebâillement des rideaux lui glaça le sang.

Cogline se réveilla quand Rumeur lui donna un coup de museau insistant. Plongé dans ses livres pour tenter de sauver Walker, il s'était finalement endormi dans son fauteuil, un ouvrage ouvert sur les genoux.

— La barbe, sale bestiole ! marmonna-t-il.

Pensant d'abord qu'il était arrivé quelque chose à Walker, il entendit des bruits encore faibles mais de plus en plus audibles. Des grognements semblables à ceux d'animaux – mais les prédateurs qui approchaient n'essayaient pas de les étouffer.

Cogline se leva péniblement et se frotta les yeux. Une lampe brûlait sur la table. Dans l'âtre, le feu s'était éteint. Il ramena ses robes autour de lui et avança vers la porte d'entrée, se demandant ce qui se passait. Rumeur le suivit, puis passa devant. Les babines retroussées et la fourrure hérissée, le félin de la lande n'aimait pas ce qui les attendait dehors...

Cogline ouvrit la porte et sortit sous le porche. Le ciel étant clair, les rayons de la lune brillaient à travers les arbres.

L'air frais acheva de réveiller le vieillard. Il s'arrêta à l'extrémité du porche et regarda alentour, stupéfait. Des dizaines de petites lumières rouges brillaient dans les ténèbres, semblables à des fleurs écarlates.

Et elles encerclaient la maison.

Cogline plissa les paupières pour mieux voir. Il comprit alors que les lueurs étaient des yeux.

Il sursauta quand quelque chose bougea au milieu des fausses lucioles.

Il reconnut bientôt un homme vêtu d'un uniforme noir, une tête de loup blanche cousue sur la poitrine. De grande taille, il avait un visage décharné et des yeux sans vie.

Rimmer Dall, pensa Cogline.

— Bonsoir vieil homme, dit le Questeur.

Cogline ne répondit pas, se forçant à continuer de regarder devant lui, et pas vers la droite, où la fenêtre de la chambre de Walker était ouverte.

Fou de peur et de colère, il entendit une petite voix lui hurler de fuir. Et vite !

Réveille Walker, se dit-il. *Aide-le à filer !*

Mais il savait qu'il était déjà trop tard.

Il l'avait compris depuis un certain temps...

— Mes amis et moi, nous sommes venus pour vous, vieil homme, murmura Rimmer Dall.

Il fit un geste et les créatures qui l'accompagnaient avancèrent vers la lumière. Une horde d'Ombreurs. Certains étaient difformes, comme la femme des bois qu'il avait chassée du camp de Par et Coll Ohmsford, des semaines plus tôt. Marchant à quatre pattes, d'autres ressemblaient à des chiens ou à des loups.

Tous semblaient affamés...

— Des *erreurs*, dit leur chef. Des hommes qui n'ont pas su s'élever au-dessus de leurs faiblesses. Désormais, ils sont au service d'une grande cause... Vieil homme, vous êtes le dernier à vous dresser contre moi. Les enfants de Shannara ont disparu, balayés de la surface de la terre. Vous restez seul ! Un ancien druide misérable qui n'a personne pour le sauver !

— Vraiment ? dit Cogline. Vous les avez tous tués ?

Rimmer Dall ricana.

C'est faux, comprit le vieil homme. *Il n'a tué personne, mais il voudrait me le faire croire.*

— Et vous êtes venu pour me le dire ?

— Je suis là pour mettre fin à vos agissements, répondit Rimmer Dall.

Nous y voilà, pensa Cogline.

Ce que le Premier Questeur avait fait aux enfants de Shannara n'ayant pas suffi, il s'était lancé aux trousses de Cogline, le tenant peut-être pour une proie plus facile. Le vieil homme sourit. Dire que les choses en arrivaient là !

Mais il y était préparé : Allanon l'en avait averti des semaines plus tôt, quand il l'avait appelé pour récupérer le livre des druides. Il n'avait rien dit à Walker, bien entendu. Car cela n'aurait servi à rien.

« *Vous devez savoir une chose, Cogline,* avait dit l'ombre d'Allanon de sa voix profonde. *J'ai lu les signes dans le monde de l'au-delà. Votre temps sur terre est presque terminé. La mort vous traque et c'est une chasseresse impitoyable. La prochaine fois que vous verrez le visage de Rimmer Dall, elle vous trouvera. N'oubliez pas. Quand le moment viendra, reprenez le livre des druides à Walker Boh et gardez-le avec vous comme si vous défendiez votre vie. Ne le lâchez pas. Ne l'abandonnez pas. Souvenez-vous, Cogline.* »

« *Souvenez-vous !* »

Le vieillard se concentra. Le livre des druides était caché dans une niche, près de l'âtre, à l'intérieur de la maison, là où Walker l'avait placé.

« *Souvenez-vous !* »

Le vieil homme avait posé des questions, bien entendu, mais l'ombre n'avait pas daigné y répondre. Cela ressemblait bien à Allanon ! Il suffisait que Cogline sache ce qui allait arriver. Inutile d'apprendre les détails...

Rumeur gronda et sa fourrure se hérissa de la tête à la queue. Il s'était posté devant le vieil homme, comme pour le protéger.

Cogline comprit qu'il lui serait impossible de sauver le grand félin. Rumeur ne le quitterait pas.

Eh bien, nous y sommes, songea le vieil homme, un calme étrange s'emparant de lui.

Ses pensées étaient très claires. Les Ombreurs venaient pour lui. Ils ignoraient la présence de

Walker Boh. Et il ferait tout pour qu'ils ne l'apprennent pas !

S'il arrivait à récupérer le livre des druides, cela l'aiderait-il ?

Il croisa le regard de Rimmer Dall et sourit.

— Je doute que vous soyez assez nombreux pour venir à bout de moi, dit-il.

Il leva le bras. De la poussière argentée vola vers le Premier Questeur et s'enflamma quand elle le frappa. Rimmer Dall hurla de rage et recula. Les créatures qui l'accompagnaient attaquèrent, mais Rumeur les affronta sous le porche, où il les bloqua provisoirement.

Cogline jeta des poignées de poussière argentée autour de lui. En flammes, les Ombreurs hurlèrent et se percutèrent les uns les autres dans leur hâte d'attaquer – dans un premier temps – puis de fuir.

Titubant jusqu'à la clairière, les Ombreurs se retournèrent les uns contre les autres et moururent par dizaines.

Une proie facile, croyaient-ils ! jubila Cogline.

Un court moment, il pensa qu'il pourrait survivre.

Puis Rimmer Dall revint. Trop puissant pour être abattu par la magie de Cogline, il jeta un feu de son cru sur les créatures qu'il commandait. Terrifiés, les Ombreurs attaquèrent avec une frénésie renouvelée.

Cette fois, ils ne se laissèrent pas repousser. Rumeur en détruisit plusieurs, mais ils se jetèrent sur lui en masse, les griffes et les crocs dehors.

Cogline fut incapable de l'aider. Même avec la poussière argentée qui explosait autour d'eux, les Ombreurs continuèrent d'avancer.

Rumeur dut reculer.

Désespéré, le vieil homme utilisa le reste de sa poudre. Il en jeta des poignées sur le sol et fit jaillir devant lui un mur de flammes qui ralentit un instant les monstres.

Il en profita pour foncer dans la maison et arracher le livre des druides à sa cachette.

Maintenant, on va voir !

Le vieil homme atteignait la porte quand les Ombreurs passèrent le mur de flammes et se jetèrent sur lui.

Il entendit Rimmer Dall leur hurler des ordres, puis sentit Rumeur se presser contre ses jambes pour le protéger. N'ayant aucun endroit où fuir, il resta sur place, le livre serré contre lui, comme un épouvantail qui tente de résister à un ouragan.

Quand ils posèrent leurs mains griffues sur lui, s'apprêtant à le déchiqueter, il sentit les runes de l'ouvrage revenir à la vie. Un feu blanc étincelant en jaillit et consuma tout à quinze pas à la ronde.

Tout repose sur toi, maintenant, Walker.

Ce fut la dernière pensée de Cogline…

… avant qu'il disparaisse dans les flammes.

L'explosion projeta Walker à l'intérieur de la pièce, un instant avant que sa fenêtre et le rideau soient engloutis par le feu.

Il eut pourtant le visage et les cheveux roussis.

Il resta où il était tombé pendant que l'incendie s'attaquait au plafond. Il n'y prêta pas attention, ne se souciant plus de ce qu'il lui arrivait.

Il avait été incapable d'aider Cogline et Rumeur, trop faible pour solliciter sa magie, voire pour se lever et affronter les Ombreurs.

En fin de compte, trop mal en point pour faire autre chose que rester accroché à la fenêtre et regarder.

Tu as été inutile ! pensa-t-il, submergé par la rage et le chagrin.

Walker se mit péniblement à genoux et sonda les flammes. Cogline et Rumeur avaient disparu. Rimmer Dall et les Ombreurs survivants s'enfuyaient dans la forêt. Il les regarda partir, puis ses forces le quittèrent de nouveau et il retomba sur le sol.

Inutile !

Autour de lui, le feu se déchaînait.

Le bois de charpente craqua et des brandons tombèrent sur Walker. Il sursauta de douleur, mais son bras de pierre le clouait toujours au sol.

Alors, il comprit que c'en était fait de lui. Dans une minute, il brûlerait et personne ne viendrait le sauver. Car nul ne savait qu'il était là.

Le vieil homme et le félin géant avaient caché sa présence aux Ombreurs. Ils avaient même donné leur vie pour cela...

Walker frissonna et le visage de Rimmer Dall apparut dans son esprit, ses yeux morts le fixant...

Il décida qu'il ne voulait pas mourir.

Sans réfléchir à ce qu'il faisait, il se mit à ramper.

Chapitre 10

Force Vitale le trouva deux jours plus tard.

Pe Ell et Morgan Leah l'accompagnaient, attirés par son mystère, par l'assurance qu'elle avait besoin d'eux pour trouver le talisman, par la curiosité, par la passion et par une dizaine d'autres sentiments qu'il leur aurait été difficile de définir.

Ils avaient fait le voyage de Culhaven en trois jours, voyageant à pied et sans se cacher le long des plaines de Rabb, à la lisière de l'Anar, à l'ouest des monts Wolfsktaag et des créatures obscures qui y vivaient.

Force Vitale ne paraissait pas se soucier de la discrétion. Elle avait décidé de partir de jour, après avoir annoncé à ses fidèles qu'ils devaient rester sur place et continuer son travail de restauration de la terre.

Elle avançait à découvert depuis le début. Morgan Leah avait été content de ne pas être obligé de s'aventurer de nouveau dans les monts Wolfsktaag, mais il avait cru que les patrouilles de la Fédération essaieraient de les arrêter dans les plaines de Rabb. Étrangement, ça n'avait pas été le cas. Pourtant, des soldats les repérèrent et s'approchèrent d'eux.

Chaque fois ils repartaient, comme s'ils avaient soudain décidé qu'ils n'avaient rien vu.

Le crépuscule approchait quand ils arrivèrent à la Pierre d'Âtre. Les deux hommes avaient mal aux pieds à cause de l'allure rapide que la jeune fille leur avait imposée. En un rien de temps, ils avaient dépassé Storland, traversé le col de Jade et descendu le long des flots de Chard jusqu'aux étendues Sombres.

Le soleil se couchait, inondant le ciel de couleurs vives.

Une colonne de fumée noire ondulait devant eux comme un serpent. Ils la virent bien avant de pouvoir identifier son origine et la regardèrent danser à l'horizon oriental.

Puis elle se dissipa.

Morgan Leah commença à s'inquiéter. Force Vitale ne dit rien, mais se tendit un peu. Quand ils arrivèrent à la lisière de la vallée, le doute n'étant plus possible, la jeune fille blêmit.

Ils marchèrent jusqu'aux ruines de la maison calcinée. Des tisons encore rouges étaient à l'origine de la fumée. Dans la clairière brûlée, des mottes de terre avaient été arrachées du sol. On eût dit que deux armées s'étaient combattues ici pendant cent ans...

Il ne restait rien de reconnaissable. Des restes éparpillés avaient peut-être appartenu à un être humain, mais c'était impossible à déterminer.

Même Pe Ell, d'habitude attentif à ne pas révéler ses pensées, avait blêmi d'horreur.

— Les Ombreurs sont venus, dit Force Vitale. (Ses deux compagnons se retournèrent et sondèrent la forêt.) Mais ils sont partis et ne reviendront pas.

À la demande de la jeune fille, ils fouillèrent la clairière, à la recherche de Walker Boh.

Morgan perdit vite tout espoir de le retrouver.

Car rien ni personne n'aurait pu survivre à cette attaque !

Pe Ell donna un coup de pied dans une pile de débris. Visiblement, il pensait la même chose que le montagnard.

Morgan n'aimait pas cet homme. Il n'avait pas confiance en lui et ne le comprenait pas. Même s'il l'avait tiré des griffes de la Fédération, il n'éprouvait pas d'amitié pour lui.

Pe Ell l'avait sauvé à la demande de Force Vitale. Sinon, il n'aurait pas levé le petit doigt pour lui.

Il l'avait dit à Morgan. En réalité, il s'était même fait un point d'honneur de l'en informer ! Sa personnalité restait un mystère et Morgan ne pensait pas que sa présence soit bénéfique.

En ce moment, alors qu'il se frayait un chemin à travers la clairière calcinée, il avait l'air d'un félin qui cherche une proie, histoire de s'amuser un peu...

Force Vitale appela soudain ses compagnons, car elle venait de trouver Walker Boh.

Morgan ne comprit pas comment elle avait deviné où il était caché, inconscient et enfoui assez profondément dans le sol.

Pe Ell et Morgan le déterrèrent et déduisirent qu'il avait été prisonnier d'un passage souterrain qui allait de la maison à la lisière de la forêt. Le tunnel s'était effondré, probablement pendant l'attaque des Ombreurs, mais avait conservé assez d'air pour que Walker survive.

Quand ils l'en sortirent à la pâle lueur du crépuscule, Morgan vit les vestiges du bras de Walker, dont la partie inférieure avait disparu. Le reste était un moignon de pierre accroché à son épaule.

Walker respirait mal et il était blême. Le montagnard crut qu'il ne s'en tirerait pas.

Ils l'installèrent de leur mieux et chassèrent la poussière de son visage. Puis Force Vitale s'agenouilla à côté de lui. Elle prit sa main unique entre les siennes et resta un moment immobile.

Quand Walker ouvrit les yeux, Morgan recula d'instinct. Il n'avait jamais vu une telle expression dans les yeux de l'Oncle Obscur. Terrifiants, ils irradiaient la folie.

— Ne me laissez pas mourir, murmura Walker.

La jeune fille lui effleura le visage et il s'endormit aussitôt. Morgan inspira profondément. Walker Boh ne demandait pas de l'aide parce qu'il avait peur, mais parce qu'il était furieux...

Cette nuit-là, ils dressèrent leur camp près des ruines de la maison, à l'abri des arbres. Force Vitale fit un feu à côté de l'endroit où Walker Boh dormait. Elle s'installa à côté de lui et ne bougea plus. De temps en temps, elle lui prenait la main – parfois, elle le caressait doucement.

Morgan et Pe Ell ne comptaient plus. Elle ne semblait pas avoir besoin d'eux, ni désirer qu'ils interviennent. Le montagnard alluma un feu et prépara le repas avec leurs réserves : du pain, de la viande séchée, du fromage et des fruits. Il en proposa à la jeune fille, mais elle secoua la tête et il n'insista pas.

Il mangea seul, Pe Ell emportant son repas dans les ténèbres.

Force Vitale se coucha à côté de Walker et s'endormit. Morgan regarda la scène, rongé par la jalousie.

Il étudia le visage de la jeune fille à la lumière du feu de camp. Elle était si belle !

Pourtant, il n'arrivait pas à s'expliquer l'effet qu'elle lui faisait. Certain d'être incapable de lui résister, il n'avait aucun espoir qu'elle lui rende ses sentiments. Ni d'ailleurs qu'elle éprouvât quoi que ce fût pour lui. Mais elle faisait naître en lui un tel désir...

Il n'aurait pas dû venir avec elle, mais partir à la recherche des Valombriens. Quand il croupissait dans les ténèbres et la saleté de sa cellule, il se l'était promis... Pourtant, il cherchait désormais un talisman – qu'elle n'avait pas daigné décrire – en compagnie de l'énigmatique Pe Ell et maintenant de Walker Boh.

Aussi intrigué fût-il, il ne remettait pas son choix en question. Il était là parce qu'il le voulait. Et parce qu'il était tombé amoureux de Force Vitale à la seconde où il l'avait vue.

Il l'admira jusqu'à ce qu'il ne puisse plus le supporter, puis détourna le regard. Étonné, il vit que Pe Ell, à l'ombre de la lisière des arbres, la dévorait aussi des yeux.

Il fut encore plus étonné quand l'homme avança et vint s'asseoir à côté de lui, près du feu.

Pe Ell se comporta comme s'ils avaient été des compagnons de longue date, pas des étrangers. Avec son visage en lame de couteau, il évoquait une série de lignes et d'angles prête à s'évanouir dans les ténèbres.

Assis les jambes croisées, très détendu, il esquissa un sourire quand il vit Morgan froncer les sourcils.

— Vous n'avez pas confiance en moi, dit-il. Et vous avez raison !

— Pourquoi ? demanda Morgan.

— Parce que vous ne vous fiez pas aux gens que vous ne connaissez pas. D'ailleurs, vous vous méfiez aussi de ceux que vous connaissez. C'est comme ça. Dites-moi, montagnard, pourquoi suis-je là, selon vous ?

— Je l'ignore.

— Moi aussi. Et je parierais que vos propres motivations vous dépassent... Nous sommes ici parce que Force Vitale dit qu'elle a besoin de nous. Mais nous ne savons pas ce qu'elle veut. L'ennui, c'est que nous ne parvenons pas à lui dire non. (Il jeta un bref coup d'œil à la jeune fille.) Elle est belle, n'est-ce pas ? Comment rabrouer quelqu'un comme elle ? Mais son aspect extérieur n'est pas tout. Il y a en elle quelque chose de spécial. Elle contrôle une forme de magie très puissante. Force Vitale peut ramener à la vie des créatures mortes – comme les jardins de Meade ou comme cet homme, à côté d'elle.

Pe Ell regarda Morgan.

— Nous avons envie de toucher cette magie, de la sentir à travers elle... C'est ce que je pense. Si nous y arrivons, nous aurons de la chance. Mais si les Ombreurs sont impliqués dans cette affaire, il faudra nous protéger mutuellement. Inutile de nous faire confiance, nous entraider suffira. Vous êtes d'accord ?

Morgan n'était pas sûr, mais il acquiesça. Il aurait juré que Pe Ell n'était pas le genre d'homme qui comptait sur les autres pour le protéger. Ni qui se souciait de les défendre, d'ailleurs...

— Savez-vous ce que je suis ? demanda Pe Ell. Un artiste ! Je peux entrer et sortir sans que personne le sache. Je déplace des objets qui ne veulent pas l'être et je fais disparaître des gens. (Il leva les yeux.) Je contrôle un peu de magie. Vous aussi, n'est-ce pas ?

Morgan secoua la tête.

— Non. C'est lui, le magicien, dit-il en désignant Walker Boh.

Pe Ell eut un sourire dubitatif.

— Son pouvoir ne semble pas lui avoir été très utile contre les Ombreurs.

— Il est pourtant toujours en vie.

— Tout juste... Et à quoi nous servira-t-il, avec ce bras ? Au fait, que peut-il faire avec sa magie ?

Morgan n'apprécia pas la question.

— Des choses que vous savez faire aussi... Demandez-le-lui quand il sera rétabli.

— S'il se rétablit.

Pe Ell se leva avec une vivacité qui surprit Morgan. L'homme était bien plus rapide que lui...

— Je perçois de la magie en vous, montagnard. Je voudrais que vous m'en parliez, quand nous aurons voyagé ensemble un peu plus longtemps. Lorsque vous aurez confiance en moi.

Il repartit vers les ombres, déroula ses couvertures sur le sol, se coucha et s'endormit presque aussitôt.

Morgan resta assis un moment.

Il lui faudrait un sacré bout de temps avant de faire confiance à cet homme. Pe Ell souriait beaucoup, mais ses yeux restaient froids comme la mort.

Morgan repensa à ce que l'homme lui avait dit, essayant de comprendre. Entrer et sortir sans être vu ? Déplacer des objets qui ne veulent pas l'être ? Faire disparaître des gens ?

Des affirmations bien ambiguës...

Morgan pensa un moment au passé, à ses amis morts ou disparus, au flot des événements qui l'entraînaient et surtout à la jeune fille qui affirmait être l'enfant du roi de la rivière Argentée.

Force Vitale.

Qui était-elle vraiment ?

Qu'allait-elle lui demander...

... Et que serait-il capable de lui donner ?

À l'aube, Walker Boh émergea du puits obscur de l'inconscience. Clignant des yeux, il vit la jeune fille penchée sur lui.

Souriante, elle l'aida à s'asseoir aussi aisément que s'il avait été un nourrisson.

— Bonjour, Walker Boh, dit-elle doucement.

Elle parut étrangement familière à l'Oncle Obscur, même s'il était certain de ne l'avoir jamais rencontrée. Il essaya de parler et s'aperçut qu'il en était incapable. Quelque chose le lui interdisait, un curieux émerveillement devant sa beauté et les sentiments qu'elle faisait naître en lui. Il trouva qu'elle ressemblait à la terre, pleine d'une magie à la fois simple et complexe – la quintessence de tout ce qui donnait la vie. Même s'il ne le savait pas encore, il la voyait différemment de Morgan et de Pe Ell.

Walker n'était pas attiré par Force Vitale comme un amant ou un protecteur, et il n'avait aucune envie de la posséder. Mais une empathie, entre eux, transcendait la passion et le désir. Ils étaient unis par une compréhension spontanée, même s'il était incapable de dire pourquoi.

La jeune fille était ce qu'il avait lutté toute sa vie pour devenir. Le reflet de ses rêves !

— Regardez-moi, demanda-t-elle.

Walker leva les yeux.

Force Vitale posa les doigts sur le moignon de l'Oncle Obscur, juste à l'endroit où la chair devenait de la pierre.

Il sursauta, refusant qu'elle sente la maladie en lui ou découvre la corruption de sa chair. Mais ses doigts ne se laissèrent pas repousser et elle ne détourna pas le regard.

Il haleta quand une douleur aveuglante lui déchira le crâne.

Un instant, il se crut revenu dans la salle des Rois et revit la crypte des morts, la dalle de pierre gravée de runes, le trou noir et le mouvement mortellement rapide de l'Asphinx.

Ensuite, il vit seulement les yeux de Force Vitale et la douleur disparut comme si une brume rouge se dissipait dans l'air.

Il sentit un poids quitter son corps, éprouva une profonde paix et s'endormit.

Quand il rouvrit les yeux, la jeune fille le regardait toujours à la chiche lumière de l'aube.

La bouche sèche, il déglutit, et elle lui donna aussitôt un peu d'eau.

Walker s'aperçut que Morgan Leah le regardait, incrédule. Près de lui, il vit un autre homme qu'il ne connaissait pas.

Tous les deux étaient là quand la jeune fille l'avait trouvé, se souvint-il. Mais qu'est-ce qui les étonnait tant ?

Puis il s'aperçut que quelque chose en lui avait changé. Son bras, plus léger, ne le torturait plus. Se servant du peu de forces qui lui restait, il leva la tête et regarda son épaule dénudée. Des tissus sains et roses s'étendaient à l'endroit où la maladie rongeait sa chair.

Son bras avait disparu.

Et le poison de l'Asphinx avec lui.

Walker regarda la jeune fille et essaya de parler. En vain.

— Je suis Force Vitale, la fille du roi de la rivière Argentée. Lisez dans mes yeux et voyez ma véritable nature.

Il obéit et découvrit tout ce que Morgan Leah avait vu et dont Pe Ell avait été témoin : l'arrivée de Force Vitale à Culhaven, puis la résurrection des jardins de Meade.

L'Oncle Obscur mesura la portée de ce miracle et sut sans nul doute possible que Force Vitale disait la vérité. Elle contrôlait une magie capable de ramener à la vie les créatures et les choses...

Quand les images disparurent, il éprouva de nouveau un inexplicable sentiment de *parenté*.

— Vous avez recouvré la santé, Walker Boh, dit-elle. La maladie ne vous troublera plus. Reposez-vous maintenant, car j'ai besoin de vous...

Elle toucha le convalescent, qui sombra aussitôt dans le sommeil.

Il se réveilla de nouveau à midi, affamé et assoiffé. Force Vitale l'aida à s'asseoir et lui donna à manger et à boire.

Il se sentait désormais plus fort, presque redevenu l'homme qu'il était avant sa rencontre avec l'Asphinx.

Pour la première fois depuis des semaines, il se découvrit capable de penser clairement. Au soulagement d'avoir été libéré du poison se mêlait la colère contre Rimmer Dall et les Ombreurs, les assassins de Cogline et de Rumeur.

Un vieil enquiquineur et un félin exaspérant, comme il les appelait...

Walker regarda les décombres. La jeune fille ne lui demanda pas ce qui était arrivé. Mais elle le toucha de nouveau et le *sut* instantanément.

Les images de ces événements tragiques revinrent en mémoire à l'Oncle Obscur, qui en eut les larmes aux yeux.

Elle le toucha encore une fois pour le rassurer et le réconforter, mais il ne pleura pas. Il garderait son chagrin en lui, où il nourrirait sa détermination à retrouver et de détruire les coupables.

— Vous ne pouvez pas laisser libre cours à vos émotions, souffla Force Vitale afin que Morgan et Pe Ell n'entendent pas. Si vous pourchassez maintenant les Ombreurs, ils vous détruiront. La force et la sagesse requises pour les vaincre vous manquent. Grâce à moi, vous trouverez les deux...

Avant qu'il puisse répondre, elle appela les autres hommes, les fit s'asseoir devant elle et déclara :

— Je vais vous expliquer pourquoi j'ai besoin de vous. Il y a très longtemps, à une époque plus reculée que celle des hommes, avant les Grandes Guerres et tout ce que vous connaissez, les créatures comme mon père étaient légion. Ces premiers êtres magiques, nés de la Parole, dominaient la terre. Leur mission consistait à préserver et à protéger, et ils s'en acquittèrent tant que cela fut possible. Mais le monde changea quand le règne de l'humanité commença. L'évolution du monde emporta presque tout ce qui existait au début, y compris les semblables de mon père. Un par un, ils s'éteignirent. Les Grandes Guerres en détruisirent beaucoup et les Guerres des Races achevèrent le travail. Mon père resta seul, ultime représentant des seigneurs du monde magique.

Force Vitale leva les yeux.

— En réalité, il n'était pas le dernier, car un autre membre de son espèce avait survécu. Mon père l'ignorait, persuadé que tous ceux de sa race s'étaient éteints. Il se trompait. Un autre être comme lui existait, tellement modifié qu'il était à peine reconnaissable.

» Les premières créatures magiques devaient leurs pouvoirs à la nature. Celui de mon père venait des rivières et des lacs. Son frère, dont il ignorait l'existence, puisait le sien dans les rochers et la terre. Alors que mon père trouvait sa force dans la fluidité et le mouvement, il tirait la sienne de la constance et de l'immuabilité.

» Il s'appelle Uhl Belk, le roi de Pierre. Jadis, il n'avait pas de nom. Aucun semblable de mon père n'en portait, car ils n'en avaient pas besoin. Mon créateur fut baptisé par les humains de sa région, sans jamais l'avoir demandé. Uhl Belk choisit son nom pour être craint, pensant que cela assurerait sa survie. Selon lui, un patronyme était un gage de permanence. Et la permanence incarnait tout à ses yeux. Autour de lui, le monde changeait, et il fut incapable d'accepter de devoir évoluer aussi. Comme la pierre dont il tirait sa force, il refusa de s'adapter. Pour résister au changement, il se fossilisa dans l'attitude qui lui avait permis de survivre si longtemps. S'enfonçant dans la terre, il se cacha pendant que les Grandes Guerres détruisaient presque tout. Et il se dissimula de nouveau lorsque les Guerres des Races firent rage.

» Comme celui de mon père, son royaume se réduisit à un minuscule fragment d'existence que sa magie avait réussi à préserver. Pendant les guerres de l'humanité, il s'y accrocha désespérément et attendit que la raison reprenne le dessus.

» Contrairement à mon père, Uhl Belk rejeta la mission que la Parole lui avait confiée. Au cours de sa lutte pour la survie, il oublia le sens de son existence. Se persuadant qu'il devait vivre à tout prix, il négligea son serment de préserver et protéger la terre. Une seule idée l'obsédait : s'il augmentait son pouvoir, sa vie ne serait plus jamais menacée...

Force Vitale baissa les yeux, puis regarda de nouveau ses compagnons.

— Uhl Belk est le maître d'Eldwist, un domaine situé au nord-est des monts Charnal, à la lisière des Terres de l'Est, sur les rives du Fléau des Récifs. Après s'être caché pendant des siècles, il est venu réclamer le monde des hommes pour en faire son royaume. Sans réfléchir, il déchaîne son pouvoir sur tout : le sol, les eaux, les arbres et les créatures vivantes. Il transforme tout en pierre et renforce ainsi sa magie à chaque instant. Eldwist est un désert de pierre et les terres alentour commencent aussi à se transformer.

» Pour le moment, il est prisonnier de l'océan, parce que sa magie n'est pas assez puissante pour le traverser. Mais Eldwist est raccordée aux Terres de l'Est par un bras de terre, et rien n'empêche le poison magique de se répandre vers le sud. À part mon père, bien entendu...

— Et les Ombreurs, ajouta Morgan Leah.

— Non, Morgan... (Walker et Pe Ell remarquèrent qu'elle avait appelé le montagnard par son prénom.) Les Ombreurs ne sont pas les ennemis d'Uhl Belk. Seul mon père lutte pour préserver les Quatre Terres. Les Ombreurs, comme le roi de Pierre, voudraient transformer le pays en un désert stérile. Les Ombreurs et Uhl Belk se laissent mutuellement en paix. Un jour, cela changera peut-être. Mais alors, cela n'aura plus d'importance pour nous.

Elle regarda l'Oncle Obscur.

— Pensez à votre bras, Walker Boh. Le poison qui l'a emporté est celui d'Uhl Belk. L'Asphinx lui appartenait. Chaque créature que le roi de Pierre touche se pétrifie. C'est la source de son pouvoir : la permanence et l'absence de changement.

— Pourquoi a-t-il décidé de m'empoisonner ? demanda Walker.

— Dans la salle des Rois, il a volé un talisman qui appartenait aux druides. Prudent, il voulait être certain que celui qui découvrirait ce vol mourrait avant de pouvoir agir. Vous avez eu la malchance d'être cet homme-là. Les druides étaient assez puissants pour défier Uhl Belk. Alors, il a attendu qu'ils aient tous disparu... Son seul ennemi, désormais, est le roi de la rivière Argentée.

Les yeux noirs de Force Vitale se rivèrent sur Pe Ell.

— Uhl Belk tente de dévorer la terre. Pour cela, il doit détruire mon père, qui m'a chargée de l'empêcher de vaincre. Sans votre aide, je ne peux pas le faire. Il faut que vous m'accompagniez à Eldwist, au nord. Nous devrons retrouver et récupérer le talisman volé dans la salle des Rois. Il s'agit de la Pierre elfique noire. Tant qu'il la possédera, Uhl Belk sera invincible. Nous devons la lui reprendre.

— Et comment sommes-nous censés nous y prendre ? demanda Pe Ell.

— Vous trouverez une solution, répondit la jeune fille en regardant les trois hommes. Mon père affirme que c'est possible et que vous en avez les moyens. Mais pour cela, vous devrez vous associer. Chacun de vous contrôle la magie nécessaire. Nous n'en avons pas parlé, mais c'est une évidence. Les trois magies sont requises. Vous devez y aller ensemble.

— Tous les trois, fit Pe Ell, dubitatif, en regardant Morgan et Walker. Et cette Pierre elfique noire, quel type de magie possède-t-elle ?

Walker tendit le cou pour écouter la réponse.

— Elle vole les autres pouvoirs. Autrement dit, elle les avale et les fait siens.

Il y eut un silence de stupéfaction. Walker n'avait jamais entendu parler d'une magie pareille. Il n'existait aucune mention de son existence, même dans les archives des druides.

Puis il pensa au passage qui décrivait de quelle façon Paranor pourrait être restaurée.

« *Une fois enlevée au monde des hommes, Paranor restera cachée et invisible. Une seule magie aura la puissance de la ramener, celle de l'unique Pierre elfique noire. Conçue par le peuple magique de l'ancien monde, comme les autres Pierres elfiques, elle combine les qualités nécessaires au cœur, à l'esprit et au corps. Celui qui aura la nécessité et le droit de le faire s'en servira pour atteindre son but.* »

Avant son départ pour la salle des Rois, il avait mémorisé ce texte qui expliquait en partie comment la Pierre elfique noire pourrait ramener Paranor.

Puisque la magie des druides l'avait rejeté du monde des hommes, la Pierre annulerait ce sort et ferait reparaître la forteresse. Walker fronça les sourcils. Cette théorie semblait trop évidente. De plus, une magie si puissante impliquait que le phénomène était alors irréversible. Pourquoi les druides auraient-ils couru le risque qu'un artefact pareil tombe entre les mains d'un ennemi du calibre d'Uhl Belk ?

Cela dit, ils avaient fait de leur mieux pour le protéger. Pratiquement personne n'aurait pu le sortir de la salle des Rois. À condition, pour commencer, de savoir qu'il y était.

Il se demanda comment le roi de Pierre l'avait découvert...

— Si la Pierre elfique noire peut capturer la magie des gens, dit Pe Ell, rien ne saurait la vaincre. Notre propre magie sera inutilisable contre elle.

— En particulier la mienne, puisque je n'en ai pas, dit Morgan. (Tous les regards se tournèrent vers lui.) Ou si peu que ça ne vaut pas la peine d'en parler...

— Force Vitale, pouvez-vous nous aider à combattre le roi de Pierre ? demanda Walker. Utiliserez-vous votre magie contre lui ?

— Non, répondit la jeune fille.

Tous se turent et la regardèrent.

— Ma magie sera impuissante jusqu'à ce que vous ayez repris la Pierre à Uhl Belk. Et il ne doit pas découvrir qui je suis. S'il me démasquait, il m'éliminerait. Je viendrai avec vous, vous conseillant de mon mieux, mais je ne pourrai pas intervenir – même un bref instant.

— Et vous pensez que nous le pourrons ? demanda Pe Ell.

— Le roi de Pierre sous-estimera votre magie. Il ne se sentira pas menacé.

Pe Ell prit un air si fermé que Walker en fut momentanément distrait de ses réflexions.

Il se demanda ce que Force Vitale leur cachait. Car il était persuadé, désormais, qu'elle leur dissimulait quelque chose. Elle ne leur mentait pas... mais elle omettait de tout leur dire...

— Tout deviendra possible si vous venez avec moi, déclara soudain Force Vitale. Walker Boh, j'ai chassé le poison de votre corps, mais je n'ai pas le pouvoir de régénérer votre bras. Partez à la recherche de la Pierre elfique noire et vous trouverez un moyen de guérir. Morgan Leah, vous aimeriez rendre sa magie à votre Épée brisée. Venez avec moi ! Pe Ell, vous cherchez un pouvoir plus grand que celui des Ombreurs. Venez avec moi ! Ensemble, a dit mon père, vous détenez les clés qui ouvriront la porte de tous ces secrets. Il sait ce qui est possible et ne mentirait pas...

La jeune fille leva les yeux vers ses compagnons.

— Les Quatre Terres et leurs habitants sont menacés par les Ombreurs. Mais plus encore par Uhl Belk. La Pierre elfique noire mettra un terme à ces deux menaces. Je sais que vous ne le comprenez pas encore et je ne peux pas vous l'expliquer. J'ignore comment vous mènerez cette quête. Mais je réussirai ou j'échouerai avec vous. Nous serons liés à tout jamais par ce qui arrivera !

Nous le sommes déjà, pensa Walker Boh, se demandant pourquoi il avait cette certitude.

Le silence retomba et aucun d'eux n'eut envie de le briser. Il restait des questions sans réponse, des doutes et des craintes. L'avenir s'étendait devant eux comme un long chemin obscur qui les conduirait où cela lui chantait. Uhl Belk les attendait au bout de ce chemin et ils allaient partir à sa rencontre.

C'était déjà décidé, sans qu'il fût besoin d'en débattre.

Ainsi agissait la magie de Force Vitale, qui rendait la vie et l'espoir à tout ce qu'elle touchait...

Morgan Leah se demanda ce qu'il éprouverait si le pouvoir de l'Épée de Leah lui était rendu.

Pe Ell se réjouit à l'idée de détenir une arme à laquelle personne ne résisterait. Et si cela se révélait plus grisant encore que l'utilisation du Stiehl ?

Walker Boh pensa moins à lui-même qu'à la Pierre elfique noire – la clé de toutes les portes fermées. Paranor serait-elle restaurée ? Les druides reviendraient-ils ?

C'était la mission que lui avait confiée Allanon, et une partie de ce qu'il fallait accomplir pour détruire les Ombreurs. Et pour la première fois depuis que les rêves étaient venus le hanter, il désirait les détruire de sa main !

Il sonda les yeux noirs de Force Vitale et eut l'impression qu'elle lisait dans ses pensées.

Une astuce de druide...

Soudain, il sursauta, se souvenant de l'endroit où il avait déjà vu la jeune fille.

Après bien des hésitations, Walker alla la voir très tard dans la nuit.

Il aurait été plus facile de ne rien dire, parce que parler risquait de remettre en cause son amitié avec elle et sa participation au voyage. Mais se taire revenait à mentir et il ne pouvait pas s'y résoudre.

Il attendit que Morgan et Pe Ell soient endormis, se leva péniblement, encore endolori, et traversa la clairière éclairée par le feu de camp pour rejoindre Force Vitale à l'endroit où elle l'attendait.

En passant à côté des ruines de la maison, quand il faisait encore jour, il avait exploré la cachette, au milieu des cendres fumantes. Mais il n'avait pas trouvé le livre des druides.

Force Vitale ne dormait pas. Il savait qu'elle serait réveillée.

Elle était assise sous un grand sapin, à la lisière de la clairière, assez loin du camp. Encore faible, Walker ne pouvait pas marcher longtemps, mais il ne voulait pas que ses deux compagnons l'entendent. Elle sembla le comprendre, se leva et l'accompagna dans la forêt. Après un moment, elle se tourna vers lui et le fit asseoir sur le sol, à côté d'elle.

— Que voulez-vous me dire, Walker Boh? demanda-t-elle.

L'Oncle Obscur sentit de nouveau une étrange familiarité avec la jeune fille et il faillit changer d'avis. Il avait peur de ce qu'il devait lui dire – et de la réaction que ses paroles provoqueraient.

— Force Vitale, dit-il enfin, avant sa mort, Cogline m'avait donné un livre venu des archives des druides. Cet ouvrage a été détruit par l'incendie. Un passage affirmait que la Pierre elfique noire a le pouvoir de faire revenir Paranor. C'est la mission dont m'a chargé l'ombre d'Allanon, quand je suis allé lui parler au lac Hadeshorn. Faire revenir Paranor et rendre les druides aux Quatre Terres. C'est cette tâche que Cogline me poussait à accepter. Il m'a apporté le livre pour me convaincre que c'était possible.

— Je sais...

Manquant se noyer dans la profondeur du regard d'ébène de la jeune fille, Walker dut se forcer à détourner les yeux.

— J'ai douté de lui, continua-t-il. J'ai douté de ses motivations, l'accusant de servir les intérêts des druides. Je ne voulais pas avoir affaire à eux. Mais la curiosité au sujet de la Pierre elfique noire m'a poussé à étudier la question, même après le départ de Cogline. Pour découvrir où elle était cachée, je suis allé voir le fantôme du Marais.

Il leva les yeux et chercha le regard de Force Vitale.

— Il m'a offert trois visions. Dans la première, j'étais debout devant les compagnons venus avec moi rencontrer l'ombre d'Allanon. Et j'ai déclaré que je préférais me couper la main plutôt que faire revenir les druides. Comme si la vision voulait se moquer de moi, je suis soudain apparu avec une main coupée. Maintenant, elle est bel et bien partie... Pas seulement ma main, mais mon bras.

» La troisième vision importe peu dans ce contexte. Dans la deuxième, j'étais debout au sommet d'une colline qui surplombait le monde. Une jeune fille, à mes côtés, a perdu l'équilibre et tendu la main vers moi. Mais je l'ai repoussée et elle est tombée. Cette jeune fille, c'était vous...

Il attendit la réponse, le silence pesant sur eux jusqu'à ce que Walker ait le sentiment que rien ne les séparerait. Force Vitale ne parla pas. Impassible, elle garda les yeux rivés sur lui.

— Vous savez sûrement qui est le fantôme du Marais ! s'exclama-t-il enfin.

Il la vit cligner des yeux et comprit qu'elle pensait à autre chose.

— C'est un esprit exilé, dit-elle.

— Qui débite des vérités ou des mensonges en les enrobant de diverses manières. Il l'a fait pour la première vision. Et j'ai perdu mon bras. Je n'aimerais pas que la même chose arrive avec votre vie !

— Vous ne me ferez pas de mal, Walker Boh. Craignez-vous de devoir me nuire ?

— La vision...

— ... Est une *vision*, rien de plus ! Ces images évoquent des possibilités, non une immuable vérité. Nous ne sommes pas liés par elles et elles ne commandent pas l'avenir. Surtout celles que génère une créature comme le fantôme du Marais. Le craignez-vous, Walker Boh ? Je ne le pense pas... Et moi non plus. Mon père m'a dit ce qui arrivera et cela me suffit. Vous ne me ferez aucun mal.

Walker ne se sentit pas rassuré pour autant.

— Votre père pourrait ne pas avoir vu tout ce qui doit arriver.

Force Vitale tendit la main et effleura celle de Walker.

— Vous serez mon protecteur pendant ce voyage, comme vos deux compagnons, et aussi longtemps que nécessaire. Ne vous inquiétez pas. Avec vous, je serai en sécurité.

— Je pourrais ne pas venir...

— Non. Je serai en sécurité si vous êtes là et en danger si vous ne venez pas. Vous *devez* m'accompagner.

Walker la regarda, soupçonneux.

— Pouvez-vous m'en dire plus sur ce que je suis censé faire ?

— Non.

— Ou m'indiquer comment je dois arracher la Pierre elfique noire des mains d'Uhl Belk ?

— Non.

— Ou me dire comment je suis censé vous protéger alors que je n'ai qu'un seul bras ?
— Non.
Walker baissa les épaules, soudain épuisé.
— Je ne suis plus que la moitié d'un homme, murmura-t-il. Je ne crois plus aux promesses que je m'étais faites, et encore moins aux missions que je m'étais assignées. Devenu le jouet de rêves envoyés par les druides, j'ai perdu mes deux amis les plus proches, mon foyer et le sentiment de valoir quelque chose. J'étais le plus fort parmi ceux qui sont allés à la rencontre d'Allanon. Celui sur lequel les autres comptaient. Maintenant, me voilà le plus faible, à peine capable de marcher. Rejeter les visions du fantôme du Marais serait une erreur. J'ai toujours été trop sûr de moi. Maintenant, je dois douter de tout.
— Walker Boh...
Force Vitale tendit la main vers l'homme et l'aida à se relever.
— Vous retrouverez votre force, mais seulement si vous y croyez.
Elle était si près de lui qu'il sentit la chaleur de son corps dans l'air frais de la nuit.
— Vous êtes comme moi. Vous le savez, mais vous ne comprenez pas pourquoi. C'est à cause de ce que nous sommes : des créatures de la magie. Elle nous définit et nous modèle. Pour nous, c'est un héritage reçu à la naissance, et nous ne pouvons pas y échapper. Vous vouliez me protéger en me parlant de votre vision. Mais sachez que nous sommes liés de telle manière que nous ne pouvons pas nous séparer et survivre, quoi qu'en disent les visions. Ne le sentez-vous pas ? Nous devons suivre jusqu'au bout la piste qui nous conduira à Eldwist,

à Uhl Belk et à la Pierre elfique noire. Les visions ne nous en empêcheront pas. Car nous ne devons pas céder à l'angoisse.

» La magie, Walker Boh, gouverne ma vie. Elle m'a été donnée par mon père. Pouvez-vous affirmer qu'il en va autrement pour vous ?

Ce n'était pas une véritable question, mais une affirmation.

Walker prit une profonde inspiration.

— Non, reconnut-il. Je ne peux pas.

— La nier ou la rejeter nous est impossible, n'est-ce pas ?

— C'est vrai...

— Alors, nous avons cela en commun. Ainsi que la mission de retrouver la Pierre elfique noire et de protéger les Quatre Terres. La vôtre vous a été confiée par l'ombre d'Allanon, la mienne par mon père. À part cela, rien n'a d'importance. Et tous les chemins mènent au talisman des druides. (Quand Force Vitale leva la tête, les rayons de lumière céleste qui filtraient entre les arbres firent scintiller son visage.) Nous devons partir à sa recherche ensemble !

La jeune fille était si sûre de ce qu'elle affirmait ! Walker soutint son regard, toujours miné par les doutes et les craintes qu'elle le poussait à rejeter, mais un peu rassuré par sa détermination et sa volonté. Autrefois, il avait eu les deux...

Furieux et honteux d'en être privé, il se souvint de la détermination de Par Ohmsford, résolu à trouver un moyen de mettre sa magie au service du bien. Il pensa à la promesse tacite qu'il avait faite aux mânes de Cogline et de Rumeur.

Les visions du fantôme du Marais l'inquiétaient encore, mais Force Vitale avait raison. Il ne pouvait pas se laisser détourner de sa quête.

Il retrouva soudain une partie de son assurance.

— Nous ne parlerons plus des sornettes du fantôme du Marais, dit-il.

— Non... Pas avant que ce soit nécessaire !

Sur ces mots, Force Vitale le prit par le bras et le ramena au camp.

Chapitre 11

Les forces de Par Ohmsford lui revinrent lentement.

Deux semaines durant, il était resté alité dans la tanière souterraine de la Taupe, entouré par les masques figés des « enfants de son hôte ».

Au début, le temps n'avait plus aucun sens à ses yeux, car il dérivait dans un monde très éloigné de la réalité. Puis la folie recula et il commença à recouvrer sa lucidité. Le rythme des jours et des nuits reprit ses droits, Damson Rhee et la Taupe redevenant des visages connus.

Il identifia son environnement ainsi que les vieilles peluches qui le veillaient – avec leurs boutons en guise d'yeux et d'oreilles, leurs bouches hermétiquement cousues et leurs corps en tissu élimé.

Il se souvint même de leurs noms. Peu à peu, les mots avaient de nouveau une signification...

Bientôt, il s'aperçut qu'on le nourrissait et prit conscience qu'il dormait la plupart du temps.

Par-dessus tout, il y avait les souvenirs, qui le traquaient dans ses rêves et dans ses moments de lucidité. Ces fantômes se tenaient à la lisière de son esprit, attendant de le mordre ou de le piquer. Des souvenirs des Ombreurs, de Rimmer Dall, de l'Épée de Shannara, mais surtout de Coll...

Il ne parvenait pas à se pardonner la mort de son frère. Pas seulement parce qu'il avait porté le coup fatal avec la magie de l'Enchantement de Shannara, ni parce qu'il ne l'avait pas protégé des hordes d'Ombreurs de la Fosse pendant qu'il parlait avec Rimmer Dall. Depuis leur fuite de Varfleet, Par n'avait pensé qu'à lui-même, et c'était son égoïsme qui le rongeait.

Le besoin de connaître la vérité sur l'Enchantement, l'Épée de Shannara, la mission confiée par Allanon, le but de sa magie : voilà ce qui avait compté à ses yeux. Il avait tout sacrifié à la découverte de la vérité – y compris la vie de son frère.

Quand elle prit conscience de ses tourments et devina leur cause, Damson tenta de lui enlever cette idée de la tête.

— Il voulait être avec vous, Par, lui répéta-t-elle, penchée vers lui, sa chevelure rousse tombant en cascade sur ses épaules menues. C'était son choix. Il vous aimait assez pour ne pas avoir pu faire autrement. Vous avez essayé de l'empêcher de vous suivre. Mais il n'aurait jamais accepté. Coll savait ce qui était bon et nécessaire. Il avait décidé de vous protéger des dangers qui vous guettaient tous les deux. Pour cela, il a donné sa vie ! Ne niez pas son sacrifice en prétendant que tout était votre faute. Il avait des décisions à prendre, et il n'a pas hésité. Vous n'auriez pas pu le faire changer d'avis, même si vous aviez insisté plus longuement. Il reconnaissait la nécessité de vos actes. Vous le saviez avant sa mort, et vous devez continuer à le croire. Faites qu'il ne soit pas mort en vain !

Mais Par craignait que la fin de son frère ait été inutile, et cette idée l'obsédait.

Qu'avait-il obtenu en échange du sacrifice de Coll ? L'Épée de Shannara ? Certes... Il s'était emparé de la lame légendaire de ses ancêtres elfiques, que l'ombre d'Allanon l'avait chargé de retrouver. Mais à quoi servait-elle ? Elle n'avait rien pu contre Rimmer Dall, même quand le Premier Questeur avait avoué qu'il était un Ombreur. Si l'Épée contrôlait une magie puissante, comme le prétendait Allanon, pourquoi n'avait-elle pas détruit son plus terrible ennemi ?

Pire encore, selon Rimmer Dall, il lui aurait suffi de *demander* l'arme pour l'obtenir. Il n'aurait pas eu besoin de descendre dans la Fosse, et Coll serait toujours vivant...

Enfin, sa mort n'avait aucun sens si Par, comme le prétendait Rimmer Dall, était un Ombreur.

Car s'il était le fléau même dont ils essayaient de protéger les Quatre Terres, Coll serait tombé pour sauver un Ombreur.

Impensable ? Il n'en était plus certain...

Les souvenirs continuèrent de le torturer, amers et terribles. Submergé d'angoisse, de colère et d'incompréhension, il luttait pour rester à flots, pour respirer et pour survivre.

Puis la fièvre disparut, ses émotions s'apaisèrent et les blessures de son corps et de son cœur commencèrent à cicatriser.

Il se leva, déterminé à ne plus rester couché, et commença à marcher sur de courtes distances, dans la tanière obscure de la Taupe. Après avoir fait ses ablutions, il s'habillait avec soin et prenait ses repas à table. Puis il explorait les recoins de la tanière, mettant ainsi à l'épreuve ses forces partiellement retrouvées.

Par repoussait ses souvenirs et les empêchait de revenir à la surface en ne cessant pas de s'occuper. Faire quelque chose – n'importe quoi – l'aidait à ne pas trop penser à ce qu'il avait perdu.

Il remarqua les odeurs qui flottaient dans l'air stagnant de la tanière. Puis il étudia le mobilier déglingué, un tas de rebuts que la Taupe avait récupéré à la surface. Au fil du temps, sa résolution se fit plus ferme. Il était vivant et il y avait une raison à cela !

Même trop fatigué pour continuer à marcher, il n'avait pas envie de se reposer. Il passait alors des heures assis au bord de son lit à contempler la mystérieuse Épée de Shannara.

Pourquoi n'avait-elle pas réagi quand il avait effleuré Rimmer Dall avec la lame ?

— Est-il possible, lui demanda un jour Damson, que vous ayez été trompé et qu'il ne s'agisse pas de l'Épée de Shannara ?

Par réfléchit avant de répondre.

— Quand je l'ai vue dans la rotonde, Damson, et quand je l'ai touchée, j'ai su qu'il s'agissait vraiment de l'Épée de Shannara. J'ai chanté tant de fois son histoire et fait apparaître son image si souvent ! Il n'y avait aucun doute dans mon esprit. Et j'ai toujours le sentiment qu'il s'agit vraiment de l'Épée.

Assise sur le lit, les jambes croisées, la jeune femme riva sur lui ses yeux verts.

— Pourtant, le désir de la trouver a peut-être faussé votre jugement. Vous la vouliez à un tel point que vous vous êtes laissé abuser.

— Oui, cela aurait pu arriver... Mais pourrais-je continuer à l'être ? Regardez l'Épée. La garde est usée, mais la lame brille comme si elle était neuve. Elle me rappelle celle de l'Épée de Morgan. La magie la protège. Et voyez la sculpture en forme de torche, avec la flamme...

Il s'interrompit, son enthousiasme douché par le doute qu'il lisait dans le regard de Damson.

— Mais elle ne fonctionne pas, c'est vrai. Elle ne fait strictement rien. Je la prends en main, et elle paraît être ce qu'elle devrait être – sans que sa magie se manifeste jamais. Comment pourrait-il s'agir de l'Épée ?

— Une contre-magie..., souffla la Taupe.

Assis dans un coin de la pièce, presque invisible dans les ombres, il tira sur ses joues comme pour se les arracher.

— Un masque, qui cache...

— Quelque chose qui dissimulerait la magie ? coupa Par. Oui, Taupe, j'y ai pensé. Mais quel pouvoir serait assez puissant pour occulter celui de l'Épée de Shannara ? Comment les Ombreurs pourraient-ils le produire ? Et s'ils le pouvaient, pourquoi ne pas s'en servir simplement pour détruire la lame ? Et pourquoi ne puis-je pas l'éliminer, si je suis le porteur désigné de l'Épée ?

La Taupe ne répondit pas. Damson ne dit rien non plus.

— Je ne comprends pas, murmura Par. J'ignore ce qui ne va pas...

Une autre chose l'étonnait... Rimmer Dall lui avait si facilement permis de partir avec l'Épée ! Si elle était la seule arme en mesure de détruire les Ombreurs, le Questeur ne l'aurait sûrement pas laissée entre ses mains. Pourtant, il la lui avait remise sans protester. En réalité, il l'avait quasiment encouragé à la prendre, en lui racontant que tout ce qu'on lui avait dit sur les Ombreurs et sur l'Épée était des mensonges.

Puis il l'avait prouvé en démontrant que l'arme était incapable de lui faire du mal.

Par errait dans les quartiers de la Taupe, l'Épée à la main, acharné à invoquer la magie qui s'y tapissait. Pourtant, ses secrets continuaient à lui échapper.

Damson quittait souvent leur cachette souterraine pour remonter dans les rues de Tyrsis. Il était étrange de penser que la ville existait au-dessus de leurs têtes – hors de vue – avec ses habitants, ses bâtiments, son soleil et son air frais. Par mourait d'envie de la suivre, mais elle lui conseilla de s'en abstenir. Il manquait encore trop de forces et la Fédération le cherchait toujours.

Il avait quitté son lit depuis cinq ou six jours quand Damson revint avec des nouvelles inquiétantes.

— Il y a quelques semaines, dit-elle, la Fédération a découvert l'emplacement de la Saillie. Un espion infiltré dans le camp des hors-la-loi les a trahis. Une armée a été envoyée dans la Clé de Parma pour assiéger le campement. Le coup a réussi, et la Saillie a été prise à peu près au moment où vous vous êtes échappé de la Fosse... Tous les rebelles ont été tués.

Par sursauta.

— Tout le monde ?

— C'est ce que prétend la Fédération. À l'en croire, le Mouvement n'existe plus.

Il y eut un court silence. Ils étaient assis à la grande table de la Taupe, entourés par les silhouettes immobiles de ses enfants. Prendre le thé était devenu leur rituel de milieu d'après-midi.

— Encore une tasse, adorable Damson ? demanda la Taupe, son visage poilu pointant juste au-dessus du bord de la table.

La jeune femme acquiesça d'un signe de tête sans quitter Par du regard.

— Cette nouvelle ne semble pas vous causer beaucoup de peine, dit le Valombrien.

— Je trouve étrange qu'il ait fallu des semaines pour que la nouvelle de leur victoire atteigne Tyrsis.

— Ce ne serait pas vrai, à votre avis ?

— Il est possible que la Saillie ait été prise. Mais je connais Padishar Creel. Il semble peu probable qu'il se soit laissé coincer dans sa tanière. Il est bien trop rusé pour cela. De plus, des amis du Mouvement, dans la cité, m'ont rapporté que les soldats de la Fédération disent avoir tué peu de rebelles. Au maximum quelques dizaines, déjà morts quand ils ont atteint le sommet de la place forte. Que serait-il arrivé aux autres ? Il y avait trois cents hommes dans ce camp. De plus, si la Fédération avait vraiment capturé Padishar Creel, sa tête serait déjà au bout d'une pique devant les portes de la cité.

— Mais vous n'avez pas eu de message de Padishar ?

— Non.

— Ni de nouvelles de Morgan, de Steff, ou d'un des autres ?

— Non. Ils ont disparu...

— Donc...

Damson eut un sourire mélancolique.

Puis ils finirent leur thé en silence.

Le lendemain, un peu plus fort et plus déterminé, Par répéta qu'il voulait monter dans la cité. Enfermé depuis trop longtemps, il avait besoin de voir le monde, de sentir le soleil sur sa peau et de respirer de l'air frais. De plus, en restant caché, il n'accomplissait rien. Il était temps d'*agir* !

Damson rappela qu'il n'était pas encore entièrement remis. De plus, la Fédération savait désormais tout de lui, et sa description avait été fournie à toutes les patrouilles.

Après sa fuite de la Fosse, les Questeurs avaient fouillé les niveaux inférieurs du vieux palais et découvert les tunnels menant aux sous-sols de la cité. Il y avait des lieues de catacombes et d'égouts à passer au crible, mais le risque d'être découverts demeurait. Pour le moment, mieux valait opter pour la discrétion.

Ils arrivèrent quand même à un compromis. Par aurait le droit de s'aventurer dans les tunnels les plus proches, à condition d'être accompagné par Damson ou la Taupe. Pour le moment, il ne se montrerait pas à la surface...

Cette décision lui permettant au moins de quitter sa chambre de malade, le Valombrien accepta.

Il commença son exploration, ravi de découvrir les tunnels en compagnie de Damson et de la Taupe.

Le premier jour, il se fatigua rapidement et dut revenir très vite. Le deuxième, il résista mieux et les choses allèrent ensuite en s'améliorant.

De plus en plus à l'aise avec la configuration des tunnels et des égouts, Par fut vite certain qu'il retrouverait le chemin de la surface, en cas de besoin. La Taupe l'aidait à se repérer, hochant solennellement la tête quand il réussissait bien.

Damson restait près de lui et le touchait en permanence, comme pour le protéger du danger. Il sourit intérieurement de ses efforts.

Une semaine passa. De plus en plus en forme, Par réalisa qu'il se terrait dans la tanière de la Taupe depuis plus d'un mois. Il pensait sans cesse à partir pour reprendre sa vie là où il l'avait laissée.

Cela dit, il se demandait par quoi il pourrait bien commencer...

Finalement, la décision lui échappa.

Une fin d'après-midi, dix jours après le début de ses explorations, il était assis au bord de son lit, les yeux rivés sur l'Épée de Shannara. Damson était allée en ville pour essayer d'en savoir plus sur Padishar et la Fédération. La Taupe faisait la navette de pièce en pièce, s'occupant avec amour de ses trésors.

L'heure du thé passée, Damson ne s'était pas montrée. La Taupe s'inquiétait. Par ne partageait pas son angoisse, car il était occupé à autre chose.

Ses souvenirs sur la découverte de l'Épée de Shannara et la mort de Coll étaient encore des fragments qui refusaient de former une image cohérente. Mais de temps en temps, une nouvelle pièce se mettait en place dans le puzzle.

Comme en ce moment...

Cela avait un rapport avec l'Enchantement de Shannara. Il se souvenait clairement – *trop* clairement – de la manière dont sa magie s'était accumulée en lui, pratiquement hors de sa volonté, quand Coll – ou la créature qui était naguère Coll – l'avait menacé. Puis, après la disparition de son frère, lors de l'attaque des autres Ombreurs de la Fosse, l'Enchantement lui avait donné une épée de flammes. Cette arme qui ne ressemblait en rien à tout ce que sa magie produisait jusque-là avait détruit sans effort les Ombreurs. Quelques minutes, il avait été comme possédé, et il se souvenait de cet étrange état de démence. Mais jusqu'à cet instant, il avait complètement oublié un autre événement.

Une fois les Ombreurs morts, quand il avait tendu la main pour ramasser l'Épée de Shannara, elle l'avait brûlé comme du fer chauffé à blanc. Aussitôt, sa magie s'était dissipée. Depuis, il n'avait pas pu l'invoquer de nouveau.

Pourquoi l'Épée de Shannara avait-elle fait cela ? Que s'était-il passé pour provoquer une telle réaction ?

Il réfléchissait à ce phénomène, tentant de le faire coller avec le peu qu'il savait de l'Épée, quand Damson entra en trombe dans le refuge souterrain de la Taupe.

— Des soldats de la Fédération ! cria-t-elle. Ils fouillent les égouts ! Pas du côté du palais, mais par ici ! J'ai eu du mal à les éviter pour revenir. J'ignore si quelqu'un nous a trahis ou si j'ai été aperçue. Mais ils ont trouvé l'entrée qui conduit à ce niveau et ils arrivent ! (Elle inspira profondément pour se calmer.) Si nous restons ici, ils nous trouveront. Nous devons partir immédiatement.

Par accrocha l'Épée de Shannara dans son dos et jeta ses quelques possessions dans un sac.

Il avait voulu partir, mais pas de cette façon !

— Taupe ! appela Damson. Vous devez fuir avec nous. Sinon, ils vous captureront.

— Non, adorable Damson. C'est mon foyer... Je resterai.

Damson s'agenouilla à côté de son ami.

— Non ! Vous seriez en grand danger. Ces hommes vous feront du mal.

— Venez avec nous, renchérit Par. C'est à cause de nous que vous êtes menacé.

La Taupe lui lança un regard perplexe.

— J'ai choisi de vous amener ici et de m'occuper de vous. C'était pour Damson, mais aussi pour moi. Je vous aime bien. Et j'apprécie ce que Damson ressent à cause de vous...

Du coin de l'œil, Par vit la jeune femme rougir. Délicat, il s'efforça de ne plus quitter la Taupe des yeux.

— Tout cela importe peu, désormais... Ce qui compte, c'est que nous soyons amis. Et les amis prennent soin les uns des autres. Vous devez venir avec nous !

— Je ne retournerai pas à la surface, dit la Taupe. Ma maison est ici. Et mes enfants ? Qu'adviendra-t-il de Chalt, de la petite Lida, de Westra et d'Everlind ? Voudriez-vous que je les abandonne ?

— Emmenez-les, s'il n'y a pas d'autre moyen ! cria Par.

— Nous vous aiderons à trouver un nouveau foyer, ajouta Damson.

Mais la Taupe campa sur sa position.

— Le monde d'en haut n'a plus rien à faire de nous, adorable Damson. Notre place est ici. Nous connaissons dans ces tunnels des endroits où personne ne nous trouvera jamais. Nous irons là-bas, s'il n'y a pas le choix. (Il marqua une pause.) Vous pourriez venir avec nous, tous les deux...

— Nous serons contents de vous savoir en sécurité, Taupe. À cause de nous, vous avez déjà pris trop de risques. Promettez-moi que vous irez dans une de ces cachettes. Emmenez vos enfants et restez-y jusqu'à ce que la poursuite soit terminée. Promettez-le-moi !

— Je vous le jure, douce Damson.

La jeune femme se hâta de rassembler ses affaires, puis elle rejoignit Par à l'entrée du refuge. Tapi dans la pénombre, la Taupe les regarda, ses yeux scintillant au milieu des déchets du monde de la surface dont il avait fait ses enfants.

Damson hissa son sac sur son épaule.

— Au revoir, Taupe, dit-elle doucement.

Elle reposa son sac, approcha de son ami et s'accroupit pour le serrer dans ses bras.

Quand elle rejoignit Par, elle pleurait.

— Je vous dois la vie, Taupe, dit le Valombrien. Merci pour tout ce que vous avez fait pour moi...

Une main minuscule se leva et s'abaissa pour leur dire adieu.

— Souvenez-vous de votre promesse, fit Damson. Cachez-vous !

Ils sortirent et avancèrent en silence le long du tunnel. Si Damson n'avait pas de torche, elle sortit une des étranges pierres qui brillaient dès que sa main les réchauffait. Elle s'en servit pour les guider, ouvrant les doigts quand elle voulait sonder le chemin, puis les refermant afin qu'on ne les repère pas.

Ils s'éloignèrent rapidement de la tanière de la Taupe. Puis ils gravirent une échelle métallique et descendirent peu après dans un puits.

Au loin, ils entendirent des bruits de bottes.

Damson conduisit Par dans la direction opposée, le long d'un tunnel humide et glissant. La température monta et des remugles d'égout emplirent l'air.

Des rats trottinaient partout et de l'eau suintait des parois.

Au détour d'un tunnel, ils entendirent des voix lointaines et indistinctes.

Damson les ignora.

Ils atteignirent la jonction de plusieurs égouts, où s'ouvrait un puits circulaire qui collectait les eaux souillées.

Par respirait péniblement, car ses forces commençaient à le trahir. Les muscles endoloris, il s'étira pour les soulager.

Damson le regarda, hésitante. Puis elle lui fit signe de continuer à avancer.

Les voix retentirent de nouveau, plus proches et venant de plusieurs directions à la fois.

Des torches brillèrent soudain derrière eux. Damson fit monter une autre échelle à Par, puis l'orienta vers un tunnel si étroit qu'ils durent ramper pour le traverser. Les vêtements couverts d'immondices, le Valombrien se força à respirer par la bouche – et encore, quand il y était obligé !

Ils débouchèrent dans un tunnel plus grand, avec un canal au milieu et des passerelles des deux côtés. Deux conduits plus petits en partaient, et des torches brillaient dans les deux.

Damson pressa le pas. Après un tournant, ils virent des torches devant eux. La jeune femme s'arrêta et plaqua Par contre la paroi.

Puis elle se tourna vers lui, décomposée.

— Le seul chemin qui permet de sortir est devant nous, dit-elle. Si nous rebroussons chemin, nous serons pris au piège.

Elle recula et attendit que son compagnon réponde.

Par jeta un coup d'œil vers les lumières qui approchaient de plus en plus vite.

La peur menaça de le submerger. Il aurait juré que la Fédération le traquait depuis toujours, et qu'elle ne cesserait jamais.

Il avait échappé tant de fois à la capture ! Sa chance ne pourrait pas continuer indéfiniment... Tôt ou tard, elle tournerait. Après avoir survécu à la Fosse et aux Ombreurs, il était fatigué de tout cela et prêt à tout pour qu'on le laisse tranquille. Mais la Fédération ne le lâcherait jamais.

Un instant, le désespoir l'envahit. Puis il pensa à Coll et se souvint de son serment : quelqu'un paierait ce qui était arrivé à son frère. Alors, la colère remplaça le désespoir. Non, il ne se laisserait pas capturer, se jura-t-il. Pas question de se livrer à Rimmer Dall !

Il pensa un instant à invoquer la magie qui l'avait aidé dans la Fosse – l'épée de flammes qui réduirait ses ennemis à néant. Mais c'était un trop grand pouvoir pour qu'il l'utilise en le comprenant toujours si peu. Aujourd'hui, ils devaient user de ruse, pas de force brutale.

Le Valombrien se souvint de la façon dont il avait échappé aux soldats de la Fédération, la première nuit, dans le parc du Peuple. Tirant Damson derrière lui, il se tapit dans le recoin obscur formé par l'embranchement des tunnels. Accroupi dans l'obscurité, il posa un doigt sur les lèvres de son amie pour lui indiquer de ne pas faire de bruit.

Les soldats de la Fédération étaient cinq et leurs torches projetaient assez de lumière pour tout éclairer devant eux. Par prit une profonde inspiration et plongea à l'intérieur de lui-même. Il aurait une seule chance d'agir...

Il attendit que les soldats soient presque arrivés, puis invoqua l'Enchantement de Shannara. Il le garda sous contrôle, dosant soigneusement ses effets, et enveloppa les soldats d'un réseau de murmures d'avertissements.

Quelque chose avait perturbé l'atmosphère à quelques pas devant eux, leur souffla-t-il. Puis il leur suggéra de se hâter pour rattraper cette ombre mouvante.

Comme un seul homme, les soldats partirent au pas de course et dépassèrent les jeunes gens sans les regarder. Le Valombrien et son amie se recroquevillèrent contre la paroi, hors d'haleine comme s'ils avaient également couru.

Une seconde après, les soldats avaient disparu.

Par et Damson se levèrent lentement. Puis la jeune femme serra impulsivement son compagnon dans ses bras.

— Vous êtes redevenu vous-même, Par Ohmsford, murmura-t-elle. Suivez-moi. Nous sommes presque libres.

Ils continuèrent le long du tunnel, traversèrent un canal latéral puis atteignirent un puits asséché. Les torches et les voix avaient disparu.

Damson gravit une échelle et s'arrêta au sommet pour pousser une trappe. Par la fente, le crépuscule scintillait. Elle écouta, regarda autour d'elle, puis sortit.

Par la suivit.

Ils débouchèrent dans une cabane. Damson ouvrit prudemment la porte et sortit, Par sur les talons.

La cité de Tyrsis s'étendait autour d'eux, avec ses murs, ses tours et ses bâtiments de pierre ou de bois.

Les gens rentraient chez eux. Tout était lent et tranquille par cette fin de journée d'été. Au-dessus d'eux, le ciel scintillait comme un écrin de velours noir piqueté d'éclats de cristal et la pleine lune illuminait les rues de sa lumière froide.

Par Ohmsford sourit, ses courbatures oubliées et ses angoisses momentanément apaisées.

Il rajusta l'Épée de Shannara fixée dans son dos. Qu'il était bon de vivre !

Damson lui prit la main et la serra tendrement.

Puis ils tournèrent le coin de la rue et disparurent dans les ténèbres.

Chapitre 12

Force Vitale demanda à ses compagnons de rester quelques jours de plus à la Pierre d'Âtre, pour que Walker Boh ait le temps de recouvrer ses forces.

Elles revinrent rapidement, sa guérison accélérée par les sourires et les impositions de mains fréquentes de la jeune fille – et sans doute à cause de sa seule présence. Il y avait en elle quelque chose de magique – une aura invisible douce et bienveillante.

Force Vitale guérissait les hommes à une vitesse surprenante. Walker Boh se remit quasiment d'un jour à l'autre. Les effets de son empoisonnement n'étant plus que des souvenirs, la douleur d'avoir perdu Cogline et Rumeur devint également – mais dans une moindre mesure – une simple réminiscence. Ses yeux cessèrent de paraître hantés ; il enferma sa colère et sa peur dans un coin de son esprit où elles ne le dérangeraient pas, mais resteraient intactes quand le temps viendrait de les réactiver.

Il sentit revenir sa détermination et sa confiance, puis sa résolution et la certitude que sa vie avait un sens. En somme, il redevint l'Oncle Obscur de jadis.

Si sa magie l'aida à récupérer, ce fut surtout Force Vitale qui lui donna l'impulsion nécessaire, lui offrant une chaleur plus forte que celle du soleil.

Elle fit davantage encore et nettoya la clairière des traces de lutte et de brûlures jusqu'à ce qu'elle soit redevenue comme avant le drame. L'herbe repoussa, les fleurs s'épanouirent et les ruines de la maison, transformées en poussière, finirent par disparaître entièrement. On eût dit que la jeune fille avait le pouvoir de refaire le monde à sa guise.

Morgan Leah parlait à Walker quand Pe Ell n'était pas là. Mal à l'aise, le montagnard admit qu'il n'était pas encore certain de la véritable identité de cet homme, et qu'il ignorait pourquoi Force Vitale l'avait amené.

Morgan avait mûri depuis sa dernière rencontre avec Walker. Impétueux et imbu de lui-même quand il était venu naguère à la Pierre d'Âtre, il était maintenant plus calme – un homme prudent mais toujours courageux. En définitive, beaucoup plus réfléchi.

Walker l'apprécia d'autant plus, certain que les événements qui l'avaient séparé des Valombriens et amené à Culhaven étaient pour beaucoup dans son évolution.

Le montagnard raconta à Walker ce qui était arrivé à Par et à Coll depuis qu'ils avaient rejoint Padishar Creel et le Mouvement. Il lui résuma le voyage jusqu'à Tyrsis destiné à récupérer l'Épée de Shannara dans la Fosse, leur bataille contre les Ombreurs, puis leur séparation et leur fuite, chacun de son côté.

Il parla de l'attaque de la Saillie par la Fédération, de la trahison de Teel, de sa mort et de celle de

Steff, et de la fuite vers le nord du chef des hors-la-loi.

— Teel nous a tous trahis, Walker. Elle a vendu grand-mère Élise et tante Jilt, les nains de la Résistance, tout le monde ! Et elle a sûrement causé la perte de Cogline.

Walker n'en était pas persuadé. Les Ombreurs connaissaient l'existence de Cogline et de la Pierre d'Âtre depuis que Par avait été enlevé par les gnomes-araignées, des mois auparavant. Ils auraient pu venir chercher Cogline n'importe quand, mais ils avaient décidé de s'en abstenir – jusqu'à ces derniers temps. Avant de le tuer, Rimmer Dall avait dit au vieil homme qu'il était le dernier obstacle à se dresser sur le chemin des Ombreurs depuis que tous les enfants de Shannara étaient morts. De toute évidence, il se trompait au sujet de Walker, mais qu'en était-il de Par, de Coll et de Wren, les autres descendants de Shannara envoyés par l'ombre d'Allanon à la recherche des forces disparues ou perdues censées sauver les Quatre Terres ? Rimmer Dall se trompait-il aussi à leur sujet, ou avaient-ils pris le même chemin que Cogline ?

Walker n'était pas en mesure de découvrir la vérité. Il garda ses pensées pour lui. À quoi bon angoisser Morgan Leah, qui se débattait déjà avec les conséquences possibles de sa décision de suivre Force Vitale.

— Je sais que je ne devrais pas être ici, avoua-t-il un après-midi à Walker.

Assis à l'ombre d'un vieux chêne blanc, ils regardaient et écoutaient les oiseaux.

— J'ai tenu la promesse que j'avais faite à Steff, et je me suis arrangé pour que grand-mère Élise et tante Jilt soient en sécurité. Mais après ! Qu'ai-je fait de mon serment de protéger Par et Coll ? Je ne devrais pas être ici mais à Tyrsis, en train de les chercher !

— Non, répondit Walker, vous n'avez rien à faire là-bas. À quoi serviriez-vous contre les Ombreurs ? Ici, vous participez à une mission plus importante – voire fondamentale, si Force Vitale a raison. Et vous trouverez peut-être un moyen de restaurer la magie de votre Épée. Moi, j'aimerais récupérer mon bras. Ce sont des espoirs bien minces pour des esprits pragmatiques, mais c'est mieux que rien. Nous sentons le *besoin* de Force Vitale, montagnard, et nous y réagissons. Devant elle, nous sommes comme des enfants. Et nous ne pourrions pas ignorer ces sentiments, même si nous le voulions. Pour le moment, notre place est à ses côtés.

Walker croyait ce qu'il disait depuis sa conversation nocturne avec Force Vitale, où il lui avait parlé de sa vision et de ses craintes qu'elle se réalise. Morgan Leah était tout aussi lié à la jeune fille. Hypnotisé par sa beauté et enchaîné par ses désirs, il se sentait attiré vers elle d'une manière qu'il ne comprenait pas, mais ne pouvait nier. Pour chacun des trois compagnons, l'attirance avait des sources différentes. Celle de Morgan était physique : un mélange de désir et de fascination. Celle de Walker semblait plus éthérée : un sentiment d'appartenance commune et de familiarité né de la magie dont ils avaient hérité à la naissance. La magie guidait leurs deux vies, comme une expérience partagée.

La motivation de Pe Ell était plus difficile à cerner. Il se prétendait un expert des tours de passe-passe et de la fuite, mais personne ne pouvait y croire. Extrêmement dangereux, il gardait le secret sur tout ce qui le concernait en profondeur. Peu loquace, même avec Force Vitale, il était pourtant aussi fasciné par elle que Walker ou Morgan. Mais chez lui, cela ressemblait davantage à l'intérêt d'un homme pour ses possessions qu'à de l'amour. Il paraissait attiré par Force Vitale comme un artiste par sa création, qu'il exhiberait pour prouver son talent.

Walker trouvait cette attitude difficile à comprendre, parce que Pe Ell avait été impliqué dans cette affaire de la même façon qu'eux, sans avoir rien accompli de spécial pour que Force Vitale soit un être d'exception.

Pourtant, Walker continuait à penser que Pe Ell considérait la jeune fille comme sa propriété. Et le moment venu, il tenterait de faire valoir ses droits...

Une semaine passa avant que Force Vitale juge Walker suffisamment remis pour voyager.

La petite expédition quitta la Pierre d'Âtre à pied, car la contrée n'offrait aucun autre mode de transport.

Les quatre voyageurs traversèrent les étendues Sombres, au nord, et les forêts de l'Anar sur le flanc ouest de la crête de Toffer, jusqu'à la rivière Rabb, qu'ils passèrent pratiquement à gué. Puis ils continuèrent vers les monts Charnal.

Ils avancèrent lentement dans une région boisée envahie de broussailles et constellée de ravins et de crêtes. Mais le temps se maintint et les jours passèrent agréablement.

Si loin au nord, la terre était également malade, mais moins que dans les parties centrales des Quatre Terres. Si on apercevait des plantes rabougries et desséchées, la plupart étaient vertes et en bonne santé. Les ruisseaux restaient limpides et les créatures qui peuplaient la terre et les eaux ne semblaient pas encore affectées par les ténèbres qui se rassemblaient sous la coupe des Ombreurs.

La nuit, ils campaient dans des clairières, près de mares ou de ruisseaux qui leur fournissaient de l'eau fraîche et parfois du poisson.

Les hommes parlaient un peu, même Pe Ell. Mais Force Vitale se tenait à l'écart, loin du feu de camp et de ses compagnons. Si elle ne les fuyait pas vraiment, on eût dit qu'elle avait besoin de solitude.

Ce mur invisible se dressa entre eux dès le début du voyage. Force Vitale prit ses distances la première nuit et les maintint par la suite.

Les trois hommes ne lui posèrent aucune question, mais ils l'observèrent, se regardèrent avec méfiance et attendirent de voir ce qui allait se passer. Comme rien ne se passa, ils commencèrent à se détendre et à parler.

Morgan l'aurait fait de toute façon, car c'était un jeune homme ouvert et détendu qui prenait plaisir à la compagnie des autres. Il en allait autrement pour Walker et Pe Ell, tous deux circonspects et prudents.

Les conversations devinrent bientôt des champs de bataille symboliques, chacun essayant de découvrir les secrets de l'autre. Aucun des deux ne voulant rien révéler sur lui-même, leurs dialogues devenaient parfois difficiles à suivre...

Ils se demandaient tous à quoi ressemblerait leur destination et ce qu'ils feraient une fois arrivés.

Ces discussions-là se terminaient rapidement, car aucun d'eux ne voulait parler du type de magie qu'il détenait, même si Morgan et Walker avaient déjà une idée de leurs forces réciproques.

Personne ne souhaitant proposer de plan de bataille pour récupérer le talisman, ils se lancèrent dans des joutes verbales afin d'éprouver leurs forces et leurs faiblesses.

Trop matois, Walker et Pe Ell n'apprirent pas grand-chose l'un sur l'autre.

Même s'il était clair que Morgan avait été choisi à cause de la magie de l'Épée de Leah, cela ne mena pas ses compagnons très loin, puisque la lame brisée n'avait pour l'instant aucun pouvoir.

Pe Ell bombarda pourtant le montagnard de questions. À la fois charmant et évasif, Morgan lui donna l'impression que l'Épée pouvait tout faire – ou très peu, selon les soirs.

Pe Ell comprit qu'il n'arriverait à rien et n'insista pas.

À la fin de la première semaine, ils atteignirent le nord de l'Anar, où naissaient les contreforts des monts Charnal. Ils les longèrent pendant des jours, à l'ombre de la montagne, en direction du nord-est et du Fléau des Récifs.

Morgan et Pe Ell n'étaient jamais allés au nord de l'Anar supérieur, et Walker n'avait jamais dépassé les basses terres des monts Charnal. Sur un territoire qu'ils découvraient, Force Vitale leur servit de guide, ne semblant nullement dérangée par le fait de ne pas connaître plus qu'eux la région.

Elle se fiait à une voix intérieure qu'aucun d'eux n'entendait, et à des instincts qu'ils n'avaient pas.

La jeune fille reconnut qu'elle ne savait pas où ils allaient, mais qu'elle *sentait* assez de choses pour les guider. Cependant, quand ils entreraient dans les monts Charnal, elle serait perdue, car ce terrain-là lui serait totalement étranger.

Eldwist se trouvait au-delà des montagnes, et il leur faudrait de l'aide pour y arriver.

— Avez-vous la magie qu'il faut pour cela, Walker ? demanda Pe Ell quand Force Vitale eut fini de parler.

Walker sourit et ne répondit pas, car il se posait la même question au sujet de Pe Ell.

À la fin de la deuxième semaine, la pluie les surprit et continua pendant toute la troisième semaine, les trempant jusqu'aux os. Les nuages s'amassèrent le long des pics et refusèrent de bouger. Le tonnerre gronda et des éclairs se reflétèrent sur le flanc des montagnes, comme si des géants jouaient à des jeux d'ombres avec leurs mains. Si loin au nord, il n'y avait pas beaucoup de voyageurs. La plupart de ceux qu'ils rencontrèrent étaient des trolls. Très peu leur adressèrent la parole, et aucun n'avait quelque chose d'utile à leur dire.

Plusieurs cols les attendaient à un jour ou deux de marche. Tous prenaient naissance à la lisière d'une ville des contreforts appelée l'Escarpement de Rampling. Certaines passes menaient à l'océan, mais dans le coin, personne n'avait jamais entendu parler d'Eldwist.

— À se demander si ce pays existe vraiment, marmonna Pe Ell.

Cette nuit-là, deux jours avant la fin de la troisième semaine de voyage, il revint sur la question d'une manière qui ne laissait pas de doute sur son opinion.

La pluie tombait toujours, glaciale et incessante, et les voyageurs n'étaient pas de bonne humeur.

— Cette ville, l'Escarpement de Rampling, dit-il, c'est là que nous perdrons toute notion de l'endroit où nous allons, pas vrai ? (Force Vitale ne répondit rien.) Après cette étape, nous serons perdus, et je n'aime pas ça ! C'est le moment de reparler de toute cette histoire...

— Que voulez-vous savoir, Pe Ell ? demanda la jeune fille.

— Vous ne nous en avez pas assez dit sur ce qui nous attend. L'heure est venue de le faire.

— Vous me demandez des réponses que je ne connais pas. Car je dois les découvrir en même temps que vous.

— Je n'y crois pas, grogna Pe Ell. (Morgan Leah le regarda avec irritation et Walker Boh se leva.) J'en connais un bout sur les gens, même sur ceux qui contrôlent la magie, et je sais quand ils me disent *toute* la vérité. Ce n'est pas votre cas ! Alors, faites-le maintenant !

— Sinon, vous nous abandonnerez ? demanda Morgan.

Pe Ell le regarda sans broncher.

— Pourquoi ne le faites-vous pas ? insista Morgan.

Le tueur se leva et le montagnard l'imita. Mais Force Vitale s'interposa et les sépara en douceur, comme si elle cherchait seulement à se placer devant Pe Ell.

Elle se dressa devant lui, petite et vulnérable, ses cheveux argentés tombant en arrière quand elle leva les yeux vers lui. Il fronça les sourcils, sur le point de la frapper. Mais elle ne bougea pas et la tension le quitta lentement.

— Vous devez me faire confiance, dit-elle, lui parlant comme s'il était la seule personne vivante au monde.

Elle le tenait ainsi sous le charme de sa voix, l'intensité de ses yeux noirs... et la proximité de son corps parfait.

— Je vous ai dit tout ce qu'il y avait à savoir sur Uhl Belk et Eldwist. En tout cas, ce que je sais. Oui, il y a des choses que je ne vous ai pas révélées, comme il y en a que vous me cachez. Il en va ainsi pour toutes les créatures vivantes. Vous ne pouvez pas me reprocher d'avoir des secrets alors que vous gardez les vôtres. Je n'ai rien tu qui puisse vous causer du tort. C'est le mieux que je puisse faire.

L'homme la regarda un moment sans parler.

— Quand nous arriverons à l'Escarpement de Rampling, nous chercherons de l'aide pour trouver notre chemin, ajouta-t-elle. Eldwist sera bien connu de quelqu'un. On nous montrera le chemin...

Au grand étonnement de Morgan et de Walker, Pe Ell hocha la tête et recula.

Il ne dit rien de plus cette nuit-là et parut avoir oublié l'existence de ses compagnons.

Le lendemain, ils s'engagèrent sur une grande route qui montait vers l'ouest, dans les contreforts des montagnes.

Le soir, ils dressèrent leur camp sous les étoiles. C'était la première nuit claire depuis un moment. Ils parlèrent tranquillement en prenant leur repas, leur équilibre nerveux revenu avec la fin des pluies. Personne n'évoqua les événements de la veille. Pe Ell avait l'air satisfait par ce que Force Vitale lui avait dit, bien qu'elle n'ait, en réalité, rien révélé de nouveau. C'était dû à la *manière* dont elle lui avait parlé, pensa Walker. La façon dont elle employait sa magie pour détourner ses soupçons et sa colère...

Ils repartirent à l'aube, cette fois vers le nord-est. En fin d'après-midi, ils approchèrent du pied de la chaîne de montagnes. Au coucher du soleil, ils entrèrent dans l'Escarpement de Rampling.

À l'ouest, une vague lueur colorait d'or et d'argent le sommet des montagnes. L'Escarpement de Rampling était blotti dans les ombres, au cœur d'une vallée encaissée où les arbres commençaient à se raréfier. Les bâtiments n'étaient guère plus que des cabanes et une seule route serpentait au milieu. Quelques masures se dressaient à l'écart, sur un terrain plus élevé, comme des sentinelles négligentes.

Tout était détérioré. Il manquait des planches aux cloisons, les toits fuyaient et les porches étaient défoncés. Des chevaux faméliques étaient attachés près des bâtiments, à côté de chariots déglingués.

Quelques silhouettes se déplaçaient dans l'ombre comme des fantômes.

Quand ils approchèrent, Walker vit qu'il s'agissait surtout de trolls, leurs visages à la peau semblable à de l'écorce impossibles à déchiffrer. Quelques-uns les regardèrent passer, mais aucun ne leur parla.

Même si des échos de voix montaient des bâtiments, l'Escarpement de Rampling donnait l'impression d'être depuis longtemps déserté par les vivants.

Force Vitale les fit traverser rapidement, toujours aussi sûre d'elle. Morgan la suivit un pas derrière, la protégeant même si la situation ne l'exigeait pas. Pe Ell couvrait le flanc droit et Walker fermait la marche.

Quelques tavernes se dressaient au centre de l'Escarpement de Rampling et tous les habitants semblaient s'y être réunis. De temps en temps, des hommes sortaient en titubant d'un établissement et se fondaient dans la nuit. Quelques femmes passèrent aussi, l'air dur et fatigué.

Force Vitale fit entrer ses compagnons dans la première taverne et demanda au tenancier s'il connaissait quelqu'un qui les guiderait jusqu'à Eldwist, de l'autre côté des montagnes.

Elle posa la question comme si elle n'avait rien de surprenant et sembla ignorer le trouble provoqué par sa seule présence.

Personne n'essaya d'approcher d'elle ni ne prit un air menaçant. Morgan bomba le torse, comme si un seul homme pouvait faire la différence contre les nombreux clients de la taverne. Mais ce n'était pas lui qui les empêchait d'agir, ni Walker, ni même Pe Ell.

C'était la jeune fille, une créature si surprenante qu'on ne voulait pas l'agresser, de peur qu'elle se volatilise.

Les hommes la regardaient, incrédules, mais n'osèrent pas risquer de dissiper le mirage en agissant.

Les voyageurs n'apprirent rien dans la première taverne. Quand ils partirent pour la deuxième, personne ne les suivit. Le même scénario se répéta dans cet établissement, plus petit et très malodorant.

À l'Escarpement de Rampling, les trolls, les gnomes, les nains et les hommes buvaient et parlaient ensemble comme si ce qui se passait ailleurs dans les Quatre Terres leur importait peu. Walker les étudia froidement et en déduisit qu'ils étaient effrayés, mais faisaient mine d'ignorer leurs peurs et leurs espoirs déçus. Sinon, ils n'auraient pas pu survivre. Certains semblaient dangereux, et quelques-uns... désespérés.

Cela dit, il régnait un certain ordre à l'Escarpement de Rampling, comme partout ailleurs, et pas grand-chose ne semblait pouvoir le perturber. Les étrangers passaient, même ceux qui étaient aussi surprenants que Force Vitale, et la vie continuait. Pour les citadins, la jeune fille était comme une étoile filante : on avait de la chance d'en apercevoir une, mais on ne changeait pas sa vie à cause d'elle.

Les quatre compagnons allèrent dans une troisième taverne, puis une quatrième. Chaque fois, Force Vitale recevait la même réponse : personne ne savait rien sur Eldwist ou Uhl Belk, et nul ne voulait en apprendre plus long.

Huit auberges se dressaient le long de la route principale. La plupart proposaient des lits et faisaient aussi office d'épicerie. Comme l'Escarpement de Rampling était la seule ville à des jours de marche, beaucoup de gens y passaient – surtout des trappeurs et des marchands. Toutes les tavernes étaient pleines de voyageurs qui parlaient de leurs aventures. Walker écouta sans en avoir l'air, en se doutant que Pe Ell faisait de même.

À la cinquième taverne – Walker n'avait même pas remarqué son nom –, ils trouvèrent la réponse qu'ils cherchaient. Homme robuste au visage couvert de cicatrices et au sourire avenant, le tenancier évalua Force Vitale d'un coup d'œil qui mit Walker mal à l'aise. Puis il suggéra que la jeune fille prenne une chambre dans son auberge pendant quelques jours, histoire de voir si la ville lui plaisait assez pour qu'elle y reste. Morgan avança, furieux, mais Force Vitale lui barra la route, regarda le type dans les yeux et répondit que sa proposition ne l'intéressait pas.

L'homme n'insista pas. Puis, à la grande surprise des trois compagnons de Force Vitale – vu la façon dont il venait d'être rejeté –, il déclara que l'homme qu'ils cherchaient était descendu à l'auberge du *Chat Écorché*.

Il s'appelait Horner Dees.

Les voyageurs ressortirent. Le patron de la taverne les regarda partir, l'air de ne pas comprendre ce qu'il venait de faire.

C'était l'essence de la magie de Force Vitale. Elle avait le don de subjuguer les gens avant qu'ils comprennent ce qui se passait. Elle les forçait à se dévoiler, même s'ils n'en avaient jamais eu l'intention, car elle éveillait en eux l'envie de lui faire plaisir. Bien entendu, une belle femme avait souvent ce genre de pouvoir sur les hommes, mais dans le cas de Force Vitale, c'était autre chose que sa beauté qui désarmait les gens.

C'était la créature cachée en elle, l'élémentale qui avait l'air humaine mais ne l'était pas, une incarnation de la magie qui, selon Walker, reflétait l'image du père qui l'avait créée...

Il avait entendu les récits sur le roi de la rivière Argentée. Face à lui, racontait-on, on disait toujours ce qu'il voulait savoir. Pas question de feindre ! Sa seule présence suffisait à éveiller l'*envie* de tout révéler. Walker avait vu comment les clients des tavernes réagissaient devant la jeune fille. Il en allait de même pour Morgan et Pe Ell. Sans parler de lui.

Elle était bien la fille de son père !

Ils trouvèrent *Le Chat Écorché* à l'extrémité de la ville, au milieu de vieilles bâtisses. Semblant tenir debout par miracle, l'auberge était aussi bondée que les autres, mais un peu plus grande et encore plus chichement éclairée.

Quand ils entrèrent, toutes les têtes se tournèrent vers eux, comme dans les autres tavernes. Force Vitale avança pour parler au patron, qui désigna une table, au fond de la salle. Un homme y était assis seul dans la pénombre.

Les quatre compagnons avancèrent vers lui.

— Horner Dees ? dit Force Vitale de sa voix mélodieuse.

De grosses mains écartèrent lentement une chope de bière d'une bouche barbue et la posèrent sur la table.

D'âge plus que mûr, très grand, Horner Dees avait du poil partout – les mains, les avant-bras, la gorge et la poitrine. Sa barbe et ses cheveux gris étaient si fournis qu'ils dissimulaient ses traits, à part ses yeux et son nez. Le peu de peau visible était parcheminé et ses doigts semblaient plus noueux que de vieilles racines.

— Peut-être bien que c'est moi, grogna-t-il.

— Je m'appelle Force Vitale. Mes compagnons et moi cherchons un endroit appelé Eldwist, et un homme nommé Uhl Belk. On nous a dit que vous les connaissiez...

— *On* s'est trompé.

— Pouvez-vous nous guider ? demanda Force Vitale, ignorant cette réponse.

— Je viens de dire...

— Pouvez-vous nous guider ? répéta la jeune fille.

L'homme la regarda en silence, sans montrer ce qu'il pensait. On eût dit un vieux rocher ayant survécu à des siècles d'érosion – et qui les aurait considérés comme de douces brises.

— Qui êtes-vous ? demanda-t-il. Et je ne parle pas de votre nom.

Force Vitale n'hésita pas.

— Je suis la fille du roi de la rivière Argentée. Avez-vous entendu parler de lui, Horner Dees ?

— Je le connais... Vous êtes *peut-être* celle que vous prétendez être. Et je suis *peut-être* celui que vous pensez. Donc, je sais *peut-être* où sont Eldwist et Uhl Belk. Je pourrais même vous y emmener. Mais je ne vois pas à quoi ça servirait. Asseyez-vous.

Les quatre compagnons allèrent chercher des chaises et prirent place à la table. Dees regarda les trois hommes, puis ses yeux revinrent sur la jeune fille.

— Vous avez l'air de quelqu'un qui sait ce qu'il veut. Pourquoi désirez-vous voir Uhl Belk ?

— Il a volé un objet qui doit être récupéré.

Horner Dees ricana.

— Vous avez l'intention de le lui reprendre ? Ou de lui demander de le rendre ? Connaissez-vous Uhl Belk ? *Moi*, je le connais !

— Il a volé un talisman appartenant aux druides.

Dees hésita un instant.

— Petite, aucun de ceux qui sont allés à Eldwist n'en est revenu vivant. Excepté moi, et j'ai eu de la chance. Il y a là-bas des choses auxquelles personne ne peut résister. Belk est une ancienne créature pleine de magie noire. Vous n'arriverez jamais à lui prendre quelque chose, et il ne vous rendra pas cet objet de plein gré.

— Ceux qui m'accompagnent sont plus forts qu'Uhl Belk, dit Force Vitale. Ils contrôlent aussi la magie et leurs volontés sont plus puissantes que la sienne. Mon père l'affirme. Ces trois-là (Elle les nomma l'un après l'autre.) vaincront.

Quand elle dit leurs noms, Horner Dees regarda Morgan et Walker et s'arrêta un peu plus longuement sur Pe Ell. Mais la différence fut si minime que l'Oncle Obscur se demanda s'il ne l'avait pas imaginée.

Puis Dees lâcha :

— Ce sont des hommes. Uhl Belk est plus que cela. On ne peut pas le tuer comme un adversaire ordinaire. Vous ne réussirez même pas à le trouver. Il *vous* trouvera, et ce sera trop tard.

Dees claqua des doigts et se tut.

Force Vitale le regarda un moment, puis tendit la main et toucha la surface de la table. Aussitôt, une tige jaillit du bois, des feuilles poussèrent et des petites clochettes bleues s'épanouirent.

— Montrez-nous le chemin d'Eldwist, Horner Dees, dit Force Vitale.

— Il faudrait plus que des fleurs pour vaincre Uhl Belk, ricana le vieil homme.

— Peut-être pas..., murmura la jeune fille.

Walker eut le sentiment qu'elle était partie très loin d'eux pendant un instant.

— N'aimeriez-vous pas venir avec nous et voir ce qui se passera ? demanda-t-elle.

— Non. Je ne suis pas arrivé à mon âge en me conduisant comme un imbécile ! (Il réfléchit un moment.) Je suis allé à Eldwist il y a dix ans. J'avais découvert l'endroit un peu avant, mais je savais qu'il était dangereux, et je ne voulais pas m'y aventurer seul. J'ai quand même continué d'y penser, parce que *découvrir* est mon métier. J'ai été éclaireur, soldat et chasseur, et cela se résume à découvrir tout ce qui existe. J'ai donc continué à me poser des questions sur Eldwist, et j'y suis finalement allé, parce que je ne supportais plus de ne pas savoir. Douze hommes m'accompagnaient. Nous pensions trouver des objets de valeur dans un endroit si ancien et si secret. De plus, il existait des légendes à son sujet, de l'autre côté de la montagne, où certains d'entre nous étaient allés. Les trolls connaissent Eldwist. C'est une petite bande de terre rocheuse plantée au milieu du Fléau des Récifs. Nous nous sommes mis en route un beau matin, treize aventuriers pleins de vie. À l'aube du jour suivant, les autres étaient morts, et je m'enfuyais comme un daim effrayé !

» Vous ne voulez pas vraiment aller par là, croyez-moi...

Dees ramassa sa bière, la vida d'un trait et la posa bruyamment sur la table. Aussitôt, le tenancier se matérialisa devant lui avec une chope pleine à la main. Puis il s'éclipsa.

Minuit approchait, pourtant peu de clients étaient partis. Plus ou moins soûls, ils parlaient d'une manière plus décousue et oscillaient sur leur chaise. Le temps avait momentanément perdu prise sur eux. C'étaient des buveurs, unis par leur vice et une camaraderie temporaire. Dees ne faisait pas partie de ce groupe.

Walker Boh pensait qu'il n'en ferait jamais partie.

— Horner Dees, dit Force Vitale, si vous ne faites rien, Uhl Belk viendra vous chercher...

Pour la première fois, Dees eut l'air surpris.

— Un jour ou l'autre, il viendra, continua la jeune fille. Son royaume s'étend de plus en plus vite à mesure que le temps passe. Si on ne l'arrête pas, il vous atteindra.

— Je serai mort depuis longtemps, dit le vieil homme d'une voix mal assurée.

Force Vitale lui fit son sourire magique, merveilleux et parfait.

— Il existe des mystères que vous ne résoudrez pas parce que vous n'en aurez pas l'occasion. Ce n'est pas le cas pour Uhl Belk. Vous êtes un homme qui a passé sa vie à découvrir des choses. Arrêteriez-vous maintenant ? Comment saurez-vous lequel de nous a raison si vous ne venez pas avec nous ?

Faites-le, Horner Dees. Montrez-nous le chemin d'Eldwist...

Dees se tut un long moment.

— J'aimerais croire que ce monstre peut être vaincu..., dit-il enfin. Mais je ne sais pas.

— Avez-vous *besoin* de savoir ? demanda la jeune fille.

— Je n'en ai jamais eu besoin de ma vie ! (Dees éclata de rire.) Ce n'est pas d'une promenade que nous parlons, mais d'un long voyage. Les cols sont pénibles. Et quand nous aurons traversé, nous serons seuls. Personne ne nous aidera. De l'autre côté, on trouve seulement des trolls et ils se soucient fort peu des étrangers. Nous ne pourrons compter que sur nous. À dire vrai, aucun de vous n'a l'air assez fort pour s'en sortir !

— Nous sommes peut-être plus solides que vous ne le pensez, dit Morgan Leah.

Dees le regarda d'un œil critique.

— Il le faudra bien... (Il soupira.) Bon, bon ! C'est donc acquis : un vieil homme va se lancer de nouveau dans l'aventure ! (Il ricana et se tourna vers Force Vitale.) Vous savez vous y prendre, petite, je dois l'avouer. Vous convaincriez une noix de sortir de sa coquille. Même une *vieille* noix comme moi !

Dees se leva. Encore plus impressionnant debout qu'assis, il évoquait un vieux mur de forteresse qui refuserait de tomber en dépit de l'érosion du temps et des intempéries.

— D'accord, je vous guiderai, annonça-t-il. Je le ferai parce que je n'ai pas encore tout vu, ni trouvé toutes les réponses. Et à quoi sert la vie, sinon à continuer d'essayer ? Même si je doute que cela suffise, dans ce cas. Retrouvez-moi ici au lever du soleil, et je vous donnerai la liste de ce qu'il faudra pour le voyage. Occupez-vous de réunir le matériel, je me chargerai de l'organisation. Nous essaierons. Qui sait ? Certains d'entre nous en reviendront peut-être...

Il s'interrompit et regarda ses interlocuteurs comme s'il les voyait pour la première fois.

— Ce serait une bonne blague, si vous étiez réellement plus forts en magie que Belk !

Puis il contourna la table, traversa la salle et sortit.

Chapitre 13

Horner Dees tint parole et les retrouva très tôt le lendemain pour superviser les préparatifs du voyage qui les emmènerait à travers les monts Charnal.

Il les rejoignit devant la porte de l'auberge où ils avaient finalement décidé de dormir, une vieille bâtisse de deux étages qui avait d'abord été une maison privée puis un magasin. Sans leur expliquer comment il les avait trouvés, il leur remit une liste de fournitures et leur donna des indications sur l'endroit où se les procurer.

Plus ours mal léché que jamais, il grommela ses instructions comme s'il était sous le coup de la boisson. Pe Ell pensa qu'il était un ivrogne invétéré, et Morgan Leah le trouva tout simplement désagréable.

Walker Boh jugea les choses différemment.

Très inquiet, il avait pris Force Vitale à part après le départ du vieil homme pour lui suggérer que ce n'était peut-être pas le guide qu'ils cherchaient. Que savaient-ils de lui, excepté ce qu'il avait raconté ? Même s'il était vraiment allé à Eldwist, c'était dix ans plus tôt. Et s'il avait oublié le chemin ? Où s'il s'en souvenait juste assez pour qu'ils se perdent ?

Mais Force Vitale, avec sa façon de dissiper tous les doutes, lui avait assuré que Horner Dees était bien l'homme dont ils avaient besoin.

En écoutant le vieil éclaireur leur donner des consignes, Walker pensa qu'elle avait raison.

L'Oncle Obscur avait pas mal voyagé en son temps, et il connaissait les préparatifs requis. Il était clair que Dees savait de quoi il parlait. En dépit de son apparence rude et de ses propos abrupts, Horner Dees était compétent.

Walker, Morgan et Pe Ell s'occupèrent de rassembler les fournitures nécessaires : de la nourriture, des sacs de couchage, de la toile, des cordes, du matériel d'escalade, des ustensiles de cuisine et des vêtements. Dees se chargea des animaux de bât, des mules à longs poils capables de porter les lourds fardeaux et habituées à résister aux orages de montagne.

Ils réunirent le tout dans une vieille écurie, au nord de l'Escarpement de Rampling, qui semblait servir d'atelier et de logement à Dees.

Force Vitale se montra encore plus solitaire. Quand elle n'était pas avec eux – la plus grande partie du temps – ils ignoraient où la trouver. On eût dit une ombre. Était-elle allée dans la forêt, où elle se sentait probablement plus à l'aise qu'en ville ?

Ou se cachait-elle ?

Disparaissant comme le soleil au crépuscule, elle leur manqua autant que l'astre diurne.

Elle leur parlait tous les jours, séparément, les rassurant d'une manière subtile mais efficace. Si elle avait été quelqu'un d'autre, ils l'auraient soupçonnée de se ficher d'eux. Mais il s'agissait de Force Vitale, la fille du roi de la rivière Argentée, et elle n'avait ni le temps ni le désir de se moquer des gens.

Même s'ils ne la comprenaient pas, et ne le pourraient sans doute jamais, les trois hommes savaient que la tromperie et la trahison n'étaient pas dans sa nature.

Sa seule présence les maintenait ensemble, les liant inexorablement. Fascinés par sa magie et sa beauté, ils attendaient qu'elle revienne et, dès qu'elle apparaissait, retombaient sous son charme.

Ils brûlaient d'envie qu'elle leur parle, qu'elle les touche, qu'elle leur accorde le plus bref des regards.

Force Vitale les entraînait dans le tourbillon de son existence, et ils voulaient que cela continue. Ils se méfiaient les uns les autres, doutant de leur place dans ses plans et des sentiments qu'elle éprouvait pour eux.

Avides de découvrir sur elle un détail qui leur appartiendrait en propre, ils mesuraient le temps qu'elle passait avec eux comme s'il avait été de la poussière d'or.

Pourtant, ils n'étaient pas entièrement exempts de doute et d'appréhension. Dans le secret de leurs cœurs, ils s'inquiétaient toujours. Avait-elle raison de les avoir choisis ? Leur mission était-elle réalisable ? Le fait de vouloir rester près d'elle suffisait-il à justifier une pareille aventure ?

Pe Ell réfléchissait plus que les autres. Il s'était embarqué dans ce voyage parce que la jeune fille était différente des autres personnes qu'on lui avait demandé de tuer. Du coup, il voulait en apprendre le plus possible sur elle avant de se servir du Stiehl. Et le talisman dont elle parlait, la Pierre elfique noire, l'intéressait aussi...

Il avait détesté qu'elle insiste pour emmener aussi le montagnard et le grand manchot maigre. Il aurait préféré qu'ils partent seuls, certain qu'il aurait suffi à satisfaire ses besoins. Mais il avait tenu sa langue, convaincu que les deux autres hommes ne lui poseraient aucun problème.

À présent, voilà qu'il devait aussi compter avec Horner Dees ! Quelque chose en lui troublait Pe Ell. Une réaction étrange, parce que Dees paraissait être un vieil idiot. Son malaise venait sûrement du fait qu'ils commençaient à être trop nombreux à son goût. Combien d'imbéciles la jeune fille avait-elle l'intention d'enrôler ? Bientôt, se dit-il, il croulerait sous les infirmes et les rebuts de l'humanité, aucun ne valant l'effort minimal requis pour l'éliminer. Pe Ell était un solitaire. Pourtant, la jeune fille recrutait à tour de bras. Pourquoi, puisque sa magie semblait sans limites ? Les guider jusqu'à Eldwist aurait été un jeu d'enfant, si elle l'avait voulu. Et là-bas, elle aurait seulement besoin de Pe Ell. Alors pourquoi emmener tout un régiment ?

Deux nuits plus tôt, juste avant la fin des pluies, Pe Ell l'avait défiée, tentant de la contraindre à lui dire la vérité. Force Vitale s'était arrangée pour le calmer et miner sa détermination. Il était resté soufflé de la facilité avec laquelle elle l'avait manipulé.

Un moment, il avait envisagé de la tuer tout de suite et d'en avoir terminé avec elle. Il avait découvert son but, après tout. Pourquoi ne pas faire ce que Rimmer Dall lui avait conseillé et laisser les autres crétins courir seuls après la Pierre elfique noire ?

Mais il avait décidé d'attendre. Maintenant il se félicitait de l'avoir fait. Parce qu'en réfléchissant à la présence de Dees et des autres, il commençait à en comprendre la raison. Force Vitale les avait amenés pour faire diversion, voilà tout. Que pouvaient-ils lui offrir d'autre ? La force de l'un résidait dans une épée brisée, et celle de l'autre dans un corps mutilé. Qu'étaient leurs misérables magies en comparaison de celle du Stiehl ?

N'était-il pas le maître tueur dont la magie pouvait abattre n'importe qui ? C'était pour cette raison qu'elle l'avait emmené avec elle. Elle ne l'avait jamais dit, mais il le savait. Rimmer Dall s'était trompé en pensant qu'elle ne devinerait pas qui il était. Force Vitale, avec son incroyable intuition, n'aurait pas raté quelque chose de si évident. C'était pour cela qu'elle était venue vers lui, le « recrutant » avant tous les autres. Elle avait besoin de lui pour tuer Belk. Il était le seul qui avait une chance d'y arriver, grâce à la magie du Stiehl. Les autres, Dees y compris, n'étaient que du petit bois qui servirait à allumer le feu.

À la fin, elle devrait se fier à lui.

Morgan Leah aurait peut-être été d'accord avec cette analyse, si Pe Ell s'était soucié de lui poser la question. Il était le plus jeune du groupe – et le moins sûr de lui, malgré son impétuosité. Guère plus qu'un adolescent, il avait visité moins d'endroits et vu moins de choses. De plus, il avait passé presque toute sa vie dans les montagnes de Leah. Même s'il s'était débrouillé pour empoisonner la vie des envahisseurs de la Fédération, il n'avait pas fait grand-chose de sérieux. Désespérément amoureux de Force Vitale, il n'avait rien à lui offrir. L'Épée de Leah aurait pu vaincre Uhl Belk. Mais l'arme avait perdu la plus grande partie de sa magie quand il l'avait brisée contre la porte gravée de runes qui permettait de sortir de la Fosse. Ce qui en restait était insuffisant – et surtout imprévisible.

Sans l'Épée, le montagnard ne servirait à rien. En suivant Force Vitale, il récupérerait peut-être la magie de l'Épée. Mais qu'arriverait-il si on la menaçait avant que ça se produise ? Qui la protégerait ?

Avec un seul bras, Walker Boh paraissait moins formidable qu'avant, et Horner Dees était un vieux bonhomme. Seul Pe Ell, avec la magie qu'il tenait secrète pour le moment, semblait capable de défendre la fille du roi de la rivière Argentée.

Pourtant, Morgan était décidé à continuer la quête. Il n'était pas vraiment certain de savoir pourquoi. Peut-être par fierté. Quoi que ce fût, il lui restait un espoir d'être utile à l'étrange et merveilleuse jeune fille dont il était tombé amoureux et de découvrir un moyen de restaurer la magie de l'Épée de Leah.

Morgan exécuta avec un grand sérieux les missions que Horner Dees lui confia pendant les préparatifs du voyage vers le nord.

Il pensait sans arrêt à Force Vitale. C'était un être exceptionnel, il le savait. L'incarnation de tout ce qu'il avait un jour espérer connaître. Ce n'était pas seulement sa beauté qui le frappait – ni même ses pouvoirs – mais le lien spécial qui les unissait et qu'elle ne partageait pas avec Walker ou Pe Ell.

Morgan était déterminé à ne pas abandonner ce lien, quel qu'il fût. À sa grande surprise, il était devenu la chose la plus importante de sa vie. Et il ne s'en plaignait pas !

Walker Boh aussi éprouvait un sentiment particulier pour Force Vitale, mais il n'était pas aussi aisé à identifier. Comme pour Pe Ell et Morgan, il y avait un lien entre Force Vitale et lui : l'étrange familiarité qu'il sentait entre eux, et que personne ne partageait avec elle. Il estimait que leur relation était différente de celle qu'elle avait tissée avec les autres. Elle lui semblait plus personnelle, plus importante et plus durable.

L'Oncle Obscur n'éprouvait pas d'amour pour elle, comme Morgan, ni de désir de la posséder, comme Pe Ell. Il avait simplement besoin de comprendre sa magie, parce qu'il pensait ainsi mieux appréhender la sienne.

Le dilemme était de savoir si c'était une bonne idée. Il n'était pas suffisant qu'il en ait besoin, car ce désir était lié à la mort de Cogline et de Rumeur.

Il savait qu'il devait comprendre le fonctionnement de la magie pour détruire les Ombreurs. Mais il était toujours inquiet des conséquences de cette démarche.

Avec le pouvoir, il y avait toujours un prix à payer. Intrigué par la magie depuis qu'il avait conscience de la contrôler, Walker était également terrifié.

La curiosité et la peur l'avaient toujours tiré simultanément dans deux directions. Il en était déjà ainsi quand son père lui avait parlé de son héritage, puis quand il avait lutté en vain pour se faire une place à Valombre. La même chose s'était produite lorsque Cogline était venu proposer de lui apprendre à maîtriser la magie. Et quand il avait appris l'existence de la Pierre elfique noire dans le livre des druides, découvrant à cette occasion que la mission confiée par l'ombre d'Allanon était réalisable.

Rien n'avait changé : il éprouvait la même chose aujourd'hui.

Un moment, il s'était inquiété d'avoir à jamais perdu sa magie, détruite par le poison de l'Asphinx.

Son bras guéri, il avait retrouvé sa vision antérieure de lui-même et senti de nouveau la présence du pouvoir. Au cours du voyage, il l'avait discrètement testé, conscient qu'il était là – par exemple – lorsque quelque chose en lui réagissait à la proximité de Force Vitale. En particulier quand elle utilisait sa propre magie pour s'attacher Morgan, Pe Ell ou lui. Le pouvoir se manifestait aussi dans la façon dont il percevait les choses.

Walker avait capté l'hésitation de Horner Dees, quand il avait brièvement rivé son regard sur Pe Ell. Il captait aussi les interactions entre Morgan, Pe Ell, Force Vitale et lui. Des sentiments existaient sous la surface, transmis par les mots et les regards qu'ils échangeaient.

L'Oncle Obscur avait une grande intuition et parfois même des prémonitions. Aucun doute possible : sa magie était toujours là !

Affaiblie, elle n'était plus l'arme formidable de jadis. Pour Walker, c'était une occasion de prendre ses distances avec elle. Débarrassé de son influence, il rejetterait l'héritage de Brin Ohmsford et des druides. En clair, de tout ce qui faisait de lui l'Oncle Obscur. S'il ne la provoquait pas, la magie ne lui nuirait pas et resterait en sommeil.

Dans ce cas, les Ombreurs continueraient à sévir. Et à quoi aurait servi le voyage jusqu'à Eldwist, s'il n'avait pas l'intention de mobiliser sa magie contre le roi de Pierre ?

Et sans son pouvoir, que ferait-il de la Pierre elfique noire ?

Ainsi, chacun des trois hommes tournait en rond dans la cage qu'il s'était créée.

Comme des félins affamés et méfiants, ils ne relâchaient jamais leur vigilance.

Du coup, ils se tenaient compagnie sans se rapprocher vraiment les uns des autres.

Durant ces préparatifs, Horner Dees semblait satisfait, et il était bien le seul, car les trois autres hommes luttaient contre leurs incertitudes, leur impatience et leurs doutes.

Et rien ne les apaisait.

Comme à l'entrée d'un tunnel obscur, ils ne voyaient pas vers où ils allaient foncer tête baissée. Mais ils percevaient que quelque chose se passerait. Dans une explosion de magie et de force brutale, ils auraient bientôt la révélation de désirs et de besoins qui tenteraient de les dévorer.

Quand cela arriverait, tous ne survivraient pas.

Après trois jours d'activité fébrile, ils quittèrent l'Escarpement de Rampling sous une aube grisâtre. Le ciel dissimulé par des nuages bas, l'air charriait une odeur humide annonciatrice de pluie et un vent glacial soufflait depuis les pics.

Quand ils la quittèrent, la ville dormait toujours, blottie dans la vallée comme un animal effrayé. Quelques lampes à huile oubliées brûlaient sous les porches ou à travers les fentes des volets, mais personne ne sortit pour les regarder partir.

La pluie commença à midi et continua une semaine sans l'ombre d'une interruption.

Transis de froid et trempés comme des soupes, les voyageurs ne purent rien faire pour diminuer leur inconfort. À cette altitude, les contreforts étaient quasiment nus et rien ne bloquait le vent.

Horner Dees imposait une allure régulière mais raisonnable, afin de ménager les mules de bât. La nuit, ils dormaient sous les abris de toile goudronnée qui les isolaient de la pluie. Enlevant leurs vêtements mouillés, ils s'enveloppaient dans des couvertures et tentaient de se réchauffer.

Mais sans bois sec pour faire du feu, tout restait en permanence humide. Se réveillant perclus de crampes et glacés, les voyageurs reprenaient leur chemin parce qu'ils ne pouvaient pas faire autrement.

Après quelques jours de marche, ils abordèrent les montagnes elles-mêmes, et le chemin devint encore plus difficile.

La piste qu'ils suivaient, large et facile au début, disparut complètement, et Horner Dees les guida à travers un labyrinthe de crêtes et de défilés.

La pente devint beaucoup plus raide, les forçant à regarder où ils mettaient les pieds. De plus en plus bas, les nuages diffusèrent une humidité glaciale qui semblait s'insinuer sous leur peau et y ramper comme un ver de terre.

Le tonnerre gronda et la pluie tourna au déluge. Avec une si mauvaise visibilité, les voyageurs, sans Dees pour les guider, se seraient irrémédiablement perdus. Tout se ressemblait dans ces montagnes.

Les murailles rocheuses et les gouffres se succédaient, écrasés par les pics couronnés de neige.

Déjà gelés, les cinq voyageurs durent subir une averse de neige fondue. Emmitouflés dans leurs manteaux, ils mirent des bottes plus épaisses et continuèrent tant bien que mal.

Horner Dees restant calme et sûr de lui, ils apprirent rapidement à lui faire confiance. Cet homme était chez lui dans la montagne. À l'aise malgré le climat et le terrain difficiles, il fredonnait en marchant, perdu dans ses pensées. De temps à autre, il s'arrêtait et leur montrait quelque chose qu'ils n'auraient sans doute pas vu.

Horner comprenait les monts Charnal et il devint vite évident qu'il les aimait, Il parlait volontiers de cet amour, du mélange de sauvagerie et de sérénité qu'il trouvait en ce lieu et de la *permanence* de la montagne. Il leur parla de la vie dans les monts, et leur révéla à l'occasion une part importante de lui-même.

Pourtant, il ne convertit personne, à part Force Vitale – peut-être, car à son habitude, elle ne laissa pas voir ce qu'elle pensait.

Les trois autres se contentèrent de grommeler tout en luttant vainement pour ignorer leur inconfort. Les montagnes ne leur seraient jamais familières, car pour eux, elles resteraient un obstacle qu'ils avaient décidé de franchir.

Ils avancèrent stoïquement, pressés que le voyage se termine. Mais ils n'étaient pas encore au bout de leur peine...

Si la pluie cessa, l'air glacial et le vent violent continuèrent de les torturer. Les hommes, la jeune fille et les animaux de bât, en lutte permanente contre les éléments et le terrain, progressèrent encore tant bien que mal.

Au milieu de la deuxième semaine, Horner Dees annonça qu'ils allaient commencer à descendre. Ses compagnons ne s'en aperçurent pas vraiment, car rien n'avait changé autour d'eux. Où qu'ils regardent, les monts Charnal les encerclaient toujours.

Le douzième jour, ils furent surpris par une tempête de neige, dans un col, et faillirent mourir. Cela arriva si vite que Dees lui-même ne vit rien venir.

Ils s'encordèrent, mais en l'absence d'abris, le vieil homme fut contraint de les faire avancer. L'air devint un mur blanc impénétrable, tout disparut autour d'eux et leurs extrémités commencèrent à geler. Affolées, les mules s'enfuirent quand une section de la piste s'écroula sous leur poids. Elles foncèrent droit devant elles et tombèrent dans le gouffre. La seule qu'ils réussirent à sauver ne portait pas de nourriture...

Ils découvrirent un refuge, survécurent à la tempête et reprirent leur chemin. Pourtant, le plus résistant du groupe, Dees, commençait aussi à fatiguer.

Le lendemain de la tempête, leur dernière mule se cassa une patte et ils durent l'abattre. Leurs affaires les plus chaudes irrémédiablement perdues, il leur restait un peu de nourriture – dans les sacs à dos – quelques gourdes d'eau, des cordes... et pratiquement rien d'autre.

Cette nuit-là, la température baissa encore. Ils seraient morts gelés si Dees n'avait pas trouvé du bois sec pour faire un feu. Ils restèrent blottis autour toute la nuit, aussi près des flammes que possible, et parlèrent sans discontinuer.

S'ils s'endormaient, les avertit Dees, ils risquaient de ne jamais se réveiller.

Se méfiant encore, mais contraints de partager un espace réduit, ils se rapprochèrent pour la première fois les uns des autres. Même si cette proximité n'avait rien de spontanée, elle leur apporta un sentiment d'unité inconnu jusque-là.

Par bonheur, le climat s'améliora. Les nuages se dissipèrent et le soleil réchauffa de nouveau l'air.

Quand la neige et la pluie cessèrent, la visibilité augmenta, et ils constatèrent qu'ils avaient vraiment commencé à descendre. Des arbres réapparurent, très isolés au début, puis formèrent une forêt qui descendait vers les vallées encore lointaines.

Bientôt, ils purent chasser, pêcher et dormir dans des abris chauds. Grâce à ce confort tout relatif, ils retrouvèrent leur combativité.

Quinze jours après leur départ, ils atteignirent les Pointes.

Vers midi, dans une agréable tiédeur, ils firent une longue halte sur une crête et étudièrent la vallée qui s'étendait en contrebas. En forme d'entonnoir, sa partie large se trouvait au sud. Au nord, le « tuyau » disparaissait dans les collines.

Au milieu de la vallée se dressait une crête déchiquetée où les arbres avaient été privés de leur feuillage par un fléau inconnu. Leurs branches et leurs troncs dénudés semblaient hérissés comme les poils sur le dos d'un animal aux abois.

Ou comme des piques, pensa Morgan Leah.

— Qu'y a-t-il dans cette vallée ? demanda-t-il à Horner Dees.

Ces deux dernières semaines, son attitude envers le traqueur avait changé et il ne le tenait plus pour un vieux type désagréable. Moins vite que Walker Boh, il s'était aperçu que Dees, en professionnel accompli, connaissait sa partie mieux que personne.

Pour être honnête, Morgan se serait rengorgé d'être à moitié aussi doué que lui.

Dees haussa les épaules.

— Je l'ignore. Voilà dix ans que je ne suis pas venu par ici. Mais je suis prudent, montagnard...

À l'évidence, Dees appréciait l'enthousiasme du jeune homme et son désir d'apprendre.

Ils continuèrent à sonder attentivement la vallée.

— Il y a quelque chose en bas, dit soudain Pe Ell, très calme.

Personne ne le contredit. Aussi secret qu'il fût, ils en savaient assez sur lui pour se fier à son instinct.

— Nous devons traverser cette vallée, dit Horner Dees, ou contourner la montagne. Dans ce cas, nous perdrons une semaine. Alors, on se met en route ?

Dès qu'ils eurent trouvé un chemin qui menait à la vallée, ils le descendirent en silence.

Dees ouvrit la marche, Force Vitale derrière lui, suivie par Morgan, Walker et Pe Ell.

Quand ils passèrent du soleil à l'ombre des bois, l'air se rafraîchit nettement.

Le sol de la vallée sembla jaillir vers eux pour les engloutir. Très vite, la piste les conduisit sur la crête centrale, où ils zigzaguèrent au milieu des arbres desséchés. Morgan étudia un moment ces squelettes racornis avec leur écorce noircie et leurs feuilles ratatinées – quand il en restait.

Puis il se tourna vers Walker. Les traits tirés, l'Oncle Obscur le regarda froidement. Tous deux pensaient la même chose : les Ombreurs s'étaient déchaînés ici.

Ils traversèrent une bande de terre ensoleillée qui plongeait dans un ravin. Ce lieu étant anormalement silencieux, le bruit de leurs pas résonna très fort à leurs oreilles. De plus en plus nerveux, Morgan se souvint de sa rencontre avec les Ombreurs, sur le chemin de Culhaven, en compagnie des Ohmsford.

Il huma l'air, prêt à détecter l'odeur fétide qui l'avertirait de la présence des créatures, et tendit l'oreille. Dees avançait sans hésiter et les cheveux argentés de Force Vitale brillaient derrière lui.

Aucun des deux ne montrait d'hésitation, mais Morgan sentit néanmoins de la tension chez tous ses compagnons.

Ils longèrent le vallon et revinrent sur la crête. Un court moment, ils furent assez haut pour que Morgan voie la vallée d'un bout à l'autre. Ils approchaient de l'extrémité étroite de l'entonnoir, où les montagnes se séparaient, les arbres s'éclaircissant aux abords des pentes.

La nervosité de Morgan se dissipa, et il pensa à son pays – les montagnes de Leah – où il avait grandi. Sa contrée natale lui manquait plus qu'il ne l'aurait cru. Dire que sa patrie ne lui appartenait plus parce que la Fédération l'occupait était facile, mais quant à ne pas le remettre en question... Comme Par Ohmsford, il vivait avec l'espoir que les choses changeraient un jour.

La piste redescendit vers un autre vallon envahi de broussailles. Ils se frayèrent un chemin entre les plantes touffues et atteignirent assez vite un endroit plus dégagé où le chemin remontait. Au-dessus du vallon plongé dans la pénombre, la lumière commençait à se déplacer vers l'ouest.

Ils venaient d'entrer dans une clairière quand Force Vitale ralentit le pas.

— Ne bougez plus ! ordonna-t-elle.

Ils obéirent et sondèrent les broussailles, autour d'eux. Quelque chose bougeait...

Des silhouettes sortirent soudain de leur cachette : des centaines de petits êtres râblés aux membres noueux et poilus et aux traits osseux. On eût dit qu'ils étaient les enfants des buissons, tant ils leur ressemblaient. Mais ils brandissaient des épées courtes et d'étranges armes de jet aux bords coupants.

Ils avancèrent, menaçants.

— Des Urdas, dit Horner Dees. Ne bougez pas !

Ses compagnons obéirent.

— Que sont-ils exactement ? demanda Morgan à Dees.

— Des gnomes croisés avec des trolls... On n'en trouve pas au sud des monts Charnal. Ils vivent dans les Terres du Nord, comme leurs cousins géants. Leur culture est proche de celle des gnomes normaux, et ils sont au moins aussi dangereux.

Les Urdas les avaient encerclés. Morgan essaya de lire leurs intentions dans leurs yeux jaunes, mais n'y parvint pas davantage que sur leurs visages inexpressifs.

Puis il remarqua que tous regardaient Force Vitale.

— Qu'allons-nous faire ? souffla-t-il à Dees.

Le vieil homme ne répondit pas.

Les Urdas s'arrêtèrent à trois pas des cinq voyageurs. Ils restèrent plantés là, les yeux rivés sur Force Vitale.

Qu'attendaient-ils ? se demanda Morgan.

Puis les broussailles s'écartèrent et un humain aux cheveux blonds en sortit. Les Urdas mirent un genou à terre et inclinèrent la tête. L'homme regarda les cinq membres du petit groupe et sourit.

— Le roi est arrivé, s'exclama-t-il joyeusement. Vive le roi !

Chapitre 14

— Auriez-vous l'obligeance de poser vos armes ? demanda le « souverain ». Ne vous inquiétez pas, vous pourrez les reprendre dans un moment.

Sur ces mots, il entonna une chanson :
« *Ce qu'on donne de son gré*
N'est jamais perdu
Vos couteaux et vos épées
Vous seront rendus. »

Les voyageurs le dévisagèrent, de plus en plus stupéfaits.

— S'il vous plaît, insista-t-il. Cela rendra les choses plus faciles...

Dees regarda ses compagnons, haussa les épaules et fit ce qu'on lui demandait. Walker et Force Vitale n'avaient pas d'armes. Morgan hésita et Pe Ell ne bougea pas.

— C'est un simple gage d'amitié, dit l'homme. Si vous ne posez pas vos armes, mes sujets ne me laisseront pas approcher de vous. Et je devrai continuer à crier pour me faire entendre !

Il chanta de nouveau :
« *Où que nous nous rendions*
Il me faudra crier.
Et ce n'est pas très bon,

Amis pour ma santé. »

Morgan jeta un coup d'œil à Dees et obéit.

Nul n'aurait pu prévoir la réaction de Pe Ell, si Force Vitale ne s'était pas tournée vers lui en murmurant : « Faites ce qu'il dit. »

Il hésita quand même avant de déboucler son ceinturon, l'air mécontent. Morgan aurait parié qu'il avait encore une arme cachée sur lui.

— C'est beaucoup mieux, dit l'inconnu. Maintenant, reculez d'un pas ! Parfait !

Sur un signe de leur roi, les Urdas se levèrent. De taille et de corpulence moyennes, l'homme était vif et plein d'énergie. Rasé de près, il était très beau sous ses longs cheveux blonds.

Ses yeux bleus pétillant de malice, il désigna les armes, sur le sol, et fit de grands gestes aux Urdas. Les étranges créatures marmonnant entre elles, l'homme interpréta un petit air que ses sujets semblèrent reconnaître. À la fin de la chanson, ils s'écartèrent pour le laisser passer.

Il se dirigea vers Force Vitale, s'inclina devant elle et lui baisa la main.

— Ma dame..., dit-il.

Avant de rechanter :

« Cinq voyageurs ont traversé
Des champs des bois et des forêts
Vainqueurs des pics et de la mort
Pour gagner les Terres du Nord

Cinq voyageurs venus de loin
Chez les Urdas restent un moment.
Et ils auront sur leur chemin
Rencontrer le roi Carisman. »

L'excentrique personnage s'inclina de nouveau devant Force Vitale.

— C'est mon nom, ma dame. Carisman. Et le vôtre ?

Force Vitale se présenta puis fit de même avec ses compagnons.

— Êtes-vous un vrai roi ? demanda-t-elle.

— Certes, ma dame, répondit Carisman avec un grand sourire. Je suis le roi de ces Urdas et de bien d'autres encore ! Pour être franc, je n'ai pas cherché à le devenir. Cette couronne m'a pour ainsi dire été *imposée*. Mais suivez-moi. Je vous raconterai mon histoire plus tard. Ramassez vos armes – avec délicatesse, je vous prie. Il ne faut pas inquiéter mes sujets, qui sont très protecteurs. Je vous conduirai dans mon palais et nous parlerons en buvant du vin et en mangeant des fruits et du poisson. Venez donc ! Ce sera un festin royal !

Dees voulut dire quelque chose, mais Carisman sautillait déjà devant eux en chantant.

Le vieil homme, Morgan et Pe Ell reprirent leurs armes, puis les cinq compagnons emboîtèrent le pas à leur hôte. Les Urdas les accompagnèrent, restant assez près pour les mettre mal à l'aise.

Ces étranges créatures ne parlaient pas, mais leur jetaient sans cesse des coups d'œil inquisiteurs. Morgan soutint le regard de ceux qui marchaient à ses côtés et leur sourit. Ses timides avances n'obtinrent aucune réponse.

La colonne quitta les Pointes pour descendre dans une vallée boisée, à l'ouest de la crête, où les ombres étaient plus denses. Carisman continua à chanter sur la piste étroite qui serpentait entre les arbres. Morgan avait rencontré quelques types étranges dans sa vie, mais aucun de cette envergure. Il se demanda au nom de quoi on pouvait bien en faire un roi. Surtout quand on était aussi taciturne que les Urdas.

Comme Dees marchait près de lui, il lui posa la question.

— C'est un peuple tribal et superstitieux... Comme la plupart des gnomes, ceux-là croient aux esprits, aux fantômes et à d'autres fadaises du même genre.

— Quel rapport avec Carisman ?

— Je dois avouer que je n'en sais rien... D'habitude, les Urdas ne veulent pas frayer avec les étrangers. Cet homme a l'air fou, mais il a trouvé un moyen de gagner leur respect. Je n'ai jamais entendu parler de lui et je serais étonné que quelqu'un sache qui il est...

Morgan regarda Carisman gambader devant les Urdas.

— Il a l'air inoffensif...

— Et il l'est probablement, grommela Dees. Mais ce n'est pas de lui qu'il faut se soucier...

Ils continuèrent vers l'ouest, en direction d'un grand pic dont le crépuscule voilait déjà le sommet.

Si Morgan et Dees continuèrent à parler, les autres ne dirent rien. Walker et Pe Ell avançaient comme des ombres, et Force Vitale, comme toujours, ressemblait à un rayon de soleil.

Même si les propos de Carisman suggéraient que les voyageurs étaient des invités, Morgan n'arrivait pas à s'enlever de la tête l'idée qu'ils étaient prisonniers.

Après une demi-lieue, la piste débouchait dans le village des Urdas, entouré par une palissade afin de dissuader d'éventuels pillards. Les portes s'ouvrirent aussitôt pour laisser passer les chasseurs et les intrus qu'ils escortaient.

Des femmes, des enfants et des vieillards grouillaient dans les ruelles. En fait de village, il s'agissait d'une série de cabanes et d'abris ouverts entourant un bâtiment central en bois muni d'un toit en bardeaux. Des arbres plantés à l'intérieur de l'enceinte donnaient de l'ombre et servaient de supports à des passerelles et à des monte-charge.

Les voyageurs remarquèrent des puits et des abris pour fumer la viande. L'organisation sociale des Urdas était rudimentaire mais efficace.

Les cinq voyageurs furent introduits dans le bâtiment central et conduits jusqu'à une plate-forme où se dressait un fauteuil grossièrement taillé. Sur le dossier reposait une guirlande de fleurs coupées.

Carisman s'assit sur son trône et fit signe à ses invités de s'installer autour de lui, sur des tapis.

Morgan et ses compagnons obéirent, un œil prudent rivé sur les Urdas, qui prirent également place autour de la plate-forme.

Carisman se leva et chanta quelques couplets dans une langue que Morgan ne reconnut pas. Quand il eut fini, quelques femmes apportèrent des plateaux de nourriture.

Le roi s'assit.

— Je dois chanter chaque fois que je veux quelque chose, dit-il. C'est tellement ennuyeux.

— Que fichez-vous ici ? demanda Dees. Et d'où venez-vous ?

— Nous y voilà, soupira Carisman.

Puis il chanta :

« Un grand compositeur, quittant l'Escarpement
Décida un beau jour de découvrir le monde.
En route pour le nord, le pauvre Carisman
Tomba sur les Urdas qui le prirent pour roi ! »

L'excentrique grimaça.

— Pas très inspiré, je le reconnais. En plus, ça ne rime pas. Laissez-moi essayer encore :
« *Venez ici amis et approchez ma dame !*
Il y a tellement d'endroits à découvrir
De terres où voyager et de gens à connaître
D'aventures à vivre et de joies à saisir.
De beauté à aimer avant de disparaître.

Venez ici amis et approchez ma dame !
Un compositeur doit chanter pour s'envoler
Vers l'azur où sourient tant de nuages roses.
En quête sans repos du sens caché des choses
Il entend proclamer ses raisons d'exister.

Venez ici amis et approchez ma dame !
Car la vie est partout sur la terre et au ciel
Dans les forêts, sous l'eau, à la cime des pics,
En tout être pensant que mon chant émerveille,
Et qui m'implore de lui offrir ma musique. »
Carisman se tut et consulta son auditoire du regard.

— C'est mieux, non ? demanda-t-il.

— Un compositeur ? marmonna Dees. Qui aurait quitté l'Escarpement de Rampling ?

— Une licence poétique, admit Carisman. Il y a des années, j'y ai séjourné quelque temps... Mais je suis bien compositeur. J'ai reçu ce talent à la naissance. Bref, je suis extrêmement doué.

— Pourquoi êtes-vous *ici*, Carisman ? demanda Force Vitale.

Le roi des Urdas parut fondre de plaisir en entendant sa voix.

— Ma dame, le hasard m'a poussé vers ce lieu pour que je vous y rencontre. J'ai voyagé quasiment partout dans les Quatre Terres, cherchant les poèmes qui donneraient des ailes à ma musique. Hélas, je suis habité par une anxiété qui ne me permet pas de rester longtemps au même endroit. On me l'a souvent proposé. Bien des dames auraient voulu me garder – même si aucune n'était aussi belle que vous. Mais j'ai continué à errer. D'abord à l'ouest, puis à l'est, et enfin au nord. Après une étape à l'Escarpement de Rampling, j'ai entrepris de traverser les montagnes pour voir ce qu'il y avait de l'autre côté.

— Et vous avez survécu ? demanda Dees, incrédule.

— De justesse... Je bénéficie d'une sorte d'intuition qui me vient sûrement de ma musique. Ayant assez de provisions – parce que j'avais déjà voyagé dans des contrées hostiles –, j'ai trouvé mon chemin en écoutant mon cœur. De plus, le ciel a eu l'obligeance de rester clément...

» Quand je suis arrivé de l'autre côté des montagnes – épuisé et affamé, je dois l'avouer –, les Urdas m'ont capturé. Comme j'ignorais que faire, j'ai chanté pour eux. Ma musique les a conquis et ils m'ont fait monter sur leur trône.

— Conquis par quelques vers de mirliton ? demanda Dees, sceptique. C'est bien prétentieux, Carisman !

— Je ne prétends pas être meilleur que les autres, dit le souverain avec un sourire d'enfant.

Il crut bon de chanter encore :

« Du trône la hauteur n'importe pas vraiment
Quand celui qui s'y tient n'a rien de transcendant. »
Carisman sourit, fier de ses deux derniers vers.

— Mangez, maintenant, dit-il abruptement. Vous devez être affamés après un si long voyage. Il y a autant de nourriture et de boisson que vous voudrez.

En vous régalant, vous me direz ce qui vous amène ici. Aucun habitant des Terres du Sud ne vient jamais aussi loin au nord. De ce fait, je vois uniquement des trolls et des gnomes. Alors, que venez-vous faire ici ?

Force Vitale répondit qu'ils étaient à la recherche d'un talisman. Morgan n'en aurait pas révélé autant, mais Carisman sembla s'en soucier comme d'une guigne. Il ne demanda pas ce qu'était le talisman, ni pourquoi ils en avaient besoin, mais voulut savoir si Force Vitale pouvait lui apprendre de nouveaux chants. Très intelligent, cet homme souffrait de l'égocentrisme désarmant d'un enfant. Et il semblait avoir réellement besoin d'approbation.

Comme Force Vitale l'écoutait avec le plus d'attention, il se concentra sur elle.

Morgan suivit distraitement leur conversation pendant le banquet, puis il s'aperçut que Walker s'en désintéressait, bien plus fasciné par les Urdas assis sur le sol.

Le montagnard les observa aussi. Au bout d'un moment, il constata qu'ils étaient répartis dans des groupes strictement définis. Celui qui était le plus près de la plate-forme se composait d'hommes de tous les âges à qui les autres Urdas témoignaient un grand respect.

Des chefs, pensa aussitôt Morgan.

Ils parlaient entre eux et regardaient de temps en temps les six personnes assises sur la plate-forme. Apparemment, Carisman n'aurait aucune influence sur la décision qu'ils prendraient bientôt.

Morgan frissonna de nervosité.

Le repas terminé et la table débarrassée, des applaudissements éclatèrent.

Carisman se leva en soupirant et chanta encore. Mais le résultat, cette fois, fut très différent des litanies habituelles. D'une rare complexité, le morceau était empli de subtilités et de nuances étonnantes.

La voix de Carisman se répandit dans le bâtiment, où elle occulta vite tout le reste.

La mélodie allait droit au cœur et Morgan n'en crut pas ses sens. Il n'avait jamais été affecté de la sorte, même par l'Enchantement de Shannara.

Quand le compositeur eut terminé, un silence absolu retomba sur les lieux. Il se rassit lentement, toujours immergé dans ce qu'il venait de chanter.

Pour montrer leur satisfaction, les Urdas se frappèrent très fort sur les cuisses.

— C'était magnifique, Carisman, dit Force Vitale.

— Merci, ma dame, répondit l'excentrique, de nouveau intimidé. Mon talent va un peu au-delà des « vers de mirliton »...

La jeune fille aux cheveux d'argent regarda Walker.

— Avez-vous apprécié la prestation de notre hôte, Walker Boh ?

— Oui, répondit Walker, pensif. Et je me demande pourquoi quelqu'un qui a un tel talent choisit de le partager avec si peu de gens...

Le compositeur eut l'air mal à l'aise.

— Ma foi..., commença-t-il.

— D'autant plus que vous aimez voyager. Pourtant, vous restez avec les Urdas.

Carisman baissa les yeux.

— Ils ne veulent pas vous laisser partir, n'est-ce pas ? demanda Walker.

Carisman eut l'air de vouloir s'enfoncer sous terre.

— C'est exact, reconnut-il à contrecœur. J'ai beau être leur roi, je reste leur prisonnier. On m'autorise à régner uniquement si je chante. Les Urdas me gardent parce qu'ils sont persuadés que ma voix est magique.

— Et ils ont raison, murmura Force Vitale, si doucement que seul Morgan, assis à côté d'elle, l'entendit.

— Et nous ? Sommes-nous aussi prisonniers ? demanda Dees. Avez-vous droit à la parole à ce sujet ?

— Oh, non ! s'exclama le compositeur, angoissé. Je veux dire : oui, j'y ai droit ! Et *non*, vous n'êtes pas prisonniers. Mais je dois m'entretenir avec le Conseil. (Il désigna le groupe d'Urdas que Morgan et Walker avaient observé plus tôt. Puis il remarqua l'air sombre de Pe Ell et se leva d'un bond.) Je vais d'ailleurs leur parler tout de suite. S'il le faut, je chanterai. Vous ne resterez pas ici plus longtemps que vous ne le désirez, mes amis ! Croyez-moi...

Il se précipita vers les Urdas en question et leur parla d'une voix pressante.

Les cinq voyageurs se regardèrent.

— Je doute qu'il puisse nous aider, marmonna Dees.

Pe Ell avança d'un pas.

— Si je lui plaque un couteau sous la gorge, ils nous libéreront vite !

— Ou ils nous tueront sans hésiter, grogna Dees.

— Laissez-le essayer de nous sauver, trancha Walker Boh.

— Oui, renchérit Force Vitale. Prenons notre mal en patience...

Ils se turent, attendant le retour de Carisman, qui remonta assez vite sur la plate-forme.

— Je suis obligé de vous demander de passer la nuit ici, dit-il, très gêné. Le Conseil souhaite réfléchir un peu plus... Une simple formalité... Il faut simplement du temps...

Le compositeur s'était placé aussi loin que possible de Pe Ell. Morgan retint son souffle, certain que la distance ne le protégerait pas beaucoup. Il se demanda, fasciné, ce qu'allait faire Pe Ell. Que pouvait-il contre tant d'adversaires ?

Il devrait attendre pour le découvrir, car Force Vitale sourit à Carisman.

— Nous attendrons, dit-elle.

On les conduisit dans une grande hutte où on leur donna des paillasses et des couvertures.

La porte était fermée, mais pas verrouillée. Morgan comprit que ce détail ne faisait pas de différence. Leur dortoir se dressait au milieu du village, très loin de la palissade. Pendant le repas, il avait demandé à Dees ce qu'il savait des Urdas.

Selon le vieil homme, il s'agissait d'une tribu de chasseurs. Leurs armes étant conçues pour tuer des animaux très rapides, un gibier à deux pattes ne leur poserait aucun problème.

Pe Ell regardait par les fissures du mur de boue séchée de la hutte.

— Ils ne nous laisseront pas partir... Peu importe ce que dit ce roi fantoche ! Nous devrions filer pendant la nuit.

— À vous entendre, grogna Dees, on croirait que c'est possible !

Pe Ell se tourna vers le vieil homme.

— Je partirai quand ça me plaira. Aucune prison n'est capable de me retenir.

Il fit cette déclaration d'un ton si détaché que tous les autres le regardèrent, ébahis.

Sauf Force Vitale...

— Il y a de la magie dans son chant, dit-elle doucement.

Morgan se souvint qu'elle avait murmuré quelque chose dans ce genre, un peu plus tôt.

— De la vraie magie ?

— Assez proche de la vraie pour qu'on lui donne ce nom. Je ne comprends pas sa source, et je ne suis pas certaine de ce qu'elle peut faire. Mais c'est une forme de pouvoir. Cet homme est plus qu'un simple compositeur.

— Exact, ricana Pe Ell. C'est aussi un imbécile heureux !

— Nous penserons peut-être la même chose de vous si vous continuez à dire que nous pouvons partir d'ici sans son aide ! cracha Horner Dees.

Pe Ell se retourna et avança vers le vieil homme. Il semblait si furieux que Dees se leva plus vite que Morgan l'en aurait cru capable.

Walker Boh pivota lentement sur les talons. Pe Ell réfléchit un instant, puis vint se camper devant Force Vitale.

Morgan eut du mal à rester immobile à côté de la jeune fille. Le regard sombre de Pe Ell glissa sur lui et se riva sur elle.

— En quoi avons-nous besoin d'eux ? lâcha-t-il. Je suis venu parce que vous me l'avez demandé. J'aurais pu prendre une autre décision.

— Je le sais...

— Et vous savez aussi ce que je suis... Force Vitale, je possède la magie qu'il vous faut. Débarrassez-vous d'eux et continuons seuls.

Morgan Leah voulut dégainer son épée, mais il y renonça. Il ne serait jamais assez rapide... Pe Ell le tuerait avant qu'il ait pu tirer l'arme du fourreau.

Force Vitale ne sembla pas impressionnée.

— Le moment n'est pas encore venu, dit-elle. Et vous devez attendre qu'il arrive.

Morgan ne comprit pas de quoi elle parlait. Il aurait juré que Pe Ell n'en savait pas plus long que lui. Mais il sembla hésiter, comme s'il prenait une décision difficile.

— Seul mon père a le don de lire l'avenir, dit Force Vitale. Il a prévu que j'aurai besoin de vous tous quand nous trouverons Uhl Belk. Il en sera ainsi, même si vous aimeriez que les choses se passent autrement.

— Vous vous trompez, jeune fille, affirma Pe Ell. Il en ira ainsi que je le déciderai. Comme toujours. (Il la regarda un moment, puis haussa les épaules.) Pourtant, quelle différence cela fera-t-il ? Quelques jours ou quelques semaines... À la fin, le résultat sera le même. Gardez ces idiots avec vous si vous le désirez. Pour le moment, en tout cas...

Il changea de direction et s'assit dans un coin sombre, loin des autres.

Ses compagnons le regardèrent en silence.

La nuit tomba et tout devint très calme.

Perdus dans leurs pensées, les cinq compagnons étaient physiquement ensemble dans la hutte, mais chacun restait seul dans le secret de son esprit.

Horner Dees dormait. Walker Boh ne bougeait pas d'un pouce, et Morgan Leah était assis à côté de Force Vitale. Mais ils ne parlaient pas.

Pe Ell les regarda et maudit les circonstances et sa propre stupidité.

Qu'est-ce qui clochait chez lui ? se demanda-t-il. Comment avait-il pu perdre son calme de cette façon, au risque de ruiner ses chances de faire ce qu'il avait décidé. Il était toujours maître de lui.

Toujours ! Mais pas cette fois. Et il avait menacé la jeune fille et ses compagnons comme s'il était un écolier colérique.

Il s'était calmé, désormais en mesure d'analyser ce qu'il avait fait et de reconnaître ses émotions et ses erreurs. Il y en avait beaucoup. Et tout était dû à l'influence de la jeune fille !

Un vrai fléau, cette Force Vitale... En même temps, elle l'attirait irrésistiblement. Une créature de beauté, de vie et de magie qu'il ne comprendrait pas vraiment jusqu'au moment où il la tuerait. Il avait de plus en plus envie de le faire et il devenait difficile de résister. Pourtant, il le fallait, s'il voulait s'approprier la Pierre elfique noire. La difficulté consistait à gérer son obsession, en attendant. Force Vitale l'irritait et l'enflammait. Pire encore, elle lui emmêlait les idées. Tout ce qui lui semblait simple et évident était... l'inverse pour elle. Elle insistait pour que des imbéciles les accompagnent : un manchot, un montagnard et un vieil éclaireur. De vulgaires faire-valoir ! Combien de temps devrait-il les supporter ?

Il sentit sa colère revenir et se hâta de la dominer. *Prenons notre mal en patience.* Voilà ce qu'elle avait dit. Il devait essayer de s'y conformer...

Il écouta les Urdas, dehors. Il y avait des gardes, plus d'une dizaine, postés dans les ténèbres autour de la hutte... Il ne les voyait pas, mais il sentait leur présence. Son instinct lui soufflait qu'ils étaient là.

Il n'y avait aucun signe du compositeur. Peu importait, parce que les Urdas ne les libéreraient pas.

Tant d'éléments secondaires qui perturbent ce qui compte réellement !

Pe Ell étudia Dees. Le vieil homme était le pire du lot, et le plus difficile à cerner. Il y avait quelque chose à son sujet...

Il se reprit.

Sois patient. Attends. Maîtrise tes impulsions.

Mais c'était si difficile ! Il n'était pas dans son pays et ces gens n'appartenaient pas à son peuple. Il lui manquait la familiarité avec les lieux et les êtres sur laquelle il avait toujours compté. Il escaladait une paroi rocheuse inconnue, et le chemin était très glissant...

Il ne pourrait peut-être pas rester maître de lui, cette fois.

Cette idée continua à l'obséder...

Carisman revint peu après minuit. Force Vitale réveilla Morgan en lui effleurant la joue. Quand il se fut levé, il vit que les autres étaient déjà debout. La porte s'ouvrit et le compositeur entra dans la hutte.

— Ah, vous êtes réveillés. Parfait !

— Qu'a décidé le Conseil ? demanda Force Vitale.

Le compositeur eut l'air gêné.

— Le meilleur et le pire, je le crains... (Il regarda les quatre hommes.) Vous êtes libres de partir quand vous le voudrez. (Il se tourna de nouveau vers la jeune fille.) Pas vous, ma dame...

Morgan se souvint de la façon dont les Urdas regardaient Force Vitale. Elle les fascinait.

— Pourquoi ? demanda-t-il. Pourquoi n'est-elle pas libérée avec nous ?

Carisman déglutit péniblement.

— Mes sujets la trouvent très belle. Ils pensent qu'elle a un pouvoir, comme moi. Ils veulent... qu'elle m'épouse.

— Quelle charmante idée ! lança Horner Dees.
Morgan saisit Carisman par le devant de sa tunique.

— J'ai vu comment vous la regardiez, compositeur ! C'est votre idée !

— Je vous jure que non ! Je ne ferais jamais une chose pareille. Les Urdas...

— Les Urdas s'en fichent !

— Lâchez-le, Morgan ! ordonna Force Vitale. Il dit la vérité. Ce n'est pas son idée.

— Peu importe qui a accouché de cette ânerie, lâcha Pe Ell. Notre amie viendra avec nous !

Carisman blêmit.

— Ils ne la laisseront pas partir, murmura-t-il. Et elle finira comme moi...

À court d'arguments, il se rabattit sur le chant :
« *Errant à travers champs, campagnes et prairies*
Une jeune beauté rencontra un seigneur
Qui voulut aussitôt devenir son mari
Afin de la couvrir d'amour, d'or et de fleurs.

Outré de son refus, l'homme la captura
La ramena chez lui et au cachot la mit.
Ivre de liberté, la pauvre enfant promit
De tout donner à qui la sortirait de là.

Entendant ses propos, un lutin entreprit
De lui organiser un semblant d'évasion.
Car s'il la fit sortir, ce méchant polisson
Exigea en paiement qu'elle vive chez lui.

Prince, quand on veut tout donner
Il faut vouloir ne rien garder ! »
Exaspéré, Horner Dees leva les bras au ciel.

— Que signifient ces vers, Carisman ?

— Que nos choix sont très souvent néfastes, dit Walker. Et qu'ils nous coûtent parfois tout ce que nous avons. En devenant roi, Carisman pensait se libérer de toutes les contraintes. Mais il s'est retrouvé en prison...

— C'est cela, confirma le compositeur. Je n'ai rien à faire ici, comme Force Vitale. Si vous voulez l'emmener en partant, prenez-moi avec vous !

— Non ! s'écria Pe Ell.

— Ma dame, je vous en prie, implora le compositeur. Je suis là depuis près de cinq ans, aussi prisonnier que la jeune fille de ma chanson ! Si vous ne m'emmenez pas, je resterai dans cet enfer jusqu'à ma mort !

— L'endroit où nous allons est dangereux, Carisman, dit Force Vitale. Bien plus qu'ici. Vous n'y seriez pas en sécurité.

— Peu m'importe ! Je veux être libre !

— Non ! répéta Pe Ell. (Il tournait autour de Carisman et de Force Vitale comme un félin autour d'une proie.) Réfléchissez, jeune fille ! Un imbécile de plus sur les bras ? Pourquoi pas tout un régiment, tant que vous y êtes ?

Morgan Leah en avait assez qu'on le traite d'imbécile. Il allait le dire haut et fort, mais Walker Boh le prit par le bras et lui fit signe de se taire.

Le montagnard ravala sa colère à contrecœur.

— Que savez-vous de la région qui s'étend au nord d'ici, Carisman ? demanda Horner Dees. Vous y êtes déjà allé ?

— Non, mais qu'importe. L'essentiel est d'être loin des Urdas. De toute façon, vous *devez* m'emmener. Vous ne partirez pas d'ici sans mes conseils...

— Que voulez-vous dire ? demanda Dees, un peu plus conciliant.

— Sans mon aide, vous serez morts dix fois avant d'atteindre la palissade. Écoutez plutôt ce qui suit :
« La bave du crapaud, amis, vous atteindra
Si les épées ne vous transpercent pas avant
Les pièges sont légion et personne à part moi
Ne peut vous avertir d'un danger imminent. »

Pe Ell le prit à la gorge si vite que ses compagnons n'eurent pas le temps d'intervenir.

— Crachez tout ce que vous savez avant que j'en finisse avec vous ! rugit-il.

Carisman ne se laissa pas impressionner.

— Jamais... Sauf si vous m'emmenez !

Il blêmit quand les mains de Pe Ell lui serrèrent le cou. Dees et Morgan se regardèrent, hésitants.

Walker Boh avança, se plaça derrière Pe Ell et le toucha d'une manière que personne ne vit clairement.

L'homme sursauta de surprise, recula et lâcha sa victime. Walker passa devant lui et tira Carisman à l'abri.

Pe Ell se retourna, de la folie dans les yeux. Morgan pensa qu'il allait attaquer Walker et devina que rien de bon n'en sortirait. Mais Pe Ell le surprit. Se contentant de toiser Walker, il se tourna très vite, redevenu aussi impassible que d'habitude.

— Carisman, intervint Force Vitale, soucieuse de calmer le jeu, vous connaissez un moyen de partir d'ici ?

— Oui, ma dame.

— Acceptez-vous de nous le montrer ?

— Si vous m'emmenez...

— Il suffira peut-être que nous vous aidions à quitter le village.

— Non, ma dame. Je me perdrais et ils me rattraperaient vite. Avec vous, je filerai le plus loin possible d'ici. Et qui sait, je pourrais même me rendre utile !

Quand les poules auront des dents, pensa Morgan.

Force Vitale sembla hésiter, une réaction très rare chez elle. Elle consulta Horner Dees du regard.

— Il a raison, les Urdas le reprendraient, confirma le vieil éclaireur. Et nous aussi, d'ailleurs, si nous ne sommes pas assez rapides et rusés.

Morgan remarqua que Pe Ell et Walker se foudroyaient du regard, chacun dans un coin de la hutte. Si ces deux hommes s'affrontaient, lequel survivrait ? Et comment la petite compagnie s'en sortirait-elle, s'ils se tiraient dans les pattes ?

Puis une idée traversa l'esprit du montagnard.

— Votre magie, Force Vitale ! Vous contrôlez tout ce qui pousse dans la terre. Un peu de spectacle suffira à impressionner les Urdas. Nous n'avons pas besoin de Carisman !

— Non, Morgan, répondit la jeune fille. Nous sommes entrés sur le territoire d'Uhl Belk, et je ne pourrai plus utiliser ma magie jusqu'à ce que nous ayons trouvé le talisman. Le roi de Pierre ne doit pas savoir qui je suis. Si j'invoque mon pouvoir, il l'apprendra...

— Qui est le roi de Pierre ? demanda Carisman.

Tous le dévisagèrent.

— Je suis d'avis qu'on l'emmène, dit Horner Dees. S'il est vraiment capable de nous faire partir d'ici...

— D'accord, dit Morgan avec un sourire. J'aime l'idée d'avoir aussi un roi de notre côté – même s'il ne sait rien faire, à part des vocalises...

Force Vitale regarda les deux hommes qui venaient de s'affronter.

Pe Ell haussa les épaules et Walker Boh ne dit rien.

— Nous vous emmènerons, Carisman, annonça la jeune fille. Mais j'ai peur de penser au prix que cette décision vous coûtera...

— Aucun prix ne me paraîtra trop élevé, affirma le compositeur.

Force Vitale avança vers la porte.

— La nuit finira bientôt. Dépêchons-nous !

— Pas par ce chemin, ma dame...

— Il y en a un autre ?

— Oui, fit Carisman d'une voix taquine. Pour tout vous dire, je me trouve dessus !

Chapitre 15

Les Pointes et la contrée environnante grouillaient de tribus d'Urdas et d'autres espèces de gnomes et de trolls. Comme ils ne cessaient de se battre les uns contre les autres, tous leurs villages étaient fortifiés.

Au fil des ans et des désastres, ces fous de guerre avaient appris que les places fortes devaient posséder plusieurs sorties. La tribu de Carisman avait creusé sous le village des tunnels qui conduisaient à des trappes dissimulées dans la forêt. En cas de siège, les habitants pouvaient les emprunter pour fuir.

Une des entrées de ces tunnels était dans la hutte des cinq compagnons.

Carisman leur montra une trappe enterrée près de vingt pouces sous le sol, et si bien scellée qu'il fallut pour l'ouvrir les efforts conjugués de Morgan et de Horner. Oubliée depuis longtemps, elle n'avait jamais été utilisée.

— Je me sentirais plus à l'aise avec une torche, marmonna Dees en sondant le puits obscur.

— Laissez-moi passer, dit Walker.

Il descendit puis bougea vivement les doigts, faisant jaillir de sa main, une lueur qui n'avait pas d'origine visible.

L'Oncle Obscur a encore un peu de magie à sa disposition, pensa Morgan.

— Carisman, il y a plusieurs tunnels là-dessous ?
— Oui.
— Alors, restez près de moi et indiquez-moi le chemin.

Ils descendirent tous dans le tunnel. Carisman suivit Walker, puis ce fut le tour de Force Vitale et de Morgan. Dees et Pe Ell fermèrent la marche.

Il faisait sombre sous terre, même avec la lumière de Walker, et l'air sentait le renfermé. Le tunnel allait d'abord tout droit, puis partait dans trois directions.

Carisman leur fit prendre le chemin de droite. À L'embranchement suivant, il tourna à gauche.

Morgan estima qu'ils avaient déjà dépassé la palissade. Pourtant, le tunnel continuait.

Les racines qui sortaient des parois les ralentirent. Par endroits, elles étaient si épaisses qu'ils durent les couper. Même alors, Horner Dees avait toujours du mal à passer, tant le tunnel était étroit.

L'air devint étouffant et respirer fut de plus en plus difficile. Morgan filtra la poussière qui flottait partout en se plaquant une manche sur le nez et la bouche. Depuis le début, il s'interdisait de penser à ce qui arriverait si les parois du tunnel s'effondraient...

Après un très long moment, ils ralentirent et s'arrêtèrent.

— C'est ici, dit Carisman à Walker.

Morgan les écouta lutter contre la trappe qui les retenait sous le sol.

Quand elle s'ouvrit enfin, les six compagnons ne traînèrent pas pour sortir et débouchèrent dans un vallon très boisé où les branches des arbres, étroitement entrelacées, dissimulaient presque le ciel.

— Carisman, quel chemin conduit aux Pointes ? demanda Horner Dees.

Carisman tendit un bras et le vieil homme se mit aussitôt en route.

— Attendez ! lança Pe Ell. Il doit y avoir des sentinelles !

Il foudroya du regard l'ancien éclaireur, leur fit signe d'attendre et s'enfonça entre les arbres. Morgan s'assit contre le tronc d'un énorme sapin et ferma les yeux.

Il ne s'était pas reposé depuis des jours. Dormir serait formidable...

Mais quelqu'un lui tapota l'épaule, le réveillant en sursaut.

— Du calme, montagnard, souffla Walker Boh en s'asseyant près de Morgan. Vous vous aventurez sur un terrain dangereux et vous devriez regarder où vous mettez les pieds...

— De quoi parlez-vous ?

— De Pe Ell... Restez loin de lui. Ne vous ralliez pas à lui et ne le défiez pas non plus. S'il le décidait, il pourrait vous tuer en un clin d'œil.

Morgan fit signe qu'il avait compris.

— Qui est-il, Walker ? Que savez-vous à son sujet ?

L'Oncle Obscur jeta un rapide coup d'œil autour de lui.

— Parfois, je devine des choses en touchant les gens. C'est arrivé quand j'ai secouru Carisman. Pe Ell a déjà tué. Très souvent, et pas pour se défendre... Il y prend plaisir, comme tous les tueurs à gages.

Walker leva sa main unique pour intimer le silence à Morgan.

— Écoutez-moi ! Il cache sous ses vêtements une arme magique très puissante.

— Magique ? répéta Morgan d'une voix tremblante de surprise. Force Vitale le sait ?

— Elle l'a choisi, montagnard ! Elle a dit que nous contrôlions tous une forme de magie dont elle a besoin. Bien entendu, qu'elle le sait !

— Elle a recruté un assassin ? C'est de cette manière qu'elle espère récupérer la Pierre elfique noire.

— Je ne crois pas. Mais je ne peux pas être certain...

— Walker, que faisons-nous ici ? Pour quelle raison nous a-t-elle emmenés ? (L'Oncle Obscur ne répondit pas.) Sur ma vie, j'ignore pourquoi j'ai accepté de venir. À moins que je ne le sache, tout compte fait... Je suis attiré par elle, c'est vrai. Mais cette motivation ne suffit pas. Je devrais être retourné à Tyrsis pour chercher Par et Coll.

— Nous avons déjà eu cette conversation, rappela Walker.

— Je sais... Mais je continue à me poser des questions. Surtout maintenant ! Si Pe Ell est un tueur, qu'avons-nous à faire avec lui ? Force Vitale pense-t-elle que nous sommes tous des assassins ? Est-ce la mission qu'elle nous destine ? Je ne peux pas y croire !

— Du calme, Morgan, souffla Walker.

Il s'adossa à l'arbre au point que sa tête et celle du montagnard se touchèrent presque. Morgan se souvint de l'état de son compagnon, quand ils l'avaient trouvé près des ruines de sa maison.

— L'enjeu véritable de cette expédition vous dépasse, Morgan. Moi aussi, d'ailleurs. Je sens des choses, mais jamais clairement. Force Vitale a un but secret. N'oubliez pas qu'elle est la fille du roi de la rivière Argentée. Sa magie est très puissante, mais elle n'en reste pas moins vulnérable. Force Vitale doit être prudente. À mon avis, nous sommes ici pour faire en sorte qu'elle continue son chemin sans encombre.

Morgan réfléchit un moment en regardant à travers un rideau de branches la silhouette de Force Vitale, menue et fragile comme une ombre que la nuit risquait d'engloutir...

— J'ai assisté à sa mort dans une vision, Morgan. Et je l'en ai avertie avant notre départ de la Pierre d'Âtre. Quand j'ai proposé de ne pas l'accompagner, elle a insisté et j'ai cédé. C'est la même histoire pour nous tous. Nous sommes là parce que nous savons qu'il le faut. N'essayez pas de comprendre pourquoi. Acceptez les faits...

Morgan soupira, perdu dans le tourbillon de ses sentiments et de ses désirs. Il souhaitait des choses qui n'arriveraient jamais, rêvant d'un passé perdu et d'un avenir qu'il ne pouvait pas déterminer. Il pensa à tout ce qu'il avait vécu depuis que les frères Ohmsford étaient venus à Leah. En quelques semaines, sa vie avait radicalement changé.

Walker Boh se leva.

— Souvenez-vous de mon conseil, montagnard. Restez loin de Pe Ell.

Il s'éloigna sans un regard en arrière.

Pe Ell resta absent un long moment. Quand il revint, il daigna seulement parler à Horner Dees.

— Tout est tranquille, vieil homme. Allons-y !

Ils quittèrent le vallon sans bruit, procession silencieuse de spectres guidée par Carisman dans la forêt obscure. Personne ne les arrêta et Morgan comprit que cela continuerait de la sorte. Pe Ell s'en était assuré.

Il faisait encore sombre quand ils aperçurent les Pointes. Ils gravirent la crête et tournèrent vers le nord. Dees leur imposa une allure vive sur le terrain dégagé. À la lumière de la lune et des étoiles, ils longèrent les Pointes en empruntant la partie étroite de l'entonnoir, puis bifurquèrent vers les collines qui surplombaient la vallée.

L'aube approchait et Dees leur fit encore accélérer le pas. Personne n'eut besoin de demander pourquoi.

Quand le soleil arriva au-dessus des montagnes, ils s'étaient assez enfoncés dans les collines pour ne plus voir la vallée.

Ils découvrirent un ruisseau et s'arrêtèrent pour boire. En sueur, tous respiraient difficilement.

— Regardez, dit Horner Dees. (Il désigna une rangée de pics.) C'est la limite nord des monts Charnal, la dernière zone de la montagne que nous devons traverser. Il y a une dizaine de cols. Les Urdas ne peuvent pas savoir lequel nous choisirons. Là-haut, le sol est rocheux. Il est difficile de pister quelqu'un.

— Difficile pour vous, railla Pe Ell. Pas forcément pour eux.

— Ils ne sortent jamais de leurs montagnes, dit le vieil éclaireur. Après avoir traversé, nous serons en sécurité.

Ils repartirent. Très haut dans le ciel sans nuages, le soleil transforma la région en fournaise. La journée la plus chaude dont Morgan se souvenait depuis son départ de Culhaven...

À l'approche des montagnes, les arbres furent peu à peu remplacés par des broussailles et des buissons.

À un moment, Dees crut voir quelque chose bouger dans la forêt, loin derrière eux. Ils entendirent aussi un son distant – un cor urdas, d'après Carisman.

Mais à midi, il n'y avait toujours aucun signe de poursuite.

Puis des nuages noirs arrivèrent de l'ouest. Morgan écrasa les moustiques qui grouillaient sur son visage couvert de sueur. Encore un indice qu'un orage s'annonçait.

Ils s'arrêtèrent au milieu de l'après-midi, épuisés et affamés. Il n'y avait pas grand-chose à manger : quelques racines et des légumes sauvages. Horner Dees partit en éclaireur et Pe Ell décida de grimper sur un promontoire pour étudier le terrain.

Walker resta assis seul pendant que Carisman parlait de sa musique avec Force Vitale.

Morgan ne put s'empêcher d'être agacé par la façon dont le blondinet faisait le joli cœur. Pour ne pas le montrer, il s'assit à l'ombre d'un pin... et se tourna dans l'autre direction.

Le tonnerre grondait et les nuages avançaient vers les montagnes. Sous la chape d'un ciel désormais voilé, la chaleur restait oppressante. Morgan posa les mains sur son visage et ferma les yeux.

Il ne put dormir, car Dees et Pe Ell revinrent très vite.

Le vieil homme annonça que la piste qui leur permettrait de traverser était à moins d'une heure de marche.

Pe Ell dit simplement que les Urdas étaient à leurs trousses.

— Plus d'une centaine, lâcha-t-il. Et ils sont sur nos talons !

Ils repartirent aussitôt, encore plus vite qu'avant. Aucun n'avait prévu que les Urdas les rejoindraient avant qu'ils aient eu le temps de traverser les montagnes. S'ils étaient forcés de se battre, ils n'auraient aucune chance.

Ils continuèrent à gravir la pente rocheuse. Se frayant un chemin dans d'étroits défilés, ils luttèrent pour ne pas perdre pied sur des rochers glissants qui menaçaient de les entraîner vers des gouffres sans fond.

Les nuages touchaient désormais la cime des pics. De grosses gouttes de pluie tombèrent et des roulements de tonnerre retentirent.

Le crépuscule approchait... Morgan comprit qu'ils seraient coincés dans les montagnes à la tombée de la nuit – une perspective peu plaisante. Le corps endolori, il se força à continuer. Jetant un coup d'œil à Carisman, il vit qu'il allait encore plus mal que lui. Dans peu de temps, le pauvre s'écroulerait.

Morgan lui passa un bras autour de la taille pour l'aider à avancer.

Ils atteignaient la lisière du col quand ils aperçurent les Urdas. Ils émergèrent des rochers, derrière eux, à une bonne demi-lieue, et ils se mirent à courir en hurlant, leurs armes brandies d'une manière qui ne laissait pas de doute sur leurs intentions.

Après un instant d'hésitation, la petite compagnie s'engagea dans le col, qui semblait avoir été taillé d'un coup de couteau dans les parois rocheuses.

Dans ce passage étroit et sinueux, ils avancèrent en file indienne.

Sous une véritable averse, le sol devint glissant et des ruisseaux jaillirent des rochers, les ralentissant encore davantage.

Ils débouchèrent enfin sur une pente raide qui conduisait à un défilé aussi sombre qu'un puits. Le vent balayait la pente, soulevant des colonnes de poussière. Morgan lâcha Carisman et s'enveloppa la tête dans son manteau pour se protéger les yeux.

Atteindre le défilé en luttant contre le vent leur demanda un effort prodigieux.

Quand ils eurent atteint leur objectif, les Urdas reparurent. Des flèches, des lances et des armes de jet aux bords coupants s'écrasèrent dangereusement près des fuyards.

La colonne s'engouffra dans le défilé, à l'abri très relatif de ses parois.

La pluie y tombait encore plus violemment que dehors. Dans le passage obscur, les rochers déchiquetés qui surplombaient les parois les égratignèrent au passage.

Le temps sembla ralentir et ils eurent l'impression qu'ils ne sortiraient jamais du défilé. Morgan avança et se plaça à côté de Force Vitale, résolu à la protéger coûte que coûte.

Quand ils sortirent du défilé, ils débouchèrent sur une corniche, à mi-hauteur d'une paroi rocheuse qui plongeait dans une gorge où les eaux de la rivière Rabb bouillonnaient furieusement.

Dees les emmena aussitôt sur la corniche, criant des paroles d'encouragement qui se perdaient dans le fracas de l'orage.

Le vieil éclaireur ouvrait la marche et Pe Ell la fermait, ainsi les fuyards longèrent-ils la corniche.

La pluie tombait à verse, le vent se déchaînait et le bruit de la rivière couvrait tous les autres sons.

Personne ne vit les premiers Urdas jaillir du défilé. Mais tous prirent conscience de leur présence quand leurs armes rebondirent contre les parois, autour d'eux.

Une flèche frôla l'épaule de Pe Ell. Il vacilla sous l'impact, mais parvint à ne pas tomber et continua à avancer. Les autres pressèrent le pas, au risque de glisser et de basculer dans le vide.

Morgan jeta un coup d'œil en arrière et vit Walker Boh lancer quelque chose sur les Urdas. Une lueur argentée déchira la pénombre. Quand elles atteignirent cette lumière, les flèches et les lances retombèrent mollement sur le sol.

Effrayés par la magie de l'Oncle Obscur, les Urdas battirent en retraite vers le défilé.

La corniche s'élargit soudain et commença à descendre. La rivière Rabb bouillonnait au-dessous d'eux. Après avoir décrit quelques cercles concentriques, elle se ruait vers l'est à travers les rochers. La piste suivait la rivière, une quarantaine de pieds au-dessus de ses berges. Ici, la roche nue cédait peu à peu la place à de la terre et à des broussailles.

Morgan regarda une dernière fois en arrière et constata que les Urdas ne les avaient pas suivis. Parce que Walker leur avait fait peur ? Ou parce qu'ils ne quittaient jamais leurs montagnes, comme l'avait affirmé Dees ?

Sans avertissement, la piste devant Morgan glissa dans le vide et emporta Force Vitale avec elle.

La jeune fille tenta de ralentir sa chute, mais elle ne trouva pas de prise. Carisman faillit tomber aussi. Par bonheur, il parvint à se jeter en avant et à s'agripper à des racines.

Quand Morgan comprit que Force Vitale ne pourrait pas se retenir, il n'hésita pas un instant et plongea dans le vide.

Les cris de ses compagnons noyés sous le grondement de la rivière, il percuta durement l'eau, coula puis remonta à la surface, le souffle coupé par le froid. Repérant la chevelure argentée de Force Vitale au-dessus de l'écume, près de lui, il nagea vers elle, la ceintura et la serra contre lui tandis que le courant les emportait.

Chapitre 16

Morgan Leah parvint de justesse à se maintenir à flot. Seul, il aurait peut-être envisagé de nager, mais là, c'était hors de question.

Force Vitale l'aida de son mieux, mais ce fut surtout la force du jeune homme qui leur permit d'éviter les rochers et les courants qui les auraient emportés vers le fond.

Gonflée par les pluies et couverte d'écume, la rivière les ballotta sans merci. L'orage continuait et l'averse ne semblait pas vouloir cesser.

La falaise d'où ils étaient tombés disparut vite de leur champ de vision. Comme la rivière Rabb serpentait à travers les montagnes, ils perdirent rapidement tout sens de l'orientation.

Un tronc d'arbre charrié par les flots leur permit de s'accrocher et de se laisser porter. Récupérant un peu, ils se protégèrent de leur mieux des rochers et des débris, puis regardèrent autour d'eux pour trouver un moyen de sortir de la rivière. Trop fatigués, ils n'essayèrent pas de parler. De toute façon, le grondement des eaux aurait couvert leurs voix.

La rivière s'élargissait en atteignant la région des collines, au nord. De là, elle se jetait dans un grand bassin, puis empruntait un autre canal qui la ramenait vers le sud. Un îlot se dressait au milieu du bassin et leur arbre s'échoua sur sa rive.

Morgan et Force Vitale se hissèrent sur la terre ferme. Épuisés, les vêtements en lambeaux, ils rampèrent dans les herbes pour gagner l'abri d'un bosquet d'arbres à feuilles caduques dominé par deux ormes géants. L'eau clapotait autour d'eux sur la berge détrempée et le vent gémissait à leurs oreilles. La foudre frappa non loin de leur position et ils s'aplatirent sur le sol en attendant que l'orage s'éloigne.

Ravis de découvrir sous les branches un endroit relativement sec et abrité du vent, ils titubèrent jusqu'au pied du plus gros orme et restèrent allongés un moment sans bouger. Puis ils s'assirent, s'adossant au tronc.

— Vous allez bien ? demanda Morgan.

Force Vitale hocha la tête. Son compagnon s'assura qu'il n'était pas lui-même blessé. Puis il s'adossa de nouveau au tronc, soulagé, mais épuisé et – étrangement – affamé et assoiffé bien que ses vêtements soient toujours gorgés d'eau.

Mais ils n'avaient rien à manger ni à boire. Donc, inutile de s'attarder sur la question.

Il regarda Force Vitale.

— J'imagine que vous ne pouvez rien faire pour nous allumer un petit feu ? (Elle secoua la tête.) Vous ne pouvez pas utiliser votre magie, c'est ça ? Où est Walker Boh quand on a besoin de lui ?

La plaisanterie du montagnard fit long feu. Mais Force Vitale tendit une main et la posa sur la sienne. Malgré l'inconfort de leur position, ce contact le réchauffa. Il passa un bras autour des épaules de la jeune fille et l'attira contre lui.

Un parfum enivrant lui caressa les narines.

— Ils ne nous trouveront pas jusqu'à ce que l'orage soit terminé, dit Force Vitale.

— Et encore ! Il n'y a aucune piste, seulement la rivière. Où sommes-nous, au fait ? Au nord ou au sud de l'endroit où nous sommes tombés ?

— Au nord-est...

— Vous êtes capable de déterminer notre position ?

— Oui.

Morgan frissonnait de froid, mais sentir sa compagne si près de lui compensait son inconfort.

Il ferma les yeux et soupira.

— Vous n'étiez pas obligé de me suivre, dit Force Vitale. Je m'en serais tirée toute seule.

— C'est certain, mais il était grand temps que je prenne un bain.

— Vous auriez pu être blessé, Morgan.

— J'ai survécu aux attaques des Ombreurs, des soldats de la Fédération, des Grimpeurs et d'autres horreurs que je préfère oublier. Une banale chute ne risquait pas de me faire de mal.

Morgan se frotta les mains pour se réchauffer un peu.

— Quand l'orage cessera, nous nagerons jusqu'à la rive opposée. Pour le moment, la rivière est trop déchaînée, et nous sommes trop fatigués. Mais tout va bien. Nous ne risquons rien ici, même si c'est un peu humide...

Conscient qu'il parlait pour meubler le silence, le montagnard se tut. Force Vitale ne répondit pas. Il la *sentait* penser, mais n'avait aucune idée de ce qui se passait dans sa tête.

Il se demanda ce qui était arrivé à leurs compagnons. Avaient-ils réussi à descendre le long de la piste ou le glissement de terrain les avait-il bloqués sur la corniche ? Il essaya d'imaginer l'Oncle Obscur et Pe Ell coincés ensemble quelque part... et préféra penser à autre chose.

Avec le crépuscule, les ombres s'allongèrent. La pluie diminua et le tonnerre se fit plus lointain. L'orage se déplaçait. L'air ne refroidissait pas, comme Morgan l'avait prévu, mais redevenait tiède.

Tant mieux, pensa Morgan.

Il s'imagina au sec et au chaud dans son pavillon de chasse, attablé devant un bol de soupe fumante et un bon feu, en compagnie des frères Ohmsford...

Ou avec Force Vitale, en silence, parce que les mots ne seraient pas nécessaires entre eux. Être ensemble leur suffirait...

Ses sentiments pour la jeune fille l'assaillirent et l'emplirent de désir et de crainte. Il aurait voulu continuer à les éprouver – en même temps, il sentait que ces émotions le trahiraient...

— Êtes-vous réveillée ? demanda-t-il.

— Oui.

— Je pensais aux raisons de ma présence ici... Cela me tourmente depuis Culhaven. Toute ma magie était contenue dans l'Épée de Leah. Le pouvoir qui lui reste, dérisoire, ne vous servira probablement à rien. Bref, j'ignore ce que vous attendez de moi...

— Rien, répondit Force Vitale.

— *Rien ?*

— À part ce que vous êtes capable de donner et ce que vous *accepterez* de donner.

— Je croyais que le roi de la rivière Argentée avait affirmé que je vous serai utile. N'est-ce pas ce qu'il a dit ? Que nous vous serions tous nécessaires ?

— Il n'a pas précisé de quelle manière, Morgan. Il m'a dit de vous emmener et que vous sauriez comment agir. Si je pouvais vous en dire davantage, je le ferais...

— Vraiment ?

Force Vitale eut un petit sourire. Même souillée par les eaux de la rivière, elle restait la plus belle femme qu'il ait jamais vue.

— Morgan, mon père voit des choses que nous ne percevons pas. Il me dit ce que j'ai besoin de savoir et je lui fais assez confiance pour croire que cela suffira. Vous êtes ici parce que j'ai besoin de vous. C'est lié à la magie de votre Épée. Mon père a dit, et je vous l'ai répété, que vous auriez l'occasion de lui rendre sa magie. À ce moment-là, elle nous servira peut-être d'une manière que je ne peux pas prévoir.

— Et Pe Ell ? demanda Morgan.

— Pe Ell ?

— Selon Walker, c'est un assassin qui porte une arme magique.

Force Vitale regarda un long moment son compagnon avant de répondre.

— C'est exact...

— Et vous avez aussi besoin de lui ?

— Morgan, cessez de me harceler !

— Dites-le-moi ! Je vous en prie.

Une ombre passa sur le visage de la jeune fille.

— Pe Ell m'est nécessaire. Je saurai pourquoi en temps voulu. Comme avec vous...

Morgan aurait voulu en savoir plus, mais il redoutait qu'elle le rejette suite à son insistance.

— Je déteste penser que vous m'avez emmené pour les mêmes raisons que Pe Ell, dit-il. Je ne suis pas comme lui.

— Je le sais, dit Force Vitale, hésitante comme si elle luttait contre un démon intérieur. Je pense que chacun d'entre vous – y compris Walker Boh – est ici pour une raison différente. C'est ainsi que je perçois les choses...

Morgan était tout disposé à la croire.

— J'aimerais seulement mieux comprendre la situation, dit-il.

La jeune fille tendit la main et lui effleura la joue.

— Tout ira bien, affirma-t-elle.

Elle s'adossa de nouveau à l'arbre et se laissa aller contre son compagnon, qui sentit ses doutes et ses frustrations le quitter lentement.

Il faisait sombre maintenant, car la nuit tombait doucement sur la contrée. L'orage étant parti vers l'est, la pluie n'était plus qu'une bruine. Toujours au-dessus de leurs têtes, les nuages ne charriaient plus de tonnerre ni d'éclairs. Ils ressemblaient plutôt à une couverture posée sur un enfant endormi. Au loin, la rivière Rabb grondait toujours, mais le bruit diminuait lentement. Morgan sonda l'obscurité et ne vit rien dans le rideau opaque qui s'était refermé sur eux. Il inspira profondément et laissa ses pensées dériver.

— Je n'aurais rien contre un petit repas, dit-il après un moment. S'il y avait *quelque chose* à manger !

Force Vitale se leva et le tira pour le mettre debout. Ensemble, ils marchèrent dans les ténèbres sur l'herbe humide. Y voyant dans l'obscurité, elle le conduisit d'un pas sûr. Très vite, elle trouva des racines, des baies et une plante qui fournissait de l'eau fraîche quand on la coupait correctement. Ils burent et mangèrent assis à même le sol.

Quand ils eurent terminé, Force Vitale guida Morgan vers la rive. Ils s'assirent et regardèrent la rivière couler tel un ruban d'argent qui brillait faiblement dans l'obscurité environnante.

Une brise odorante soufflait sur le visage de Morgan. Ses vêtements étaient toujours humides, mais il n'avait plus froid. Dans la tiédeur de l'air, il se sentit la tête étrangement légère.

— C'est souvent ainsi, dans les montagnes, dit-il. Les bonnes odeurs de la terre remontent après un orage. Et les nuits sont si longues qu'on pense qu'elles ne finiront jamais. Je restais souvent assis sous les étoiles avec Par et Coll Ohmsford. En le voulant vraiment, leur disais-je, un homme pouvait se fondre dans la nuit comme un flocon de neige et rester caché aussi longtemps qu'il le souhaitait...

Il regarda Force Vitale pour juger de sa réaction. Mais elle était perdue dans ses pensées...

Le montagnard releva les genoux et les entoura de ses bras. Une partie de lui aurait aimé se fondre dans la nuit pour que son tête-à-tête avec Force Vitale dure éternellement.

Un souhait stupide.

— Morgan, je vous envie votre passé. Moi, je n'en ai pas.

— Bien sûr que si...

— Non. Je suis une élémentale. Savez-vous ce que cela signifie ? Je ne suis pas humaine. J'ai été créée par la magie, à partir de la terre des Jardins. Je suis née adulte sans jamais avoir été enfant. Le but de ma vie a été déterminé par mon père, et je n'ai pas mon mot à dire là-dessus. Je n'en suis pas attristée, parce que je n'ai jamais rien connu d'autre. Mais les instincts humains dont j'ai été dotée me soufflent qu'il existe d'autres choses, et j'aimerais les avoir eues aussi. Je sens le plaisir que vous éprouvez à vous souvenir.

Morgan en resta bouche bée. Il savait qu'elle était d'origine magique, mais il ne lui était jamais venu à l'idée qu'elle n'était peut-être pas... Il se reprit. Pas réelle ? Pas humaine ?

Mais elle l'était ! Autant que lui, malgré ce qu'elle pensait. Elle avait l'aspect et le comportement d'une humaine. Que pouvait-elle être d'autre ? Son père l'avait fabriquée à l'image des humains. N'était-ce pas suffisant ? Pour lui, ça le serait, décida-t-il après l'avoir regardée.

Il tendit la main et caressa celle de sa compagne.

— J'ignore tout de la façon dont vous avez été créée. Et je ne sais rien des élémentaux. Mais vous êtes humaine. Si ce n'était pas le cas, je m'en apercevrais. Quant au passé, c'est un ensemble de souvenirs qu'on accumule, et vous vous en fabriquez un en ce moment même. Même si ce n'est pas le plus agréable au monde...

— Les souvenirs qui vous concernent seront toujours agréables, Morgan Leah...

Le montagnard se pencha vers Force Vitale et l'embrassa sur les lèvres. Elle le regarda, de la peur dans ses yeux noirs.

— Qu'est-ce qui vous effraie ?

— Que vous me fassiez éprouver autant de sentiments...

Conscient qu'il s'aventurait sur un terrain dangereux, Morgan ne rebroussa pas chemin.

— Vous m'avez demandé pourquoi j'ai plongé quand vous êtes tombée. La vérité, c'est que j'y étais obligé. Je suis amoureux de vous.

— Vous ne devez pas m'aimer...

— Je crains de ne pas avoir le choix.

Force Vitale frissonna.

— Et je ne peux rien contre les sentiments que j'éprouve... Mais je ne suis pas aussi sûre de moi que vous ! J'ignore que faire de l'amour. Je dois remplir la mission que mon père m'a confiée, et ces émotions – les vôtres et les miennes – ne doivent pas m'en empêcher.

— Elles ne vous entraveront pas. Pour l'instant, elles peuvent simplement être *présentes*...

— Pas des sentiments aussi forts que ceux-là...

Morgan l'embrassa de nouveau, et elle lui rendit son baiser.

Puis elle recula.

— Morgan, soupira-t-elle, prononçant son nom comme une prière.

Ils se levèrent, retournèrent vers les arbres, se rassirent au pied de l'orme où ils avaient attendu la fin de l'orage et se serrèrent l'un contre l'autre comme des enfants effrayés.

— Quand j'ai quitté les Jardins où je suis née, mon père a mentionné des menaces contre lesquelles il ne pourrait pas me protéger. Il ne parlait pas d'Uhl Belk, des créatures d'Eldwist ni même des Ombreurs. C'était à *cela* qu'il pensait...

— On ne peut jamais faire grand-chose contre ses sentiments, Force Vitale...

— À part les ignorer...

— Si vous en décidez ainsi... Mais sachez que je ne serais pas capable d'ignorer les miens, même si ma vie en dépendait. Peu importe qui vous êtes ! Je me fiche de la façon dont vous avez été créée... Je vous ai aimée dès notre rencontre. Je ne peux rien y changer. Et je n'ai pas envie d'essayer.

Force Vitale tourna la tête et chercha les lèvres du jeune homme. Puis elle l'embrassa jusqu'à ce que l'univers autour d'eux disparaisse.

Quand ils se réveillèrent, le soleil se levait dans un ciel sans nuages.

Accompagnés par le chant des oiseaux, ils allèrent au bord de la rivière.

Morgan Leah regarda Force Vitale, les courbes délicates de son corps, sa crinière argentée, et il eut un sourire presque féroce.

— Je vous aime, murmura-t-il.

Elle lui rendit son sourire.

— Je vous aime aussi, Morgan Leah. Et je n'aimerai jamais personne de cette façon-là.

Après avoir échangé un baiser, ils plongèrent dans la rivière.

Bien reposés, ils n'eurent aucun mal à gagner les berges. Une fois sur la terre ferme, ils regardèrent un moment derrière eux, et Morgan lutta pour étouffer sa tristesse. L'îlot et leur solitude de la nuit étaient à jamais perdus. Avec une belle moisson de souvenirs, ils allaient retourner dans le monde d'Uhl Belk et de la Pierre elfique noire.

Ils marchèrent vers le sud pendant des heures avant de rencontrer leurs compagnons. Carisman cria quand il les aperçut. Puis il dévala une pente, glissa, se releva en riant et vint se jeter aux pieds de Force Vitale.

Puis il chanta :

« Les brebis égarées nous reviennent enfin
Après un long détour dans la fureur des flots.
Nos angoisses apaisées, tenons-les par la main
Et dansons pour louer la bonté du Très-Haut. »

Bien qu'assez ridicule, sa chansonnette fit sourire Morgan.

Les autres arrivèrent quelques minutes plus tard. Furieux d'avoir perdu Force Vitale, Pe Ell laissa voir son soulagement. Horner Dees essaya maladroitement de faire comme si rien n'était arrivé. Walker Boh, toujours impassible, félicita Morgan de ce sauvetage.

Heureux comme un gamin, Carisman continua à chanter et à danser.

Puis ils reprirent leur chemin, quittant les monts Charnal pour entrer dans les forêts, au nord.

Quelque part devant eux, Eldwist les attendait.

Marchant à côté de Force Vitale, Morgan évitait soigneusement de patauger dans les flaques d'eau en voie d'évaporation.

Ils ne se regardèrent pas. Mais le montagnard sentit la main de la jeune fille se glisser dans la sienne.

Les souvenirs de la nuit passée lui revinrent dès qu'elle le toucha.

Chapitre 17

Ils marchèrent cinq jours durant dans une vallée semée de champs de fleurs, de forêts de sapins et de bosquets de trembles ou d'épicéas. Des rivières coulaient des montagnes et des promontoires, rafraîchissant l'air.

Le terrain ne présentait aucune difficulté et le climat daigna se montrer clément. Il plut une seule fois – une bruine qui mouilla à peine la végétation.

Le moral des voyageurs passa au beau fixe. Leurs doutes relégués au tréfonds de leurs esprits, ils avançaient vite et ne sentaient plus la fatigue.

Ces conditions idéales arrondirent lentement les angles, les ramenant à une camaraderie superficielle mais agréable.

Walker Boh et Pe Ell cessèrent les hostilités. Personne n'aurait pu prétendre qu'ils étaient devenus amis, mais ils restaient à l'écart l'un de l'autre, feignant une parfaite indifférence.

Les autres se comportaient d'une manière conforme à leur nature. Horner Dees était toujours aussi bourru et Carisman continuait à les distraire avec ses chants. Morgan et Force Vitale échangeaient des regards et des gestes indéchiffrables pour leurs compagnons.

Cependant, tous restaient méfiants et hantés par leurs doutes. Excepté Carisman, qui semblait incapable de montrer plus d'une facette de sa personnalité à la fois.

La fin du voyage s'annonça le lendemain, quand la contrée changea lentement d'aspect. Le vert des forêts et des collines s'effaça, lentement remplacé par du gris. Les fleurs disparurent. Les herbes séchèrent et se ratatinèrent. Les arbres se rabougrirent et perdirent leurs feuilles. Les oiseaux se firent de plus en plus rares, comme le petit gibier et les animaux à cornes et à sabots. On eût dit qu'un fléau s'était abattu sur ces terres, les privant de toute vie.

Campés en haut d'une crête, au milieu de la matinée, ils observèrent la contrée désolée qui s'étendait devant eux.

— Les Ombreurs..., lâcha Morgan.
— Non, le corrigea Force Vitale. Uhl Belk.

Les choses s'aggravèrent pendant la journée et davantage encore en fin d'après-midi.

Ici, la terre n'était plus malade... mais morte. Dans une contrée si ravagée, rien n'osait plus pousser. À part quelques arbres agonisants, il ne restait plus trace de végétation.

En marchant, les voyageurs soulevaient des colonnes de poussière noirâtre, exhalaisons infernales qui semblaient monter des entrailles de la terre. Rien ne bougeait et on ne voyait pas l'ombre d'un animal ou d'un insecte.

L'eau aussi brillait par son absence. Et l'air charriait une odeur métallique malsaine.

Les nuages recommencèrent à former un linceul qui semblait descendre lentement sur ce squelette de paysage.

Cette nuit-là, ils campèrent dans une forêt tellement silencieuse qu'ils s'entendaient respirer. Le bois refusant de brûler, ils durent se blottir dans les ténèbres.

— Nous arriverons demain à la tombée de la nuit, annonça Horner Dees. À Eldwist, je veux dire.

Personne n'émit de commentaire.

À partir de là, la présence d'Uhl Belk fut quasiment tangible, comme s'il avait été accroupi à côté d'eux dans les ténèbres. L'air qu'ils respiraient devint son souffle et son silence leur interdit de parler.

Ils le sentirent les appeler, avide de les rallier à sa bannière. Personne ne le formula à voix haute, mais Uhl Belk voyageait désormais avec eux.

Le lendemain, vers midi, la terre céda la place à une vaste étendue de pierre. Pétrifiée, la vie, en ce lieu, avait perdu ses couleurs pour devenir uniformément grise.

On eût dit une sculpture géante. Les troncs, les branches, les broussailles, les herbes et la terre... À perte de vue, tout était transformé en pierre.

En dépit de sa froideur, ce paysage terrifiant n'était pas dépourvu d'une étrange beauté.

Pris d'une fascination morbide, les voyageurs admirèrent un long moment cette « œuvre » dont la perfection frisait la démence. Ici, les ravages du temps et les déprédations des hommes semblaient n'avoir aucune influence. Car la *permanence* primait sur tout, fidèle reflet de l'obsession du roi de Pierre...

Dans l'épais brouillard qui les enveloppait désormais, Force Vitale et ses protecteurs aperçurent très tard l'immense plan d'eau qui leur barrait le chemin, si gris qu'on le confondait aisément avec le ciel terne et le sol dévasté.

Ils étaient arrivés devant le Fléau des Récifs.

Des pics jumeaux déchiquetés se dressèrent soudain devant eux. Très vite, il devint évident que Horner Dees les guidait dans cette direction.

De temps en temps, la terre tremblait, comme s'ils avançaient sur un grand tapis secoué par un géant. Rien ne dévoilait l'origine de ces secousses. Morgan aurait pourtant juré que Horner Dees savait quelque chose. Il le devina à la façon dont le vieil homme secouait la tête en avançant et à la peur qui voilait son regard.

Très vite, le canyon se referma sur eux comme un piège. Engagés dans un défilé qui rétrécissait sans cesse, les six voyageurs descendaient inexorablement à travers les pics.

La température baissa et l'air se chargea d'humidité. Leurs bottes restaient étrangement silencieuses en rencontrant le sol durci. Force Vitale et ses compagnons paraissaient sur le point de se noyer dans l'obscurité grandissante.

Dees ouvrait la marche devant Morgan – qui ne dissimulait pas son inquiétude – et Force Vitale, impressionnante de sérénité. L'œil perpétuellement aux aguets, le beau Carisman fredonnait à voix basse. Walker Boh le suivait et Pe Ell fermait la marche.

La rampe naturelle cessa d'être lisse comme du verre pour céder la place à de la rocaille hérissée d'étranges formations rocheuses semblables à des sculptures, n'était une angoissante absence de formes reconnaissables.

Pouvait-il s'agir de la création perverse d'un fou omnipotent ?

Mal à l'aise, les six compagnons pressèrent le pas.

Au pied des pics, ils s'aperçurent qu'ils en étaient séparés par un canyon si profond et étroit qu'on l'eût dit creusé par un couteau géant. Comme si une seule montagne, à la manière d'une motte de beurre, avait été coupée en deux pour former les flèches de pierre jumelles qui tutoyaient les cieux.

Au-delà du défilé, une brume grisâtre opacifiait le ciel.

Dans le canyon, les eaux du Fléau des Récifs se brisaient contre les parois rocheuses.

Horner Dees en tête, les voyageurs s'enfoncèrent dans les ombres.

Dans le défilé, où l'air était glacial et immobile, le cri lointain des oiseaux de mer se répercutait contre la pierre.

À part des animaux marins, quelles autres créatures vivaient dans ces parages ? se demanda Morgan, mal à l'aise. Il tira son épée, tous les sens aux aguets.

Ramassé sur lui-même, Dees le faisait penser à un animal sur la piste d'une proie. Ses trois autres compagnons n'étaient plus que des ombres sans substance. Seule Force Vitale semblait ne pas se soucier de ce qui se passait. La tête droite, les yeux vifs, elle regardait les rochers, le ciel et la grisaille qui enveloppaient tout.

Morgan déglutit péniblement.

Je me demande ce qui nous attend...

À présent, les parois du canyon se touchaient presque au-dessus de leurs têtes et il faisait aussi noir qu'en pleine nuit. À l'extrémité du défilé, une fine bande de lumière leur montrait le chemin, unique preuve qu'ils n'étaient pas enterrés vivants.

Puis les parois s'écartèrent et la lumière revint. Le passage débouchait dans une vallée nichée entre les pics. Jonchée d'arbres morts, de broussailles desséchées et de rochers plus grands que dix hommes réunis, elle ressemblait à une décharge réservée aux rebuts de la nature et aux déchets du temps.

Des os de toutes les tailles gisaient un peu partout, tellement éparpillés qu'il était impossible d'identifier les créatures à qui ils avaient appartenu.

Horner Dees fit signe à ses compagnons de s'arrêter.

— C'est le vallon des Ossements, annonça-t-il d'un ton serein. Le seul chemin qui mène à Eldwist. De l'autre côté, au-delà du défilé, nous entrerons dans le royaume d'Uhl Belk.

Ses compagnons approchèrent pour mieux voir.

— Il y a quelque chose là-dedans, souffla Walker Boh.

— C'est exact, dit Horner. Il y a dix ans, je l'ai découvert à mes dépens. Cette créature, le Koden, est le chien de garde du roi de Pierre. Vous le voyez ?

Ils plissèrent les yeux mais ne repérèrent rien.

Dees se laissa tomber sur un rocher.

— On ne le voit pas jusqu'à ce qu'il attaque. Et quand on en est là, rien n'a plus d'importance. Vous pourriez interroger cette pauvre créature, si elle avait encore une langue...

Morgan essuya ses bottes sur une souche étonnamment résistante. Puis il se souvint qu'elle était en pierre.

Morgan regarda autour de lui comme s'il comprenait enfin la vérité. Autour d'eux, *tout* était en pierre !

— Les Kodens sont des ours géants qui vivent dans les régions froides, au nord des montagnes, expliqua Dees. En général, ils sont solitaires et dangereux. Mais celui-là est un véritable monstre.

— Il est plus grand que les autres ? demanda Morgan.

— C'est un *monstre*. Et pas seulement par la taille, montagnard ! Cet animal n'est plus vraiment un Koden. Il conserve certaines caractéristiques de son espèce, mais Belk l'a modifié. Pour commencer, il est aveugle. Mais son ouïe est si fine qu'il entendrait une épingle tomber.

— Donc, il sait que nous sommes ici, dit Walker.

— Depuis un bon moment, confirma Horner Dees. Tapi quelque part, il attend que nous tentions de traverser.

— S'il est encore là, dit Pe Ell. Vous n'êtes pas venu depuis longtemps. Votre ours est peut-être mort depuis belle lurette !

Dees ne se démonta pas.

— Pourquoi n'iriez-vous pas vérifier par vous-même ?

Pe Ell se fendit d'un sourire glacial.

Le vieil éclaireur détourna le regard.

— Je l'ai vu il y a dix ans, et je n'arrive toujours pas à l'oublier, murmura-t-il. Une créature comme celle-là reste gravée dans la mémoire !

— Le Koden est peut-être mort, comme l'a suggéré Pe Ell, dit Morgan.

Il regarda Force Vitale et s'aperçut qu'elle dévisageait Walker.

— Non, insista Dees. Je suis persuadé qu'il est toujours là.

— Alors, demanda Carisman, s'il est aussi gros que vous le dîtes, pourquoi ne le voyons-nous pas ?

— Parce qu'il ressemble à tout ce qu'on trouve dans ce vallon : de la pierre grise et dure, bref, un gros morceau de rocher. Prenez garde : un de ces rochers peut être vivant ! Le monstre est quelque part, parfaitement immobile, et il nous attend.

— Oui, il nous attend, répéta Carisman.

Avant de chanter, bien entendu :

« *Dans sa vallée de pierre*
Le Koden va manger
La succulente chair
De six aventuriers. »

— La ferme, le ténor ! rugit Pe Ell. Dees, il y a dix ans, vous avez évité ce monstre. Je suppose que vous allez nous dire comment vous avez réussi cela.

— J'ai eu de la chance, c'est tout ! Douze hommes m'accompagnaient, et nous sommes entrés dans le vallon comme de véritables imbéciles ! Mais nous courions et le Koden n'a pas pu tous nous avoir. Il a dû se contenter de trois proies. À l'aller ! Au retour, il n'en a eu qu'une seule. Mais nous n'étions plus que deux, et c'est moi qu'il a raté.

Pe Ell regarda froidement leur guide.

— En effet, vieil homme, vous avez eu de la chance...

Dees se tourna vers Pe Ell comme s'il avait l'intention de l'attaquer, mais il se ravisa.

— Il y a chance et chance... Par exemple, celle qu'on a en naissant et celle qu'on se forge. Ou celle qu'on amène avec soi et celle qu'on récupère en chemin. Vous aurez besoin de toutes ces variantes pour entrer à Eldwist et en sortir. Le Koden hantera bientôt vos cauchemars. Mais quand vous aurez vu les autres surprises qui vous attendent de l'autre côté du vallon des Ossements, il ne se montrera plus dans vos rêves !

— Les cauchemars sont une excuse de vieux couards, lâcha Pe Ell.

Dees le foudroya du regard.

— Des paroles courageuses – pour le moment.

— Je le vois..., dit Walker.

Tout le monde se tut et se tourna vers lui. Il continua à sonder le vallon, comme s'il ne s'était pas aperçu qu'il avait parlé à voix haute.

— Le Koden ? demanda Dees en avançant d'un pas.

— Où ? demanda Pe Ell.

Walker fit un vague geste. Morgan regarda et ne vit rien. Il jeta un coup d'œil à ses compagnons, aussi perplexes que lui. Mais Walker Boh ne s'occupait pas d'eux. Il semblait écouter quelque chose.

— Si vous le voyez réellement, dit Pe Ell, montrez-le-moi.

Walker Boh ne réagit pas.

— Il me semble que...

Il s'interrompit.

— Walker ? demanda Force Vitale.

Il se tourna vers elle.

— Je dois le trouver, dit-il. Attendez ici que je vous appelle.

Morgan ouvrit la bouche pour protester, mais une lueur dans le regard de Walker l'en dissuada.

Vaincu, il le regarda descendre seul dans le vallon des Ossements.

Rien ne bougeait dans le vallon à part Walker Boh, qui traversait l'étendue de pierre tel un fantôme.

Depuis quelques semaines, il s'était souvent vu sous l'aspect d'un spectre.

De fait, une première partie de lui était morte quand il avait perdu son bras, et une deuxième quand il s'était révélé incapable de se guérir avec sa magie. Enfin, une troisième avait péri en même temps que Cogline.

Depuis le début de ce voyage, Walker Boh se sentait vide et désorienté. Et Force Vitale elle-même – qui avait pourtant soigné ses blessures physiques et mentales – n'avait pas pu lui rendre ce qu'il avait perdu. La haine des Ombreurs, la curiosité au sujet d'Uhl Belk, son angoisse de rester seul... Aucune de ces motivations ne parvenait à le maintenir debout.

Dans cette étendue de terres désolées, en un lieu où les peurs et les faiblesses étaient plus fortes qu'ailleurs, Walker Boh pensa soudain – et fort paradoxalement – qu'il avait une chance de recouvrer la vie.

Le Koden avait fait renaître son espoir. Jusque-là, sa magie était restée silencieuse, comme si elle avait abandonné la partie après une trop longue série d'échecs. Bien entendu, elle l'avait protégé des Urdas, quand ils s'étaient trop approchés, lui permettant de neutraliser leurs armes. Mais c'était un tour minable, en comparaison de ses anciens pouvoirs.

Où était passée son empathie pour les créatures vivantes ? Sa perception des émotions et des pensées ? Le savoir qui avait toujours paru lui venir de nulle part ? Les visions de l'avenir ?

Tout cela était hors de sa portée, aussi sûrement que son ancienne vie avec Cogline et Rumeur à la Pierre d'Âtre. Par le passé, combien de fois avait-il souhaité se débarrasser de la magie afin de redevenir un homme ordinaire ? Au cours de ce voyage, il avait compris que ce désir était absurde. La disparition de Cogline, combinée à sa déchéance physique et mentale, avait accéléré sa prise de conscience. Il ne serait jamais comme les autres et il ne connaîtrait pas la paix sans sa magie. Cogline le lui avait toujours dit. Et il ne se trompait pas...

L'Oncle Obscur avait besoin de la magie.

Le moment était venu de découvrir si elle était toujours à sa disposition. Il avait repéré le Koden plus tôt que Pe Ell et compris sa nature avant même que Dees le décrive. Au milieu des rochers déchiquetés, le monstre l'avait appelé...

Walker Boh ignorait quel était le but de la créature, mais il devait répondre à son appel. Moins pour satisfaire le monstre que pour trouver la réponse aux questions qui l'obsédaient.

Il avança vers l'endroit où le Koden l'attendait depuis le début. Walker n'aurait aucun mal à le trouver, car le monstre avait réveillé son pouvoir, lui permettant ainsi de découvrir qu'il n'était pas irrémédiablement perdu, mais simplement déplacé.

Ou refoulé, pensa-t-il.

De fait, il avait travaillé dur pour nier jusqu'à son existence !

La brume dansait entre les rochers, sa blancheur contrastant avec l'uniforme grisaille du vallon. Au loin, Walker entendait le rugissement de l'océan...

Il ralentit, conscient que le Koden était devant lui. Cet être, ne put-il s'empêcher de penser, l'attirait à sa perte, car sa magie ne le protégerait pas.

Mais est-il si important que je vive ? se demanda-t-il soudain.

L'essentiel était de sentir la magie brûler en lui comme un feu ranimé.

Dans un creux, entre deux rochers, le Koden se dressa soudain devant lui. Aussi rapide qu'un félin de la lande, il parut jaillir de la terre, comme si la poussière s'était soudain animée.

Vieux et grisonnant, le monstre faisait trois fois la taille de Walker.

Debout sur ses pattes de derrière griffues, il ouvrit la gueule pour dévoiler des crocs étincelants et ses yeux blancs aveugles se rivèrent sur Walker.

Celui-ci ne bougea pas, conscient que sa vie tenait à un fil qu'une patte avant de la créature pouvait couper à tout moment.

Le corps et la tête du Koden, constata-t-il, avaient été déformés par la magie noire pour le rendre grotesque. Et la symétrie qui donnait autrefois de la grâce à son corps puissant avait disparu.

— *Parle-moi,* pensa Walker.

Le Koden cligna des yeux et se laissa tomber devant sa proie, si près que sa gueule béait à quelques pouces du visage de l'Oncle Obscur.

Walker se força à croiser le regard vide de la créature.

— *Raconte-moi,* pensa-t-il.

Un instant, il fut certain que sa magie l'avait trahi et qu'il ne survivrait pas.

Puis il entendit la réponse du Koden – une série de sons gutturaux interprétés par sa magie.

— *Aidez-moi !*

Walker sentit la vie revenir en lui d'une manière qu'il n'aurait pas pu décrire. Comme s'il était né une deuxième fois, de nouveau autorisé à croire en lui.

Sa magie était toujours là !

Il tendit son bras unique, effleura le museau du Koden et sentit sous ses doigts bien davantage que la rugosité de sa peau et de sa fourrure.

Trouvant l'esprit et l'âme emprisonnés dans ce corps grotesque, Walker apprit en un éclair son histoire et partagea sa douleur. Il avança vers l'animal pour mieux étudier son corps massif couvert de cicatrices. N'étant plus effrayé par sa taille, sa laideur ou sa force, il découvrit que le Koden, comme tous les prisonniers, aspirait à retrouver sa liberté.

— Je te libérerai, murmura Walker Boh.

Mais de quelle manière la créature était-elle retenue prisonnière ? Où étaient les chaînes qui l'empêchaient de fuir ?

Walker tourna autour du monstre, sondant son environnement immédiat. La tête grotesque le suivit pour essayer de comprendre ce qu'il faisait.

L'Oncle Obscur revint à son point de départ et fronça les sourcils. Il avait localisé les filets invisibles que le roi de Pierre avait tissés et avait compris ce qu'il fallait faire pour libérer la créature.

Le Koden était prisonnier de sa mutation. Pour éliminer les stigmates de l'intervention d'Uhl Belk, il devrait le transformer de nouveau en ours...

Walker n'était pas en mesure d'accomplir ce miracle. Force Vitale contrôlait une magie assez puissante, mais elle ne pourrait pas l'utiliser jusqu'à ce qu'ils aient récupéré la Pierre elfique noire.

L'Oncle Obscur regarda le Koden et tenta de déterminer s'il pouvait faire quelque chose pour lui.

La bête pivota pour lui faire face.

Walker tendit la main et la lui posa de nouveau sur le museau.

— *Laisse-nous traverser et nous trouverons un moyen de t'aider.*

— *Vous pouvez passer*, répondit simplement le Koden.

Walker leva sa main unique et fit signe à ses compagnons d'avancer. Ils obéirent prudemment, Force Vitale en tête, suivie par Morgan Leah, Horner Dees, Carisman et Pe Ell.

La main revenue sur le museau du Koden, l'Oncle Obscur les regarda traverser en silence.

Au passage, il vit de la compréhension dans les yeux de Force Vitale... et de la peur mêlée d'admiration dans ceux des autres.

Arrivés sur les collines qui bordaient le vallon, ils se retournèrent et attendirent Walker.

Quand l'Oncle Obscur retira sa main, le Koden frémit et ouvrit la gueule sur un cri silencieux.

Puis il se détourna et s'enfonça entre les rochers.

— Je n'oublierai pas, jura l'Oncle Obscur, effrayé par le vide qu'il sentait de nouveau en lui.

Frissonnant d'angoisse, il s'enveloppa dans son manteau et alla rejoindre ses compagnons.

Morgan et les autres – excepté Force Vitale – le bombardèrent de questions.

L'Oncle Obscur refusa de répondre, se contentant de dire que la créature était prisonnière du roi de Pierre et qu'il avait juré de la libérer.

— Une promesse qui n'engage que vous, lâcha Pe Ell, pressé de s'occuper d'autre chose à présent que le danger était écarté.

— Nous aurons assez de mal à nous préserver de la magie du roi de Pierre, renchérit Horner Dees. Alors, les promesses...

Carisman gambadait déjà loin devant eux.

Morgan regarda Walker, ne sachant quoi dire.

— Si vous avez donné votre parole, Walker Boh, il faudra la tenir, dit Force Vitale.

Walker nota qu'elle ne précisa pas comment il devrait s'y prendre.

Ils s'éloignèrent du vallon des Ossements et s'engagèrent dans la seconde moitié du défilé qui menait au Fléau des Récifs.

Un vent glacial s'engouffrait entre les parois rocheuses, les poussant comme la main d'un géant. Tenace et piquante, l'odeur de l'eau salée, des poissons et du varech emplissait l'air.

Morgan regarda une ou deux fois Walker Boh, toujours étonné par la façon dont il avait empêché le Koden de les attaquer. Il se souvint de certains récits sur l'Oncle Obscur, avant qu'il soit empoisonné par l'Asphinx et qu'il perde Cogline, l'homme qui avait aidé Par à ne plus avoir peur de la magie elfique. Jusqu'à présent, il avait cru que l'attaque des Ombreurs avait quasiment détruit les pouvoirs magiques de Walker Boh. Mais il s'était trompé.

Et s'il avait eu tort au sujet de Walker, ne se trompait-il pas aussi sur lui-même ? L'Épée de Leah pouvait peut-être retrouver sa magie. Chacun d'entre eux avait-il une chance de tirer un bénéfice de l'aventure, comme Force Vitale l'avait suggéré ?

À mi-chemin du défilé, ils regardèrent par une étroite fissure latérale, dans la roche. Le Fléau des Récifs s'étendait à leurs pieds, ses eaux tumultueuses festonnées d'écume lorsqu'elles frappaient le rivage.

Les six voyageurs avancèrent, replongeant dans les ombres du défilé. La piste commença à descendre au milieu des rochers, humide et glissante à cause des embruns. Les parois s'écartèrent de nouveau, formant des murailles de pierres déchiquetées qui permettaient par endroits de voir le ciel et la mer.

La pente devint si raide qu'ils durent la négocier en glissant sur les fesses. Parvenus devant un passage étroit qui se transformait en tunnel, ils durent se baisser pour l'emprunter, car la voûte était constellée de saillies coupantes.

Débouchant sur une corniche à ciel ouvert, la petite colonne s'engagea sur une piste qui montait jusqu'à une muraille naturelle de blocs de pierre.

Quand ils regardèrent en bas, l'estomac de Morgan faillit se retourner. De leur position, la pente descendait abruptement vers un isthme étroit qui conduisait à une presqu'île rocheuse aux contours déchiquetés que venaient percuter les eaux du Fléau des Récifs. Au sommet des falaises se dressaient d'immenses bâtiments de pierre. Cette cité datait à l'évidence de l'ancien monde, bien avant les Grandes Guerres et l'apparition des races.

Très hauts, lisses, parfaitement symétriques et garnis de rangées de fenêtres obscures, les édifices serrés les uns contre les autres évoquaient un gigantesque champ d'obélisques – comme si de telles structures avaient pu pousser du sol ! Minuscules points noirs, des oiseaux de mer leur tournaient autour en criaillant.

— C'est Eldwist..., annonça Horner Dees.

À l'ouest, le soleil sombrait déjà à l'horizon. Sous les assauts d'un vent qui semblait capable d'abattre jusqu'à leur perchoir, les six compagnons se serrèrent les uns contre les autres et regardèrent la nuit tomber lentement sur la cité.

Horner Dees les conduisit jusqu'à l'endroit où des marches taillées dans le roc permettaient d'accéder plus aisément à Eldwist. Pendant qu'ils descendaient, la nuit s'installa définitivement et les premiers rayons de lune se reflétèrent sur les eaux furieuses du Fléau des Récifs.

La brume se leva et investit lentement Eldwist, lui donnant des allures de ville fantôme venue du fond des âges. Les oiseaux de mer filèrent à tire-d'aile, pressés d'abandonner ce lieu inquiétant.

Au pied des marches, Horner Dees fit signe à ses compagnons de s'arrêter.

— Inutile d'aller plus loin ce soir, dit-il. Essayer d'entrer dans la ville de nuit serait trop dangereux. Un Grimpeur se terre entre ces bâtiments...

— Un Grimpeur ? demanda Morgan sans cesser d'étudier des brins d'herbe et des broussailles transformés en pierre.

— Oui, montagnard. La nuit, il rôde dans les rues de la ville et traque tous les êtres vivants qui ont le malheur de s'y aventurer...

Un grondement sourd lui coupa la parole. Il venait d'Eldwist, qui semblait dix fois plus impressionnante – et impénétrable – quand on la regardait d'au-dessous.

Une créature géante se dressa soudain entre les bâtiments, comme si l'un deux venait de s'animer. Quand elle ouvrit son énorme gueule, Morgan vit de redoutables crocs briller à la lueur de la lune.

Un cri rauque retentit, si puissant qu'il fit trembler le sol. À part Force Vitale, qui resta debout comme si elle était assez forte pour affronter ce cauchemar, tous les voyageurs se jetèrent à plat ventre sur le sol.

Mais la créature disparut, comme avalée par les ombres.

— Ce n'était pas un Grimpeur, murmura Morgan.

— Et ce n'était pas là, il y a dix ans, dit Horner Dees. J'en suis certain !

— Vous ne vous trompez pas, confirma Force Vitale. Ce monstre n'a pas tout à fait cinq ans. C'est encore un bébé.

— Un bébé ! cria le montagnard, incrédule.

— Oui, Morgan Leah. On l'appelle le prince de Granit. C'est le fils d'Uhl Belk.

Chapitre 18

Les six compagnons passèrent le reste de la nuit à l'abri des falaises, hors de portée du prince de Granit et des autres horreurs qui hantaient sans doute Eldwist. Ils ne firent pas de feu – de toute façon, il n'y avait pas de bois disponible – et prirent un repas frugal.

Dans cette contrée pétrifiée, l'eau et la nourriture poseraient bientôt problème. Il leur faudrait se contenter de ce que leur donnerait le petit ruisseau qui serpentait entre les rochers, derrière eux. Si la pêche était mauvaise ou si le ruisseau s'asséchait, ils auraient de gros ennuis.

Après leur rencontre avec le prince de Granit, aucun ne dormit beaucoup cette nuit-là. Force Vitale en profita pour leur raconter ce qu'elle savait du fils d'Uhl Belk.

— Mon père m'a parlé du prince de Granit quand il m'a ordonné de quitter ses Jardins, dit-elle.

Les compagnons étaient assis en demi-cercle. Dos contre la roche, ils sondaient sans cesse les ténèbres environnantes. Dans la cité, tout était calme. Le prince de Granit avait disparu, les oiseaux étaient rentrés au nid et le vent avait faibli.

Force Vitale parla d'une voix étouffée.

— Je suis l'enfant du roi de la rivière Argentée, et le prince de Granit est celui d'Uhl Belk. Nous avons tous les deux été créés grâce à la magie pour servir nos pères. Nous sommes des élémentaux nés de la terre, pas de la chair d'une femme. Au fond, nous nous ressemblons beaucoup...

Cette affirmation semblait si étrange que Morgan eut du mal à ne pas la contester. Mais cela n'aurait servi à rien, à part empêcher Force Vitale de continuer son récit comme elle l'entendait.

— Le prince de Granit a été conçu pour servir un unique but. Eldwist, une cité du monde ancien, a échappé à la dévastation des Grandes Guerres. Cette ville et le territoire qu'elle occupe sont le royaume d'Uhl Belk – sa forteresse contre le monde extérieur. Pendant un temps, il s'est contenté de régner sur cette région pétrifiée. Mais la soif de pouvoir et la peur de perdre ce qu'il avait ont commencé à l'obséder. L'esprit malade, il a fini par croire qu'il devait changer le monde au-delà des frontières de son domaine. Sinon, pensa-t-il, le monde *le* changerait. Il a donc décidé d'étendre son royaume vers le sud. Mais à cette fin, il lui aurait fallu quitter la sécurité d'Eldwist, et il ne le souhaite pas. Comme pour mon père, sa magie s'affaiblit quand il s'éloigne de sa source. Uhl Belk n'a pas voulu courir ce risque. Il a créé le prince de Granit et l'a envoyé à sa place.

» Autrefois, le prince de Granit avait une forme humaine, comme moi. Et il détenait une partie de la magie de son père. Mais alors que j'ai reçu le pouvoir de guérir la terre, il est capable de tout transformer en pierre. Il lui suffit d'effleurer les choses, et il se nourrit de cette façon.

» Uhl Belk a commencé à s'impatienter, parce que la transformation n'allait pas assez vite à son goût. Entouré par les eaux du Fléau des Récifs, que sa magie ne peut affecter, il était prisonnier de la bande de terre où il vivait. Seul le prince de Granit pouvait modifier les limites de son territoire. Le roi de Pierre a conféré à son fils davantage de magie, avec l'espoir d'obtenir des résultats plus rapides et plus complets. Le prince de Granit a alors commencé à se transformer pour accomplir la volonté de son père. Tel une taupe, il s'est enfoncé dans la terre, parce qu'il s'était aperçu que les modifications étaient plus rapides s'il les effectuait ainsi. Nourri de tourbe, il changea de nouveau de forme et devint un énorme ver de terre.

Force Vitale marqua une courte pause.

— Il a aussi perdu la raison. Trop de pouvoir, reçu trop rapidement, lui a coûté sa santé mentale. Bref, il s'est transformé en une créature obsédée par l'idée de se nourrir. Il s'est enfoncé dans les terres, au sud, allant de plus en plus profondément sous la surface. La terre changea beaucoup plus vite, mais le prince de Granit aussi. Un jour, Uhl Belk perdit complètement le contrôle de son fils.

La jeune fille regarda la cité plongée dans les ténèbres.

— Le prince de Granit s'est retourné contre son père. Il a commencé à le pourchasser quand il n'était pas occupé à se nourrir. Conscient du pouvoir que le roi de Pierre possédait, il décida de se l'approprier. Uhl Belk s'aperçut qu'il avait fabriqué une arme à double tranchant. Le prince de Granit s'infiltrait dans les Quatre Terres et les transformait, mais il faisait pareil *au-dessous* d'Eldwist, cherchant un moyen de détruire son géniteur. Le prince de

Granit était devenu si puissant que le roi de Pierre risquait d'être éliminé par son propre rejeton.

— Ne pouvait-il pas le ramener à son état originel ? demanda Carisman. En somme, utiliser sa magie pour inverser le cours des choses ?

— Non. Au moment où il se décida à agir, c'était trop tard. Le prince de Granit ne se laissera pas modifier. Même si, selon mon père, une partie de son esprit comprend l'horreur de ce qu'il est devenu et désire en être libérée. Mais cette partie est trop faible pour le dominer.

— Et maintenant, il creuse des tunnels sous la terre et se lamente sur son sort, soupira le compositeur.

Puis il chanta :
« Fait à l'image des humains,
Pour la gloire du roi de Pierre
Le prince tapi sous la terre
Pétrifie tout sur son chemin.
Monstre à son destin enchaîné
Sans espoir d'être libéré
Il chasse du soir au matin. »

— Il chasse, oui, confirma Morgan. *Nous*, probablement...

— Non, Morgan, dit Force Vitale. Il ignore jusqu'à notre existence. Nous sommes trop insignifiants pour retenir son attention. Jusqu'à ce que nous décidions d'utiliser la magie, bien entendu. À ce moment-là, il saura.

Il y eut un lourd silence.

— Que faisait-il, cette nuit, quand nous l'avons vu ? demanda Horner Dees.

— Il hurlait sa rage, sa frustration, sa haine et sa folie. Sa douleur aussi...

— Comme le Koden, il est prisonnier de la magie du roi de Pierre, dit Walker Boh. (Il regarda la jeune fille.) Et Uhl Belk s'est arrangé pour conserver assez de magie, n'est-ce pas ?

— Il s'est emparé de la Pierre elfique noire, oui... Il a quitté Eldwist assez longtemps pour la voler, dans la salle des Rois, et laisser l'Asphinx à sa place. Puis il a ramené le talisman dans sa forteresse et l'a utilisé contre son fils. La magie elfique a de nouveau inversé l'équilibre des forces. Le prince de Granit lui-même n'est pas assez puissant pour vaincre la Pierre elfique.

— Une magie qui neutralise les effets des autres magies, dit Pe Ell, pensif. Ou les détourne en sa faveur...

— Le prince de Granit menace toujours son père, mais il ne peut pas vaincre la Pierre elfique. Il a survécu parce que Uhl Belk veut qu'il continue à se nourrir de la terre. C'est un esclave dangereux, mais utile. La nuit, il creuse ses tunnels. Le jour, il dort. Comme le Koden, il est aveugle – à cause de la magie et du temps qu'il passe dans les tunnels, loin de la lumière du jour. Si nous agissons prudemment, il ne saura jamais que nous sommes là.

— Donc, il suffira de voler la Pierre elfique noire ? demanda Pe Ell. Puis de laisser le père et le fils se nourrir l'un de l'autre. Rien de bien compliqué, n'est-ce pas ? (Il jeta un coup d'œil critique à Force Vitale.) N'est-ce pas ?

Elle soutint son regard sans frémir, mais ne répondit pas.

Un long silence tendu s'abattit sur la compagnie.

— Et le Grimpeur dont vous avez parlé ? demanda soudain Morgan au vieil éclaireur.

— La jeune fille peut vous en dire plus que moi à son sujet, montagnard. Je crois qu'elle nous cache toujours bien des choses.

Force Vitale ne montra aucun signe d'embarras quand elle se tourna vers le vieil homme.

— Je sais ce que mon père m'a dit, Horner Dees. Rien de plus.

— Le roi de la rivière Argentée, le seigneur des jardins de la Vie, le gardien d'obscurs secrets..., marmonna Pe Ell.

— Comme vous l'avez dit, un Grimpeur se terre à Eldwist, continua Force Vitale. Uhl Belk l'a surnommé le « Râteau ». Il est là depuis longtemps. C'est un charognard qui sort la nuit et nettoie les rues et les passerelles. Nous devrons l'éviter quand nous entrerons dans la cité.

— Je l'ai vu à l'œuvre, grogna Dees. Il a tué six de mes gars dès notre arrivée, et deux de plus peu de temps après. Il est rapide, croyez-moi. Pour débusquer une proie, il entre dans les bâtiments, si nécessaire. En tout cas, il le faisait, à l'époque...

— Donc, il serait avisé de trouver rapidement la Pierre elfique..., murmura Pe Ell.

Ils se turent. Puis ils s'allongèrent et essayèrent de dormir.

Morgan somnola sans vraiment se reposer.

Assis au bord des rochers, Walker ne quitta pas la ville des yeux. Il n'avait pas bougé quand le montagnard se réveilla.

Tous étaient épuisés et débraillés – sauf Force Vitale, aussi fraîche et dispose qu'au moment de leur rencontre. Morgan en fut troublé, même s'il savait que la jeune fille était une créature hors du commun. Il la regarda, puis baissa les yeux quand elle se tourna vers lui. Il n'aimait pas l'idée qu'il y ait entre eux une telle différence.

Ils prirent le petit déjeuner avec le même manque d'entrain que pour leur repas de la veille. On eût dit que la terre les observait, sombre et menaçante. Du brouillard s'accrochait à la presqu'île et montait lentement jusqu'au sommet des tours. Devant ce spectacle, on eût juré qu'Eldwist se dressait au milieu des nuages.

Les oiseaux de mer – des mouettes, des macareux et des sternes – revinrent tourner au-dessus des eaux obscures du Fléau des Récifs. À l'aube, l'air était très humide. Des gouttes de rosée se formaient sur les visages des six compagnons.

Avertis par Dees de ce qui les attendait, ils recueillirent de l'eau de pluie dans de petites flaques, enveloppèrent le peu de nourriture qui leur restait et se préparèrent à traverser l'isthme.

Il leur fallut plus longtemps que prévu pour atteindre leur destination car le sol rocheux fissuré était glissant et battu par un vent glacial.

Eldwist se dressait devant eux, sombre, silencieuse et menaçante. Ils la regardèrent grandir à mesure qu'ils approchaient et entendirent le vent s'engouffrer en rugissant dans ses rues.

De temps en temps, ils sentaient le sol trembler. Apparemment, le prince de Granit ne dormait pas toujours pendant la journée…

Vers midi, l'isthme s'élargit et ils atteignirent vite les abords de la cité. Pour gravir la falaise, les voyageurs durent emprunter une piste assez large qui serpentait entre d'énormes rochers. Ils trébuchèrent plus d'une fois sur le sol parsemé de cailloux.

À ce rythme, il leur fallut près de deux heures pour gagner les hauteurs. À leur arrivée, le soleil commençait déjà à descendre vers l'ouest.

Ils s'arrêtèrent pour reprendre leur souffle à l'entrée d'une rue de pierre qui zigzaguait entre des rangées de bâtiments aux fenêtres vides.

Morgan Leah n'avait jamais vu une ville aux bâtiments si lisses et à l'architecture si symétrique. Des éclats de rochers jonchaient le sol, mais au-dessous, on voyait encore un revêtement dur et régulier.

Ils avancèrent comme des félins sur la piste d'une proie et passèrent devant des rues latérales qui s'enfonçaient elles aussi dans les ombres.

Dans la cité, tout semblait mort, à l'exception des oiseaux de mer. Certains s'étaient perchés sur des appuis de fenêtres, très haut dans le ciel.

Au bout d'un certain temps, Morgan se rendit compte que nombre d'entre eux étaient figés dans la pierre.

Bien que méconnaissables, la plupart des déchets qui jalonnaient les rues avaient jadis été autre chose que de la pierre. Des poteaux aux formes étranges se dressaient à chaque coin de rue. Sans doute d'anciens lampadaires... Les débris d'un énorme engin de transport gisaient sur le côté, contre un bâtiment. Des morceaux de moteur, d'engrenage et de réservoir étaient éparpillés partout – tous pétrifiés. Il n'y avait pas la moindre plante : aucun arbre, pas de buissons ni même le plus petit brin d'herbe.

Ils entrèrent dans plusieurs bâtiments et découvrirent d'immenses pièces vides. Pour tenter de s'orienter, ils montèrent tout en haut d'un escalier intérieur. Mais il était impossible de trouver des points de repère – et même de déterminer où la cité commençait et finissait. Des nuages et de la brume couvraient tout, révélant seulement des fragments de toits et de murs dans une mer de grisaille.

Ils virent quand même un dôme étrange, au centre d'Eldwist, très différent des grands obélisques du reste de la cité. Ils convinrent de l'explorer dès que possible.

Redescendus dans la ville, ils perdirent tout sens de l'orientation, prirent la mauvaise direction et marchèrent pendant plus d'une heure avant de comprendre qu'ils avaient dû faire une erreur.

Pour retrouver leur chemin, ils furent obligés de monter au sommet d'un autre bâtiment.

À leur grande surprise, le soleil se couchait déjà.

Revenus au niveau du sol, ils furent stupéfaits, car la cité était plongée dans une totale obscurité.

— Il faut trouver un endroit où nous cacher, et tout de suite ! lança Horner Dees. Le Râteau sortira bientôt, s'il n'est pas déjà à l'œuvre. Et s'il nous trouve...

Il n'eut pas besoin de terminer sa phrase.

Tous se regardèrent, muets de saisissement. Aucun ne s'était soucié de trouver un abri pour la nuit.

— Il y a un petit bâtiment, dit Walker Boh, à quelques rues d'ici. Il n'y a pas de fenêtres aux étages inférieurs et l'intérieur est une sorte de labyrinthe de pièces et de couloirs...

— Cela ira pour le moment, dit Pe Ell.

Ils rebroussèrent chemin. Il faisait si sombre qu'ils voyaient à peine les immeubles des deux côtés de la rue. Les oiseaux de mer partis, le bruit de l'océan et du vent diminuait déjà.

Sous leurs pieds, le cœur de pierre de la cité grondait et tremblait.

— Quelque chose est réveillé et affamé, marmonna Pe Ell avec un sourire glacial pour Carisman.

Le compositeur eut un rire nerveux.
Puis il chanta :
« *Rentrez chez vous, ô mes amis*
Cachez-vous sous vos couvertures
Fuyez les monstres de la nuit
La mort, le sang et la torture ! »

Ils franchirent une intersection illuminée par les rayons de lune qui filtraient entre les nuages. Pe Ell s'arrêta brusquement et tous l'imitèrent. Il écouta un moment, puis avança de nouveau.

Le grondement dans le sol changeait d'intensité. S'éloignant puis se rapprochant, il ne venait jamais d'un seul endroit à la fois. Morgan Leah essaya de percer les ombres du regard. En vain. Était-ce bien la rue qu'ils avaient empruntée un peu plus tôt ? Elle paraissait différente...

Un claquement sonore retentit. Toujours en tête, Pe Ell recula d'un bond et percuta Horner Dees et Force Vitale. Ils tombèrent, roulant à quelques pouces du trou béant qui venait de s'ouvrir dans le sol.

— Retournez le long des bâtiments ! cria Pe Ell.

Il se releva, aida Force Vitale à se mettre sur ses pieds et s'éloigna en courant du bord du gouffre.

Ses compagnons le suivirent de très près.

Derrière eux, une autre partie de la rue s'effondra et le grondement souterrain devint un rugissement assourdissant.

Morgan se blottit dans un renforcement, contre le mur de pierre, et lutta pour ne pas hurler de peur. Le prince de Granit ! Il vit Horner Dees détourner le regard. Le vacarme du monstre qui rampait dans les tunnels alla crescendo, puis commença à diminuer.

Quand le silence fut revenu, les six voyageurs sortirent de leurs cachettes. Ils avancèrent dans la rue et sursautèrent lorsque les trous se refermèrent derrière eux, les parties effondrées se remettant en place.

— Des trappes ! cria Pe Ell d'une voix où se mêlaient la peur et la haine.

Morgan aperçut un objet blanc dans sa main droite – un couteau étincelant qu'il dissimula très vite.

Pe Ell lâcha Force Vitale et repartit en prenant garde de rester sur le trottoir. Les autres suivirent et traversèrent l'intersection en file indienne.

Le grondement retentit de nouveau, trop lointain pour être inquiétant. Autour d'eux, les rues étaient de nouveau vides et tranquilles.

Morgan Leah tremblait toujours. Ces trappes étaient là pour capturer les intrus ou pour ménager une entrée en ville au prince de Granit. Les deux, probablement...

Le montagnard déglutit péniblement. Ils avaient été imprudents. Et ils feraient mieux de ne pas recommencer !

Une muraille de brume bloquait le chemin, droit devant eux. Pe Ell hésita, s'arrêta et regarda Walker Boh, qui désigna la droite. Pe Ell hésita encore, puis tourna dans cette direction.

Ils avancèrent lentement dans la brume qui semblait suinter de la pierre ou tomber des nuages. Les mains tendues, les six compagnons effleuraient les murs des bâtiments pour se rassurer.

Pe Ell sondait soigneusement le sol, conscient que la cité contenait probablement une série de trappes et que le sol risquait de se dérober à tout moment sous leurs pieds.

Devant eux, le brouillard commença à se dissiper.

Morgan crut entendre quelque chose, puis il prit conscience qu'il n'avait pas vraiment entendu, mais *perçu* quelque chose. De quoi s'agissait-il ?

Quand ils émergèrent des ombres des bâtiments, la réponse se dressa devant lui. Le Râteau se tenait au milieu de la rue, monstre de métal hérissé de tentacules, d'antennes et de pinces. C'était un Grimpeur identique à celui que Morgan et les hors-la-loi du Mouvement avaient affronté sur la Saillie, un hybride de métal et de chair.

Mais celui-là était bien plus gros !

Et plus rapide...

Il fondit sur eux si vite qu'il faillit les atteindre avant qu'ils aient eu le temps de se disperser. Ses tentacules battirent l'air et ses membres métalliques raclèrent désagréablement contre la pierre.

Tels des lassos, les tentacules s'enroulèrent autour de Carisman et de Dees.

Pe Ell poussa Force Vitale vers une entrée de bâtiment. Puis il fit mine de foncer sur le monstre et battit en retraite au dernier moment.

Morgan sortit son épée et s'apprêta à attaquer, oubliant son bon sens à l'idée que Force Vitale était en danger. Mais Walker Boh le poussa contre le mur.

— Entrez dans le bâtiment ! cria-t-il.

Puis il leva son bras unique. Le Râteau était presque arrivé à leur hauteur quand il l'abaissa et qu'une lueur blanche aveuglante en jaillit.

Morgan entendit un hurlement et comprit qu'il sortait de la gorge du Grimpeur. Sa vision s'éclaircit suffisamment vite pour qu'il voie Carisman et Dees s'éloigner du monstre en courant.

Puis le bras puissant de Pe Ell le tira à l'intérieur du bâtiment.

Force Vitale était déjà dedans.

Dehors, la lueur blanche de la magie de Walker brûlait toujours, et ils entendirent le Râteau frapper si fort les murs que des fragments de pierre volèrent dans les airs. Puis Walker arriva, précédé de Carisman et Horner Dees, secoués mais indemnes. Ils franchirent la porte, trébuchèrent et se relevèrent aussitôt.

Soudain, le Râteau arracha les immenses portes de leurs gonds et s'engouffra dans le bâtiment.

Repérant un escalier, juste derrière eux, les six fuyards s'y engagèrent. Le Râteau les suivit en titubant un peu, car la magie de Walker l'avait momentanément désorienté.

Un énorme tentacule s'abattit sur les marches, devant eux. Pe Ell sortit son étrange couteau et le trancha d'un geste vif et précis.

Ils passèrent en trombe d'un palier à l'autre sans jeter un regard en arrière.

Walker leur fit signe de s'arrêter alors qu'ils atteignaient le dixième étage.

Derrière eux, tout était silencieux.

— Il a peut-être abandonné la partie, murmura Carisman.

— Cette créature n'abandonne jamais, dit Horner Dees. J'ai vu ce qu'elle est capable de faire.

— Comme vous êtes un expert, dites-nous ce que ce truc pourrait venir faire à cette hauteur ! cracha Pe Ell.

— Je l'ignore... La dernière fois, nous ne sommes pas parvenus à nous abriter dans les bâtiments. Par l'enfer ! Je sens encore les tentacules se refermer sur moi ! (Il foudroya Force Vitale du regard.) Je n'aurais pas dû me laisser persuader de revenir ici !

— Chut ! souffla Walker Boh. Il y a quelque chose...

Pe Ell le rejoignit aussitôt près de la rambarde. Puis il se redressa d'un bond.

— Il est dehors ! cria-t-il.

La paroi vitrée du palier éclata quand le Râteau se fraya un chemin vers l'intérieur.

Alors qu'ils pensaient que le monstre les suivrait dans l'escalier, il avait grimpé par l'extérieur !

Pour la deuxième fois, il faillit les capturer.

Ses tentacules balayèrent le palier, faisant tomber ses proies. Par bonheur, Pe Ell fut trop rapide pour le monstre. Son étrange couteau se matérialisa dans sa main et il déchiqueta le tentacule le plus proche. Le Grimpeur recula, puis essaya d'attraper son adversaire. Mais la diversion avait donné à Walker Boh le temps d'agir. Il jeta une poignée de la poudre noire donnée par Cogline sur le monstre. Aussitôt, une boule de feu explosa.

Les compagnons reprirent leur course folle dans l'escalier. Un étage, puis deux, trois... Derrière eux, le Grimpeur combattait le feu. Puis le silence revint.

Ils n'entendaient plus le monstre, mais savaient où il était. Sur tous les murs, des ouvertures béaient à l'emplacement de fenêtres tombées depuis des années. À tout moment, le Grimpeur pouvait attaquer en passant par l'une d'elles. Il continuerait à les suivre, et, tôt ou tard, il les rattraperait.

— Nous allons devoir l'affronter ! cria Morgan en sortant son épée.

— Si nous faisons cela, nous mourrons tous ! répondit Horner Dees.

Pe Ell fit volte-face, les forçant tous à s'arrêter.

— Redescendez ces marches ! Restez groupés, et je vous tirerai de là !

Personne ne prit le temps de protester, y compris Walker Boh. Ils rebroussèrent chemin, les yeux rivés sur les fenêtres. Deux étages plus bas, ils aperçurent le Râteau. Ses tentacules zébrèrent l'air, mais ne parvinrent pas à les toucher. Continuant à descendre, ils entendirent le monstre les suivre le long de la façade.

Trois nouveaux étages plus bas, encore loin du sol, Pe Ell leur fit encore signe de s'arrêter.

— Ici ! C'est le bon endroit !

Il les poussa dans un couloir au plafond haut. Derrière eux, le Râteau entra sur le palier et se lança à leur poursuite. Il sembla même s'allonger pour adapter sa forme au couloir.

Morgan en fut terrifié. Ce Grimpeur était capable de tout ! Les corridors étroits et les murs abrupts ne suffisaient pas à le stopper.

Au bout du couloir, une passerelle fermée menait à un autre bâtiment.

— Traversez le plus vite possible ! ordonna Pe Ell.

Les autres obéirent sans hésiter. Mais le montagnard douta qu'ils parviennent à fuir par ce chemin. Même si la passerelle était étroite, elle n'arrêterait pas le Grimpeur.

Il la traversa et se retourna, imité par ses compagnons. Pe Ell était agenouillé à l'extrémité de la passerelle, à l'endroit où elle rejoignait l'autre bâtiment, et il sciait le support de pierre avec son étrange couteau. Morgan le regarda, accablé. Pe Ell avait-il perdu l'esprit ? Pensait-il qu'un couteau pouvait couper de la pierre ?

Le Râteau avait presque rejoint Pe Ell quand il se releva. Aussi rapide qu'un félin, il fonça et arriva à côté de ses compagnons au moment où le Râteau atteignait l'entrée du passage, son corps maintenant semblable à celui d'un serpent.

Puis l'impossible se produisit. Le support que Pe Ell avait coupé craqua et céda. La passerelle frémit puis s'effondra sous le poids du Râteau.

Entraînant le monstre, elle tomba dans la rue et se fracassa sur le sol.

Les six compagnons regardèrent en bas. Puis ils entendirent un bruit de métal griffant la pierre.

— Il n'est pas mort..., murmura Dees, horrifié.

Ils reculèrent, descendirent en bas du bâtiment et en sortirent par la porte la plus éloignée de la rue où était tombée la passerelle.

Pe Ell et Walker ouvrant la marche, ils avancèrent en silence dans les ténèbres. Derrière eux, ils entendirent le Grimpeur recommencer sa traque.

À cinq pâtés de maison de là, ils atteignirent le bâtiment que Walker Boh cherchait, une bâtisse trapue et quasiment sans fenêtres. Avant d'y entrer, ils regardèrent nerveusement derrière eux.

À l'intérieur, ils découvrirent effectivement un labyrinthe de couloirs et de pièces munies de six entrées. Ils montèrent quatre étages, s'installèrent dans une salle centrale, loin de toute ouverture, et attendirent.

Les minutes passèrent et le Râteau ne se manifesta pas.

Les compagnons mangèrent un repas froid, puis s'installèrent de leur mieux. Mais aucun ne dormit.

Quand l'aube approcha, Morgan Leah sentit l'impatience le gagner. Il repensa au couteau de Pe Ell, une lame capable de couper la pierre. Cette arme l'intriguait. Comme la présence de son propriétaire, elle était un mystère. Le montagnard inspira profondément. Malgré l'avertissement de Walker, il décida d'essayer d'en savoir plus.

Il se leva et se dirigea vers l'angle obscur où Pe Ell était assis, dos contre le mur.

— Que voulez-vous ? demanda froidement l'assassin.

Morgan s'accroupit devant lui, encore hésitant.

— Je me posais des questions au sujet de votre couteau, murmura-t-il.

— Sans blague ? demanda Pe Ell, sarcastique.

— Nous avons tous vu ce qu'il peut faire...

Pe Ell dégaina son arme d'un geste vif, la lame à un doigt du nez de Morgan.

— La seule chose que vous devez savoir, c'est qu'il peut vous tuer en un clin d'œil. Vous ou votre ami manchot. N'importe qui !

— Même le roi de Pierre ? demanda Morgan, effrayé et furieux de l'être.

La lame disparut dans les ombres.

— Mettons les choses au point. La jeune fille affirme que vous avez un pouvoir, mais je n'y crois pas. Le manchot est le seul d'entre vous qui contrôle la magie, et elle ne lui sert à rien. Elle ne tue pas. Et *il* ne tue pas non plus... Aucun d'entre vous n'a d'importance dans cette affaire. Vous êtes une bande d'imbéciles !

» Ne vous mettez pas en travers de mon chemin, montagnard. Et n'espérez pas que je vous sauve la vie la prochaine fois que le Grimpeur se mettra en chasse. J'en ai assez de vous tous ! Maintenant, laissez-moi tranquille...

Morgan recula et regarda Walker au passage, vaguement honteux d'avoir ignoré son avertissement. Il était impossible de déterminer si l'Oncle Obscur avait remarqué son manège. Dees et Carisman dormaient. Force Vitale s'était réfugiée dans un coin sombre.

Morgan s'assit, les jambes croisées. Il n'avait rien appris, mais avait réussi à se couvrir de ridicule. Il serra les dents. Un jour, il retrouverait la magie de son Épée, comme Force Vitale le lui avait promis.

Alors, il s'occuperait de Pe Ell.

Chapitre 19

À l'aube, les compagnons sortirent de leur cachette. Le ciel lourd de nuages annonçait une matinée grise et triste.

Il n'y avait aucun signe du Râteau. Autour des bâtiments silencieux, les rues désertes semblaient plus sinistres que jamais.

— On dirait qu'il n'a jamais existé, marmonna Dees. Comme si ce monstre était un cauchemar...

Ils recommencèrent à chercher Uhl Belk.

Il se mit à pleuvoir et ils furent trempés en quelques minutes. Couverts d'une pellicule d'eau, les passages, les rues, les murs des bâtiments, les décombres et les débris brillaient lugubrement. Le vent soufflait en rafales, hurlant dans les rues de la cité comme s'il se poursuivait lui-même.

La matinée s'écoula lentement. On eût dit que les rouages du temps s'étaient grippés dans une immense machine invisible.

Ils ne trouvèrent pas trace du roi de Pierre. Même s'ils avaient été soixante et non six, la fouille de la ville entière aurait nécessité des semaines. Et aucun d'eux ne savait où chercher le roi. Pire encore, ils ignoraient à quoi il ressemblait. Même Force Vitale ne put rien leur apprendre, car son père ne lui avait rien révélé à ce sujet. Avait-il seulement forme humaine ? Était-il grand ou petit ? Morgan se posait ces questions pendant qu'ils parcouraient les rues, frôlant les bâtiments.

Privés d'informations, ils auraient tout aussi bien pu chercher un fantôme.

Après midi, la pluie diminua, puis elle augmenta de nouveau, le tonnerre roulant au-dessus de leurs têtes.

Les six compagnons prirent un repas froid et burent un peu d'eau, assis à l'abri d'un porche, pendant que la pluie se transformait en averse. Fascinés, ils regardèrent des petits ruisseaux couler jusqu'aux canalisations en pierre qui les avalaient.

Ils reprirent leur chemin quand la pluie se calma et atteignirent assez vite l'étrange dôme qu'ils avaient vu la veille. Monstrueuse carcasse aux murs craquelés et usés, l'édifice se dressait au milieu de plusieurs flèches de pierre. Ils en firent le tour, en quête d'une entrée, mais n'en trouvèrent pas.

Sur la façade, des alcôves et des niches grouillantes d'insectes donnaient au bâtiment l'apparence d'une sculpture. Aucune prise ou échelle n'était visible. Pour l'heure, impossible de déterminer à quoi l'édifice avait pu servir...

Conscients que le temps passait rapidement, les six compagnons regagnèrent leur abri assez tôt. Moroses, ils s'assirent dans les ténèbres et gardèrent le silence.

Le jour, ils n'avaient vu aucun signe du prince de Granit ou du Râteau. La nuit tombée, tous les deux sortirent de leurs cachettes. Ils entendirent d'abord le Râteau, ses pattes métalliques cliquetant dans la rue, au-dessous d'eux. Par bonheur, il passa sans s'arrêter. Le prince de Granit arriva plus tard, précédé par un grondement sourd qui se transforma bientôt en rugissement. Le monstre se dressa dans la nuit, désagréablement proche d'eux, et le bâtiment où ils se cachaient trembla sur ses fondations.

Puis il s'éloigna en un éclair. Peu désireux de regarder dehors, les six voyageurs restèrent immobiles.

Ils dormirent mieux, peut-être parce qu'ils commençaient à s'habituer aux bruits de la cité – ou parce qu'ils étaient épuisés. Ils instituèrent des tours de garde, mais rien ne se passa...

Ils continuèrent leurs recherches pendant trois jours. Le brouillard et la pluie les accompagnèrent à chaque instant.

Eldwist était une forêt de pierre refermée sur ses secrets, avec des bâtiments en guise d'arbres. Mais contrairement aux arbres vivants des véritables forêts, ceux-là n'étaient que des cadavres.

La jeune fille et les cinq hommes détestaient Eldwist. Ils y étaient des intrus, et la ville, qui ne voulait pas d'eux, ne manquait jamais une occasion de le leur montrer.

Malgré leur détermination, leur moral en prit un coup. Les conversations, de plus en plus rares, tournaient une fois sur deux à la dispute. Ses talents d'éclaireur ne servant plus à grand-chose, Horner Dees se renferma sur lui-même.

Pe Ell s'éloigna encore des autres. Furtif comme un félin qui rôde dans la jungle, il semblait décidé à ne pas se laisser prendre au piège.

Carisman cessa pratiquement de chanter.

Morgan Leah sursautait au moindre bruit et passait son temps à penser à la magie perdue de son Épée.

Walker Boh, de plus en plus fantomatique, flottait dans les ténèbres comme s'il allait disparaître à tout moment.

Même Force Vitale changea. Ce fut à peine perceptible, mais sa beauté exquise se voila. Sa voix et ses mouvements devinrent moins fluides, et une étrange méfiance s'installa dans son regard.

Au début, Morgan pensa être le seul à percevoir la différence.

Mais un jour, alors qu'ils se reposaient quelques instants avant de continuer leur exploration, Walker Boh se glissa à côté du montagnard et lui murmura :

—— Cette cité nous consume. Ne le sentez-vous pas ? Elle a une vie propre que nous ne comprenons pas. Comme si elle était une extension de la volonté du roi de Pierre, elle se nourrit de nous. Nous sommes entourés par la magie. Si nous ne trouvons pas rapidement Uhl Belk, la ville finira par nous avaler. Même Force Vitale est affectée !

C'était vrai, bien entendu...

Walker regagna son coin, et Morgan resta seul, se demandant pourquoi ils étaient venus dans cette cité. Ils avaient fait tant d'effort pour l'atteindre, et tout cela semblait si vain. À présent, ils étaient lentement vidés de leur vie, de leur énergie et de leur volonté.

Il pensa en parler à Force Vitale, mais changea vite d'avis. Comme toujours, elle savait ce qui arrivait. Quand le moment d'agir viendrait, elle interviendrait.

Pourtant, ce fut Walker Boh qui agit le premier.

Comme les autres, le quatrième jour de recherches se termina par un fiasco.

Le soir, ils se réfugièrent dans les ombres de leur dernier abri en date, car Pe Ell insistait pour qu'ils en changent chaque soir.

Privés de repas chaud et du réconfort d'un bon feu depuis leur arrivée à Eldwist, les six compagnons cédaient de plus en plus au découragement. Et pour ne rien arranger, leurs réserves d'eau s'épuisaient...

— Nous devons fouiller les tunnels, dit soudain l'Oncle Obscur d'une voix glaciale.

— Quels tunnels ? demanda Carisman.

Le compositeur, en moins bonne forme physique que les autres, perdait rapidement ses forces.

— Ceux qui courent sous les bâtiments, dit Walker. Il y en a beaucoup. Dans les rues, j'ai vu les escaliers qui y mènent.

— Vous oubliez que le prince de Granit y habite, grogna Horner Dees.

— Non, mais c'est un énorme ver aveugle. Il ne saura pas que nous sommes là, si nous nous montrons prudents. Et s'il se cache sous terre, cela signifie peut-être que le roi de Pierre y est aussi.

— Pourquoi pas ? dit Morgan. Le père et le fils sont peut-être des vers aveugles qui fuient la lumière du jour. L'idée me paraît bonne.

— Elle l'est, souffla Force Vitale.

Pe Ell s'agita dans l'ombre, mais ne fit pas de commentaire. Les autres marmonnèrent qu'ils étaient d'accord.

Puis le silence retomba.

Cette nuit-là, Force Vitale dormit à côté de Morgan pour la première fois depuis leur arrivée à Eldwist. Elle le rejoignit en silence et se blottit contre lui, comme si elle craignait que quelqu'un tente de l'enlever. Morgan l'enlaça et savoura son parfum et la chaleur de son corps.

Elle ne parla pas et il s'endormit en la tenant dans ses bras.

Quand il se réveilla, elle était partie.

Ils quittèrent leur abri à l'aube et entrèrent directement dans les catacombes, qui se révélèrent vite avoir plusieurs niveaux. Les tunnels du premier étaient munis de rails transformés en pierre comme tout le reste.

Pour les éclairer, Walker Boh utilisa une des poudres de Cogline. L'appliquant sur un long morceau de bois pétrifié, il improvisa une torche convenable.

Ils suivirent les rails et passèrent devant une multitude d'escaliers latéraux. Après avoir franchi plusieurs intersections, ils découvrirent la carcasse d'un grand véhicule couché sur le flanc. Ses roues fendues conçues pour s'adapter aux rails étaient brisées et soudées à leur essieu par la magie qui avait tout transformé. Autrefois, cette machine avait roulé, conduisant ses passagers d'un coin de la ville à l'autre.

Les six explorateurs s'arrêtèrent un moment pour étudier les restes du véhicule, puis ils continuèrent leur chemin.

En avançant, ils découvrirent d'autres engins pétrifiés et trouvèrent même une salle qui en était remplie. Certains étaient encore debout sur les rails, d'autres avaient basculé depuis longtemps.

Le long de la voie ferrée, ils virent des débris impossibles à identifier et, sur des plates-formes disposées à intervalles réguliers, reconnurent les vestiges de bancs en fer...

Une ou deux fois, ils remontèrent dans les rues pour voir où ils étaient, puis redescendirent. Sous leurs pieds, loin de la zone qu'ils exploraient, ils entendirent plusieurs fois le grondement sourd du prince de Granit.

Après des heures passées à explorer en vain le réseau de tunnels, Pe Ell s'arrêta sans crier gare, forçant tout le monde à l'imiter.

— C'est une perte de temps... Nous ne trouverons rien à ce niveau. Il faut descendre.

Walker Boh jeta un coup d'œil à Force Vitale, puis il acquiesça. Morgan vit du doute s'afficher sur les visages de Carisman et de Dees... Le reflet fidèle de ce qu'il éprouvait.

Ils descendirent d'un niveau et débouchèrent dans un labyrinthe d'égouts. Les canaux étaient secs, mais leur ancienne fonction semblait évidente. Les tuyaux qui les parcouraient faisaient plus de vingt pieds de haut. Comme tout le reste, ils avaient été transformés en pierre. Les compagnons entreprirent de les suivre à la lumière de la torche de Walker.

À une centaine de pas de l'endroit où ils avaient pénétré dans les égouts, un des tuyaux était troué. Une énorme masse s'était enfoncée dans la roche, la canalisation n'étant pas plus gênante sur son chemin qu'un simple brin d'herbe.

Du fond du trou montait le grondement du prince de Granit. La petite colonne passa rapidement devant l'ouverture et continua sa route.

Pendant deux heures, les compagnons explorèrent les égouts, cherchant en vain la tanière du roi de Pierre. Les tunnels tournaient tant qu'ils perdirent vite tout sens de l'orientation. À partir de ce niveau, peu de passages remontaient vers la surface et la plupart étaient de simples échelles fixées au mur.

Ils trouvèrent à plusieurs reprises des traces du prince de Granit – des ouvertures dans la pierre assez grandes pour engloutir des bâtiments entiers.

Morgan Leah en sonda plusieurs, car il supposait que les tunnels devaient traverser toute la presqu'île rocheuse. Et il se demandait pourquoi la cité ne s'effondrait pas sous son propre poids.

Peu après midi, ils s'arrêtèrent pour se reposer et manger. Puis ils découvrirent un escalier menant au premier niveau et remontèrent. Remarquant quelques bancs pétrifiés sur une plate-forme déserte, ils s'assirent, la torche de Walker plantée dans les gravats.

Morgan finit de manger avant les autres et se dirigea vers l'endroit où un rai de lumière filtrait de la surface par un escalier. Il s'assit, regarda vers le haut et pensa mélancoliquement à des lieux et à des temps meilleurs.

Carisman vint s'asseoir à ses côtés.

— Il serait agréable de revoir le soleil, dit-il, pensif. (Il fit un petit sourire à Morgan.) Même un court moment !

Il chanta :

« L'obscurité est le refuge des rongeurs
Des chauves-souris et de sauvages tueurs.
Amoureux du soleil, passez votre chemin
Car Eldwist est un lieu glacial et inhumain ! »

Carisman se gratta pensivement le menton.

— Ce doit être la pire poésie que j'ai jamais composée ! s'exclama-t-il.

— D'où venez-vous ? demanda Morgan. Avant les Urdas et l'Escarpement de Rampling ? Quel est votre foyer ?

— Partout et n'importe où... Mon chez-moi se trouve là où je vis, et j'ai beaucoup voyagé. Depuis que je suis assez vieux pour marcher !

— Avez-vous de la famille ?

— Pas à ma connaissance... Si je meurs ici, personne ne se demandera ce que je suis devenu.

— Vous ne mourrez pas. Aucun de nous ne périra, parce que nous serons prudents ! Mon père et ma mère m'attendent dans les montagnes de Leah. Et j'ai deux frères plus jeunes que moi qui me manquent beaucoup.

— Je suis allé dans les montagnes de Leah, il y a quelques années. C'est un beau pays. À l'aube, les pics sont pourpre et argent, et presque rouges au soleil levant. C'était si calme que j'entendais le chant des oiseaux, au loin. J'aurais pu être heureux à cet endroit, si j'y étais resté.

Morgan regarda le compositeur perdu dans son rêve.

— J'ai l'intention d'y retourner quand tout sera fini, dit-il. Vous voulez venir avec moi ?

— Cela ne vous ennuierait pas ? Oui, ça me plairait !

— Considérez que c'est réglé. Mais ne parlons plus de mourir !

Ils se turent un moment, puis Carisman reprit la parole :

— Savez-vous que les Urdas étaient pour moi ce qui se rapproche le plus d'une famille ? Bien qu'ils m'aient gardé prisonnier, ils prenaient soin de moi. Ils m'aimaient bien. Et je les aimais bien aussi. Comme une famille. Bizarre, non ?

Morgan pensa à ses parents et à ses frères. Il se souvint de leurs voix, de leur façon de bouger et d'agir. Cela l'amena à s'interroger sur les Valombriens, Par et Coll Ohmsford. Où étaient-ils ? Puis il pensa à Steff, mort depuis des semaines, un souvenir de plus enfoui dans les ombres du passé.

Il se rappela la promesse faite à son ami. S'il retrouvait une magie assez puissante pour aider les nains à se libérer, il s'en servirait contre la Fédération et les Ombreurs. La Pierre elfique noire était peut-être l'arme qu'il cherchait. Si elle annulait les autres magies et était assez forte pour faire revenir Paranor...

— Ils aimaient ma musique, dit Carisman, mais c'était plus que cela. Je crois qu'ils m'appréciaient. Les Urdas ressemblent un peu à des enfants en quête d'un père. Ils voulaient entendre des récits sur le monde qui s'étend au-delà de leur vallée. La plupart d'entre eux ne sont jamais allés plus loin que les Pointes. Moi, j'ai traîné mes guêtres partout !

— Sauf ici, dit Morgan.

Carisman détourna le regard.

— J'aurais voulu ne jamais entendre parler de cet endroit.

La petite expédition reprit ses recherches dans les égouts d'Eldwist et ne trouva rien. Pas de rongeurs, pas d'insectes et pas de traces d'Uhl Belk.

Prudents, les compagnons revinrent sur leurs pas assez tôt pour ne pas être dans les rues quand le Râteau commencerait ses patrouilles nocturnes.

— Au fond, dit Walker Boh, il ne descend peut-être jamais si bas...

Mais aucun n'eut envie de vérifier cette hypothèse. Ils retraversèrent les tunnels, prêts à faire face aux mauvaises rencontres.

Puis Walker s'arrêta et désigna dans la pénombre une ouverture qu'ils n'avaient pas vue plus tôt. Plus petite que les égouts, elle n'était pas facile à repérer.

Walker s'accroupit pour regarder et rampa à l'intérieur...

Il revint peu après.

— J'ai découvert une caverne et un escalier, dit-il. On dirait qu'il y a une autre série de tunnels là-dessous.

Ils le suivirent dans la grotte, dont les parois et le sol étaient zébrés de fissures. L'escalier s'enfonçait dans des tunnels obscurs.

Sans un mot, Walker posa un pied sur la première marche. Tenant la torche devant lui, il commença à descendre. Les autres hésitèrent, puis le suivirent dans le gouffre humide d'où montaient des odeurs d'océan.

Au pied de l'escalier, ils découvrirent un grand tunnel dont les parois étaient cristallisées. Des stalactites pendaient de la voûte, l'eau qui en suintait constellant le sol de petites flaques.

Walker prit à droite et les autres le suivirent.

Soudain, un bruit couvrit celui de leurs pas. On eût dit le grincement d'un levier métallique qui n'aurait pas été utilisé depuis longtemps.

Les compagnons s'arrêtèrent et tendirent l'oreille. Le crissement venait de quelque part devant eux.

— Suivez-moi, dit Walker.

Les autres obéirent sans poser de questions. L'Oncle Obscur avait identifié quelque chose qu'ils n'avaient pas perçu.

Ils traversèrent un ruisseau qui provenait d'une fissure de la paroi. Walker tourna à gauche et fit signe à ses compagnons de l'imiter. Devenu assourdissant, le crissement semblait de plus en plus proche.

L'Oncle Obscur confia la torche à Morgan, puis leva le bras et jeta quelque chose devant lui. Du feu blanc crépita et illumina les lieux.

Morgan sursauta. Le tunnel était plein de rats trois ou quatre fois plus gros que des rongeurs ordinaires. Aveugles comme toutes les créatures qu'ils avaient rencontrées à Eldwist, ils avaient l'air affamé.

Ils se ruèrent sur les intrus.

— Courez ! cria Walker en reprenant la torche à Morgan.

Ils foncèrent dans l'obscurité tandis que le crissement les talonnait. Le tunnel montait et descendait et les saillies rocheuses les entaillaient au passage. Ils tombèrent plusieurs fois, se relevèrent et poursuivirent leur fuite.

Une échelle ! pensa Morgan. *Il faut trouver une échelle !*

Mais il n'y en avait pas. Ils étaient pris au piège.

Puis un nouveau son se fit entendre : le sourd grondement des vagues qui viennent se fracasser contre le rivage.

Ils sortirent du tunnel et s'arrêtèrent en haletant. Devant eux, une falaise tombait à pic dans le Fléau des Récifs. En contrebas, l'océan s'écrasait contre les rochers. Ils étaient dans une caverne si grande que ses limites se perdaient dans la brume et les ombres. La lumière du jour filtrait par des fissures, là où l'océan avait érodé la roche.

La falaise était si lisse qu'il était impossible de descendre par là. Le seul moyen consistait à rebrousser chemin.

Un enfer infesté de rats !

Les rongeurs étaient presque arrivés à leur hauteur, leurs couinements couvrant quasiment le bruit de l'océan. Morgan sortit son épée, sachant déjà qu'elle ne servirait pas à grand-chose contre les monstres aveugles.

Pe Ell se campa sur le flanc du montagnard, son étrange couteau à la main.

Dees et Carisman avaient reculé au bord du précipice et ils s'étaient accroupis comme pour sauter.

Force Vitale vint se placer à côté de Morgan. Son beau visage étrangement calme, elle posa une main ferme sur le bras du jeune homme.

Walker Boh jeta sa torche et lança une poignée de poudre noire sur la horde de rats. Du feu jaillit et le premier rang de monstres flamba. Mais il y en avait des centaines derrière et ils continuèrent d'avancer.

— Walker ! cria Morgan en se plaçant devant Force Vitale.

Mais ce ne fut pas l'Oncle Obscur qui répondit à son appel. Ni Pe Ell ou Horner Dees, mais Carisman.

Il se rua en avant, dépassa Morgan et Force Vitale et se dressa devant Walker.

Il commença à chanter d'une voix toujours magnifique, mais totalement différente de ce qu'ils avaient entendu jusque-là. Grinçant comme si on frottait du métal contre la pierre, elle domina le grondement de l'océan et le couinement des rats.

— Suivez-moi ! cria Force Vitale à ses autres compagnons.

Ils se serrèrent autour d'elle, même Pe Ell, pendant que le compositeur continuait de chanter. Les rats sortirent du tunnel et déferlèrent comme une vague.

Mais cette vague se brisa, passant de chaque côté du compositeur sans le toucher ni effleurer ses compagnons.

Quelque chose dans le chant de Carisman détournait les rats de leurs proies. Continuant leur course aveugle, ils se jetèrent dans l'océan.

Quand le dernier bascula de la falaise, Carisman cessa de chanter, puis s'effondra dans les bras de Morgan.

— Ça a marché, murmura le compositeur. Vous avez vu ? (Il se redressa et prit la main de Force Vitale.) J'avais lu quelque chose à ce sujet, mais je n'avais jamais essayé de... Ma dame, c'était une chanson *féline* ! C'est la seule chose qui m'est venue à l'esprit : j'ai fait croire à ces rongeurs que nous étions des félins géants.

Ébahis, les cinq autres miraculés dévisagèrent Carisman.

Et Morgan Leah comprit qu'ils l'avaient *vraiment* échappé belle.

Chapitre 20

Après le suicide collectif des rats, ils purent rebrousser chemin et remonter dans les égouts d'Eldwist, puis dans les souterrains et enfin jusqu'à la cité. Comme la nuit tombait, ils se hâtèrent de gagner la sécurité de leur abri.

Ils y arrivèrent de justesse, car le Râteau rôdait déjà dans les rues. Walker déclara que le monstre, selon lui, les pistait à l'odeur. Ce soir-là, la pluie et le trop grand nombre de traces l'avaient induit en erreur. Mais il estimait qu'il les retrouverait tôt ou tard.

Épuisés et ébranlés par les événements de la journée, les six compagnons mangèrent en silence et s'endormirent rapidement.

Le matin, Pe Ell, dont l'humeur s'était encore assombrie après leur fuite des tunnels, annonça qu'il sortait seul.

— Nous sommes trop nombreux pour trouver quoi que ce soit ! dit-il à Force Vitale comme si elle seule comptait. Si le roi de Pierre existe, il sait maintenant que nous sommes là. Cette ville est son royaume. Il peut y rester caché éternellement. L'unique façon de le retrouver est de le prendre par surprise. Nous n'y arriverons pas en continuant à le pourchasser comme une meute de chiens.

Morgan voulut intervenir, mais Walker lui prit le bras et le serra très fort.

— Continuez à farfouiller tant que vous voulez, si ça vous amuse ! Moi, j'ai perdu assez de temps avec vous ! J'aurais dû partir seul dès le début. Si je l'avais fait, cette affaire serait terminée depuis longtemps ! (Il se tourna vers Force Vitale.) Quand j'aurai trouvé Uhl Belk et la Pierre elfique noire, je reviendrai. (Il la regarda dans les yeux.) Si vous êtes encore vivante.

Il s'éloigna à grand pas furieux.

— Bon débarras ! marmonna Horner Dees.

— Pourtant, il a raison, dit Walker Boh. Sur un point, au moins : nous devons former plusieurs groupes. La cité est trop grande. Et ensemble, nous sommes trop faciles à repérer.

— Deux groupes, alors, dit Horner Dees. Personne ne doit partir seul.

— Cela n'avait pas l'air d'inquiéter Pe Ell, fit remarquer Morgan.

— C'est un prédateur, répondit le vieil éclaireur. (Il se tourna vers Force Vitale.) Qu'en pensez-vous, petite ? A-t-il une chance de trouver Belk ?

— Il reviendra, répondit simplement Force Vitale.

Ils s'assirent et mirent au point une stratégie visant à fouiller la ville de fond en comble.

Ils décidèrent de se partager Eldwist, un groupe se chargeant de l'est et l'autre de l'ouest. Ils commenceraient par les rues et les immeubles. Si leurs investigations ne donnaient rien, ils envisageraient de fouiller les tunnels.

— Pe Ell a tort de penser que le roi de Pierre sait que nous sommes là, dit Force Vitale. À ses yeux, nous sommes insignifiants. Il est possible qu'il ne nous ait pas remarqués. C'est pour traiter des cas comme le nôtre qu'il garde le Râteau actif. Et il est occupé par le prince de Granit.

— Comment nous répartirons-nous ? demanda Carisman.

— Walker Boh et vous viendrez avec moi, dit Force Vitale.

Morgan fut déçu qu'elle ne le choisisse pas. Il voulut protester, mais elle le regarda avec une telle intensité qu'il se tut aussitôt. Elle avait ses raisons et sa décision ne souffrirait aucune contestation.

Le vieil éclaireur flanqua une claque amicale sur le dos de Morgan.

— Nous ferons donc équipe ! Vous croyez que nous parviendrons à décevoir Pe Ell et à garder notre peau intacte ?

Il éclata de rire et Morgan ne put s'empêcher de sourire.

— Je l'espère bien !

Ils rassemblèrent leurs affaires et sortirent. Sous le ciel plombé, la pénombre régnait dans les rues battues par un vent glacial.

Ils se souhaitèrent bonne chance et partirent dans deux directions opposées : Morgan et Horner Dees vers l'ouest, Force Vitale, Walker et Carisman vers l'est.

— Soyez prudent, Morgan, murmura la jeune fille.

Elle lui effleura l'épaule et emboîta le pas à Walker.

— Tra-la-la, nous partons à la chasse ! claironna Carisman.

La pluie fut bientôt de la partie. Morgan et Horner Dees avancèrent enveloppés dans leurs manteaux, la tête baissée. Ils avaient convenu qu'ils suivraient la rue jusqu'à son extrémité. Arrivés à la limite de la ville, ils prendraient au nord pour explorer la lisière de la presqu'île.

Ils restèrent sur la chaussée et sondèrent les rues latérales au fur et à mesure qu'ils les dépassaient.

Les oiseaux de mer s'étaient abrités pour attendre la fin de l'orage et rien ne bougeait.

Vers dix heures, ils atteignirent le Fléau des Récifs. La ville était limitée par des falaises abruptes hautes de centaines de pieds. Des rochers déchiquetés jaillissaient des eaux et le bruit des vagues qui les martelaient se mêlait aux hurlements sinistres du vent.

Morgan et Dees retournèrent à l'abri des bâtiments périphériques.

Morts de froid, ils explorèrent la limite ouest de la ville pendant deux heures – sans rien trouver. À midi, ils firent une halte pour avaler un repas froid.

— Il n'y a rien à découvrir ici, montagnard, dit Dees en mâchant son dernier morceau de bœuf séché. Seulement le vent, la mer et ces maudits oiseaux qui hurlent comme des fous furieux !

Morgan ne répondit pas. Il se demanda s'il pourrait manger un oiseau de mer, le cas échéant. Leurs réserves de nourriture étaient presque épuisées et il leur faudrait bientôt chasser. Et qu'y avait-il d'autre, à part ces oiseaux ? Du poisson, décida-t-il. Les volatiles paraissaient trop coriaces.

— Vos montagnes vous manquent ? demanda soudain Dees.

— Parfois...

À l'évocation de son pays natal, Morgan eut un sourire mélancolique.

— Tout le temps, avoua-t-il.

— À moi aussi, et je ne les ai pas vues depuis des années. J'appréciais les sentiments que ces monts faisaient naître en moi...

— Carisman a dit qu'il les aimait aussi. Et qu'il appréciait leur quiétude.

— Je m'en souviens aussi... (Le vieil homme se pencha vers Morgan.) Il faut que je vous dise quelque chose. Je connais ce type. Pe Ell...

— Quand l'avez-vous rencontré ?

— Cela fera bientôt vingt ans... Il était encore gamin, et moi déjà un vieux bonhomme. (Dees ricana.) Mais un gamin sacrément bizarre ! Il tuait comme s'il était né pour ça. Je savais que c'était un type qu'il valait mieux ne pas contrarier.

— L'avez-vous fait ?

— Le contrarier ? Non. Pas moi ! Je sais éviter les ennuis. C'est de cette façon que j'ai vécu si vieux. Pe Ell est le genre d'homme qui ne laisse jamais en paix quelqu'un qu'il n'apprécie pas. Peu importe le temps qu'il lui faut ou la manière dont il accomplit le travail. À présent, écoutez-moi bien : j'ignore pourquoi il est venu ici et pourquoi la jeune fille l'a emmené avec elle, mais il n'est pas notre ami. Vous savez qui il est vraiment ? Un assassin de la Fédération ! Le meilleur, pour tout dire... Et le favori de Rimmer Dall.

— C'est impossible !

— C'est la vérité ! À moins que les choses aient changé, et j'en doute fort !

— Comment le savez-vous, Horner ?

— C'est très étrange. Je me souviens de lui, même s'il m'a oublié. Je le vois dans son regard. Il essaie de comprendre ce qui le gêne en moi. Avez-vous vu comment il me regarde ? Mais ça fait trop longtemps, j'imagine... Il a tué trop de gens et vu trop de visages pour se souvenir d'un seul. Moi, je n'ai pas autant de fantômes à mes trousses... (Le vieil homme se racla la gorge.) Pour tout vous dire, montagnard, moi aussi, j'ai été l'un d'eux...

— L'un d'eux ? répéta Morgan.

— Un sbire de la Fédération ! Je lui ai servi d'éclaireur.

La façon dont Morgan considérait Horner Dees changea du tout au tout. Le vieux bonhomme bourru n'était plus seulement un type relativement inoffensif. Mais surtout, il n'était plus un ami.

Morgan voulut reculer, mais s'aperçut qu'il n'avait pas d'endroit où se mettre à l'abri. Il tendit la main vers son épée...

— Pas d'âneries, montagnard ! Comme je vous l'ai dit, c'était il y a longtemps. J'ai quitté ces salauds-là depuis vingt ans. Calmez-vous. Vous n'avez aucune raison d'avoir peur de moi.

Dees posa les mains sur son giron, les paumes ouvertes.

— Mais c'est quand même ainsi que j'ai connu vos montagnes – en étant au service de la Fédération. Je traquais des nains rebelles dans le secteur du lac Arc-en-ciel et de la rivière Argentée. Je n'en ai pas trouvé beaucoup. Les nains sont plus rusés que des renards, et ils se terrent quand ils se savent traqués. (Il sourit.) De plus, je ne les ai jamais cherchés avec un grand enthousiasme...

Morgan lâcha le pommeau de son épée et se détendit.

— Mais je suis resté avec la Fédération assez longtemps pour découvrir qui était Pe Ell. Je savais beaucoup de choses à cette époque-là. Imaginez-vous que Rimmer Dall m'avait pressenti pour devenir Questeur ! Moi ! J'ai toujours pensé que ces histoires de tête de loup étaient du pipeau. Mais j'ai tout appris sur Pe Ell pendant que Rimmer Dall tentait de me recruter. Je l'ai vu venir et repartir un jour, sans qu'il le sache. Dall s'était arrangé pour que je l'observe, parce que l'idée de lui jouer un mauvais tour lui plaisait. C'était une sorte de défi entre eux, chacun essayant de se montrer plus malin que l'autre. Bref, je l'ai vu et je l'ai entendu raconter ce qu'il avait fait. Ce ne fut pas une surprise, parce que tout le monde savait qu'il valait mieux se tenir à l'écart de ce gaillard...

» Peu après, je suis parti discrètement, et j'ai filé vers le nord, à travers les Terres de l'Est, jusqu'à l'Escarpement de Rampling. J'ai décidé de m'installer loin de la Fédération, des Questeurs et de tout ça !

— De tout ça ? répéta Morgan, se demandant toujours qui était réellement Horner Dees. Même des Ombreurs ?

Le vieil homme sursauta.

— Que savez-vous des Ombreurs, Morgan Leah ?

— Je veux d'abord que vous répondiez à une question. Pourquoi me racontez-vous tout cela ?

Le vieil homme eut un sourire étrangement doux.

— Parce que je veux que vous soyez prévenu au sujet de Pe Ell. Je ne pouvais pas vous avertir sans vous révéler la vérité sur moi. Je vous aime bien, montagnard. Vous me faites penser à moi, à votre âge : téméraire et impétueux, ne craignant rien ni personne. Je ne voulais pas qu'il reste à mon propos des secrets qui auraient pu ressortir au grand jour d'une manière déplaisante. Par exemple, si Pe Ell se souvenait tout à coup de moi ! Je veux vous avoir comme allié. Et comme ami. Parce que je n'ai confiance en personne d'autre.

— Je ne suis peut-être pas le meilleur choix...

— Je parie sur vous ! Maintenant que je vous ai répondu, me direz-vous comment vous connaissez les Ombreurs ?

Morgan hésita un moment, puis se décida à parler.

— Mon meilleur ami était un nain appelé Steff. Il appartenait à la Résistance. Celle qu'il aimait était une Ombreuse, et elle l'a tué. Ensuite, je l'ai abattue.

Horner Dees fronça les sourcils.

— J'avais cru comprendre que rien ne pouvait éliminer ces créatures, hormis la magie.

Morgan tendit la main et sortit de son fourreau le moignon de l'Épée de Leah.

— Autrefois, cette arme était magique. Il y a trois cents ans de ça, Allanon l'a ensorcelée. Je l'ai brisée lors d'une bataille contre les Ombreurs, à Tyrsis, au début de cette aventure. Mais il restait encore assez de magie en elle pour me permettre de venger Steff et de me sauver. (Il étudia les restes de la lame, pensif.) Elle en possède peut-être encore un peu... En tout cas, c'est à cause de ma lame que Force Vitale m'a emmené. Elle dit aussi qu'il y a une possibilité de restaurer sa magie.

Horner Dees eut l'air dubitatif.

— Devez-vous l'utiliser contre le roi de Pierre ?

— Je l'ignore. On ne m'a rien dit, sinon qu'elle pourrait retrouver sa magie. (Il remit la lame brisée dans son fourreau.) Des promesses...

— La jeune fille semble du genre à tenir ses promesses, dit le vieil homme. La magie pour trouver la magie. La magie pour vaincre la magie. Nous contre le roi de Pierre. C'est trop compliqué pour moi. Souvenez-vous simplement de ce que je vous ai dit sur Pe Ell. Évitez de lui tourner le dos. Et ne vous opposez pas à lui. Laissez-moi m'en charger.

— Vous ? demanda Morgan, surpris.

— Oui. Ou Walker Boh. Même manchot, il est aussi fort que Pe Ell. Concentrez-vous sur la sécurité de la jeune fille. Cette mission ne devrait pas être trop difficile, étant donné vos sentiments réciproques !

Morgan rougit.

— C'est surtout moi qui éprouve des sentiments pour elle...

— Elle est ravissante, dit Dees, souriant de l'embarras de Morgan. J'ignore ce qu'elle est, humaine ou élémentale, mais elle nous a tous envoûtés. Elle regarde les gens, et ils font ce qu'elle veut ! Je suis bien placé pour le savoir : elle m'a eu aussi ! J'étais décidé à ne jamais remettre les pieds ici...

— Oui. Elle a aussi influencé Pe Ell. Il est sous le charme, comme les autres.

— Je n'en suis pas si certain, montagnard... Regardez-le bien, la prochaine fois que vous en aurez l'occasion. Elle devrait se méfier de lui. Il peut se retourner contre elle à tout moment. C'est pour cette raison que je vous implore de la protéger. Souvenez-vous de ce qu'est Pe Ell. Il n'est pas venu par amitié pour nous ! Il est là dans un but que lui seul connaît. Tôt ou tard, sa vraie nature reprendra le dessus.

— Je pense la même chose, admit Morgan.

Dees sourit, satisfait.

— Mais ça ne lui sera pas aussi facile, maintenant ! Parce que nous ouvrirons l'œil.

Ils remballèrent leurs provisions, resserrèrent leurs manteaux et sortirent sous l'averse.

Tout l'après-midi, ils continuèrent le long du rivage et atteignirent le point le plus au nord de la presqu'île sans avoir rien trouvé. Épuisés, ils reprirent le chemin de la cité. La pluie se transforma en une bruine inoffensive et l'air se réchauffa.

Sous leurs pieds, ils entendirent le grondement du prince de Granit, comme un roulement de tonnerre lointain.

— Je commence à croire que nous ne trouverons rien du tout, marmonna Horner Dees.

Ils explorèrent les rues et les porches, jetant un coup d'œil à travers les fenêtres ouvertes comme des bouches affamées. Partout, la cité était abandonnée.

Le soir venu, à bout de force, ils approchèrent davantage du bord de la chaussée et regardèrent les bâtiments qui les surplombaient, se surprenant à souhaiter que *quelque chose* se passât – n'importe quoi ! Ils étaient à Eldwist depuis plus d'une semaine. Combien de temps encore devraient-ils y rester ?

Devant eux, la rue se terminait. Après un ultime virage, ils virent qu'elle donnait sur une place. Au milieu s'étendait une étrange dépression entourée de gradins qui descendaient vers un bassin où s'élevait une statue – un personnage ailé au corps couvert de rubans. Sans réfléchir, Horner et Morgan se dirigèrent vers la place, si différente de tout ce qu'ils avaient vu jusque-là. *Un parc,* se dirent-ils. Que faisait-il ici ?

Ils étaient à mi-chemin du bassin quand ils entendirent le verrou d'une trappe.

Ils n'eurent pas le temps de réagir, car le sol se déroba sous leurs pieds. Ils plongèrent dans le vide, rebondirent contre les parois d'une glissière et continuèrent leur chute.

Ils essayèrent de la ralentir en s'agrippant à ce qu'ils pouvaient, mais leurs efforts ne servirent pas à grand-chose.

Quand la pente diminua, ils s'arrêtèrent enfin.

Morgan leva la tête et regarda autour de lui. Il était couché sur le ventre au milieu d'une étroite dalle de pierre qui s'enfonçait dans les ténèbres sur sa droite et sa gauche. Une faible lueur tombait de la voûte, faible rayon de lumière qui éclairait à peine l'endroit où il avait atterri. Il chercha Dees du regard.

Il était tombé à cinq ou six pas de lui, mais un peu plus bas. Et la pente raide donnait sur un gouffre obscur.

— Horner ?
— Je suis là.
— Ça va ?
— Je n'ai rien de cassé, je crois.

Morgan regarda de nouveau autour de lui. Il ne voyait rien, sauf la glissière, le rayon de lumière et le gouffre.

— Pouvez-vous bouger ? demanda Morgan.

Il y eut un silence, puis un bruit de cailloux tombant dans le vide.

— Non, dit Horner. Je suis trop vieux et trop lourd, montagnard. Si j'essaie de grimper jusqu'à vous, je glisserai et je ne pourrai pas me rattraper.

Morgan perçut de l'angoisse dans la voix de Dees. Le vieil éclaireur était en très mauvaise posture, coincé sur la pente comme une feuille posée sur une surface lisse. Le moindre mouvement l'enverrait dans le gouffre.

Et moi aussi, si j'essaie de l'aider, pensa le montagnard.

Pourtant, il savait qu'il devait essayer.

Il inspira profondément et porta une main à sa bouche. Une pluie de cailloux tomba sur lui, mais il ne glissa pas. Il essuya la vase qui souillait ses lèvres et ferma les yeux pour réfléchir. Il avait dans son sac à dos une corde de cinquante pieds de long. Pourrait-il l'accrocher à quelque chose et y grimper ?

Un grondement familier ébranla la terre, faisant encore tomber des cailloux. Puis Morgan entendit un soupir qui fit trembler son fragile perchoir.

Il regarda vers le bas, glacé de terreur. Dans les profondeurs du gouffre, le prince de Granit dormait.

Morgan leva les yeux et dut lutter contre l'impulsion suicidaire de fuir aussi vite qu'il le pouvait. Le prince de Granit ! Si près d'eux ! Il était immense, un coup d'œil suffisait à s'en rendre compte.

Morgan devait sortir de là ! Il fallait trouver un moyen !

D'instinct, il passa la main sous son ventre et commença à libérer de son fourreau la lame brisée de l'Épée de Leah. L'opération se révéla lente et difficile, car il n'osa pas se soulever suffisamment pour avoir un meilleur accès à l'arme. Tout mouvement brusque risquait de le faire basculer dans le vide, et il tenait à éviter ce sort funeste.

— N'essayez pas de bouger, Horner ! Restez où vous êtes !

Il n'y eut pas de réponse. Morgan sortit l'Épée de Leah de son fourreau et l'amena au niveau de son visage. La lame scintilla faiblement sous la chiche lumière. D'une main, il la poussa le plus haut possible au-dessus de sa tête, puis il tendit l'autre main et serra fermement la garde. Tournant la lame brisée vers la paroi, il entreprit de la glisser entre deux blocs de pierre.

Par pitié ! implora-t-il quand il sentit une énorme résistance.

Quelqu'un dut l'entendre, car la lame consentit à s'enfoncer.

À la force des poignets, Morgan se hissa au niveau de l'arme. L'Épée résista. Des fragments de rocher tombèrent dans le gouffre, mais le prince de Granit ne bougea pas.

Morgan retira l'Épée et recommença le processus. Il se hissa un peu plus haut et sentit une vague de chaleur circuler dans son corps. *La magie ?* Il chercha des yeux l'aura de l'Épée, mais ne vit rien.

Se tenant d'une main, il fouilla dans son sac et en sortit la corde et un grappin. Des ustensiles de cuisine et une couverture tombèrent et s'écrasèrent sur la dalle, mais il ne s'en soucia pas.

Il glissa la corde autour de sa taille et de ses épaules, en faisant un harnais.

— Horner ! murmura-t-il.

Le vieil éclaireur leva la tête. Morgan lui lança la corde et il la saisit à deux mains.

Il commença aussitôt à glisser, mais la corde se tendit, arrêtant sa chute. Morgan faillit lâcher prise, mais il serra plus fort le pommeau de l'Épée de Leah et la lame tint bon.

— Grimpez jusqu'à moi !

Horner Dees se hissa lentement. Quand il passa à côté des ustensiles tombés du sac de Morgan, il les percuta et ils tombèrent dans le gouffre, entraînant d'autres cailloux avec eux.

Cette fois, le prince de Granit toussa et se réveilla.

Son grognement fit vibrer les parois de pierre. Puis il se souleva, son corps heurtant les parois du tunnel. Quand il commença à bouger, Morgan, suspendu au pommeau de son Épée, et Dees, accroché à la corde, sentirent l'onde de choc se répercuter jusque dans leurs os. Le prince de Granit s'agita et un sifflement étrange retentit.

Puis le monstre disparut dans l'obscurité et le bruit cessa. Morgan et Dees regardèrent sous eux.

Une tache verdâtre à l'aspect étrange montait le long de la paroi. Quand elle toucha la couverture tombée du sac de Morgan, la laine se transforma aussitôt en pierre.

Horner Dees recommença à grimper. Quand il arriva au niveau de Morgan, le montagnard lui fit signe de s'arrêter, redonna du mou à la corde et reprit son ascension en utilisant sa méthode.

Peu à peu, la lumière du jour devint plus vive au-dessus d'eux, les attirant comme une balise vers la surface de la cité et la sécurité.

Trempé de sueur, Morgan haletait et tout son corps le faisait souffrir. À un moment, il pensa s'arrêter un peu. Mais il ne pouvait pas. La tache verte continuait de monter vers eux et gagnait du terrain.

Morgan se concentra uniquement sur l'escalade et sentit de nouveau la chaleur se répandre dans son corps – plus forte et plus insistante. Un instant, il regarda l'Épée de Leah et vit qu'elle brillait.

La magie est encore là, pensa-t-il avec une détermination féroce. *Et elle m'appartient toujours.*

Soudain, il sentit sous ses doigts les barreaux d'une échelle. Il grimpa frénétiquement mais entendit la voix de Horner Dees derrière lui.

Le poison du prince de Granit était à quelques pouces des bottes du vieil homme.

Morgan tendit la main gauche et, sollicitant une force qu'il ignorait posséder, se hissa avec la droite jusqu'à ce qu'il ait mis Dees hors de danger.

Ils s'engagèrent tous les deux sur l'échelle et Morgan remit l'Épée de Leah dans son fourreau.

Elle est toujours magique ! pensa-t-il.

Quelques minutes plus tard, ils émergèrent du puits et se laissèrent tomber sur la chaussée, épuisés.

Puis ils rampèrent vers le bâtiment le plus proche et s'écroulèrent dès qu'ils furent à l'abri de ses murs.

— Je savais... que j'avais raison... de vous vouloir comme ami, haleta Dees.

Il tendit un bras et attira le montagnard contre lui.

Morgan ne s'étonna pas de le sentir trembler comme une feuille.

Chapitre 21

Pe Ell passa la journée à dormir.

Dès qu'il eut quitté Force Vitale et les autres, il gagna directement un bâtiment tout proche qu'il avait repéré deux jours plus tôt. Pour ne pas être vu par d'éventuels observateurs, il entra par une porte latérale, monta au premier étage, suivit un long couloir et pénétra dans une grande salle bien éclairée dont les fenêtres occupaient presque tout le mur qui donnait sur la rue. De là, il pourrait surveiller le refuge de ses anciens compagnons.

Il s'autorisa un sourire. Quelle bande d'imbéciles !

Pe Ell avait un plan. Comme Force Vitale, il pensait que le roi de Pierre se cachait quelque part dans la cité. Il ne croyait pas que les autres le trouveraient, même s'ils cherchaient pendant des mois. Lui seul en était capable. Ces idiots n'arrivaient pas à la cheville d'un chasseur né tel que lui. Horner Dees était un éclaireur, mais ses connaissances se révélaient inutiles dans une ville de pierre. Carisman et Morgan Leah n'avaient aucun talent qui vaille la peine d'être mentionné. Force Vitale refusait d'utiliser sa magie – peut-être à raison, mais il n'en était pas encore convaincu. Seul Walker Boh aurait pu lui être utile. Mais c'était son pire ennemi, et il ne voulait pas avoir à le surveiller sans arrêt.

Son plan était simple. Pour arriver à Uhl Belk, il fallait se servir du Râteau. Le Grimpeur était son animal favori, une sorte de chien de garde géant qui maintenait sa ville à l'abri des intrus. Il le libérait la nuit pour nettoyer les rues et les bâtiments.

Mais il travaillait *seulement* de nuit. Quand Pe Ell s'était demandé pourquoi, la réponse lui avait semblé évidente. Comme toutes les autres créatures servant le roi de Pierre, le Grimpeur était aveugle. Il chassait en se servant de ses autres sens et la lumière du jour l'aurait gêné.

Où allait-il pendant la journée ? s'était demandé Pe Ell. Encore une fois, la réponse était évidente : comme tout animal favori, il retournait près de son maître. Donc, s'il parvenait à suivre le Râteau jusqu'à sa tanière, le tueur professionnel avait une bonne chance de trouver le roi.

Pe Ell s'estimait dans une bonne position pour réussir. Lui aussi avait toujours chassé de nuit et ses sens étaient aussi aiguisés que ceux du Grimpeur. Il pourrait donc le suivre...

Le Râteau était un monstre. Pe Ell savait qu'il n'aurait aucune chance s'il l'affrontait, même avec l'aide du Stiehl. Mais il pouvait devenir une ombre quand il le décidait.

Il jouerait donc au chat et à la souris avec le Râteau.

Si le tueur avait connu beaucoup d'émotions dans sa vie, la peur n'en faisait pas partie. Il avait un grand respect pour les capacités du Grimpeur, mais ne le craignait pas. Après tout, il était le plus intelligent des deux !

À la nuit tombée, il le prouverait.

Il dormit toute la journée, étendu sur le sol sous une fenêtre, d'où il pourrait entendre tout ce qui se passerait dans la rue.

Quand le crépuscule arriva, il se leva, descendit l'escalier et sortit du bâtiment.

Il n'avait pas entendu les autres revenir de leur expédition journalière. C'était étrange. Ils étaient peut-être entrés par une autre porte... Un moment, il envisagea d'aller voir s'ils étaient là, mais il abandonna cette idée. Ce qui leur arriverait ne le concernait pas. Même Force Vitale n'avait plus autant d'importance à ses yeux. Maintenant qu'il s'était éloigné d'elle, elle avait perdu son emprise sur lui. Redevenue une jeune fille qu'on l'avait chargé de tuer, il l'abattrait, si elle était encore vivante quand il reviendrait de sa nuit de chasse.

En fait, il les tuerait tous !

Pe Ell attendit qu'il fasse complètement nuit. Quand l'obscurité enveloppa les bâtiments, il avait déjà écouté et catalogué tous les bruits nocturnes.

Le tueur avança lentement, telle une ombre dans les ténèbres. Il n'avait pas d'autre arme que le Stiehl, bien caché sous son pantalon. Mais pour le moment, les seules armes dont il avait besoin étaient son instinct et sa discrétion.

Il atteignit un croisement de rues où il put s'accroupir dans une entrée bien protégée qui lui offrait une vue dégagée sur tout ce qui se passait à deux blocs de distance.

Il s'installa contre un poteau et attendit.

Très vite, il pensa à la jeune fille.

Force Vitale, la fille du roi de la rivière Argentée... Une énigme qui éveillait en lui des sentiments contradictoires difficiles à analyser. Il aurait été plus simple de les nier et de faire ce que Rimmer Dall lui avait demandé : la tuer. Pourtant, il n'arrivait pas à se décider. Il y avait plus en jeu que sa résistance face aux tentatives de Dall pour le rallier à la cause des Ombreurs. Et plus que sa détermination à traiter les choses à sa manière. Le problème, c'étaient les doutes et les hésitations qu'elle faisait naître en lui, et le sentiment qu'elle savait sur lui des choses que lui-même ignorait.

Les secrets... Elle en détenait tellement ! S'il la tuait, ils seraient perdus à jamais.

Il se la représenta mentalement comme il l'avait fait chaque nuit depuis le début de leur voyage. Il revit la perfection de ses traits, la façon dont la lumière, en jouant sur son visage et son corps, la rendait encore plus fascinante. Il entendit la musique de sa voix et eut l'impression de toucher sa peau.

Force Vitale, à la fois réelle et irréelle... De son propre aveu, elle était une élémentale. Mais elle restait pourtant humaine. Pe Ell avait depuis longtemps perdu tout respect pour la vie. Il était un assassin professionnel qui n'avait jamais échoué et ne comprenait pas le concept d'échec. Depuis sa jeunesse, il était un mur impossible à démolir et inaccessible pour les autres, sauf au cours des rares moments où il tolérait leur présence.

Mais Force Vitale menaçait son équilibre. Elle était en mesure de gâcher ses talents et de le détruire. Il ignorait de quelle façon, mais c'était possible. Elle avait le pouvoir de l'anéantir. Logiquement, il aurait dû avoir hâte de la tuer. Mais il était intrigué, car il n'avait jamais rencontré quelqu'un qui fût en mesure de le menacer. Il voulait se débarrasser de cette fille, mais pas avant d'en être devenu plus proche.

Il regarda les rues d'Eldwist et oublia ses étranges états d'âme. Les ombres s'étendaient, l'attirant vers elles. Il était aussi à l'aise ici qu'à la sentinelle du Sud. Car il y avait bien peu de différence, tout compte fait, entre le royaume d'Uhl Belk et celui des Ombreurs.

Il se détendit, ravi de se fondre dans l'anonymat de la nuit.

C'était *elle* et ses crétins de compagnons qui avaient besoin de la lumière.

Il pensa brièvement aux autres types. Juste une façon de passer le temps... Il les imagina mentalement, comme Force Vitale, et évalua leur potentiel de nuisance.

Carisman n'avait aucun intérêt.

Horner Dees... Qu'est-ce qui l'ennuyait tant à propos du vieil homme ? Il détestait la façon dont il le regardait, comme s'il voyait à travers lui.

Pe Ell réfléchit un instant et haussa les épaules. Dees était un vieux bonhomme usé qui ne disposait d'aucune magie.

Morgan Leah... Il détestait le montagnard parce qu'il était le favori de Force Vitale. À sa façon, elle était peut-être amoureuse de lui, même s'il doutait que la fille du roi de la rivière Argentée fût capable de véritables sentiments. Elle se servait de Morgan comme de tous les autres. Le montagnard, jeune et imprudent, trouverait probablement le moyen de se tuer avant de devenir un véritable problème.

Restait Walker Boh.

Pe Ell prit un peu plus de temps pour étudier son cas. Cet homme était une énigme. Il contrôlait la magie, mais ne semblait pas à l'aise quand il l'utilisait. Force Vitale l'avait pratiquement ressuscité. Pourtant, il ne semblait pas particulièrement intéressé par la vie. En revanche, il était obsédé par des mystères presque aussi intrigants que ceux de la jeune fille.

Walker Boh avait une perception des choses qui surprenait Pe Ell. Avait-il le don de prescience ? Des années plus tôt, le tueur avait entendu parler d'un homme qui vivait dans les Terres de l'Est, communiquait avec les animaux et pouvait prévoir certains changements avant qu'ils surviennent. Était-ce lui ? On disait qu'il faisait un adversaire redoutable. Même les gnomes étaient terrorisés.

Il devrait se méfier du manchot. Il n'avait pas peur de Boh, bien entendu...

Mais Walker n'avait pas peur de lui non plus.

Pas encore...

La nuit était bien avancée et les rues restaient paisibles. Pe Ell attendit patiemment. Il savait que le Râteau finirait par venir, déterminé à les exterminer, ses compagnons et lui.

Il réfléchit un moment à ce que lui apporterait une magie comme celle de la Pierre elfique noire. Quand il l'aurait – et il était certain d'y parvenir – qu'en ferait-il ?

Eh bien, il s'en servirait contre Rimmer Dall, pour commencer ! S'infiltrant dans la sentinelle du Sud, il trouverait le Premier Questeur et l'éliminerait. Rimmer Dall était plus exaspérant qu'utile. Il semblait être temps de mettre un terme à leur partenariat.

Ensuite, il utiliserait peut-être le talisman contre les autres Ombreurs. Par exemple pour devenir leur chef...

Non, parce qu'il ne voulait pas avoir à s'occuper d'eux ! Il vaudrait sans doute mieux éliminer tous ceux qu'il débusquerait. Un défi très intéressant...

D'abord, il lui faudrait apprendre à se servir de la Pierre. Aurait-il besoin de Force Vitale pour le lui enseigner ? Devrait-il la laisser vivre un peu plus longtemps ? Pour le moment, il fallait se concentrer sur le moyen de s'approprier le talisman.

Près d'une heure passa avant qu'il entende le Râteau approcher.

Le monstre arriva par l'est, ses pattes métalliques raclant le sol, et déboula carrément devant Pe Ell.

L'assassin en profita pour étudier de près la créature au corps de chair et d'acier. Immense et blindée de la tête aux pieds, elle semblait effectivement invulnérable.

Il attendit que le Grimpeur s'éloigne, en quête de proie, et se lança à sa poursuite.

Tout le reste de la nuit, il suivit le Râteau de loin, se fiant à son ouïe plus qu'à sa vue. Car s'il se faisait repéré, le chasseur deviendrait le gibier, et il aurait perdu la partie.

Jouer au chat et à la souris demandait beaucoup de calme et de patience.

À l'approche de l'aube, le Râteau disparut. Pe Ell l'avait aperçu quelques minutes plus tôt, au centre de la cité, très près de l'endroit où les autres imbéciles se cachaient. Il avait entendu ses pattes et ses tentacules racler la pierre, puis... plus rien !

Pe Ell tendit l'oreille mais ne capta plus aucun son.

Il avança prudemment dans une allée, arriva au bout et sonda la rue où elle débouchait.

À gauche, l'artère slalomait entre des rangées de hauts bâtiments plongés dans la pénombre. À droite, une autre voie la coupait. Deux grandes tours s'élevaient un peu plus loin, leur sommet invisible dans le noir.

Pe Ell enragea. Comment avait-il pu perdre la piste si vite ? Comment le Râteau avait-il fait pour disparaître ainsi ?

Puis le tueur s'aperçut que l'aube ne tarderait pas à poindre. C'était le moment où le Râteau se cachait... Peut-être l'avait-il déjà fait. Mais où ?

Pe Ell allait sortir de sa cachette quand son sixième sens l'avertit d'un danger. Le Râteau était bien caché, mais pas pour fuir la lumière. Il organisait une embuscade !

Sentant que les intrus étaient toujours dans la ville, il devait les tuer... ou se faire tuer. Avec l'espoir que ses adversaires le suivraient, il avait tendu un piège, et il attendait de voir s'ils tombaient dedans.

Pe Ell recula dans les ombres de l'allée. Le chat et la souris... Parfois, les rôles s'inversaient.

Pe Ell attendrait le temps nécessaire.

Soudain, le Râteau émergea des ombres d'un bâtiment, de l'autre côté de la rue, prêt à attaquer. Le tueur retint son souffle quand le monstre renifla l'air et se tourna lentement dans toutes les directions.

Puis il reprit son chemin, certain qu'il n'y avait personne.

Pe Ell expira doucement et le suivit.

Une lumière grisâtre se levait, gênant plus la visibilité qu'autre chose. Pe Ell ne ralentit pas, se fiant à son ouïe pour le prévenir des dangers.

Le Râteau ne s'occupait plus de traquer ses proies. Sa nuit de travail terminée, il rentrait au bercail.

Dans le repaire du roi de Pierre, pensa Pe Ell, un rien impatient pour la première fois depuis le début de la chasse.

Il rattrapa le Grimpeur quand il s'arrêta devant un bâtiment pour palper un mur lisse du bout d'un tentacule. Quand il eut trouvé le mécanisme, une partie de la façade se releva sans un grincement.

Le Râteau se glissa dans l'ouverture. Dès qu'il fut entré, le mur se remit en place derrière lui.

Je te tiens ! pensa Pe Ell.

Il resta quand même une heure en faction pour s'assurer que ce n'était pas un piège. Quand il en fut certain, il émergea des ombres et courut vers l'entrée secrète du bâtiment.

La pierre était lisse et plate. En plissant les yeux, il vit le joint, entre le cadre et la porte, mais dut reconnaître qu'il ne l'aurait jamais remarqué s'il n'avait pas su quoi chercher.

Loin au-dessus de lui, à peine visible sur le gris de la pierre, il aperçut un levier...

Satisfait, le tueur retraversa la rue et se chercha une cachette. Quand il l'aurait trouvée, il y resterait le temps d'imaginer un moyen de manipuler le levier. Puis il dormirait jusqu'à la nuit.

Ensuite, il attendrait que le Râteau sorte travailler.

Puis il entrerait dans le repaire.

Chapitre 22

Dans les Terres de l'Ouest, les nuits étaient humides et étouffantes, car la chaleur du jour – une véritable fournaise – ne se dissipait quasiment pas après le coucher du soleil.

Les seuls sons qu'on entendait dans le silence nocturne, à part le bourdonnement incessant des insectes, sortaient des gorges de proies que les chasseurs étouffaient entre leurs mâchoires.

Par la plus moite des nuits, le drame de la vie et de la mort continuait sous le regard indifférent de la nature.

Ayant atteint une intersection, Wren Ohmsford et son ami Garth poussèrent leurs chevaux vers la piste défoncée qui conduisait à la ville de Grimpen. Pour arriver là en partant du Tirfing, il leur avait fallu une semaine de voyage. Traversant les cols secrets de l'Irrybis que seuls les vagabonds connaissaient, ils avaient ensuite remonté les pistes du pays Sauvage vers le nord-ouest. Après un grand détour pour éviter le Bord-du-Linceul, ils avaient gagné le pont Hurleur puis emprunté la route boueuse qui menait au repaire de brigands le plus tristement célèbre des Terres de l'Ouest.

Quand on n'avait plus d'endroit où aller, disait-on, il restait toujours Grimpen. Défendu par l'Irrybis et l'éperon Rocheux, la ville était un refuge sûr pour les voleurs, les assassins et une pléthore d'autres hors-la-loi.

C'était aussi un piège mortel, car les bandits, livrés à eux-mêmes, n'avaient rien de plus pressé que de s'entre-tuer. Les naïfs qui venaient à Grimpen avec l'espoir d'y couler une vieillesse heureuse ne tardaient pas à découvrir les charmes tout relatifs de son cimetière...

Quand la ville apparut entre les arbres, Wren et Garth ralentirent, car de la lumière brillait aux fenêtres de certains bâtiments.

Ravagés par les intempéries et le manque d'entretien, la plupart des édifices semblaient sur le point de s'écrouler. Filtrant par leurs portes entrouvertes – une quête de fraîcheur des plus futiles – des rires rauques et des cliquetis de verres venaient troubler la quiétude de la nuit.

De temps en temps, un cri d'agonie signalait la fin du passage sur terre d'un ruffian malchanceux.

Wren regarda Garth et soupira.

— Nous laisserons les chevaux cachés ici, lui dit-elle à la fois oralement et dans le langage des signes.

Garth acquiesça et ils conduisirent leurs montures dans une clairière où ils les attachèrent près d'un bosquet de bouleaux.

— Doucement, murmura Wren, avant de répéter ce conseil en bougeant rapidement les doigts.

Les deux amis revinrent sur la route et continuèrent leur chemin vers la ville.

Ils avaient chevauché toute la journée – mais très lentement, car ils n'auraient pas pu forcer l'allure, avec cette chaleur, sans mettre en danger la vie de leurs montures.

Dans le pays Sauvage, le bois pourrissait au cœur des forêts, les ruisseaux étaient à sec ou empoisonnés, et l'air brûlait la peau. Ici, la chaleur était toujours deux fois pire que n'importe où ailleurs dans les Quatre Terres. Bref, ce n'était pas pour rien que le pays Sauvage était tenu pour leur dépotoir...

Les bandes de vagabonds venaient souvent commercer à Grimpen. Habitués à être mal vus partout, ils s'y sentaient chez eux. Cela dit, ils venaient toujours « en famille », se fiant au nombre pour se protéger. Ils entraient rarement par deux à Grimpen, comme Wren et Garth s'apprêtaient à le faire.

Une rencontre avec une famille de marchands avait persuadé la jeune femme et son protecteur de prendre ce risque. Le lendemain de la tentative ratée de Garth visant à débusquer l'espion qui les suivait, ils avaient croisé un vieil homme, ses fils et ses brus, qui voyageaient vers le nord.

Après un repas sympathique, Wren leur avait demandé s'ils savaient quelque chose sur le sort des elfes des Terres de l'Ouest.

— Pas directement, petite, avait répondu le vieil homme en mâchouillant sa pipe. Mais à *La Plume de Fer*, à Grimpen, une vieille femme sait tout cela. On l'appelle la Vipère-harpie. Je ne lui ai pas parlé, parce que je ne fréquente pas les tavernes de Grimpen, mais on raconte que cette vieille est une prophétesse. Bizarre et peut-être folle... J'ai entendu dire qu'elle sert à tous ces bandits, qui lui arrachent des secrets pour se faire de l'argent. Nous ne nous en sommes pas approchés !

Quand la famille fut endormie, Wren et Garth avaient tenu une sorte de conseil de guerre. Bien qu'il y eût des raisons évidentes d'éviter le pays Sauvage, les choses n'étaient pas si simples.

Primo, leur espion était encore là, hors de vue mais toujours sur leurs traces. Le pays Sauvage serait peut-être assez rude pour qu'il renonce... ou qu'il lui arrive malheur.

Secundo, c'était la première fois qu'on répondait positivement à la question de Wren sur les elfes. Il aurait paru déraisonnable de ne pas vérifier.

Ils avaient donc décidé d'aller à Grimpen malgré les risques. Et ils sauraient bientôt si le jeu en valait la chandelle.

Ils remontèrent la rue principale et virent une multitude de tavernes – mais pas de *Plume de Fer*. Ils croisèrent des hommes et quelques femmes, tous puant la bière et la sueur rance. Certains rustres, déjà ivres, tentèrent d'accoster Wren. Le géant les écarta sans douceur.

À un carrefour, la jeune femme aperçut un groupe de vagabonds qui revenaient vers leurs caravanes, au bout d'une rue sans éclairage. Elle les appela et leur demanda s'ils connaissaient *La Plume de Fer*. L'un d'eux fit la grimace et lui indiqua une direction.

Wren et Garth continuèrent leur chemin.

La taverne sise au centre de Grimpen était une grande bâtisse déglinguée au porche peint en rouge et bleu. La double porte, ouverte, était tenue par des cordes.

Wren et Garth entrèrent et étudièrent attentivement la salle pleine à craquer. Quelques têtes se tournèrent vers eux, puis se baissèrent. Personne ne voulait soutenir le regard du géant. Wren approcha du comptoir, appela le serveur et lui demanda de la bière.

L'homme leur apporta les chopes et attendit son argent.

— Connaissez-vous une femme appelée la Vipère-harpie ? demanda Wren.

L'homme secoua la tête, prit sa pièce de cuivre et s'éloigna. Wren le vit parler à un autre type qui s'éclipsa peu après. Elle but un peu de bière, la trouva désagréablement tiède et reposa la chope. Puis elle se déplaça le long du comptoir et posa sa question aux autres clients. Personne ne connaissait la Vipère-harpie. Un des buveurs émit une suggestion grossière mais fort peu imaginative. Puis il avisa Garth et se hâta de filer.

Wren continua de passer en revue les clients. Un autre homme lui posa une main sur le bras et elle le repoussa. Quand il recommença, elle lui assena sur le visage un coup du tranchant de la main – si fort qu'il tomba sur le sol, assommé.

Elle l'enjamba, pressée d'en avoir fini. Continuer était dangereux, même avec Garth pour la protéger.

Au bout du comptoir, elle s'arrêta. À l'arrière de la salle, un groupe d'hommes était assis à une table, dans la pénombre. L'un d'eux lui fit signe de les rejoindre. Elle hésita, puis se fraya un chemin dans la foule, Garth sur ses talons. Elle atteignit la table et s'immobilisa, assez loin pour ne pas être à portée de mains des hommes. Sales, échevelés, barbus et l'air hargneux, tous avaient une chope de bière devant eux.

— Qui cherchez-vous, petite ? demanda le type qui lui avait fait signe.

— Une prophétesse appelée la Vipère-harpie, répondit Wren, sûre que l'homme connaissait déjà la réponse à sa question.

— Que lui voulez-vous ?

— Lui demander ce qu'elle sait sur les elfes.
— Il n'y a pas d'elfes !
Wren attendit la suite.
L'homme la dévisagea. C'était un gaillard grossier aux traits épais et aux yeux bovins.
— Supposons que je décide de vous aider. En échange, feriez-vous quelque chose pour moi ? (L'homme regarda Wren un moment, puis eut un sourire insolent.) Non, pas ce que vous pensez ! Je voudrais seulement que vous lui demandiez quelque chose de ma part. Vous êtes une vagabonde. La Vipère-harpie aussi. Vous l'ignoriez, n'est-ce pas ? Elle n'aime pas nous parler, mais à vous, elle accepterait peut-être. Si je vous conduis près d'elle, vous devrez lui poser une ou deux questions pour mon compte. Marché conclu ?
Wren comprit que l'homme avait l'intention de la tuer. Mais il pouvait peut-être l'amener à la Vipère-harpie. Elle pesa le pour et le contre et se décida.
— D'accord. Mais mon ami vient avec moi.
— Comme vous voudrez... Bien entendu, mes amis viendront aussi. Comme ça, je me sentirai en sécurité. Nous irons tous !
Wren étudia son interlocuteur. Il était lourdement bâti et très musclé. Ses compagnons aussi. S'ils la coinçaient dans un endroit isolé...
— Garth, dit-elle, se tournant vers le géant.
Elle lui parla dans le langage des signes, ses mouvements invisibles pour les hommes attablés.
Garth hocha la tête.
Wren se retourna vers la table.
— Je suis prête.
L'homme se leva, imité par ses compagnons.

Il n'y avait pas d'illusions à se faire sur leurs intentions.

L'interlocuteur de Wren se dirigea vers une porte, au fond de l'établissement. Elle le suivit, Garth un pas derrière elle. Les autres hommes fermant la marche, ils sortirent dans un couloir désert et se dirigèrent vers une nouvelle porte.

L'homme se retourna.

— Je veux savoir comment elle fait pour deviner les cartes et les dés qui vont sortir. Et comment elle sait ce que les joueurs pensent. Des réponses pour vous, petite, et quelques-unes pour moi ! Je dois gagner ma vie, comme tout le monde...

Il s'arrêta devant une porte, sortit une clé de sa poche et ouvrit la porte, révélant une volée de marches.

Puis il tendit la main, saisit une lampe, l'alluma et la donna à Wren.

— Elle est dans la cave, dit-il. Allez lui parler. Emmenez votre ami, si vous voulez. Nous attendrons ici. Mais ne vous avisez pas de revenir sans mes réponses. Compris ?

— Garth va rester ici avec vous, répondit Wren. Au cas où...

L'homme haussa les épaules, mal à l'aise.

Wren fit signe au géant de l'attendre, puis elle prit la lampe et descendit.

L'escalier donnait sur un couloir de terre battue étayé par des planches. Ici, il faisait un peu plus frais. Des insectes couraient partout et des toiles d'araignées effleurèrent le visage de Wren. Au bout du couloir, elle vit la cave à la chiche lueur de sa lampe.

Une vieille femme était assise contre le mur du fond. Son corps évoquant une coquille desséchée et son visage était si ridé qu'on eût dit une vieille pomme. Ses cheveux blancs tombaient sur les épaules, elle portait un chemisier, une jupe et une paire de bottes usées. Quand Wren approcha et s'agenouilla, elle leva la tête. Wren vit que ses yeux étaient laiteux et fixes.

La femme était aveugle.

Wren posa la lampe à huile sur le sol.

— Êtes-vous la prophétesse appelée la Vipère-harpie, madame ? demanda-t-elle.

— Qui veut connaître l'avenir ? Dites-moi votre nom.

— Je m'appelle Wren Ohmsford.

— Êtes-vous avec *eux* ?

— Non. Mon compagnon et moi sommes tous les deux des vagabonds.

Les vieilles mains se levèrent et effleurèrent le visage de Wren, qui ne bougea pas.

— Vous êtes une elfe...

— J'ai du sang elfique, oui.

— Une elfe..., répéta la vieille femme d'une voix sifflante. Je suis la Vipère-harpie. La prophétesse qui voit l'avenir et qui dit la vérité. Que voulez-vous de moi ?

— Je cherche les elfes des Terres de l'Ouest. On m'a dit que vous saviez où je les trouverai – s'ils existent encore.

La Vipère-harpie gloussa de rire.

— Ils existent ! Mais ils ne se montrent pas à n'importe qui. Est-il si important pour vous de les trouver, petite elfe ? Avez-vous besoin de la présence des vôtres ? Non, ce n'est pas cela... Malgré votre ascendance, vous êtes une vagabonde, et une vagabonde n'a besoin de personne. Alors, pourquoi les cherchez-vous ?

— Parce qu'on m'a confié une mission.
— Une mission ? (Les rides de la vieille femme se creusèrent.) Approchez, petite !

Wren hésita, puis elle obéit. Les mains de la vieille se posèrent de nouveau sur son visage, puis descendirent vers son corps. Quand elle toucha le chemisier de Wren, la prophétesse sursauta et retira sa main.

— La magie ! cria-t-elle.
— La magie ? Quelle magie ? demanda Wren en prenant la main de la femme.

Tremblante, la Vipère-harpie baissa la tête.

— Petite elfe, murmura-t-elle, qui vous a envoyé chercher les elfes des Terres de l'Ouest ?
— L'ombre d'Allanon.

La femme releva la tête.

— Allanon ! Une mission confiée par un druide ? Très bien. Écoutez-moi. Allez vers le sud du pays Sauvage, traversez l'Irrybis et suivez la côte de la Ligne de Partage Bleue. Quand vous arriverez aux cavernes des Rocs, faites un feu et entretenez-le pendant trois jours et trois nuits. Quelqu'un viendra vous aider. Vous avez compris ?
— Oui, dit Wren, se demandant si c'était vraiment le cas. Les Rocs n'étaient-ils pas d'antiques oiseaux côtiers géants ?
— Soyez prudente, petite elfe... Je vois des périls dans votre avenir : la trahison et le mal. Mes visions sont des vérités qui me hantent. Écoutez-moi et faites attention. N'accordez votre confiance à personne !

La prophétesse s'adossa de nouveau au mur. Sa jupe usée s'étant déplacée, Wren vit une chaîne de fer autour de sa cheville.

Elle tendit la main vers la vieille femme.

— Madame, dit-elle, je vais vous libérer. Mon ami et moi pouvons vous aider, si vous le souhaitez. Il n'y a pas de raison que vous restiez prisonnière ici !

— Prisonnière ! lança la Vipère-harpie avec un sourire féroce. Ce que j'ai l'air d'être et ce que je suis sont deux choses bien différentes !

— Mais la chaîne...

— Ne me retiendra pas une seconde de plus que je ne le consentirai ! Ces hommes – des imbéciles – m'ont enchaînée dans cette cave et ils attendent que je fasse ce qu'ils veulent. Ce sont des minables qui aspirent à s'approprier les biens des autres. Je pourrais leur donner ce qu'ils souhaitent et m'en aller. Mais ce jeu m'amuse. Et quand il en ira autrement, petite elfe, et que je déciderai de partir, il me suffira de faire ça...

Les mains noueuses de la vieille vagabonde se transformèrent en serpents aux langues dardées. Wren recula et se protégea le visage en levant les mains.

Quand elle regarda de nouveau, les reptiles avaient disparu.

— Les serpents... Étaient-ils réels ?

La Vipère-harpie eut un sourire énigmatique.

— Partez, maintenant. Et faites ce que vous voudrez de ce que je vous ai révélé. Mais protégez-vous bien, petite elfe. Soyez prudente.

Wren hésita, se demandant si elle devait encore interroger la vieille femme. Elle décida de n'en rien faire. Ramassant la lampe, elle s'éloigna.

— Au revoir, madame, murmura-t-elle.

Elle remonta l'escalier et sortit dans le couloir.

Garth l'attendait, face aux hommes de la taverne. Wren sentit leur avidité.

— Que vous a dit la vieille ? demanda leur chef.

— Rien. Elle ignore tout des elfes. Ou si elle le sait, elle ne veut pas en parler. Et elle refuse de dire un mot sur les jeux de cartes ou de dés. Elle n'a rien d'une prophétesse, à vrai dire. À mon avis, elle est folle à lier.

— Vous mentez mal, jeune fille !

Wren ne changea pas d'expression.

— Je vais vous donner un conseil, *mon vieux*. Laissez-la partir. Ça vous sauvera peut-être la vie.

Un couteau jaillit dans la main de l'homme.

— Mais ça n'épargnera pas la vôtre !

Il n'eut pas le temps d'en dire plus. Wren laissa tomber la lampe sur le sol. L'huile se répandit partout, atteignant les planches des murs. Le chef de la bande prit feu, hurla, recula et s'écroula dans les bras de ses compagnons.

Wren et Garth foncèrent vers la porte de derrière et le géant la défonça d'un coup d'épaule.

La jeune femme et le grand vagabond coururent dans la nuit et débouchèrent dans la rue principale de Grimpen.

Ils ralentirent et écoutèrent. Rien, sinon des cris et des rires dans la taverne la plus proche... Il n'y avait pas trace de l'incendie, et aucun signe de poursuite.

Ils repartirent d'un pas décontracté.

— Nous irons au sud, vers la Ligne de Partage Bleue, annonça Wren quand ils furent sortis de la ville.

Elle répéta sa phrase dans le langage des signes.

Garth hocha la tête.

Et ils disparurent dans la nuit.

Chapitre 23

Quand Walker Boh, Force Vitale et Carisman quittèrent Morgan et Horner Dees, ils parcoururent une courte distance vers l'est dans les rues d'Eldwist avant de s'arrêter. Walker et la jeune fille se regardèrent, comme s'ils lisaient dans l'esprit l'un de l'autre.

Carisman les regarda sans comprendre ce qui se passait.

— Vous savez où le roi de Pierre se cache, dit Force Vitale.

— Je pense le savoir, répondit Walker. L'avez-vous perçu quand vous avez décidé de venir avec moi ?

— Oui. Lorsque nous le trouverons, il faudra que je sois présente.

Elle n'expliqua pas pourquoi, et Walker ne posa pas la question. Il regarda au loin, essayant en vain de voir au-delà du brouillard et de l'obscurité. Mais il n'y avait rien à trouver, bien entendu. Les réponses à ses questions se tapissaient à l'intérieur de lui-même.

— Je crois que le roi de Pierre est dans le dôme, dit-il. Je m'en suis douté quand nous y sommes passés, il y a quelques jours. Il ne semble pas y avoir d'entrée. Mais en touchant la pierre, j'ai discerné une présence inexplicable. Hier, quand nous étions prisonniers dans la caverne, j'ai de nouveau senti cette présence – mais cette fois elle était au-dessus de nous. Ensuite, j'ai fait un rapide calcul. Le dôme est situé exactement au-dessus de la caverne.

» Eldwist est le fidèle reflet de celui qui l'a créée. Uhl Belk a tout transformé en pierre et étendu son domaine symétriquement, quand la configuration du terrain le permettait. Le dôme se trouve au centre de la cité, il est le moyeu d'où les rues et les bâtiments partent comme des rayons.

» Uhl Belk est dedans !

— Alors, nous devons aller à sa rencontre, dit Force Vitale.

Ils repartirent, longèrent le trottoir jusqu'au bout du pâté de maisons, puis prirent vers le nord. Walker ouvrait la marche. Il évitait le milieu des rues et se méfiait des trappes.

Gêné par le silence de ses compagnons, Carisman fredonnait à voix basse.

Une averse les surprit et les laissa trempés jusqu'aux os, les pieds gelés dans leurs bottes.

Walker Boh pensa à son foyer. Depuis quelque temps, il se réfugiait souvent dans les souvenirs de ce qui était jadis agréable et rassurant.

Au début, il avait essayé de bannir ses souvenirs de la Pierre d'Âtre, car ils le faisaient trop souffrir. Sa petite maison avait brûlé de fond en comble. Cogline et Rumeur étaient morts. Lui s'en était à peine sorti vivant, et tout cela lui avait quand même coûté un bras.

Il s'était toujours cru invulnérable aux intrusions du monde extérieur, assez orgueilleux et stupide pour se vanter de ne craindre aucun ennemi. Il avait négligé les rêves qu'Allanon lui avait envoyés, les demandes d'aide de Par Ohmsford et refusé la mission confiée par le druide. Enfermé entre des murs imaginaires, il s'était cru en sécurité.

Quand ces murs s'étaient écroulés, il avait découvert qu'il ne pouvait pas les remplacer. Tout ce qu'il avait cru indestructible était perdu.

Mais il avait des souvenirs plus anciens de la Pierre d'Âtre. Toutes les années où il avait vécu en paix dans la vallée, avec le temps de faire tout ce qu'il voulait. Il se souvenait des trilles des oiseaux, de l'odeur des fleurs et des arbres, du chant des ruisseaux printaniers, du sentiment de sérénité qui l'emplissait au lever du soleil comme à la tombée de la nuit. Dans ces souvenirs-là, l'Oncle Obscur trouvait la paix.

Mais cela lui valait un répit temporaire. Les nécessités du présent refusaient de se laisser bannir. Walker s'échappait de courts instants dans le monde qui l'abritait avant qu'il soit emporté par un flot d'événements qu'il avait été assez stupide pour tenter d'ignorer. Le soulagement transitoire dû à ses souvenirs lui rappelait qu'il ne lui restait rien de tout cela. Le passé était à tout jamais hors d'atteinte... et le présent s'imposait désagréablement à lui.

Il se débattait au milieu du naufrage de sa vie et luttait pour rester à la surface. Mais il n'aurait pas fallu grand-chose pour qu'il abandonne et se laisse couler.

Ils atteignirent le dôme vers dix heures et commencèrent les recherches. Sans se séparer, car ils ne voulaient pas prendre de risques, au cas où le roi de Pierre serait bien là.

Ils tournèrent autour du dôme, sondèrent ses murs et examinèrent attentivement le sol.

Le bâtiment était large de plus de trois cents pieds. De curieuses gravures décoraient son sommet, près de son toit orné de grandes feuilles d'or qui évoquait les pétales d'une fleur géante. Au niveau du sol, les murs étaient truffés de niches et d'alcôves, mais elles ne menaient nulle part.

— Je sens toujours une présence, affirma Walker Boh. Il y a quelque chose ici. J'en suis persuadé.

Force Vitale approcha de l'Oncle Obscur.

— De la magie, murmura-t-elle.

— C'est bien ça... Tout autour de nous, dans la pierre elle-même.

— Il est là, murmura Force Vitale.

Carisman avança et passa une main sur le mur.

— Pourquoi ne réagit-il pas ? Ne devrait-il pas sortir, histoire de découvrir ce que nous voulons ?

— Il peut ne pas savoir que nous sommes là, dit Force Vitale. Ou il s'en moque. Ou il dort.

Carisman fronça les sourcils.

— Alors, une ode le réveillera peut-être !

« Sors d'un sommeil profond, antique roi de Pierre
Et abandonne enfin ton antre séculaire
Nous t'attendons dehors, épuisés et moroses
L'espoir mort dans nos cœurs comme meurent les roses.

Sors d'un sommeil profond, antique roi de Pierre
Et ne redoute pas ce que nous t'amenons
En nos cœurs si vaillants il n'est pas de colère
Et tu le comprendras grâce à cette chanson.

Sors d'un sommeil profond, antique roi de Pierre
Toi qui as vu couler la rivière du temps
Offre donc aux mortels jetés sur cette terre
Un peu de ton savoir pour calmer leurs tourments. »

Sa chanson terminée, Carisman regarda le dôme, mais rien ne se passa.

— Il n'aime peut-être pas la flatterie... Je réfléchirai à autre chose...

Ils s'éloignèrent du dôme et se réfugièrent à l'ombre d'un bâtiment adjacent. Assis dos contre le mur, pour garder un œil sur le dôme, ils partagèrent le pain dur et les fruits séchés qu'il leur restait.

— Nous n'avons presque plus de nourriture, dit Walker. Et très peu d'eau. Il faudra nous en procurer bientôt.

— Je pêcherai, proposa Carisman. J'ai toujours été très bon avec une canne entre les mains. C'est un excellent moyen de passer le temps en composant des chansons. Walker Boh, que faisiez-vous avant de venir dans le nord ?

Walker hésita, surpris par la question et peu désireux d'y répondre.

Que faisait-il en réalité ? se demanda-t-il.

— J'étais gardien...

— De quoi ? demanda Carisman.

— D'une maison et des terres qui l'entouraient...

— De toute une vallée et des créatures qui la peuplaient, corrigea Force Vitale. Walker Boh est un gardien de la vie à la manière des anciens elfes. Il donnait beaucoup de lui-même pour préserver la terre.

Walker la regarda, une nouvelle fois surpris.

— Mais sans grands résultats, dit-il, mal à l'aise.

— Je ne vous laisserai pas en être juge, fit la jeune fille. Les autres doivent déterminer si votre travail a été couronné de succès. Vous êtes trop dur avec vous-même, et vous n'avez pas assez de recul pour être impartial. (Elle s'interrompit.) Les gens estimeront que vous avez fait tout ce que vous pouviez.

Tous les deux savaient de quoi elle parlait. Walker fut étrangement réconforté par ses paroles, et il se sentit de nouveau un lien de parenté avec elle.

Il hocha la tête et continua de manger.

Le repas terminé, ils retournèrent au dôme et recommencèrent à l'examiner.

— On voit peut-être quelque chose de dessus, avança Force Vitale. Une ouverture ou une irrégularité dans la pierre qui signalerait la présence d'une porte.

Walker regarda autour de lui. Un bâtiment ornementé, distant d'un pâté de maisons, s'évasait au sommet, formant un clocher, et donnait une bonne vue sur le dôme. Ils s'en approchèrent et l'étudièrent. Il était décoré de sculptures représentant des bambins joufflus ailés et des personnages en robes longues.

Ils entrèrent prudemment. La salle centrale était immense. Le verre des fenêtres avait disparu depuis longtemps et les meubles s'étaient transformés en poussière.

Les marches de l'escalier étant effritées par endroits, il leur fallut plus de temps que prévu pour accéder au clocher. De là, on voyait toute la ville, déjà caressée par les ombres du crépuscule.

La pluie avait diminué et les bâtiments se dressaient comme des sentinelles de pierre sur toute la longueur de la presqu'île. Avec un ciel moins plombé, on aurait aperçu la surface du Fléau des Récifs et les falaises déchiquetées de la partie continentale, au-delà de l'isthme. Le dôme était directement sous eux, aussi fermé au sommet qu'à la base.

Ils l'observèrent quand même un long moment, avec l'espoir de découvrir quelque chose qui leur aurait échappé.

Au milieu de leur contemplation, un cor émit un long mugissement.

— Des Urdas ! cria Carisman.

Walker et Force Vitale échangèrent un regard surpris. Le compositeur courut jusqu'à la fenêtre sud de la tour et sonda l'isthme et les falaises.

— J'ai reconnu leur appel ! cria-t-il. (Il mit une main en visière pour mieux voir.) Là ! Venez vite !

Walker et Force Vitale le rejoignirent au pas de course.

Le compositeur désignait l'endroit où les marches menant au pied des falaises étaient à peine visibles dans la brume. Plissant les yeux, ils aperçurent de petites silhouettes pliées en deux comme si elles voulaient se fondre dans les ombres. Des Urdas, reconnut Walker. Et ils avançaient vers la cité.

— À quoi croient-ils jouer ? s'écria Carisman. Ils ne peuvent pas venir ici !

Les Urdas disparurent dans un banc de brouillard. Décomposé, Carisman se tourna vers ses compagnons.

— Si on ne les arrête pas, ils se feront tous tuer !

— Les Urdas ne sont plus sous votre responsabilité, Carisman, rappela Walker Boh. Vous n'êtes plus leur roi.

Carisman n'eut pas l'air convaincu.

— Ce sont des enfants, Walker ! Ils n'ont aucune idée des créatures qui vivent ici. Le Râteau ou le prince de Granit ne tarderont pas à les détruire. D'ailleurs, je ne comprends pas comment ils ont échappé au Koden...

— De la même manière que Dees, il y a dix ans, coupa Walker. En sacrifiant un grand nombre de vies. Et ils continuent d'avancer. Apparemment, ils ne se font pas autant de soucis que vous !

Carisman se tourna vers Force Vitale.

— Ma dame, vous avez vu combien ils sont naïfs. Que savent-ils de la magie du roi de Pierre ? Si on ne les arrête pas...

— Carisman, Walker Boh a raison. Les Urdas sont dangereux pour vous, désormais...

— C'est faux, ma dame. Ils ne me feront pas de mal. Avant que je les abandonne, ils étaient ma famille.

— Non, vos geôliers !

— Ils s'occupaient de moi et me protégeaient de la seule manière qu'ils connaissaient. Ma dame, que dois-je faire ? Ils sont venus me chercher. Pour quelle autre raison auraient-ils pris un tel risque ? Selon ce que je sais, ils ne se sont jamais aventurés aussi loin de leurs montagnes. Ils sont là parce qu'ils croient que vous m'avez enlevé. Puis-je les abandonner une seconde fois, et les laisser mourir ? Je dois les avertir.

— Carisman...

Le compositeur reculait déjà vers l'escalier.

— J'ai toujours été un orphelin à la recherche d'un foyer. Les Urdas m'ont donné ce qu'ils pouvaient. Même si cela vous paraît peu, je ne les laisserai pas mourir...

Carisman se détourna et dévala l'escalier.

Force Vitale et Walker se consultèrent du regard et le suivirent.

Ils le rattrapèrent dans la rue.

— Alors, nous venons avec vous, dit Walker.

— Non ! Vous ne devez pas vous montrer ! Les Urdas croiront que vous me menacez ou que je suis votre prisonnier. Ils risqueraient de vous attaquer.

Laissez-moi m'occuper d'eux. Je leur expliquerai ce qui est arrivé, et ils rebrousseront chemin avant qu'il soit trop tard. Je vous en prie, Walker... Ma dame, s'il vous plaît !

Il n'y avait rien de plus à dire. Carisman avait pris sa décision et ne reviendrait pas dessus.

Ses compagnons obtinrent quand même de l'accompagner le plus loin possible pour être près de lui en cas de problème. Au début, craignant de les détourner d'une tâche plus importante, Carisman ne voulut même pas leur concéder cela. Mais Force Vitale et Walker restèrent inflexibles.

Les trois amis avancèrent en silence dans les rues. Le compositeur annonça qu'il rejoindrait les Urdas à la lisière méridionale de la cité.

Walker pensa qu'il y avait en cet homme un étrange mélange d'insouciance et d'héroïsme.

— Réfléchissez bien à ce que vous voulez faire, lui dit-il en chemin.

Carisman lui répondit par un sourire serein. À son goût, il avait assez réfléchi...

En approchant des limites de la ville, ils aperçurent l'isthme rocheux entre les bâtiments.

Carisman leur fit signe de s'arrêter.

— Attendez-moi ici. Et surtout, ne vous montrez pas. Ça ferait peur aux Urdas. Laissez-moi un peu de temps. Je sais que je peux les convaincre. Comme je vous l'ai dit, ce sont des enfants...

Le compositeur partit, se retournant fréquemment pour vérifier que Walker et Force Vitale ne le suivaient pas.

L'Oncle Obscur étudia les bâtiments, en choisit un et fit signe à Force Vitale de le suivre.

Ils montèrent au dernier étage, où une rangée de fenêtres donnait sur le sud. De là, ils virent de nouveau les Urdas. Formant une file, ils avançaient prudemment. À leur façon de marcher, Walker en déduisit que plusieurs devaient être blessés.

Ils les regardèrent atteindre les limites de la cité et disparaître dans les ombres.

— J'aurais préféré que Carisman reste où il était, dit Walker. Lui aussi est un enfant. Il aurait mieux valu qu'il ne vienne pas avec nous.

— Il a choisi de partir, rappela Force Vitale. Il voulait être libre. Pour lui, nous suivre, même ici, était mieux que rester prisonnier.

— Je me demande parfois combien il existe de gens comme Carisman, soupira Walker. Des orphelins, comme il a dit. Combien de malheureux errent dans les Quatre Terres, condamnés à être des parias à cause des lois de la Fédération, leur magie devenue une malédiction...

Force Vitale s'assit et dévisagea son compagnon.

— Il y en a beaucoup, Walker Boh... Comme Carisman. Et comme vous.

L'Oncle Obscur s'assit à côté d'elle et s'enveloppa de son manteau.

— Je ne pensais pas à moi...

— Vous devriez commencer à le faire. À vous rendre compte.

— Me rendre compte de quoi ?

— Des possibilités de votre vie. Des raisons pour lesquelles vous êtes ce que vous êtes. Si vous étiez un élémental, vous comprendriez. La vie m'a été donnée dans un but spécifique. Il serait terrifiant d'exister sans cet objectif. N'en va-t-il pas ainsi pour vous ?

— Ma vie a un but.

— Non, Walker Boh. Vous avez rejeté votre héritage magique pour devenir un paria. Quand j'ai guéri votre bras, j'ai lu en vous. Direz-vous que ce que j'affirme n'est pas vrai ?

— Pourquoi ai-je le sentiment que nous sommes semblables, Force Vitale ? Ce n'est ni de l'amitié ni de l'amour, mais quelque chose entre les deux. Suis-je lié à vous d'une manière ou d'une autre ?

— Notre magie nous unit, Walker Boh.

— Non ! Il y a quelque chose de plus.

— Nous sommes aussi liés par ce que nous sommes venus faire ici.

— Trouver Uhl Belk et lui reprendre la Pierre elfique noire..., dit Walker, pensif. Et pour moi, récupérer un bras. Pour Morgan Leah, il s'agit de retrouver la magie de l'Épée de Leah. Tout cela sans savoir comment faire ! J'ai écouté vos explications. Est-il vrai qu'on ne vous a rien précisé ? Ou avez-vous encore des secrets, comme Pe Ell le soupçonne ?

— Walker Boh, vous me demandez ce que j'aimerais vous demander... Nous dissimulons tous les deux une partie de la vérité. Cela ne peut pas durer beaucoup plus longtemps. Je veux conclure un marché avec vous. Quand vous serez prêt à affronter votre vérité, j'affronterai la mienne...

Walker tenta de comprendre de quoi parlait la jeune fille.

— Je n'ai plus peur de ma magie, dit-il, étudiant le beau visage de Force Vitale comme si elle risquait de disparaître avant qu'il ait le temps de graver ses traits dans sa mémoire. Jadis, Par Ohmsford a tenté de me convaincre qu'elle était un don, pas une malédiction. Je me suis moqué de lui ! J'avais peur du pouvoir et...

Il s'interrompit, sentant un étau lui serrer la poitrine. Une ombre était soudain apparue devant ses yeux. Elle n'avait pas de visage, mais parlait avec la voix d'Allanon, de Cogline, de son père... et même avec la sienne. Elle lui murmurait des vérités sur l'histoire, les lois de l'humanité, les désirs...

Il la repoussa sans douceur.

Force Vitale se pencha vers lui et lui caressa les joues.

— J'ai peur que vous continuiez à vous nier vous-même, dit-elle. Jusqu'à ce qu'il soit trop tard.

— Force Vitale...

Elle posa un doigt sur sa bouche pour le faire taire.

— La vie a un sens, Walker. Tout ce que nous faisons dans le temps qui nous est imparti a un but. Pour le comprendre, il faut dominer notre peur. La connaissance n'est pas suffisante. Pour vivre pleinement, il faut *accepter* la vérité...

» Mon père m'a chargée de venir ici avec Morgan, Pe Ell et vous. Bientôt, nos magies se combineront pour libérer la Pierre elfique noire et rendre possible la guérison des Quatre Terres. Je suis sûre que cela doit se passer. Le moment venu, je saurai comment faire. Mais à cette fin, je dois être prête à accepter la vérité. Il en va de même pour vous.

— Je serai...

— Non, vous ne serez pas prêt, Walker ! Pas si vous continuez à nier des vérités évidentes. C'est cela que vous devez comprendre. À présent, ne parlez plus et réfléchissez à ce que je vous ai dit.

Elle se détourna, mais il n'eut pas le sentiment que c'était une rebuffade. Elle entendait lui donner le temps d'explorer son propre esprit.

Il continua à la regarder un moment, pensif, puis médita à ce qu'elle avait dit et se laissa envahir par les images qu'elle avait fait naître en lui.

Il pensa au monde d'où il venait, avec ses fausses valeurs, sa peur de l'inconnu, son allégeance à un gouvernement et à des règles qu'il ne souhaitait pas comprendre.

« *Faites revenir les druides et Paranor* », lui avait demandé Allanon. Cela aiderait-il les Quatre Terres à guérir ? Il en doutait, mais était-ce dû à ses angoisses ou à un manque de connaissances et d'informations ? Que devait-il faire ? Récupérer la Pierre elfique noire, l'amener à Paranor et, sans trop savoir comment, faire réapparaître la forteresse.

Mais quel était le but de cette mission ? Cogline avait disparu. Tous les druides aussi. Il ne restait personne...

À part lui.

Non !

Il faillit crier ce mot à haute voix.

Il venait de penser à la possibilité qu'il niait depuis des années. Une idée qui tentait de s'imposer à lui et qu'il avait tout fait pour bannir.

Non, il ne reprendrait pas le flambeau des druides !

Pourtant, il était le dernier descendant de Brin Ohmsford. L'héritier de la mission qui lui avait été confiée par Allanon.

« *La magie qui demeure en ce monde vit désormais en vous et en votre frère – dans le sang de votre famille. Elle y restera en sécurité. Car elle ne sera pas nécessaire dans les temps à venir... Mais un jour viendra, dans un futur très lointain, où la magie sera de nouveau indispensable.* »

Les paroles jadis prononcées par l'ombre d'Allanon, après la mort du druide...

Je ne possède pas cette magie ! Pourquoi serait-ce moi ? Pourquoi ?

Mais Walker connaissait déjà la réponse. Parce que c'était nécessaire. Parce qu'Allanon l'avait dit à tous les Ohmsford, génération après génération...

— Il commence à faire nuit, Walker Boh, dit soudain Force Vitale.

Levant la tête, l'Oncle Obscur vit que le crépuscule tombait. Il se leva et regarda vers le sud. L'isthme était vide. Aucun signe des Urdas.

— Carisman est parti depuis trop longtemps, marmonna Walker.

Les deux compagnons sortirent et se dirigèrent vers la limite sud de la cité. Les oiseaux de mer étaient déjà rentrés dans leurs nids et le grondement de l'océan diminuait.

Arrivés à la lisière de la cité, ils ralentirent et sondèrent les ombres.

Rien ne bougeait.

Ils avancèrent encore puis s'arrêtèrent net.

Le cadavre de Carisman était adossé à un pilier, au bout de la rue, cloué à la pierre par une dizaine de lances. Il était mort depuis un moment, car le sang de ses blessures avait été lavé par la pluie.

Apparemment, les Urdas étaient repartis...

... en emportant la tête de leur roi.

Même les enfants peuvent être dangereux, pensa lugubrement Walker Boh.

Il tendit une main et prit celle de Force Vitale. À quoi Carisman avait-il pensé quand il s'était aperçu que sa « famille » l'avait renié ?

L'Oncle Obscur tenta de se convaincre qu'il n'aurait rien pu faire pour empêcher ce drame.

Main dans la main, ils regardèrent un moment le compositeur mort, puis repartirent vers la cité.

Chapitre 24

Cette nuit-là, ils ne retournèrent pas dans leur cachette habituelle, trop éloignée pour qu'ils l'atteignent sans prendre de risques.

Ils se rabattirent sur un bâtiment bas aux couloirs étroits, avec des pièces munies de deux entrées qui leur permettraient de fuir plus facilement si le Râteau les trouvait.

Installés à l'intérieur de leur refuge, avec juste assez de lumière pour se voir, ils mangèrent des fruits et des légumes séchés accompagnés de pain rassis.

Ils essayèrent de chasser le fantôme de Carisman de leurs pensées, mais son visage et sa voix les hantaient.

Walker Boh se demanda pour la centième fois pourquoi il avait laissé partir le compositeur, alors qu'il aurait pu l'empêcher de courir à sa perte. Quand Force Vitale lui effleura le bras, il sentit à peine le contact de ses doigts. Conscient qu'elle lisait dans ses pensées à la faveur de ce contact, il ne s'en soucia pas. Il se sentait épuisé, vide et terriblement seul.

Plus tard, alors qu'elle dormait, il redevint conscient de la présence de sa compagne.

Il en avait fini de se faire des reproches. L'ombre de Carisman renvoyée dans le passé, il resta assis dans le noir, oppressé par le silence et le passage inexorable du temps, qui le faisaient penser à l'approche de sa propre mort.

La fin était-elle si loin d'eux que cela ?

Walker regarda la jeune fille dormir à côté de lui, le visage caché dans le creux d'un bras.

Malgré sa magie, elle restait une vie fragile et menacée. Fille du roi de la rivière Argentée ou non, elle était en danger. Son don de prescience, né de la magie héritée de Brin Ohmsford, soufflait à Walker que Force Vitale était en péril. Et il ignorait comment la protéger.

Tourmenté, il ne parvint pas à s'endormir. Bien entendu, ils étaient tous en danger. Celui qui guettait la jeune fille ne serait peut-être pas pire que celui qui les menaçait tous. Carisman avait déjà succombé, et Force Vitale tomberait peut-être aussi. Mais sa mort n'était pas ce qui l'angoissait le plus. En réalité, il craignait qu'elle disparaisse avant de lui avoir révélé ses secrets. Il se doutait qu'ils étaient nombreux. Qu'elle parvienne à les cacher si bien le rendait fou furieux.

Force Vitale l'avait obligé à affronter ses peurs, puis l'avait laissé seul pour y faire face. Sa vie entière avait été obscurcie par l'angoisse de devoir un jour accomplir la mystérieuse mission confiée aux Ohmsford trois cents ans plus tôt. Il vivait avec ce spectre depuis l'enfance, car la magie des Ohmsford était active en lui... comme jadis en Brin.

C'était lui que les rêves d'Allanon étaient venus visiter. Cogline l'avait pris pour disciple, lui enseignant l'histoire de son art et des druides.

Puis Allanon lui avait demandé de partir à la recherche de Paranor.

Il frissonna. Chaque pas le rapprochait de l'inévitable. La mission lui incombait. Les fantômes qui le hantaient depuis toujours avaient pris forme.

Il devait récupérer la Pierre elfique noire, restaurer Paranor...

Et devenir un druide !

Walker aurait pu rire de cette idée, si elle ne l'avait pas autant effrayé. Il détestait ce que les druides avaient fait aux Ohmsford et avait passé sa vie à tenter de se dédouaner de leur malédiction. Mais il y avait pire : Allanon – le dernier druide – avait disparu. Cogline – l'ultime étudiant de leur art – était également mort. Walker restait seul...

Qui lui apprendrait ce qu'un druide devait savoir ? Était-il supposé tout découvrir sans aide ? Et combien d'années cela lui prendrait-il ? Si la magie des druides était nécessaire pour combattre les Ombreurs, il ne pourrait probablement pas se former par la seule lecture des archives ! Plusieurs vies n'y auraient pas suffi...

Il serra les dents. Penser qu'il pourrait devenir un druide semblait idiot, même s'il reconnaissait enfin que le spectre qui le hantait depuis tant d'années n'était rien d'autre que... lui-même.

Walker regarda désespérément autour de lui. Où étaient les réponses dont il avait besoin ? Faisaient-elles partie des vérités secrètes de Force Vitale ? Savait-elle ce qu'il adviendrait de lui ? Il fut tenté de la réveiller, puis y renonça.

Les connaissances de l'élémentale étaient partielles et imparfaites, comme les siennes. Elle aussi avait le don de prescience et c'était cela qui les liait.

Se forçant au calme, Walker regarda la jeune fille comme si ses yeux pouvaient la caresser.

Ainsi endormie, elle lui rappelait sa mère, toujours disponible quand il avait besoin de réconfort.

Force Vitale, comprit-il, était une image de son avenir. Grâce à elle, il imaginait les différents chemins que pouvait prendre sa vie.

Oui, il voyait enfin les choses en face ! Il était comme une étoffe prête à être taillée, mais il lui manquait des ciseaux et des connaissances pour passer à l'acte. Et Force Vitale tentait de lui donner les deux...

Il sommeilla un moment, toujours assis contre le mur, la tête reposant sur sa poitrine.

Quand il se réveilla, Force Vitale le regardait.

— Vous avez peur, Walker Boh.

— Oui, Force Vitale. Depuis toujours, je redoute ce qui est en train de m'arriver. Et j'ai tout fait pour l'éviter. À force de fuir, je me suis convaincu que le passé appartenait aux autres, alors que je possédais le présent...

Walker décroisa les jambes et les déplia.

— Les druides ont influencé la vie de tant d'Ohmsford ! Ils nous ont utilisés et ils ont modifié jusqu'à notre nature. À cause d'eux, nous sommes les esclaves de la magie. S'en prenant à nos esprits, à nos corps et à nos âmes, ils nous ont pervertis. Et ils ne sont toujours pas satisfaits. Regardez ce qu'on attend de moi ! D'esclave, je dois devenir le maître, puis m'emparer de la Pierre elfique noire – dont la magie me dépasse. Ensuite, il me faudra ramener Paranor dans notre monde et lui rendre les druides. Mais il n'y en a plus. Il ne reste que moi. Logiquement, cela signifie que...

Walker ne put pas terminer sa phrase.

Sa colère revint, plus amère et dure que jamais.
— Dites-moi la vérité ! implora-t-il.
— Walker, je ne la connais pas...
— Vous *devez* la connaître !
— Je voudrais pouvoir vous aider, mais...
— Je ne peux pas accomplir ce qu'Allanon exige de moi ! Je ne peux pas ! Comprenez-vous, Force Vitale ? Si je dois devenir un druide parce qu'il n'y aurait aucun autre moyen de vaincre les Ombreurs, me faudra-t-il, comme eux, contrôler la vie de ceux que je prétendrais aider ? Devrai-je manipuler les autres Ohmsford ? Et pendant combien de générations ? Si je deviens un druide, serai-je forcé de faire cela ? Puis-je agir autrement ?
— Walker Boh, vous serez ce que vous devrez être, mais vous resterez vous-même. Aucun réseau de magie druidique ne prédétermine votre vie. Vous aurez toujours le choix. Il y en a toujours un !
Walker eut soudain l'impression que la jeune fille parlait de tout autre chose. Prenant conscience de son exaltation, elle s'interrompit un instant pour se calmer.
— Vous avez peur de ce qui vous attend et c'est normal. Il vous est arrivé assez de choses pour faire douter n'importe qui ! Vous avez perdu des êtres aimés, votre foyer et une partie de votre corps. Les spectres de votre enfance ont pris forme et menacent de devenir réels. Enfin, vous êtes loin de tout ce que vous connaissez. Mais vous ne devez pas désespérer...
— Je pars à la dérive, Force Vitale. Je me sens glisser loin de tout...
La jeune fille saisit la main de son compagnon.
— Alors, accrochez-vous à moi, Walker Boh ! Et laissez-moi m'accrocher à vous. Si nous unissons nos forces, la dérive cessera.

Force Vitale se blottit contre Walker, la tête sur son épaule. Sans rien dire, elle resta serrée contre lui, son souffle mêlé au sien.

L'Oncle Obscur se détendit et ferma les yeux.

Pour la première fois depuis des années, il cessa de se sentir traqué et dormit d'un sommeil sans rêves.

Il se réveilla à l'aube et se leva d'un bond. Dehors, la pluie tombait.

Force Vitale n'était plus là. Inquiet, il la chercha et la trouva devant une des fenêtres du mur nord.

À la lumière du jour, Eldwist ressemblait à une immense tombe attendant de se refermer sur eux.

Les yeux noirs de Force Vitale se posèrent sur l'Oncle Obscur.

— Je vous ai tenu aussi étroitement serré que possible, Walker Boh. Était-ce suffisant ?

Il ne répondit pas tout de suite. Le moignon de son bras et ses articulations le faisaient atrocement souffrir. Se sentant plus vide que jamais, il aurait juré que son esprit, tel un minuscule caillou, était pris au piège dans l'absurde assemblage de chair et d'os qu'il appelait son corps. Pourtant, une étrange résolution l'habitait.

— Je me fais penser à Carisman, dit-il enfin. Un enfant qui désire être libre à tout prix ! Je veux m'affranchir de mes peurs et de mes doutes. De moi-même. De ce que je pourrais devenir. Mais ce sera impossible tant que je ne connaîtrai pas le secret de la Pierre elfique noire et la vérité cachée derrière les rêves envoyés par l'ombre d'Allanon.

Force Vitale sourit, une réaction qui étonna son compagnon.

— Moi aussi, je veux être libre...

Elle sembla sur le point de s'expliquer enfin, mais détourna le regard.

— Nous devons trouver Uhl Belk ! dit-elle.

Ils quittèrent leur abri et repartirent vers le nord.

— Eldwist est une terre soumise à l'hiver et qui attend le printemps, dit Force Vitale alors qu'ils marchaient. Elle est enfouie sous la pierre comme d'autres lieux le sont sous la neige. Sentez-vous sa patience ? Des graines ont été plantées. Quand la neige fondra, elles pourront se développer.

Walker se demanda de quoi parlait la jeune fille.

— Il n'y a que de la pierre à Eldwist, Force Vitale. D'une extrémité à l'autre et dans les profondeurs du sol. Ici, on ne trouve rien de vivant : pas d'arbres, pas de fleurs, pas d'herbe. Seulement Uhl Belk, les monstres qui le servent... et nous.

— Eldwist est un mensonge !

— Le mensonge de qui ? demanda Walker.

La jeune fille ne répondit pas.

Ils longèrent les rues pendant une heure, sans jamais quitter les trottoirs. Mais il ne se passa rien.

Le prince de Granit lui-même semblait profondément endormi.

Des ruisselets coulaient dans les caniveaux, chassant la vase et la poussière apportées par le vent.

Autour d'eux, les bâtiments se dressaient comme des sentinelles indifférentes. Les nuages et la brume se rejoignirent et les enveloppèrent dans une pénombre uniformément grise.

Walker et Force Vitale sentirent que quelque chose changeait dans la cité, comme si une indéfinissable présence avait été libérée. Des ombres dansèrent devant eux, menaçantes malgré leur absence de substance.

Des yeux les regardaient – depuis les hauteurs ou à travers la pierre, ils n'auraient su le dire.

Des doigts immatériels, des gouttelettes de pluie et des volutes de brume les effleurèrent...

Walker renonça à sa distance coutumière et s'immergea dans ce qu'il éprouvait. Cette vieille astuce lui permettait de localiser les origines de ses sensations. Après un moment, il capta une présence, obscure, puissante et très ancienne.

Il l'entendit respirer et crut voir ses yeux.

— Walker..., murmura Force Vitale.

Une silhouette apparut, vêtue du même type de manteau à capuche qu'eux. Alors que la brume se levait un peu, une voix mal assurée demanda :

— Force Vitale ?

Walker Boh se détendit. C'était Morgan Leah.

Il lui serra la main et Force Vitale l'étreignit avant de l'embrasser.

Walker regarda stoïquement ce spectacle.

Conscient de l'attirance mutuelle des deux jeunes gens, il s'était étonné que Force Vitale s'autorisât à la vivre jusqu'au bout. La voyant fermer les yeux quand Morgan la serra contre lui, il comprit enfin.

La jeune fille se permettait d'éprouver ces sentiments parce qu'ils étaient nouveaux pour elle. Récemment créée, elle n'avait pas eu l'occasion d'explorer les émotions humaines dont son père l'avait pourtant dotée.

Walker en eut le cœur serré. Elle faisait tant d'effort pour *vivre*...

— Walker, dit Morgan, un bras autour des épaules de la jeune fille, je vous ai cherché partout. J'ai cru que vous aviez aussi eu des ennuis...

Il leur raconta les mésaventures que Dees et lui avaient vécues. Ses yeux brillèrent quand il parla de l'intervention de la magie de l'Épée de Leah, qu'il avait crue à jamais perdue. Grâce à elle, ils avaient échappé à un piège mortel.

Inquiet pour Force Vitale – et pour tous ses compagnons, ajouta Morgan un peu trop vivement –, il avait laissé Dees monter la garde au refuge et s'était lancé seul à leur recherche.

— Horner était prêt à venir avec moi, dit-il, mais je le lui ai interdit. Je crois qu'il aimerait ne plus bouger jusqu'au moment de quitter Eldwist. Fatigué des villes fantômes, il rêve des tavernes de l'Escarpement de Rampling ! (Le montagnard regarda autour de lui, perplexe.) Où est Carisman ?

D'une voix étrangement réconfortante, Force Vitale lui raconta la triste fin du compositeur.

— Ce fichu idiot n'a jamais rien compris ! lâcha le montagnard d'une voix étranglée. Il croyait que la musique réglait tous les problèmes ! Par l'enfer !

Il détourna un instant le regard, les mains sur les hanches, comme si refuser la réalité suffisait à la changer.

— Qu'allons nous faire maintenant ? demanda-t-il.

Walker regarda Force Vitale avec insistance.

— Nous pensons qu'Uhl Belk se cache dans le dôme, dit la jeune fille. Quand les Urdas sont arrivés, nous cherchions un moyen d'y entrer. Nous allons y retourner et reprendre nos recherches...

— Je viens avec vous. Horner est très bien là où il est, et ça lui permettra de se reposer. Nous le rejoindrons à la tombée de la nuit. C'est mieux ainsi : nous trois et personne d'autre !

— Venez si vous le souhaitez, Morgan, dit la jeune fille.

Walker n'émit aucun commentaire.

Ils partirent en direction du dôme, silhouettes trempées de pluie perdues dans les ombres et la brume.

Walker ouvrait la marche, le visage livide. Force Vitale marchait derrière lui avec Morgan.

L'Oncle Obscur se voûta pour résister au vent glacé, et il sentit son vide intérieur menacer de le dévorer. Et quand il tenta de plonger en lui-même pour puiser dans sa magie la force de résister, le pouvoir lui échappa comme un serpent qui s'enfuit dans les hautes herbes.

Il regarda devant lui, à travers le rideau de pluie, et vit les ombres chasser progressivement la lumière. Le spectre du destin qui l'attendait se moquait de lui...

Un scintillement dans une mare, une langue de brume dans une entrée, une tache d'humidité sur la pierre... Tout portait le visage d'Allanon.

Par bonheur, le dôme se dressa bientôt devant eux comme la coquille d'un crustacé géant endormi.

Les trois compagnons traversèrent la rue et inspectèrent le bâtiment. Walker se tendit, conscient que Morgan et Force Vitale attendaient qu'il trouve la solution.

Quelque chose d'autre attendait aussi. La présence qu'il avait perçue plus tôt était revenue, plus forte, plus prête et plus assurée. Et elle le surveillait.

Walker ne bougea pas. Il sentait des yeux s'écarquiller autour de lui, comme s'il n'existait aucun endroit, dans la cité, d'où il ne serait pas vu.

La ville pourrait l'écraser quand elle le déciderait. La présence entendait qu'il le sache. Elle désirait qu'il mesure son insignifiance et la futilité de sa quête.

Partez, murmurait-elle. *Tant que vous le pouvez encore.*

Mais Walker ne voulait pas partir et ne recula pas. Il avait affronté assez de difficultés pour savoir quand on le mettait à l'épreuve. Et il avait le sentiment que la présence essayait en réalité de produire l'effet inverse.

D'accord, ne partez pas, sembla-t-elle dire. *Rappelez-vous seulement qu'on vous en a donné l'occasion...*

Walker Boh avança vers l'endroit où le mur était le plus large, entre les piliers de pierre. Il sentit la mort l'effleurer, comme une pluie fine poussée par le vent. Une impression étrange, car il aurait juré que Cogline était près de lui, comme si le spectre du vieil homme s'était levé des cendres de la Pierre d'Âtre pour venir regarder son élève pratiquer l'art qu'il lui avait enseigné – et vérifier qu'il s'en tirait bien.

Tu ne seras jamais libéré de la magie, crut entendre Walker.

Il regarda un moment la surface craquelée du mur et vit la pluie dégouliner en ruisselets irréguliers, petites coulées d'argent qui scintillaient comme les cheveux de Force Vitale.

Puis il plongea en lui-même et chercha la magie. Cette fois, il la trouva. Mobilisant toutes ses forces, il se forgea une armure mentale pour devenir aussi dur que la pierre qui le défiait. Alors, il tendit sa main unique et appuya ses doigts sur le mur.

La magie coula en lui comme un feu. Elle partit de sa poitrine, monta dans son bras et gagna le bout de ses doigts...

Il y eut un frémissement et le mur s'écarta, comme s'il était de la chair humaine et qu'on l'eût brûlé. Walker entendit le grondement sourd de la pierre qui frotte contre la pierre. Puis un cri retentit, comme si une créature vivante avait été écrasée par ce mouvement.

Force Vitale se ramassa sur elle-même tel un oiseau apeuré, les yeux brillants et étrangement vivants.

Morgan Leah sortit du fourreau l'épée accrochée dans son dos.

Le mur s'ouvrait. Pas comme une porte, mais plutôt comme un rideau qu'on déchire. Ou une bouche affamée.

Quand l'ouverture eut atteint vingt pieds de large, la pierre s'immobilisa. Le passage qu'il dissimulait était lisse, comme s'il avait été là depuis toujours.

Le moyen d'entrer, pensa Walker Boh.

Exactement ce qu'il leur fallait.

Force Vitale et Morgan attendaient toujours à côté de lui. Il ne les regarda pas, les yeux rivés sur l'ouverture béante et les ténèbres qu'elle révélait.

Il écouta, mais il ne capta rien.

Pourtant, il savait ce qui les attendait.

Il crut entendre la voix de Carisman :

« *Entrez dans mon royaume, dit l'araignée à la mouche.* »

Suivi par la jeune fille et le montagnard, Walker Boh accepta l'invitation.

Chapitre 25

Les ombres les enveloppèrent presque aussitôt, dissimulant tout ce qui se trouvait à l'intérieur du dôme.

Les trois amis s'arrêtèrent pour laisser leurs yeux s'accoutumer à la pénombre. Derrière eux, la lumière du jour n'était plus qu'une étincelle qui les reliait faiblement au monde extérieur.

Puis ce lien fut rompu. Avec un grincement, l'ouverture se referma. Aucun d'eux ne tenta de l'en empêcher. En réalité, ils s'y attendaient.

Ils restèrent sur place, chacun tirant un réconfort de la présence des autres.

Un sentiment de vide absolu émanait de ce lieu. L'intérieur du dôme évoquait une grande tombe où nulle créature vivante ne serait entrée depuis des siècles. L'air vicié sentait le renfermé et le froid glacial se répandit en un éclair dans leurs corps.

Même dans ces ténèbres impénétrables, Walker Boh eut l'impression de voir son souffle former un nuage de buée devant lui.

Ils attendirent patiemment, certains que quelque chose finirait par arriver.

Quelqu'un apparaîtrait...

À moins qu'on nous ait fait entrer dans le dôme pour nous tuer, pensa Walker.

Mais il ne croyait pas à cette hypothèse. En fait, il n'était plus persuadé du tout que des efforts délibérés visaient à les éliminer. Après avoir étudié leur relation avec la cité, il estimait qu'elle fonctionnait de manière impersonnelle. Faite pour se débarrasser des intrus, elle ne se livrait pas à des tentatives particulières quand elle échouait. En d'autres termes, Eldwist ne se fiait pas à la rapidité. Elle fonctionnait selon la loi des moyennes statistiques. Tôt ou tard, les intrus feraient une erreur. Alors, les trappes ou le Râteau les détruiraient.

Walker était prêt à parier que Force Vitale avait raison : le roi de Pierre n'avait pas eu conscience de leur présence pendant un long moment. Et même s'il l'avait sentie, il ne s'était pas soucié de lutter contre eux, réagissant seulement quand Walker avait utilisé son pouvoir contre la coquille de son refuge. En revanche, l'emploi de la magie contre le Râteau ne l'avait pas perturbé. Mais à présent, sa curiosité était éveillée. Et c'était pour cette raison qu'il les avait laissé entrer.

Walker remit sa théorie en question. Quelque chose lui échappait. Il ne se passerait rien s'ils restaient simplement immobiles dans les ténèbres. Le roi de Pierre les avait « invités » pour une raison. Il voulait voir ce qu'ils feraient, une fois à l'intérieur.

Ou plutôt ce qu'ils *pouvaient* faire...

L'Oncle Obscur tendit son bras et attira la tête de Morgan vers la sienne. Puis il fit de même avec Force Vitale.

— Quoi qu'il arrive, murmura-t-il à l'oreille de la jeune fille, souvenez-vous que vous avez juré de ne rien faire qui révèle que vous contrôlez la magie.

Il la lâcha, recula d'un pas et claqua des doigts. Une flamme argentée jaillit de sa main.

À sa lueur, les trois amis regardèrent autour d'eux. Ils étaient dans un tunnel dont la sortie semblait assez proche. Tenant la flamme devant lui, Walker ouvrit la marche. Au bout du passage, il éteignit la flamme et recourut de nouveau à sa magie pour envoyer dans l'obscurité une gerbe de feu argenté.

Walker prit une profonde inspiration. La pluie de lumière vola dans l'inconnu, chassa les ombres et rentra en lévitation jusqu'à ce que tout ce qui se trouvait autour d'eux soit éclairé. Ils étaient sur le seuil d'une vaste arène entourée par des gradins dont les plus hauts disparaissaient dans les ténèbres. Des escaliers conduisaient aux rangées supérieures, et l'arène était entourée d'une rambarde. D'autres tunnels, semblables à celui par lequel ils étaient arrivés débouchaient au niveau des tribunes.

Au centre de l'arène se dressait une grossière statue de pierre représentant un homme accroupit qui semblait réfléchir.

Walker laissa le feu magique se stabiliser jusqu'à ce que sa lumière rayonne tout autour d'eux. Le dôme était immense et désert. Du coin de l'œil, l'Oncle Obscur vit Morgan avancer d'un pas et il tendit la main pour l'arrêter. Force Vitale avança et prit le montagnard par le bras, comme pour le protéger.

Walker examina les tunnels obscurs, les tribunes et le plafond. Puis il revint à l'arène et s'attarda sur la statue. Rien ne bougeait, mais il y avait *quelque chose* à cet endroit. Il le sentait davantage qu'avant : c'était la présence qu'il avait perçue dehors.

Il avança vers la statue, Morgan et Force Vitale sur les talons. Pour le moment, il était le chef, car la jeune fille lui avait implicitement passé le flambeau. Contrainte de ne pas se servir de sa magie, elle était forcée de se reposer sur lui. Il sentit une étrange ivresse l'envahir à l'idée qu'il avait réussi à la rendre dépendante de lui.

Ce n'était plus le moment de se laisser aller aux doutes et à la peur, ni de réfléchir à l'incertitude de son sort. Et il était préférable, comprit-il, d'accepter la responsabilité de ce qui arriverait. En fait, il en avait toujours été ainsi. Et à cet instant, il prit conscience, pour la première fois de sa vie, que ce serait toujours le cas.

La statue se dressait au-dessus d'eux, semblant défier la lumière que Walker avait invoquée pour disperser les ténèbres.

Le penseur leur tournait le dos. Sa silhouette noueuse était assise sur les talons, un bras posé sur le ventre et l'autre soutenant son menton. Il portait un manteau, à moins qu'il fût couvert de fourrure...

Sorte de piédestal grossier qui reliait les jambes de la statue au sol du dôme, le socle ne portait aucune inscription.

Arrivés à côté de la statue, ils en firent le tour et découvrirent son visage. C'était celui d'un monstre, une masse de protubérances inachevées, comme si quelqu'un avait décidé de ne pas terminer la sculpture. Des yeux de pierre les regardaient fixement, exprimant une indicible horreur. Des démons avaient présidé à sa naissance et ils ne disparaîtraient jamais.

Walker détourna le regard pour sonder de nouveau les ombres du dôme.

Soudain, Force Vitale se figea sur place comme un daim surpris.

— Walker, murmura-t-elle.

Elle regardait la statue. L'Oncle Obscur pivota et suivit son regard.

Les yeux de la statue se tournèrent vers lui !

La tête difforme de la sculpture bougea en grinçant comme une roue de chariot usée. Elle ne se brisa pas mais changea de forme, comme si elle devenait à la fois solide et liquide. Les bras bougèrent aussi, suivis des épaules. Puis le torse pivota, la pierre grinçant si fort que les poils de la nuque de Walker se hérissèrent.

La bouche de pierre s'ouvrit avec un craquement.

— Qui êtes-vous ?

Walker ne répondit pas. Tétanisé, il resta où il était, incapable de réagir. La statue était vivante ! Cette colonne de pierre jadis sculptée par la main d'un artiste fou était *vivante* !

— Uhl Belk, murmura Force Vitale.

— Qui êtes-vous ?

La jeune fille avança, minuscule et insignifiante dans l'ombre du roi de Pierre.

— Je m'appelle Force Vitale, dit-elle d'une voix étrangement sonore. Voilà mes compagnons, Walker Boh et Morgan Leah. Nous sommes venus vous demander de nous rendre la Pierre elfique noire.

La tête bougea avec un grincement à donner le frisson.

— La Pierre m'appartient.

— Non, Uhl Belk. Elle est la propriété des druides. Vous l'avez volée dans la salle des Rois et apportée à Eldwist. Maintenant, vous devez la rendre...

Il y eut un long silence.

— Qui êtes-vous ?
— Je ne suis personne...
— Avez-vous une magie à utiliser contre moi ?
— Non.
— Et ceux qui vous accompagnent ?
— Un peu... Morgan Leah a jadis manié une épée que lui avait donnée un druide. Elle détenait la magie du lac Hadeshorn, mais elle est brisée et son pouvoir l'a quittée. Walker Boh avait autrefois l'usage de la magie de ses ancêtres, la maison elfique de Shannara. Il en a perdu la plus grande partie quand son bras et son esprit furent endommagés. Il ne l'a pas encore récupérée. Non, roi de Pierre, ils n'ont aucune magie qui puisse vous nuire.

Walker n'en crut pas ses oreilles. En quelques secondes, Force Vitale les avaient trahis. Non contente de révéler ce qu'ils étaient venus chercher, elle avait précisé qu'ils n'avaient pas une chance de réussir ! Reconnaissant qu'ils étaient à la merci de cette créature, elle les avait privés de la possibilité de bluffer.

Que signifiait ce comportement ?

À l'évidence, Uhl Belk se demandait la même chose.

— Je devrais vous donner la Pierre elfique noire simplement parce que vous me la demandez ? La remettre à une jeune fille sans magie, à un manchot et à un escrimeur dont l'épée est brisée...

— C'est nécessaire, Uhl Belk.

— Dans le royaume d'Eldwist, je suis la loi et le pouvoir qui la fait respecter. Il n'existe aucun droit, excepté le mien, et aucune nécessité qui ne soit pas la mienne. Qui oserait me contredire ? Pas vous ! Vous êtes insignifiants, comme la poussière qui effleure la surface de ma peau et se perd dans l'océan...

» La Pierre elfique noire m'appartient.

Force Vitale ne répondit pas et continua à regarder le roi de Pierre. Il bougea de nouveau, aussi lentement que s'il était pris dans des sables mouvants.

— Vous !

Il désigna Walker du doigt.

— L'Asphinx a pris une partie de votre âme. Je sens sa puanteur sur votre corps. Pourtant, vous vivez. Êtes-vous un druide ?

— Non, répondit aussitôt Force Vitale. C'est un messager des druides, chargé de récupérer la Pierre elfique noire. Sa magie elfique l'a sauvé du poison de l'Asphinx. Et ses droits sur la Pierre sont légitimes, car ils lui ont été donnés par les druides.

— Les druides sont tous morts.

Force Vitale resta silencieuse et attendit que le roi de Pierre réagisse. D'un seul mouvement de son énorme bras, il aurait pu écraser la jeune fille. Mais elle ne semblait pas inquiète. Walker regarda Morgan : les yeux du montagnard étaient rivés sur le visage d'Uhl Belk, comme s'il était hypnotisé par sa laideur et son pouvoir.

L'Oncle Obscur se demanda ce qu'il était censé faire. Et surtout, pourquoi il était là !

Le roi de Pierre parla de nouveau d'une voix grinçante.

— Je suis en vie depuis le début des temps, et je continuerai à exister longtemps après vous. Créé par la Parole, j'ai survécu à tous ceux qui sont nés en même temps que moi, à une exception près. Et celui qui reste disparaîtra bientôt. Peu m'importe le monde où j'existe, hors du royaume qu'on m'a donné : la pierre éternelle. Elle résiste à tous les assauts et ne change jamais. N'est-ce pas la définition même de la perfection ? Je suis celui qui apporte la pierre au monde, l'architecte de l'avenir. Pour atteindre mon but, je recours à tous les moyens nécessaires. J'ai donc pris la Pierre elfique noire et l'ai faite mienne !

Le dôme résonna, puis les échos de ce discours se dissipèrent. Les ombres s'allongèrent de nouveau, car la lumière magique de Walker commençait à faiblir.

Boh mesura la futilité de ce qu'ils tentaient.

La main de Morgan se baissa lentement. À quoi bon employer une arme de fer contre un être aussi ancien et immuable ? Seule Force Vitale semblait conserver quelque espoir.

— Les druides ne sont rien, comparés à moi. Leurs précautions pour cacher et préserver leur magie ont été vaines. J'ai laissé l'Asphinx afin de marquer mon mépris à leur égard. Ils croyaient aux lois de la nature et de l'évolution. Zélateurs du changement, ils sont morts et n'ont rien laissé derrière eux. La pierre est le seul élément durable de l'univers. Je vivrai éternellement en m'unissant à elle.

— La permanence, murmura Force Vitale.
— Oui.
— Et l'éternité.
— Oui.
— Mais qu'en est-il de votre mission, Uhl Belk ? Vous avez refusé d'être une force qui préserve l'équilibre du monde. (La voix douce de Force Vitale créait un réseau d'images qui semblaient prendre forme dans l'air immobile.) On m'a raconté votre histoire. Vous aviez pour mission de

préserver la vie. C'est la tâche que la Parole vous a confiée. La pierre ne préserve pas la vie. Vous n'avez pas reçu l'ordre de transformer le monde, mais vous avez pris sur vous de le faire. Tout cela pour qu'il soit à votre image. Et regardez ce que cela vous a fait !

Force Vitale se prépara à affronter la colère qui naissait dans les yeux du roi.

— Rendez-nous la Pierre elfique noire, Uhl Belk. Laissez-nous vous aider à retrouver la liberté !

La créature de pierre se déplaça lentement sur son socle. Puis elle parla d'une voix terrifiante.

— Vous êtes plus que ce que vous prétendez être. Mais vous ne m'avez pas trompé. Peu importe ! Je n'ai rien à faire de votre nature ou de ce que vous voulez. Je vous ai laissé venir pour vous examiner. La magie qui m'a effleuré a retenu mon attention. Mais je n'ai besoin de rien qui vienne de vous ou d'aucune créature vivante. Je suis complet. Pensez à moi comme à la terre que vous foulez, alors que vous êtes seulement les insectes qui vivent dessus. Si vous m'exaspérez, je vous écraserai. Et si vous survivez aujourd'hui, ça ne durera pas longtemps...

Le grand front de la statue se plissa, et ses rides bougèrent.

— Je suis le *tout* de votre existence. Regardez autour de vous : je suis la totalité de ce que vous voyez. À Eldwist, tout ce que vous touchez est une part de moi. Je me suis uni à la terre que j'ai créée. Devenu libre de tout le reste, je le demeurerai à jamais.

Soudain, Walker Boh comprit. Uhl Belk n'était pas une créature vivante au sens habituel du terme. Il appartenait au monde des esprits, comme le roi de la rivière Argentée. En somme, il était beaucoup plus que la statue qu'ils voyaient devant eux. Uhl Belk *était* le royaume d'Eldwist. Il avait trouvé un moyen de s'infiltrer dans tout ce qu'il créait, assurant ainsi sa permanence.

Mais cela signifiait qu'il était prisonnier. Voilà pourquoi il ne s'était pas déplacé pour les accueillir, ni lancé à leur poursuite. Avec ses jambes à jamais unies à la pierre du piédestal, se déplacer ne lui était plus possible. Il avait évolué pour devenir une entité bien supérieure aux créatures mortelles. Il était devenu son propre monde.

Et ce monde le retenait dans ses rets.

— Vous n'êtes pas libre, n'est-ce pas ? dit Force Vitale, comme si elle lisait les pensées de Walker. Si vous l'étiez, vous nous donneriez la Pierre elfique noire, car vous n'auriez pas besoin d'elle. Mais vous ne le pouvez pas, parce qu'elle est indispensable à votre survie. Sans elle, le prince de Granit vous détruirait.

— Non !

— Sans elle, il vous éliminerait.

— Non !

— Sans elle...

Un poing de pierre s'abattit sur la jeune fille et la manqua de peu. À côté d'elle, le sol se fendit.

Le roi de Pierre frissonnait comme si on l'avait frappé.

Force Vitale se dressa devant lui comme si elle était à même de le dominer.

— Le prince de Granit est votre enfant, Uhl Belk. Mais il ne vous obéit pas.

— Vous ne savez rien ! Le prince de Granit est une extension de moi, comme tout à Eldwist. Il n'a pas de vie, sinon celle que je lui donne. Il sert mes intérêts et rien d'autre ! En transformant en pierre la contrée et les créatures qui la peuplent, il les rend *permanentes*, comme moi.

— Et la Pierre elfique noire ?

La voix du roi vibra étrangement, comme s'il était ému.

— La Pierre elfique noire permet de...

Sa bouche se ferma et Uhl Belk se replia sur lui-même, comme si son corps et ses membres allaient se transformer en un bloc de pierre.

— Elle permet de... ? demanda Force Vitale.

Les yeux vides se levèrent vers elle.

— Regardez.

Le mot résonna comme si l'âme du roi se brisait. La roche grinça et les parois du dôme s'ouvrirent. Une lumière grise emplit la salle, comme si elle essayait de fuir la pluie qui continuait à tomber à l'extérieur. Des nuages et de la brume dérivèrent autour des bâtiments qui entouraient le dôme. Un étrange gémissement jaillit de la bouche du roi et emplit la cité d'un son évoquant celui d'une feuille de métal qui vibre au vent.

Il mourut vite, mais ses échos persistèrent.

— Regardez !

Ils entendirent le prince de Granit avant de le voir, son approche signalée par un grondement souterrain qui se transforma en rugissement – si violent que les trois compagnons tombèrent à genoux.

Puis le prince fit éclater la pierre qui formait la peau d'Uhl Belk.

Le roi frémit de douleur. Le prince se dressa dans l'ouverture qu'il venait de forer, immonde croisement entre un serpent et un ver. Un liquide noir puant suintait de son corps couvert de roche.

Furieux, il avança avec une rapidité terrifiante.

Walker Boh sentit son sang se glacer. Le prince de Granit n'était pas réel ! Il était impossible qu'une telle créature existât.

Pour la première fois de sa vie, l'Oncle Obscur eut envie de fuir. Il regarda Morgan Leah reculer en titubant et tomber à genoux. Puis il vit Force Vitale se figer sur place. Alors, il sentit son énergie le quitter et eut du mal à rester debout.

Le prince de Granit obstruait l'horizon, masse informe et suintante que rien ne pouvait défier.

Mais le roi de Pierre se ressaisit. Il leva une main noueuse – celle qui soutenait son menton quand ils l'avaient pris pour une statue – et ses doigts s'ouvrirent lentement. De la lumière en jaillit, différente de toutes celles qu'ils connaissaient. Elle se répandit dans toutes les directions, mais sans éclairer comme le faisait la lumière ordinaire. Car tout ce qu'elle touchait devenait sombre.

Ce n'est pas de la lumière, comprit Walker Boh. *C'est l'absence même de lumière !*

Les doigts du roi de Pierre s'ouvrirent et ils virent ce qu'il tenait dans sa paume : une gemme à la forme parfaite dont le centre était aussi noir et impénétrable que la nuit.

La pierre scintillait, elle reflétait la lumière grise qui filtrait du mur détruit, mais n'en absorbait pas une once.

Bien qu'elle parût minuscule dans la paume d'Uhl Belk, l'obscurité qu'elle projetait s'étendait dans les coins les plus éloignés du dôme, détruisant les vestiges de la lueur créée par Walker.

En quelques instants, la seule lumière restante fut celle qui pénétrait par la déchirure de la « peau » du dôme.

Walker Boh sentit sa magie frémir en lui.

Ils avaient trouvé la Pierre elfique noire.

Uhl Belk hurla, ce son couvrant jusqu'au grondement du prince de Granit. Puis il leva la Pierre elfique noire. L'obscurité se ramassa sur elle-même et devint une fine lanière qui jaillit vers le prince.

Le monstre ne tenta pas de résister et resta cloué sur place. Il frémit de plaisir et de douleur mêlés, submergé par des émotions que les humains pouvaient seulement imaginer. Quand il se tortilla, l'obscurité l'imita. Puis elle grandit et retourna envelopper le roi. Ils l'entendirent gémir et sangloter, en proie à des sentiments complexes qui n'étaient pas censés être déchiffrés par des mortels.

La magie de la Pierre elfique avait lié le père et le fils aussi sûrement que s'ils avaient été enchaînés ensemble.

Que se passe-t-il ? se demanda Walker. *Quel effet la magie a-t-elle sur eux ?*

Puis la non-lumière se dissipa comme de l'encre absorbée par une substance poreuse. La lueur du jour revint lentement et brisa le lien entre le roi et le prince, qui replongea aussitôt dans la terre.

Le trou qu'il creusa pour s'enfuir se referma derrière lui. Le sol redevint aussi dur et lisse qu'avant, comme si rien n'était arrivé. La pluie balaya les traces du passage de la créature, lavant les flaques de poison verdâtre qu'il avait sécrété.

Les doigts d'Uhl Belk se refermèrent sur la Pierre elfique noire.

Son visage semblait avoir changé, constata Walker, mais il n'aurait su dire de quelle manière. Le roi était encore plus effrayant qu'avant, ses traits plus durs et moins humains, comme si son union avec la pierre s'était intensifiée.

Lentement, il ramena sa main fermée contre son corps.

— Avez-vous compris ?

Aucun des intrus n'avait compris, pas même Force Vitale – c'était évident à son air ébahi.

Ils restèrent un moment immobiles, se sentant minuscules et perdus.

— Que vous est-il arrivé, Uhl Belk ? demanda enfin la jeune fille.

La pluie tombait toujours et le vent soufflait à travers la déchirure du dôme.

— Partez !

La tête de pierre commença à se détourner d'eux.

— Vous devez nous donner la Pierre elfique noire ! cria Force Vitale.

— Elle m'appartient.

— Les Ombreurs vous la prendront, comme vous l'avez prise aux druides !

— Les Ombreurs sont des enfants... Vous en êtes tous et je ne m'intéresse pas à vous ! Aucun de vos actes ne peut me blesser ou m'affecter. Regardez-moi : je suis aussi vieux que le monde et je vivrai aussi longtemps que lui. En revanche, vous disparaîtrez en un clin d'œil. Sortez de ma cité. Si vous revenez me perturber, je demanderai au Râteau de vous éliminer.

Le sol trembla, propulsant les trois amis vers l'ouverture située dans le mur. Le roi de Pierre s'ébroua comme un animal qui tente de se débarrasser d'un insecte ennuyeux.

Walker Boh se leva, aida Force Vitale à se mettre debout et fit signe à Morgan de le suivre. Ils ne gagneraient rien à rester, car ils ne récupéreraient pas la Pierre elfique cette fois. S'ils la récupéraient un jour... Uhl Belk avait raison : que pouvaient-ils contre lui ?

Pourtant, Force Vitale ne renonça pas.

— C'est vous qui serez balayé ! cria-t-elle pendant qu'ils sortaient du dôme.

Elle tremblait de tous ses membres.

— Écoutez-moi, Uhl Belk !

Le visage hideux s'était détourné d'eux, et le roi de Pierre avait repris sa pose de penseur.

Il n'y eut pas de réponse.

Sous une pluie battante, ils regardèrent le mur se refermer comme s'il ne s'était rien passé. En quelques instants, le dôme redevint impénétrable.

Morgan posa ses mains sur les épaules de Force Vitale. La jeune fille ne sembla pas s'en apercevoir, comme si elle était elle aussi devenue de pierre.

Le montagnard se pencha vers elle et lui murmura quelque chose à l'oreille.

Walker Boh s'éloigna d'eux et se tourna vers la tanière d'Uhl Belk. Il se sentait à la fois consumé par un feu intérieur et détaché de tout.

Présent au monde sans l'être vraiment, il comprit qu'il ne se connaissait plus lui-même. Il était devenu une énigme qu'il ne pourrait pas résoudre. Ses pensées semblaient se resserrer comme un nœud coulant. Le roi de Pierre était un ennemi invincible. Plus que le maître de la cité, il était la cité elle-même.

Uhl Belk était devenu Eldwist. Un monde à lui seul – et personne ne pouvait changer un monde. Ni Allanon, ni Cogline, ni tous les druides de l'histoire.

Personne !

Pourtant, Walker allait essayer.

Chapitre 26

Pe Ell avait changé d'avis à deux reprises avant de se décider. À présent, il descendait la rue au crépuscule. Ses craintes dissipées, il s'engouffra sous le porche de l'édifice où les autres s'étaient cachés. Quand il les gravit, l'ourlet de son manteau mouillé laissa un long sillage sur les marches. Parvenu sur le palier, il tendit l'oreille sans rien entendre. Les fichus imbéciles devaient être sortis pour continuer leurs recherches.

Mais qu'ils soient là ou pas ne changeait rien pour lui. Tôt ou tard, ils reviendraient.

Il pouvait attendre.

Il remonta un couloir sans se dissimuler et se campa sur le seuil de la cachette. À première vue, les lieux semblaient vides. Mais il avait à peine fait une dizaine de pas dans la pièce obscure que son instinct lui souffla qu'on l'épiait.

La salle était en désordre, comme si des enfants des rues chassés par le mauvais temps étaient venus s'y réfugier. Seul le crépitement monotone de la pluie troublait un silence profond.

Pe Ell attendit.

Sortant des ombres, Horner Dees avança de sa démarche fluide et gracieuse – toujours étonnante chez un être aussi robuste. Contusionné, les vêtements lacérés, il semblait avoir échappé par miracle aux griffes d'un fauve. Plus soupçonneux que jamais, il riva un regard noir sur Pe Ell.

— Vous ne cesserez jamais de me surprendre, dit le tueur, sincère.

Le vieil homme l'intriguait.

Dees s'arrêta, gardant ses distances.

— J'espérais être débarrassé de vous ! grogna-t-il.

— Ah oui ? (Avec un sourire charmant, Pe Ell traversa la pièce, prit dans une coupe un fruit ratatiné et le mordit.) Où sont les autres ?

— Oh, ici et là... Qu'est-ce que ça peut vous faire ?

Se débarrassant de son manteau mouillé, Pe Ell haussa les épaules.

— Rien. Que vous est-il arrivé ?

— Je suis tombé dans un trou. Alors, que voulez-vous ?

Pe Ell ne se départit pas de son sourire.

— Un peu d'aide...

Il aurait été difficile de dire si Horner Dees était surpris ou pas.

Il réussit à rester impassible, mais semblait ne plus savoir que répondre. Légèrement voûté, comme en prévision d'une attaque, il dévisagea son interlocuteur, puis secoua la tête et continua d'une voix douce :

— Je vous connais, Pe Ell... Je me souviens de vous quand vous commenciez à peine, au bon vieux temps. J'étais avec la Fédération, un éclaireur... Rimmer Dall avait des projets pour moi. Mais j'ai décidé de ne pas faire partie de ses plans. Je vous ai aperçu une ou deux fois, au cours de vos allées et venues. J'ai aussi entendu des rumeurs à votre propos. Je voulais que vous le sachiez.

Pe Ell finit le fruit et recracha les pépins. Au fond, il ignorait ce qu'il ressentait par rapport à ces révélations. Mais quelle importance ? Au moins, il avait maintenant une petite idée de ce qui le tarabustait au sujet de Dees.

— Je ne me souviens pas de vous. Non que cela ait une quelconque importance, après tout... (Il bougea un peu, se détournant de la lumière.) Mais pour qu'on se comprenne parfaitement, vous et moi, les plans que Rimmer Dall avait à mon sujet n'ont pas eu le résultat qu'il escomptait. Je fais ce que je choisis de faire. Toujours.

— Oui, vous tuez les gens...

Pe Ell haussa les épaules.

— Parfois. Ça vous effraie ?

— Vous ne me faites pas peur.

— Bien. Si nous en avons fini avec ce sujet, passons à la suite. J'ai besoin d'aide. Me l'accorderez-vous ?

Horner Dees s'assit et dévisagea son interlocuteur. Avant de revenir, Pe Ell avait soigneusement étudié le problème sous tous les angles, pesant le pour et le contre. Renoncerait-il à s'immiscer seul dans l'antre du Râteau ? À chercher de l'aide pour déterminer si le roi de Pierre s'y dissimulait ou pas ? En l'occurrence, il n'avait rien à cacher et ne nourrissait pas de noirs desseins. Chaque fois que c'était possible, il préférait une approche franche et directe.

Dees soupira.

— Je ne vous fais pas confiance.

Pe Ell eut un rire rauque.

— Un jour, j'ai lancé au montagnard qu'il serait stupide de se fier à moi ! Je me moque éperdument de vos sentiments à mon égard. Horner, je ne sollicite pas votre confiance, je vous demande votre aide !

Malgré lui, Dees fut intrigué.

— Quel genre d'aide ?

Pe Ell réprima un sourire satisfait.

— La nuit dernière, j'ai suivi le Râteau jusqu'à son antre. Or, il est probable que le roi de Pierre s'y tapisse aussi. Quand le monstre sortira patrouiller en ville, j'irai y jeter un autre coup d'œil.

Le tueur prit le ton et l'attitude d'un conspirateur.

— J'ai remarqué que la porte s'ouvrait toute seule. Je devrais pouvoir la franchir. Mais que se passera-t-il si elle se referme derrière moi ? Comment ressortirai-je ?

Dees se frotta vigoureusement la barbe, comme si sa peau le démangeait.

— Alors, il vous faut quelqu'un pour surveiller vos arrières.

— Ce serait une bonne idée. J'avais compté y aller seul pour surprendre le roi dans son repaire, le tuer et récupérer la Pierre. C'est toujours mon intention, mais je ne voudrais pas agir avec l'angoisse que le Râteau revienne me poignarder dans le dos...

— Donc, vous avez besoin de moi.

— Ça vous fait peur ?

— Vous n'arrêtez pas de poser cette question. Ce serait plutôt à moi de vous le demander. Pourquoi devriez-vous vous en remettre à moi ? Je ne vous porte pas dans mon cœur, Pe Ell. Et si le Râteau vous tuait, ça ne me chagrinerait pas ! Alors pourquoi m'avoir choisi ? C'est absurde !

Pe Ell déplia les jambes et s'étira avant de s'adosser au mur.

— Pas nécessairement... Vous n'avez pas à m'aimer. Et moi, je n'ai pas à vous apprécier. D'ailleurs, je vous rends votre antipathie au centuple ! Mais nous voulons tous les deux la même chose : la Pierre elfique noire. Et aider la jeune fille... En solo, nous n'arriverions pas à grand-chose – même si mes chances de réussite restent supérieures aux vôtres. Bref, si vous me promettez de surveiller mes arrières, je vous croirai. Car vous accordez beaucoup de valeur à la parole donnée, pas vrai ?
Dees eut un petit rire ironique.
— Ne me dites pas que vous en appelez à mon sens de l'honneur ! Ce serait trop fort !
Pe Ell en perdit le sourire.
— J'ai mon propre code de l'honneur, vieil homme. Il a une grande importance à mes yeux. Quand je promets, je tiens parole. Et c'est déjà plus que ce que beaucoup de gens pourraient dire. Je le répète, je vous protégerai si vous vous engagez à me protéger aussi. Au moins jusqu'à la fin de cette histoire. Ensuite, nous reprendrons chacun notre chemin. (Il inclina la tête.) Le temps presse. Nous devrons y être au coucher du soleil. Vous venez ou pas ?
Horner Dees prit tout son temps pour répondre.
Mais Pe Ell aurait été surpris – et soupçonneux – s'il avait agi autrement. On pouvait dire ce qu'on voulait de Dees, il était foncièrement honnête. Et un homme de son genre ne s'engagerait jamais à la légère. Le tueur lui accordait sa confiance – autrement, il ne lui aurait jamais fait cette demande. En outre, il jugeait Dees très capable. Sur bien des points, le vieil éclaireur représentait le meilleur choix : plus expérimenté que le montagnard, moins inconstant que Carisman et moins

imprévisible que Walker Boh, il était ni plus ni moins que ce qu'il semblait être.

— J'ai parlé de vous au montagnard, annonça Dees. Et à l'heure qu'il est, il aura averti les autres.

Pe Ell haussa les épaules.

— Ça m'est égal.

Il était sincère.

Le front plissé, Dees se pencha en avant.

— Si nous mettons la main sur la Pierre, nous la rapporterons à Force Vitale. Je veux votre parole.

Pe Ell sourit malgré lui.

— Vous l'accepteriez, vieil homme ?

— Si vous la violez, je vous le ferai regretter, croyez-moi !

Pe Ell le crut. Tout âgé, usé et courbé par le poids des ans qu'il fut, Horner Dees ferait un adversaire redoutable. Éclaireur, forestier et chasseur, il avait accumulé de l'expérience pendant des dizaines d'années... et survécu jusqu'à ce jour. Dans une confrontation ouverte, il ne serait peut-être pas l'égal de Pe Ell. Mais il y avait plus d'une manière de tuer un homme.

Pe Ell sourit intérieurement. Qui le savait mieux que lui ?

La main tendue, il attendit que le vieil homme l'accepte.

— Nous avons un accord.

Ils échangèrent une courte poignée de mains. Puis Pe Ell se releva avec la souplesse d'un chat.

— Maintenant, allons-y.

Le tueur passant le premier, ils quittèrent la pièce et descendirent l'escalier. À l'approche de la nuit, les ombres s'épaississaient. Les épaules rentrées pour lutter contre le froid, les deux hommes allongèrent le pas.

Pe Ell repensa à l'accord qu'il venait de passer. Un marché qui ne le gênait pas. Il restituerait la Pierre elfique à la jeune fille parce que s'en abstenir serait prendre le risque de perdre sa plus belle proie – et d'être ensuite traqué jusqu'à la fin de ses jours par ses anciens compagnons.

Ne laisse jamais d'ennemis vivants derrière toi, se rappela-t-il.

Mieux valait les tuer dès qu'on en avait l'occasion.

Quand Walker, Morgan et Force Vitale approchèrent de l'édifice que Pe Ell et Horner Dees avaient quitté moins d'une heure plus tôt, le jour déclinait déjà. Il pleuvait à verse sur les bâtiments de la ville, le rideau liquide voilant les cieux, la montagne et la mer.

Morgan entourait les épaules de Force Vitale d'un bras protecteur. Deux êtres de ténèbres perdus dans le brouillard...

Respectueux de leur intimité, Walker marchait à l'écart. Il voyait à quel point Force Vitale s'abandonnait à l'étreinte du montagnard. Elle semblait savourer cette intimité – une réaction inhabituelle. Au cours de la confrontation avec le roi de Pierre, quelque chose était arrivé à Force Vitale sans qu'il s'en aperçoive. Maintenant, il commençait à comprendre de quoi il retournait.

Comme les caniveaux débordaient sur la chaussée transformée en douves, il dut s'en écarter. Il ouvrait toujours la marche, choisissant le chemin à prendre.

La pluie et la grisaille assombrissaient tant sa silhouette qu'on eût dit celle d'un esprit errant... Celle du fantôme du Marais, rectifia-t-il. Il n'avait plus repensé au spectre depuis longtemps, tant le souvenir qu'il en gardait le blessait encore. Il avait préféré l'enfouir au fond de sa mémoire.

Avec ses énigmes perverses, le fantôme du Marais l'avait attiré dans la salle des Rois et jeté dans les griffes de l'Asphinx. Cela lui avait coûté son bras, son courage... et une partie de lui-même. Meurtri dans son âme et sa chair. Voilà comment il se voyait. Si le fantôme du Marais l'apprenait, il s'en réjouirait.

Walker tourna la tête vers le ciel, laissant la pluie le rafraîchir et le purifier. Comment pouvait-on avoir si chaud par un si mauvais temps ?

Les visions du fantôme du Marais le hantaient. Trois aperçus énigmatiques du futur – pas nécessairement précis... Des mensonges transformés en semi-vérités, des vérités enrobées de mensonges, mais bien réelles.

La première vision s'était concrétisée. Il avait juré de se couper la main plutôt que d'épouser la cause des druides. Et c'était exactement ce qu'il avait fait. Puis il avait rejoint leur camp.

Quelle ironie !

La deuxième vision concernait Force Vitale.

La troisième...

Il serra le poing. Il évitait de repenser à la troisième vision.

Force Vitale... D'une manière ou d'une autre, il la décevrait. Elle implorerait son aide, il aurait la possibilité de la sauver et il la laisserait mourir. Sans lever le petit doigt, il la regarderait tomber.

La vision du fantôme du Marais... Et c'était ce qui arriverait. À moins que Walker Boh trouve un moyen de l'empêcher.

Dire qu'il n'avait rien pu faire contre l'accomplissement de la première vision !

Dégoûté, il bannit le souvenir du spectre. En lui-même, se rappela-t-il, le fantôme du Marais *était* un mensonge. Mais si on raisonnait ainsi, l'Oncle Obscur n'incarnait-il pas lui aussi le mensonge ? N'était-ce pas ce qu'il était devenu, à force de rejeter les plans des druides et de fuir toute manifestation de la magie – à part celle qui étayait ses conceptions étriquées ?

Il n'avait pas cessé de se mentir à lui-même, d'agir comme s'il était maître de son destin. En définitive, il avait fait de sa vie une parodie. Et il se retrouvait enlisé dans ses erreurs et ses prétentions. Il faisait ce qu'il s'était juré de ne jamais faire : le travail des druides, la restauration de leurs pouvoirs magiques, l'exécution de leur volonté... Pire, il s'était engagé sur une voie qui le conduirait inexorablement à sa perte : une confrontation avec Uhl Belk pour lui reprendre la Pierre elfique. Pourquoi ? Il se cramponnait à cette entreprise comme si elle seule pouvait l'empêcher de dériver encore et de se perdre. Comme s'il n'avait plus le choix.

Or, il restait forcément d'autres solutions !

Accablé par le froid et la pluie, il mesura à quel point les forêts de la Pierre d'Âtre lui manquaient. Ce n'était pas seulement dû à la cité, avec sa dureté oppressante, ses brumes et son humidité. Il n'y avait pas de couleurs à Eldwist, rien qui puisse arrêter le regard et le rafraîchir, rien de nature à réconforter une âme infiniment lasse. On y trouvait uniquement des nuances de gris, un fondu enchaîné d'ombres chevauchant d'autres ombres. En quelque sorte, Walker Boh se considérait comme le reflet de la ville. Uhl Belk le transformait peut-être autant qu'il avait modifié la terre, effaçant les couleurs de son existence et le réduisant à une *essence* aussi dure et inerte que de la pierre... Jusqu'où s'étendait l'influence du roi ? Jusqu'où sondait-il les âmes ? Y avait-il des limites ? Pouvait-il tendre le bras jusqu'aux étendues Sombres et à la Pierre d'Âtre ? Localiser un cœur humain ?

Avec du temps, probablement...

Et que représentait la notion de temps pour une créature bénéficiant d'une telle longévité ?

Le petit groupe atteignit le porche de son refuge et s'engagea dans l'escalier. Toujours en tête, Walker remarqua sur les marches une sorte de sillage que les gouttes qui tombaient de son propre manteau dissimulaient aux yeux de ceux qui le suivaient.

Il y avait eu une visite, récemment. De qui ? Horner Dees ?

Mais il était censé être déjà là, à les attendre...

Les compagnons gagnèrent la pièce vide qui leur servait de base d'opérations. Du regard, Walker suivit les traces d'humidité, sur le sol. Il tendit l'oreille puis avança jusqu'à l'endroit où quelqu'un s'était assis pour manger un fruit.

Son instinct revint brusquement à la vie.

Il pouvait presque *sentir* Pe Ell.

— Horner ? Où êtes-vous ?

Morgan inspecta les autres pièces et les couloirs à la recherche du vieil homme.

Walker croisa le regard de Force Vitale et ne dit rien.

Le montagnard sortit puis revint presque aussitôt.

— Il a précisé qu'il nous attendrait ici même. Je ne comprends pas.

— Il a dû changer d'avis, souffla Walker.

Morgan parut sceptique.

— Je vais jeter un coup d'œil aux alentours.

Il ressortit par où ils étaient entrés, laissant l'Oncle Obscur et la fille du roi de la rivière Argentée se dévisager dans la pénombre.

— Pe Ell était ici, dit la jeune fille.

Gagné par le sentiment de familiarité qu'il connaissait bien, Walker se réchauffa à la lumière des yeux intenses de Force Vitale.

— Je ne sens pas de lutte... Pas de sang, ni de troubles.

Force Vitale hocha la tête. Comme il ne dit rien, elle se rapprocha.

— À quoi songez-vous, Walker Boh ? Qu'est-ce qui vous tourmente au point que vous replongiez dans vos pensées ?

Elle lui serra le bras. Baignée par la faible lumière grisâtre, sa chevelure d'argent tombait sur ses épaules.

— Dites-moi...

Il se sentit nu. Une misérable forme de vie meurtrie, tenant encore debout par miracle mais à deux doigts de s'effondrer pour de bon... Autant physique que mental, le malaise qui le rongeait s'étendait de son moignon de bras à son cœur.

Une vague de mélancolie menaçait de l'emporter.

— Force Vitale..., souffla-t-il. Je pensais que vous êtes plus humaine que vous voulez bien l'admettre.

De la perplexité s'afficha sur le beau visage de la jeune fille.

Boh eut un petit sourire triste.

— Je suis peut-être mal placé pour juger de ces choses, et beaucoup moins sociable que je ne devrais l'être. Mais j'ai grandi sans amis et vécu trop longtemps seul. Pourtant, je vois en vous quelque chose de moi-même. Les émotions que vous avez découvertes vous effraient. Vous admettez éprouver celles – très humaines – que votre père vous a léguées, mais vous refusez d'en accepter les conséquences. Vous êtes amoureuse du montagnard et vous faites tout pour le cacher. Vous vous refermez sur vous-même. Vous méprisez Pe Ell, mais vous jouez avec lui comme un chat avec une souris. Vous affrontez vos émotions, tout en refusant d'admettre leur existence. Bref, vous faites l'impossible pour vous dissocier de vos sentiments.

— J'apprends...

— À contrecœur ! Quand vous avez affronté le roi de Pierre, vous vous êtes empressée de lui révéler ce qui vous amenait. Et vous lui avez *tout* dit ! À aucun moment, vous n'avez tenté de recourir à la duperie ou à la ruse. Pourtant, lorsque Uhl Belk a refusé d'accéder à votre demande – comme vous vous en doutiez –, vous vous êtes mise en colère. Je ne me souviens pas vous avoir déjà vu afficher vos sentiments sans vous soucier de qui en était témoin.

Une lueur de compréhension passa dans le regard de la jeune fille.

— Cette colère n'était pas feinte, Force Vitale. Elle reflétait l'immensité de votre douleur. À mon avis, vous vouliez qu'Uhl Belk vous remette la Pierre elfique noire afin d'éviter qu'un événement ne se produisît. C'est bien ça ?

Elle hésita, puis soupira de lassitude.

— Oui.

— Vous pensez que nous récupérerons la Pierre elfique. Je le sais. Vous le croyez parce que votre père l'a affirmé.

— Oui.

— Mais comme il vous l'a dit, vous pensez également qu'il faudra en appeler à la magie de vos compagnons. Uhl Belk ne sera jamais accessible à quelque forme de persuasion. Vous avez pourtant tenté de le raisonner, parce que vous vous deviez d'essayer.

— J'ai peur...

— De quoi ? Dites-le-moi !

Morgan Leah revint soudain de sa vaine exploration. Et en entrant, il vit Walker Boh s'écarter de Force Vitale.

— Rien, annonça-t-il. Pas de trace de Horner... Il fait nuit. Le Râteau doit être au travail. Je reprendrai les recherches demain matin. Quelque chose cloche ?

— Tout va bien, assura Force Vitale.

— Non, ça ne va pas ! s'écria Walker.

— Entendez-vous sur vos versions, au moins ! s'écria Morgan.

Walker Boh sentit les ombres l'envelopper et l'étouffer, comme si les ténèbres étaient tombées d'un coup sur eux pour mieux les piéger. Un gouffre béant les séparait. Le montagnard, l'Oncle Obscur, la jeune fille... Comme si, ayant atteint un carrefour, ils devaient choisir une voie sans retour et prendre une décision irréversible.

— Le roi de Pierre..., murmura Force Vitale.

— Nous retournons récupérer la Pierre elfique noire, conclut Walker Boh.

Postés derrière une fenêtre, Pe Ell et Horner Dees guettaient depuis quelque temps l'apparition du Grimpeur. L'édifice où ils s'étaient embusqués se dressait face à son antre. Avec toute la patience de chasseurs expérimentés, ils restaient dans l'ombre. L'averse avait tourné au crachin et la vapeur qui montait de la chaussée formait comme des serpentins. Loin sous terre, on entendait le grondement du prince de Granit.

Pe Ell repensa aux hommes qu'il avait tués. Étrange... Il ne se rappelait plus qui ils étaient. Au début, il avait tenu ses comptes, d'abord par curiosité, puis par habitude. Mais à force d'enchaîner les tueries, il avait perdu le fil. Les visages, très nets au début dans sa mémoire, s'étaient peu à peu estompés.

À présent, il se remémorait surtout sa première victime.

Et la dernière.

Que ses proies aient perdu toute identité à ses yeux le déconcertait. Sa mémoire, tellement vitale dans son travail, n'était-elle plus fiable ? Ses missions n'avaient-elles donc plus autant d'intérêt pour lui ?

Le regard perdu dans la nuit, il se sentit gagné par une lassitude inhabituelle.

Irrité, il la chassa. Quand il aurait tué la jeune fille, se promit-il, ce serait différent. Après tout, il pourrait sans dommage oublier le visage des autres crétins ! Le manchot, le montagnard, le compositeur et le vieil éclaireur... Leur mort était nécessaire. Mais il n'oublierait jamais Force Vitale. La tuer serait une affaire d'honneur. En cet instant, il la revoyait aussi clairement que si elle était assise près de lui, avec ses courbes féminines, la façon dont elle inclinait la tête en parlant, et son regard hypnotique. La plus merveilleuse des créatures, envoûtante d'une façon qui défiait toute explication rationnelle. Elle était investie de la magie du roi de la rivière Argentée – un pouvoir qui remontait à l'aube des temps. Il voulait s'y abreuver en l'assassinant. Il s'en estimait capable. Ensuite, elle survivrait en lui, présence plus forte que le plus indélébile des souvenirs.

Elle le griserait comme rien ni personne ne l'avait jamais fait !

Soucieux de soulager ses crampes, Horner Dees changea de position. Perdu dans ses pensées, Pe Ell ne daigna pas lui jeter un coup d'œil. Il gardait les yeux rivés sur l'entrée secrète, de l'autre côté de la rue. Aucun mouvement suspect ne troublait les ombres qui la dissimulaient.

Qu'arriverait-il quand le tueur transpercerait la jeune fille avec son Stiehl ? Que verrait-il dans ses grands yeux noirs où un homme pouvait se noyer ? Que ressentirait-il ? L'anticipation faisait bouillir le sang dans ses veines. Obligé de ronger son frein avec l'espoir de s'approprier la Pierre elfique noire, il n'avait plus repensé au meurtre final depuis un certain temps, laissant les événements suivre leur cours. Mais cet instant se rapprochait. Quand Pe Ell se serait infiltré dans le repaire du Râteau, qu'il aurait découvert la cachette du roi de Pierre, volé la Pierre elfique noire et éliminé Horner Dees...

Il se redressa en sursaut.

Malgré sa préparation mentale et physique, il fut surpris quand le panneau de pierre s'écarta pour laisser passer le Râteau. Aussitôt, l'assassin chassa de son esprit toute pensée concernant Force Vitale. Le corps sombre du Grimpeur scintillait partout où des rayons de lumière réussissaient à percer les nuages pour se refléter sur sa carapace de métal. Le seuil franchi, le monstre s'immobilisa comme si quelque chose l'avait mis sur ses gardes. Ses tentacules se tendirent et il fouetta l'air de sa longue queue. Les deux chasseurs reculèrent davantage dans l'ombre. Apparemment rassuré, le Grimpeur déclencha le mécanisme de fermeture puis disparut dans la brume et l'obscurité, ses pattes de fer raclant la pierre comme autant de chaînes.

Une fois certain que le monstre était loin, Pe Ell fit signe à son compagnon. Ensemble, ils descendirent dans la rue, la traversèrent et s'arrêtèrent devant le repaire du Râteau. Dees sortit son grappin et le lança vers une saillie, au-dessus de l'entrée secrète.

Le grappin trouva une prise et Dees testa sa solidité. Puis il hocha la tête et passa l'autre extrémité de la corde à Pe Ell, qui grimpa sans effort apparent jusqu'au mécanisme d'ouverture.

Il l'activa et le panneau se déplaça.

Pe Ell se hâta de redescendre. Horner Dees et lui s'engagèrent prudemment dans le bâtiment obscur.

Tombant des fenêtres des étages ou filtrant du sol inégal, une chiche lumière grisâtre perçait parfois les ténèbres.

Il n'y avait ni bruit ni mouvement.

Pe Ell se tourna vers Dees en chuchotant :

— Surveillez la rue. Sifflez à la moindre alerte.

Il s'éloigna, ombre parmi les ombres... Son ouïe et sa vue s'accoutumant aussitôt à son nouvel environnement, il se sentit en territoire familier.

Les murs nus s'effritaient. Par endroits, la pluie avait attaqué le mortier. Aux aguets, Pe Ell progressa lentement, sans rien repérer. Les lieux semblaient déserts.

Quelque chose crissa sous la semelle de ses bottes. Des centaines d'os jonchaient le sol – les restes du gibier consommé par le Râteau.

Le couloir débouchait sur une grande pièce aux murs aveugles. Jadis, il avait dû s'agir d'une cour intérieure.

Dérouté, Pe Ell regarda autour de lui, aussitôt certain qu'il n'y avait rien à découvrir – et surtout pas le roi de Pierre et la Pierre elfique noire. Il s'était trompé. Submergé par la colère et la frustration, il continua son exploration – même vaine.

Il se rapprocha du mur le plus éloigné, sondant les poutres, les lignes du sol et du dôme, avide de déceler un indice.

Soudain, Horner Dees siffla.

Au même instant, Pe Ell entendit du métal racler la pierre.

Il fit volte-face et recula dans l'ombre. Le Râteau était de retour ! Pour quelle raison, sinon qu'il avait détecté des intrus ? Mais comment ?

Pe Ell réfléchit. Étant aveugle, le Râteau se reposait sur ses autres sens.

Aurait-il pu les sentir ?

Pe Ell eut vite la réponse. En humant l'atmosphère, à l'entrée, le Grimpeur avait détecté l'odeur des intrus. Voilà pourquoi il avait marqué une pause avant de disparaître...

Il les avait guettés avant de revenir sur ses pas.

Pe Ell maudit sa propre stupidité. S'il ne filait pas de là tout de suite, il serait piégé.

Il fonça vers la sortie juste à temps pour constater que c'était trop tard. Par l'ouverture, il vit le Râteau tourner le coin de l'édifice d'en face. La corde et Horner Dees s'étaient volatilisés.

Pe Ell recula dans les ombres du mur. Comment sortir discrètement avant que le monstre ne referme le panneau ? Si le tueur échouait, il serait coincé. Et même le Stiehl ne le sauverait pas.

Les griffes de fer du Râteau raclaient le sol. Ses tentacules exploraient les murs, à la recherche de sa proie. Accroupi dans le noir, Pe Ell dégaina son arme. Comme chaque fois qu'il s'apprêtait à tuer, il était étrangement calme. Il regarda le monstre franchir le seuil de son repaire...

... et bondit.

Ses sens plus aiguisés encore que ceux de l'humain, le Râteau le sentit aussitôt. À quelques pouces de l'entrée, un tentacule zébra l'air et percuta le tueur.

Le Stiehl trancha l'appendice.

Rageur, le Râteau recula. Pe Ell voulut fuir, mais une forêt de tentacules se dressait devant lui.

Derrière le Grimpeur, le grappin jaillit des ténèbres et s'enroula autour de ses pattes arrière, l'arrêtant net. Par réflexe, le monstre enfonça ses griffes dans le sol.

Cet instant de distraction suffit : en un éclair, Pe Ell fonça dans la rue.

Horner Dees vint se placer à ses côtés.

Derrière eux, ils entendirent la corde craquer sous la tension, et le monstre les prendre en chasse.

— Par là ! cria Dees en entraînant Pe Ell sous un porche.

Ils s'engouffrèrent dans un escalier, traversèrent un couloir et débouchèrent sur une passerelle qui conduisait à un autre bâtiment. Écrasant tout sur son passage, le Grimpeur fonçait à leur poursuite.

Ils dévalèrent un autre escalier pour revenir dans la rue.

Le monstre semé, ils ralentirent, jetèrent des coups d'œil prudents dans la rue déserte, puis coururent se réfugier quelques pâtés de maisons plus loin, dans un dédale de ruelles inaccessibles au

Râteau. Tirés d'affaire, ils s'assirent au pied d'un mur, côte à côte, et reprirent péniblement leur souffle.

— J'ai cru que vous m'aviez abandonné à mon sort, lâcha Pe Ell.

Dees secoua la tête.

— Je l'aurais fait, si je n'avais pas donné ma parole. Et maintenant ?

Couvert de sueur, Pe Ell bouillait de rage. Il sentait encore le tentacule du monstre enroulé autour de son corps. Révulsé, il étouffa à grand-peine un cri d'indignation.

Personne n'avait jamais été si près de le tuer !

Il se tourna vers Horner Dees, dont les yeux brillaient dans la pénombre.

— Vous ferez ce que vous voudrez, vieil homme, chuchota-t-il. Moi, je retourne abattre ce monstre !

Chapitre 27

Morgan Leah en fut atterré.
Et terrifié !
— Comment ça, nous y retournons ? Mais qui vous a donné le droit de décider, Walker Boh ? Force Vitale est le chef de notre groupe, pas vous !
— Morgan..., souffla la jeune fille en voulant lui prendre la main.
Il fit un pas en arrière.
— Non. Réglons ça tout de suite ! Que se passe-t-il ? Je quitte cette pièce un instant, pour m'assurer que Horner n'a pas eu d'ennuis, et à mon retour, je vous surprends tous les deux assez intimes pour...
Il s'arrêta, vaincu par l'émotion. Et rougit en prenant conscience de ce qu'il était en train d'avouer.
— Je...
— Morgan, coupa Force Vitale, nous devons d'abord récupérer la Pierre elfique noire. Il le faut !
Frustré, le montagnard serra les poings. Il avait conscience de sa trop grande jeunesse – et d'avoir l'air parfaitement ridicule. Mais il se fit violence et se ressaisit.
— Retourner là-bas, Force Vitale, c'est signer notre arrêt de mort. Avant, nous ignorions à quoi nous avions à faire. Maintenant, nous le savons !

Uhl Belk est trop fort pour nous. Ce monstre est lié à la terre ! Comment combattre une puissance pareille ? Il nous écrasera avant même que nous approchions assez pour le menacer !

Morgan marqua une pause, et s'efforça de recouvrer son calme.

— À supposer qu'il n'appelle pas le prince de Granit ou le Râteau... Nous ne pouvons déjà rien contre *eux*. Alors, contre *lui* ! Réfléchissez, je vous en prie ! Et s'il utilisait sur nous les pouvoirs de la Pierre elfique ? Que ferions-nous ? Vous qui n'avez plus accès à la magie, moi avec mon Épée brisée qui a perdu presque tout son pouvoir, et Walker qui... À propos, qui êtes-vous au juste, Walker Boh ?

L'attaque laissa l'Oncle Obscur de marbre.

— Ce que j'ai toujours été, Morgan Leah.

— Avec un bras en moins ! lança Morgan – qui le regretta aussitôt. Navré... Mes paroles ont dépassé ma pensée.

— Mais c'est la vérité.

Gêné, Morgan détourna les yeux.

— Regardez-nous, murmura-t-il. Nous sommes à peine vivants. Et ce voyage a failli nous achever. Carisman est mort. Horner Dees aussi, peut-être. Nous avons été vaincus. Des épouvantails, voilà ce que nous sommes devenus ! Nous n'avons plus pris de bain depuis des semaines – à moins de compter la pluie qui nous est tombée dessus ! Nous sommes en haillons. À force de fuir, nous ne savons plus nous battre. Et nous voilà prisonniers d'un atroce univers composé de pierre, de pluie et de brume. Je hais cette ville ! Je veux revoir des arbres, de l'herbe, des êtres vivants... Mais surtout pas mourir ici sans raison ! Or, si nous retournons affronter le roi de Pierre, nous mourrons pour *rien* ! Dites-moi, Walker, quelle chance avons-nous ?

— Elle est meilleure que vous ne le supposez, répondit Boh. Asseyez-vous et écoutez.

Soupçonneux, Morgan hésita. Puis il s'exécuta. Après son éclat, il était temporairement soulagé de sa colère et de ses frustrations.

Il laissa Force Vitale le prendre dans ses bras, et sa chaleur envahir à son corps.

Les pans de son manteau resserrés autour de ses épaules, Walker Boh s'assit et croisa les jambes.

— Il est vrai que nous avons tout l'air de mendiants des villes du sud – et que nous ne détenons rien pour menacer Uhl Belk. À ses yeux, nous sommes plus insignifiants que des insectes. Mais nous pourrions retourner cela à notre avantage. Les apparences sont trompeuses ! Et cela nous donnera une chance de le vaincre. Il ne nous craint pas et nous méprise. D'ailleurs, il est possible qu'il nous ait déjà oubliés. Il se croit invulnérable. Et nous pouvons utiliser ce sentiment contre lui.

» Il n'est pas ce qu'il pense être, montagnard. Ni la créature magique qu'il était à sa naissance, ni l'entité qu'il aurait dû devenir. Je crois qu'il a évolué au-delà de ce que le roi de la rivière Argentée ne sera jamais. Seulement, cette évolution n'a pas été naturelle. Seule l'utilisation de la Pierre elfique noire l'a provoquée. Mais les druides ont mieux protégé leur magie qu'Uhl Belk ne le pense. Il imagine pouvoir s'en servir sans avoir à en redouter les conséquences. Il se trompe lourdement. En invoquant la magie de la Pierre elfique, il se condamne lui-même.

Morgan Leah le dévisagea.

— De quoi parlez-vous ?

— Écoutez-le, Morgan ! implora Force Vitale.

— Jusque-là, je n'avais pas compris la raison d'être de la Pierre elfique noire, continua Walker

Boh. Cogline m'avait donné le livre des druides en me recommandant de l'étudier. J'ai ainsi appris l'existence de la Pierre elfique noire, capable de libérer Paranor de son envoûtement et de la rendre au monde des hommes. J'ai aussi appris de Force Vitale que la magie de cette Pierre était conçue pour neutraliser les autres pouvoirs. Songez à tant de puissance, montagnard ! Comment peut-elle *exister* ? Je n'ai eu cesse de me demander si c'était vraiment possible – et dans ce cas, pourquoi les druides, toujours très prudents face à de telles affaires, ne s'étaient pas assurés que le talisman ne tomberait jamais entre de mauvaises mains. Après tout, seule la Pierre elfique noire restaurera leur forteresse, permettant ainsi leur retour au pouvoir. Au nom de quoi auraient-ils laissé tant de magie leur filer entre les doigts ? Et permis que d'autres la détournent à leur profit, à commencer par une créature aussi redoutable qu'Uhl Belk ?

» Naturellement, je savais que c'était impensable... Mais comment auraient-ils pu s'y opposer ? Aujourd'hui, je détiens la réponse ! J'ai regardé le roi de Pierre invoquer le prince de Granit, puis vu ce qui s'est passé entre le père et le fils. L'avez-vous aussi remarqué ? Quand Uhl Belk a invoqué le pouvoir de la Pierre, il s'est aussitôt formé un lien entre eux. La magie a joué le rôle d'un catalyseur. Mais de quelle façon ? N'a-t-elle pas semblé les rendre à la vie ? Et de toute évidence, le père et le fils étaient extatiques. Donc, on peut en déduire qu'ils sont sous sa dépendance. En cet instant, la magie de la Pierre elfique noire était supérieure à la leur. Tellement forte, en fait, qu'il leur était impossible d'y résister. Et de toute façon, ils s'en délectaient...

Au milieu des ombres complices, Walker Boh marqua une pause, avant de reprendre :

— Quand on appelle cette magie, voilà ce qui se produit... Oui, elle neutralise la magie adverse et la détourne à son bénéfice, comme le suggèrent les archives des druides, ou comme le roi de la rivière Argentée l'a affirmé à sa fille. Mais ses effets ne s'arrêtent pas là. Elle ne fait sûrement pas disparaître la magie qu'on lui oppose. Les lois de la physique étant ce qu'elles sont, ces forces subissent nécessairement une transformation. Selon moi, la Pierre elfique absorbe les autres magies pour mieux les transmettre à son porteur. Donc, quand Uhl Belk oriente la Pierre elfique noire vers le prince, il s'approprie la magie de son fils. Il absorbe le poison qui pétrifie la terre et ses habitants – et qui l'altère aussi. Voilà pourquoi il a évolué de cette façon. Et plus important encore, chaque fois qu'il absorbe une partie des pouvoirs magiques du prince de Granit, il se rapproche temporairement du fils qu'il a créé. L'usage de la Pierre a tissé entre eux des liens privilégiés qu'ils n'auraient jamais établis sinon. Ils ont beau se détester et se craindre, ils ont besoin d'une sorte de communion que seule la Pierre rend possible. C'est pour eux ce qui se rapproche le plus d'authentiques relations familiales. Et l'unique lien qu'ils peuvent avoir.

» Mais ce phénomène détruit Uhl Belk en le transformant peu à peu en pierre. Un jour, il disparaîtra entièrement dans celle qui l'enveloppe déjà. Et il connaîtra le sort réservé à toute statue. Celui de l'inertie. Voilà ce qu'il s'inflige sans le savoir ! Et c'est ainsi que fonctionne la Pierre elfique noire. Voilà pourquoi il a pu la dérober aussi facilement. Les druides s'en moquaient ! Ils savaient que quiconque l'utiliserait en subirait tôt ou tard les effets néfastes. La magie ne peut pas s'absorber sans conséquences. Uhl Belk en est devenu dépendant. Il a besoin de savourer le vertige de cette transformation progressive, d'étendre son corps de pierre, sa terre, son royaume... Même s'il le voulait, il ne pourrait plus faire marche arrière.

— Mais en quoi cela nous aide-t-il ? s'écria Morgan. (Malgré lui, il se pencha en avant, intrigué par les explications de Walker.) En supposant que vous ayez raison, quelle différence cela fait-il ? Vous ne suggérez pas que nous attendions qu'Uhl Belk se tue lui-même ?

Walker Boh fit non la tête.

— Nous n'en avons pas le temps. Le processus peut encore prendre des années. Mais Uhl Belk n'est pas aussi invulnérable qu'il y paraît. Au sein de son refuge, presque entièrement métamorphosé en pierre, il est dépendant de la Pierre elfique noire. Ce qui se produit autour de lui ne l'intéresse plus autant que l'énergie magique dont il a besoin pour achever sa mutation. Il est pour ainsi dire statique. L'avez-vous vu essayer de bouger ? Il ne peut plus se déplacer. Ses jambes sont prisonnières du sol, et sa propre magie s'épuise. L'essentiel de son activité se réduit à nourrir son vice grâce à la Pierre. La crainte de la perdre – de *tout* perdre – et de se retrouver à la merci de son fils dément l'obsède. Ses angoisses le minent. Ne venez pas me dire que nous n'avons aucune chance de le vaincre !

Morgan dévisagea longuement l'Oncle Obscur. En dépit de ses réticences, il réfléchit sérieusement au problème, conscient que Force Vitale ne le quittait pas des yeux. Il avait toujours cru Walker Boh capable d'analyser toutes les situations. N'avait-il pas suggéré à Col et Par Ohmsford de suivre les conseils de leur oncle à propos des rêves envoyés par Allanon ?

Les propos de l'Oncle Obscur l'effrayaient. Mais il n'avait pas la stupidité de les prendre à la légère.

— Tout cela est peut-être vrai, Walker. Mais vous oubliez quelque chose. Il faut nous introduire dans le dôme pour avoir une chance de vaincre Uhl Belk. Et il ne nous invitera pas une seconde fois. Là-dessus, il a été très clair. Puisque nous n'avons pas été capables de trouver notre chemin tout seuls, comment sommes-nous censés arriver à nos fins ?

Pensif, Walker croisa les mains.

— En nous admettant sous le dôme, Uhl Belk a commis une erreur. J'ai pu capter ce qu'on m'avait caché et en découvrir plus long sur son refuge. Le roi de Pierre s'est installé au-dessus de la grotte où les rats nous ont repoussés quand nous explorions les tunnels... Mais les flux et reflux continuels de la marée ont érodé en partie la roche sur laquelle la ville repose.

Marquant une pause, l'Oncle Obscur plissa le front.

— Il existe un passage qui débouche sous le dôme !

Horner Dees fronça les sourcils, n'en croyant pas ses oreilles.

— Vous retournez l'abattre ? Pourquoi ?
— Parce qu'il est là, à l'affût ! rugit Pe Ell.

Comme si cela expliquait tout.

D'un regard furieux, il défia l'éclaireur de le contredire. Dees ne réagissant pas, il se pencha vers lui, menaçant.

— Depuis combien de temps errons-nous dans cette ville, vieil homme ? Une semaine ? Deux ? Je ne m'en souviens même plus. J'ai l'impression que nous y végétons depuis une éternité ! Mais je sais une chose : depuis notre arrivée, ce monstre nous traque. Chaque nuit, le Râteau écume les rues et fait les poubelles... Eh bien, j'en ai assez !

Tétanisé par sa rage, l'assassin tentait encore de chasser le souvenir du tentacule de fer enroulé autour de lui. Au contraire du monstre qui étouffait lentement ses victimes, Pe Ell était un tueur rapide et efficace. Et rien ni personne n'avait jamais réussi à approcher de lui.

Jusqu'à maintenant...

Son échec à débusquer le roi de Pierre dans l'antre du Râteau n'avait pas amélioré son humeur. Il avait eu la certitude d'y trouver Uhl Belk et la Pierre elfique noire... Pour finir, il avait failli ne pas en sortir vivant.

— Je refuse d'être pris en chasse ! Un Grimpeur n'est pas plus invulnérable que n'importe qui d'autre. Réfléchissez. Lui mort, le roi de Pierre se montrera peut-être pour tenter de découvrir qui a tué son chien de garde. Alors, nous le tiendrons !

Horner Dees n'eut pas l'air convaincu.

— Vous n'avez pas les idées très claires.

Pe Ell s'empourpra de colère.

— Auriez-vous peur, vieil homme ?

— Naturellement... Mais c'est sans rapport avec ce qui nous préoccupe. Vous êtes un tueur à gages. Donc, vous ne frappez pas sans raison et jamais sans avoir mis toutes les chances de votre côté. Dans le cas présent, je ne vois rien de tout ça.

— C'est que vous voyez mal ! explosa Pe Ell. Les raisons crèvent les yeux. N'écoutez-vous donc pas ? L'argent n'est pas tout, et j'ai encore mon libre arbitre, que je sache ! Je ne me laisse pas dicter mes actes par les autres ! Voulez-vous retrouver Uhl Belk ? Quant à nos chances, je saurai faire grimper les statistiques en notre faveur.

Se relevant, Pe Ell se tourna un instant vers les ténèbres. L'opinion de ce vieillard aurait dû le laisser froid. Pourtant, et pour une raison qui lui échappait, l'avis de Dees comptait. Et il refusait de lui donner la satisfaction de croire qu'il se fourvoyait. Il détestait devoir admettre que Horner Dees lui avait sauvé la vie en lui permettant de fuir un piège mortel. Ce vieillard était une épine dans son flanc. Dees avait surgi tel un fantôme des limbes d'un passé qu'il avait cru définitivement enterré. Aucun être vivant n'aurait dû savoir qui il était ou ce qu'il avait fait, à l'exception de Rimmer Dall. Personne ne devrait être en mesure de parler de lui...

Il se rendit soudain compte qu'il souhaitait presque autant la mort de Horner Dees que celle du Râteau.

Mais le monstre était un problème plus urgent.

Pe Ell se tourna vers le vieil homme.

— Assez perdu de temps ! Courez rejoindre les autres. Je n'ai pas besoin de votre aide.

Horner Dees haussa les épaules.

— Je ne vous l'offrais pas. (Il se leva à son tour.) Par simple curiosité, comment comptez-vous l'éliminer ?

— Qu'est-ce que ça peut vous faire ?

— Vous n'avez aucune stratégie, n'est-ce pas ?

Pe Ell fut tenté d'abattre Dees sur-le-champ. Après tout, pourquoi attendre ? Les autres n'en sauraient jamais rien. Ses mains volèrent vers le Stiehl.

— Même si vous approchiez assez du Râteau, ajouta Dees, vous ne pourriez pas le tuer.

Pe Ell se raidit.

— Comment ça ?

— Si vous le guettiez pour lui sauter dessus ou le frapper au ventre, vous ne seriez pas assez rapide.

(Les yeux perçants du vieil homme brillaient dans la pénombre.) Oh, vous trancheriez un ou deux tentacules, une patte – vous arriveriez peut-être même à l'énucléer... Mais ça ne l'achèverait pas. Où le toucher pour atteindre des organes vitaux, Pe Ell ? Le savez-vous ? Moi pas. Avant que vous ayez pu lui infliger deux coupures, le Râteau vous tiendra à sa merci. Et n'oubliez pas que les Grimpeurs se « régénèrent » très vite. Il leur suffit de dénicher des pièces de rechange.

Pe Ell eut un sourire mauvais.

— Je trouverai un moyen.

Dees hocha la tête.

— Bien sûr... (Se dandinant d'un pied sur l'autre, il laissa passer un silence éloquent.) Mais pas sans un plan d'attaque.

Dégoûté, Pe Ell détourna les yeux. Il avait déjà perdu trop de temps dans cette ville atroce, une nécropole à ciel ouvert et pourtant pourrissante. Et il luttait depuis trop de jours pour éviter de finir dans ses entrailles. Ajoutée à l'exposition prolongée à la magie de Force Vitale, cette épreuve avait émoussé son instinct, ses réflexes et sa capacité de raisonner. À ce stade, une seule chose comptait pour lui : revenir à son point de départ, loin d'Eldwist, et retrouver le mode de vie qu'il avait toujours su contrôler.

Mais pas sans la Pierre elfique noire. Il n'y renoncerait pas.

Et pas sans Force Vitale. Il ne renoncerait pas à elle non plus.

En attendant, Horner Dees voulait lui dire quelque chose. Écouter ne coûtant rien, Pe Ell tendit l'oreille et arrêta le cours de ses pensées.

— Vous avez un plan ? chuchota-t-il.

— C'est possible...

— Parlez !

— Tuer le Râteau poussera peut-être Belk à se montrer. Il faut essayer, en tout cas !

— J'écoute...

— Nous devrons être deux. Avec le même pacte : nous protéger l'un l'autre jusqu'à ce que ce soit réglé. Ensuite, ce sera chacun pour soi. Votre parole.

— Vous l'avez.

Horner Dees approcha du tueur – trop près au gré de ce dernier. Le vieil homme haletait, mais il avait pourtant le sourire – et les poings serrés.

— Nous devrions pousser le Râteau dans un gros trou, murmura-t-il.

Stupéfait, Morgan dévisagea Walker Boh avant de secouer la tête. Et de reprendre la parole avec un calme qui le surprit lui-même.

— Ça ne marchera pas. Vous venez de reconnaître que le roi de Pierre n'est pas une statue vivante. Il fait désormais partie de la terre. À Eldwist, il est présent partout. Vous avez vu ce qu'il a fait en nous invitant sous le dôme pour invoquer ensuite le prince. Il a fendu la paroi ! Sa propre peau, Walker... Ne croyez-vous pas qu'il le saura, si nous tentons d'escalader les murs ? Il le *sentira* autant que si nous nous cramponnions à son épiderme ! Et que nous arrivera-t-il alors ? Il nous écrasera !

— C'est possible, mais improbable, dit Walker. Uhl Belk est peut-être le cœur et l'âme de la terre qu'il a créée à son image, mais c'est aussi une statue de pierre. Or, la pierre ne ressent et ne capte rien. Si Belk avait dû s'en remettre à ses sens, il n'aurait pas découvert notre présence. L'utilisation de la magie l'a alerté. Il peut subsister en lui assez d'humanité pour détecter des intrus, mais il se repose sur le Râteau. À condition d'éviter de recourir à la magie, nous serons sous le dôme avant qu'il ait des soupçons.

Morgan allait protester, mais il se ravisa, car Force Vitale lui serrait le bras à lui faire mal.

— Morgan, chuchota-t-elle, nous pouvons y arriver ! Walker a raison. C'est une chance à saisir.

— Une chance à saisir ? répéta le montagnard en se tournant vers la jeune fille.

Au risque de se noyer de nouveau dans ses yeux noirs...

Qu'elle était belle !

— Une chance de faire quoi, Force Vitale ? Walker, supposons que vous ayez raison et que nous puissions nous infiltrer dans le dôme à l'insu de Belk... Mais quelle différence cela fera ? Que serons-nous censés tenter ? Utiliser nos magies défaillantes ? Une jeune fille désarmée, un manchot et un homme armé d'un moignon d'épée ? Ne sommes-nous pas en train de revenir à notre point de départ ?

» Inutile de chercher à vous abuser, Walker... À mon expression, vous suivez parfaitement le fil de mes pensées. Je l'admets, je suis terrifié. Si j'avais encore l'Épée de Leah, j'aurais une chance de vaincre Uhl Belk et ses monstres. Mais ce n'est plus le cas. Et au contraire de Par ou de vous, je n'ai pas de pouvoir magique. Je ne peux compter que sur moi-même. Si j'ai vécu jusqu'à ce jour, c'est parce que j'ai toujours eu conscience de mes limites. Voilà comment j'ai pu me dresser contre les représentants de la Fédération venus occuper mon pays. Le secret ? Savoir choisir ses combats ! Avec le roi de Pierre, nous avons affaire à un monstre qui en commande d'autres. Et j'ignore comment, à trois, nous pourrions prétendre le vaincre !

Force Vitale secoua la tête.

— Morgan...

— Non ! rugit le montagnard, incapable de s'arrêter. Ne dites rien, écoutez-moi ! J'ai fait tout ce que vous vouliez. J'ai tourné le dos à mes responsabilités afin de vous accompagner à la recherche d'Eldwist et d'Uhl Belk. Je suis resté à vos côtés pour retrouver la Pierre. Enfin, je désire que vous meniez à bien la mission que votre père vous a confiée. Mais comment, Force Vitale ? Avez-vous une idée ?

— Je peux vous affirmer que cela se produira. Mon père l'a prédit.

— Grâce à la magie de trois hommes : Walker, Pe Ell et moi. Je sais. Parlons justement de Pe Ell. N'était-il pas censé être avec nous ? N'avons-nous pas besoin de lui pour réussir ?

— Non. Sa magie nous sera utile plus tard.

— Plus tard... Et la vôtre ?

— Sans la Pierre elfique noire, je n'en ai aucune ici.

— Alors, il reste Walker et moi.

— Oui.

— D'une façon ou d'une autre...

— Oui.

Impatient, Walker Boh approcha, le visage fermé.

— Assez, montagnard ! À vous entendre, on penserait à un processus surnaturel nécessitant une intervention divine ou la sagesse des morts ! Ce qu'on attend de nous n'a rien de compliqué. Uhl Belk détient la Pierre. Il faut qu'il la rende aux druides. À nous de surgir du sol de son antre pour mieux le surprendre. À nous de le stupéfier au point qu'il lâche la pierre. Il ne s'agit pas d'une épreuve de force, mais de volonté. Et de ruse.

Les prunelles de l'Oncle Obscur s'embrasèrent.

— Nous n'avons pas fait tout ce chemin, Morgan Leah, pour renoncer maintenant... Nous savions d'emblée que nos questions n'auraient pas de réponses, et qu'il nous reviendrait de trouver une solution à chaque nouvelle énigme. Jusque-là, nous y sommes parvenus. Encore un moment difficile, et nous aurons réussi. Sinon, la Pierre elfique sera perdue pour nous. Et les Quatre Terres avec elle. Alors, les Ombreurs auront gagné. Cogline et Rumeur seront morts en vain. Et votre ami Steff aura perdu la vie pour rien. C'est ce que vous voulez ? Sincèrement, Morgan Leah ?

Écartant Force Vitale, Morgan saisit par le col de sa tunique l'homme qui le défiait. Walker l'imita et ils se toisèrent en silence.

Walker restait impassible, alors que Morgan bouillonnait de colère.

— Moi aussi, j'ai peur, admit Boh. Et mes angoisses sont bien pires que les vôtres. L'ombre d'Allanon m'a chargé de faire appel à la Pierre elfique noire pour ramener Paranor et les druides. Si utiliser cette pierre contre le prince de Granit pétrifie lentement Uhl Belk, que m'arrivera-t-il quand je m'en servirai pour ramener Paranor dans notre monde ?

La pénombre sembla s'épaissir encore.

— Peu importe, conclut Walker dans un murmure. Je verrai bien...

Morgan lâcha prise et recula lentement.

— Pourquoi faisons-nous cela ? chuchota-t-il. Pourquoi ?

Walker Boh faillit sourire.

— Vous le savez, Morgan Leah. Parce que personne d'autre ne le fera à notre place.

Malgré lui, le montagnard ricana.

— Nous sommes de vaillants soldats ? Ou de pauvres idiots ?

— Les deux, peut-être... À moins que ce ne soit de l'entêtement pur et simple.

— Sans doute...

En proie à un atroce sentiment de futilité, Morgan soupira de lassitude.

— J'ai simplement la conviction qu'il devrait y avoir plus de réponses.

Walker acquiesça.

— Oui. Mais faute de mieux, nous nous contenterons de celles que nous avons.

Morgan repensa à ses amis, disparus ou décédés, à la lutte qu'il avait livrée pour rester en vie et à toutes les quêtes qui avaient fini par l'entraîner au bout du monde. Tant de choses s'étaient produites sur lesquelles il n'avait eu aucune influence. Face à ces événements, il se sentait insignifiant comme un bout de bois ballotté par les flots, entre l'immensité du ciel et l'infini de l'océan, le jouet des courants capricieux...

Las et malade, il aspirait à la fin de tous ses tourments.

Et la mort n'était-elle pas l'ultime solution ?

— Laissez-moi lui parler ! lança Force Vitale.

Ils s'assirent face à face, au centre de la pièce, si proches que Morgan vit son reflet dans les yeux noirs de Force Vitale.

Walker s'éclipsa.

Morgan laissa sa compagne lui prendre le visage entre les mains.

— Je suis amoureuse de vous, Morgan Leah, chuchota-t-elle. Et je veux que vous le sachiez. Le dire me fait un étrange effet, je l'avoue. Et je ne me serais jamais crue capable d'en avoir le courage. J'ai mes propres angoisses, qui ne sont pas les vôtres ni celles de Walker Boh... J'ai peur d'être *trop* vivante !

Elle se pencha un peu pour l'embrasser.

— Avez-vous idée de ce que je m'efforce de vous dire ? Une élémentale n'accède pas à la vie grâce à l'amour qui lie un homme à une femme. Mon père m'a créée dans un but précis et il m'a incitée à me méfier de tout ce qui pourrait me détourner de mon objectif. Or, qu'est-ce qui peut me distraire plus, Morgan, que l'amour que j'ai pour vous ? Ce sentiment est pour moi inexplicable. Je ne le comprends pas. Il vient de ma part d'humanité et se révèle indestructible en dépit de tous mes efforts. Comment suis-je censée réagir ? Je me répète que je devrais l'ignorer, car c'est une force dangereuse. Mais elle m'apporte la vie et le sentiment d'exister *vraiment*. Elle m'élève au-dessus de ma condition de créature d'eau et de terre. Par amour, je suis devenue *réelle*.

Effrayé par cette confession – et ses implications – Morgan embrassa sa compagne pour l'empêcher de continuer.

Elle se dégagea.

— Vous devez m'écouter jusqu'au bout. J'avais pensé suivre la voie tracée par mon père sans jamais m'en écarter. Ses conseils me paraissaient sages. Mais aujourd'hui, je reconnais que c'est impossible.

» Parce que je vous aime de toutes mes forces ! Peu importe ce que le destin nous réserve, à vous ou à moi. Nous ne sommes jamais plus vivants que lorsque nous suivons les élans de notre cœur. En conséquence, je vous aimerai de toutes les manières possibles. Et je ne me laisserai plus effrayer par ce que cela peut vouloir dire.

— Force Vitale...

— Pourtant, coupa la jeune fille, notre chemin reste très clair, et nous devons le suivre. On nous a montré où il conduit. À nous d'aller jusqu'au bout. Le roi de Pierre doit être vaincu et il faut récupérer la Pierre. Cette mission nous incombe à tous les trois. Nous devons la mener à bien, Morgan ! Coûte que coûte !

Submergé par tant de conviction, le montagnard hocha la tête. Son amour pour Force Vitale était si grand qu'il se serait plié à toutes ses exigences sans rechigner. Alors que les yeux de Force Vitale débordaient de larmes, il sentit ses paupières le brûler aussi et il enfouit la tête au creux de l'épaule de sa compagne. Passant les doigts dans sa chevelure argentée, il la serra contre lui.

Elle l'étreignit en tremblant.

— Je sais, dit-il doucement.

Il repensa à Steff, tué par celle qu'il avait aimée – et qu'il n'avait jamais vraiment connue, en fait.

Le même sort le guettait-il ? se demanda-t-il soudain.

Il se souvint de la promesse faite à son ami. Une promesse qu'ils avaient tous prononcée : Par, Coll et lui... Si l'un d'eux se procurait un pouvoir apte à délivrer les nains, il s'en servirait sans hésiter.

Et la Pierre elfique recelait forcément ce pouvoir.

Un grand calme envahit le jeune homme, l'affranchissant de la colère, de l'appréhension et de l'incertitude. En effet, son chemin était tout tracé. Et il n'aurait pas d'autre choix que le suivre jusqu'au bout.

— Nous trouverons une solution, chuchota-t-il.

Campé dans l'ombre, Walker Boh regardait les deux jeunes gens et se sentait attiré par cet amour comme un enfant perdu qui tend ses petites mains dans le vide.

Il se détourna. Pour lui, il n'y aurait pas d'amour. Son avenir était tracé, et les sentiments n'y avaient pas de place.

Il gagna une fenêtre ouverte, à l'étage, et contempla la brume, en contrebas.

Son opacité lui rappela l'orientation qu'avait jadis prise son existence.

À présent, sa vie pouvait suivre une autre direction.

Mais une question subsistait. Le montagnard l'avait touchée du doigt en s'efforçant de comprendre comment ils pourraient espérer se dresser contre un monstre aussi puissant qu'Uhl Belk. Depuis le début, cette énigme refusait d'être élucidée.

Elle avait pour nom Force Vitale. La fille du roi de la rivière Argentée, créée à partir des éléments des Jardins et animée par la magie. Force Vitale les avait entraînés à Eldwist. Mais une simple invocation n'aurait-elle pas suffi ? Ou même un songe ?

Le roi avait préféré envoyer une créature d'une beauté inouïe – un émerveillement de tous les instants... Pourquoi ? Elle n'était pas là sans raison – et ses explications sur la question ne clarifiaient pas tout.

Dans quel but avait-on envoyé Force Vitale ?

Chapitre 28

À l'aube, les trois compagnons quittèrent leur cachette pour descendre dans la rue. La pluie avait cessé, laissant dans son sillage une lumière grisâtre, et le silence enveloppait Eldwist comme un linceul. En l'absence du moindre souffle d'air, il faisait très lourd. Dans le lointain, l'océan murmurait...

Les trois amis cherchèrent en vain des signes de vie. Il n'y avait pas trace de Horner Dees ni de Pe Ell. Le Râteau avait battu en retraite dans son repaire diurne, et le prince de Granit s'était assoupi au cœur des entrailles de la terre. Et au fond de sa forteresse, Uhl Belk attendait...

Pourtant, Walker Boh était enfin en paix avec lui-même.

Surpris par la profondeur de sa sérénité, il marchait devant Morgan et Force Vitale. Il s'était tant investi pour comprendre son destin et le maîtriser. Il avait combattu les spectres redoutables de l'héritage et de la prédestination. Mais à présent, ces considérations n'avaient plus cours. Les événements se précipitaient, implacable tourbillon destiné à résoudre à sa place l'énigme de son existence... La rencontre avec le roi de Pierre réglerait enfin la question de savoir qui il était.

Ou Walker Boh méritait la confiance de l'ombre d'Allanon... Ou non.

Ou il était destiné à posséder la Pierre elfique noire et à ramener Paranor et les druides... Ou non.

Ou il survivrait à Uhl Belk... Ou non.

Ses doutes devaient s'effacer pour le laisser trouver une réponse à toutes ces questions. Il ne voulait plus s'enliser dans les « si » qui le troublaient depuis si longtemps. Un concours de circonstances l'avait amené ici, et cela devrait suffire. Qu'il vive ou qu'il meure, il serait enfin affranchi du passé. La magie de Shannara subsistait-elle en lui, assez forte pour surmonter la perte d'un bras, due au poison de l'Asphinx, et pour résister au roi de Pierre ? La confiance qu'Allanon avait accordée à Brin Ohmsford était-elle également valable pour lui ? Il en aurait le cœur net. La connaissance était toujours une libération.

Il s'en fit la réflexion avec une ironie mordante.

Morgan Leah, lui, en était moins convaincu.

Cinq ou six pas derrière l'Oncle Obscur, serrant la main de Force Vitale, le montagnard se battait contre ses angoisses... À l'inverse de Walker Boh, il estimait en savoir déjà beaucoup trop long sur tout cela. Walker, il en avait conscience, n'était plus l'Oncle Obscur de naguère. La perte de son bras avait anéanti sa légendaire invincibilité. Et il était autant le jouet des prophéties que ses compagnons.

Avec son moignon d'Épée, Morgan se savait encore moins à l'abri des coups du sort. Et la magie qui lui avait permis – souvent de justesse – d'avoir le dessus face à des monstres moins redoutables que le roi de Pierre appartenait au passé.

Désormais, tout se jouerait entre Boh et lui, car Force Vitale était dans l'incapacité d'intervenir. Elle partagerait leur sort sans pouvoir agir...

Morgan pouvait affirmer qu'il comprenait parfaitement le besoin de la jeune fille de s'emparer de la Pierre elfique et de croire aux promesses de son père. Il pouvait également prier pour que tout finisse bien et qu'ils survivent. Mais les pressentiments qui le tourmentaient se moquaient des paroles de réconfort et des prières. De vaines espérances ne les chasseraient pas.

Que ferait-il, se demanda-t-il, quand le roi de Pierre tournerait vers lui son regard vide ? Où trouverait-il la force de résister ?

Il jeta un coup d'œil à Force Vitale, dont le visage était dans l'ombre. Ses yeux noirs brillaient, rassurants.

Mais ces yeux-là ne le voyaient plus.

Les trois amis descendirent des rues désertes en direction du centre-ville. Sous leurs bottes, ils sentaient la terre vibrer, investie de la puissance du roi de Pierre. Ils entendaient sa lourde respiration...

Un être ancien, doté d'un pouvoir inimaginable.

Les suivait-il du regard ?

Les bâtiments et les rues se succédèrent avec une affligeante monotonie. Combien d'existences s'y étaient déroulées sans jamais rien changer ? Une certitude oppressante s'abattit sur les compagnons.

Une voix inaudible, un visage à peine arraché aux limbes de l'oubli, un souffle d'air... Tout conspirait à les convaincre de la futilité de leurs efforts.

Chacun y réagit à sa façon, mobilisant ses propres défenses. Personne ne tourna les talons. Aucun ne céda. Déterminés à voir la fin de ce cauchemar, ils continuèrent sans faillir.

Quand ils atteignirent le dôme, Walker Boh leur fit signe de reculer à l'ombre des bâtiments. Dans l'humidité ambiante, il les guida à travers un dédale de passages. Enfin, il s'arrêta et huma l'air. Perdu dans les méandres de son esprit, il cherchait ce que ses yeux ne pouvaient pas lui révéler. Entraînant ses compagnons, il reprit sa route, entra dans un nouvel édifice et descendit un escalier jusqu'à un sous-sol où gisaient les débris pétrifiés de véhicules de l'ancien monde.

Les trois compagnons continuèrent de descendre jusqu'à une salle au portail rond, qu'ils franchirent d'un pas hésitant pour déboucher dans les égouts. Le réseau de canalisations s'enfonçait dans les entrailles de la terre, ce royaume du silence et de la putréfaction. Le poing levé de Walker émit une lueur argentée.

Boh marqua une autre pause pour humer l'air. Puis il prit à gauche.

L'étroit passage avala les trois amis, menaçant de les retenir pour l'éternité.

Ils n'entendaient plus le prince de Granit – pas un grondement, ni même un souffle. Privée de toute étincelle de vie, Eldwist était redevenue une tombe à ciel ouvert, un refuge pour les morts. Walker avançait en tête, Force Vitale au milieu et Morgan fermait la marche. Ils n'échangeaient pas un regard ni une parole, les yeux rivés sur la main de leur guide, le sol ou les ombres qui dansaient sur les parois.

Walker ralentit, s'arrêta et agita la main. Une ouverture sombre apparut dans la paroi gauche.

Les compagnons s'enfoncèrent davantage sous terre et commencèrent à sentir l'odeur du Fléau des Récifs, puis à entendre ses eaux rugir. Ils tendirent l'oreille, redoutant de repérer des couinements de rats. Au pied de l'escalier, Walker s'engagea dans un boyau hérissé de saillies rocheuses aiguisées par l'érosion. Se serrant les uns contre les autres pour rester dans le cercle de lumière, les compagnons progressèrent lentement. Des ombres bougèrent comme pour fuir la clarté. Surpris, Morgan aperçut de petits crabes noirs. Étaient-ils assez loin d'Uhl Belk pour que des formes de vie marines puissent prospérer ? L'eau était-elle si proche ?

Ils débouchèrent sur une corniche, dans la grotte qui s'étendait sous la ville. En contrebas, l'océan martelait les rochers.

La corniche accidentée courait le long d'une des parois, s'inclinait, remontait et se fondait dans l'ombre... Walker Boh chercha à percevoir la présence d'une magie bien particulière.

Uhl Belk !

— Par là, dit-il en tournant à gauche.

Un grondement annonça le réveil du prince de Granit.

Eldwist trembla sur ses fondations.

Les plans les plus simples fonctionnaient toujours le mieux. Le problème avec celui-là, pensa Pe Ell, posté à l'ombre de l'édifice qui faisait face au repaire du Râteau, c'était qu'il prenait tous les risques pendant que Horner Dees restait à l'abri...

Naturellement, c'était le plan du vieil homme.

Comme Force Vitale, Walker et Morgan, ils avaient quitté leur refuge à l'aube pour s'aventurer dans les rues. Après un échange de regards, ils avaient d'abord regagné l'antre du Râteau, avant de baliser l'itinéraire où Pe Ell entraînerait le monstre. Une fois le chemin mémorisé, Dees avait passé son harnais et vérifié le mécanisme de la poulie. Puis les deux hommes s'étaient séparés.

Maintenant, Pe Ell était à l'affût devant l'antre du Râteau.

Comme tout bon assassin, il lui faudrait faire preuve de discrétion et de rapidité.

Il évalua la distance à couvrir. Si cela se passait mal, cette fois, personne ne le sauverait. Il tourna la tête à droite et à gauche, sensible à l'odeur iodée de la mer et à celle de la pierre. Puis il sonda la brume, ses instincts lui soufflant que le Grimpeur était en alerte.

Il eut un sourire de carnassier. Sa colère envolée, l'imminence de la tuerie l'apaisait autant que lorsque Force Vitale le touchait, lui rendant la paix intérieure. En parfait équilibre avec lui-même, il se sentait aussi affûté que le fil de son Stiehl. Et très sûr de lui.

Sans un bruit, la corde à la main, il traversa la rue. Puis il lança le grappin et recula. Mais la porte resta fermée. Ou le Râteau n'avait pas entendu le bruit sourd du grappin heurtant la saillie de pierre ou il était prêt à tout. En procédant ainsi, Pe Ell avait voulu l'attirer hors de son antre, s'épargnant ainsi une escalade dangereuse.

Mais c'était trop espérer.

Inspirant profondément, le tueur s'apprêta à risquer le tout pour le tout.

Il saisit la corde et grimpa à la force des poignets. Puis il tira sur le levier d'ouverture avant de redescendre, aussi souple qu'un chat.

La porte coulissait déjà quand il atteignit le sol... et recula d'un bond. Juste à temps pour éviter un tentacule ! Indifférent au fait qu'il fasse jour, le Râteau sortit de son antre et prit le tueur en chasse.

Pe Ell s'enfuit, atterré par la rapidité du monstre. L'avait-il sous-estimé ? Mais l'heure n'était plus aux questions, car il fallait foncer !

Au bout du passage, Pe Ell tourna dans une rue adjacente et s'arrêta avant de tomber lui-même dans le piège destiné au Grimpeur : une fosse profonde creusée dans les entrailles d'Eldwist.

Surgissant d'un autre édifice – le Râteau choisissait son propre itinéraire ! –, le monstre faillit le surprendre. Grâce à sa minceur et à la vivacité de ses réflexes, Pe Ell échappa de justesse aux tentacules. Le Râteau sur les talons, il courut le long des bâtiments. Le fer qui caparaçonnait le monstre grinçait et cliquetait sans cesse. Pe Ell eut l'impression d'être poursuivi par une avalanche.

Il remonta deux autres rues avant d'approcher du site où tout se jouerait. Il s'arrêta soudain, constatant qu'il était seul. Où la créature avait-elle disparu ? Il l'entendait pourtant... Mais les grincements et les raclements semblaient provenir de partout à la fois.

Où ?

À la vitesse d'une flèche, le Grimpeur jaillit de l'ombre d'un porche et manqua de peu l'assassin, qui fit un formidable bond en arrière.

Pe Ell rugit de colère et de désarroi.

Comment une masse pareille pouvait-elle être aussi *rapide* ?

Pe Ell aurait voulu l'affronter et le tailler en pièces. Il voulait *se repaître* de l'agonie du Grimpeur ! Mais il reprit sa course dans le labyrinthe de la ville, avec ses rues et ses édifices d'où suintait une présence plus obscure que la nuit.

Des tentacules fouettaient l'air derrière le tueur, faisant voler en éclats les fenêtres et les portes. Le monstre se propulsait à une vitesse impressionnante.

Au tournant suivant, Pe Ell comprit qu'il perdait trop de terrain. Au bout de la rue, une volée de marches descendait vers une statue ailée couverte de rubans et de cordages – le piège.

Près de la trappe, judicieusement harnaché, Horner Dees guettait.

Pe Ell redoubla de vitesse et passa devant le vieil homme pour bondir sur le socle afin d'actionner les cordages du harnais. En hurlant, Dees se balança dans les airs, juste au-dessus de la fosse invisible.

Face à cette autre proie, le monstre dévia sa course et chargea.

Dees tenta de reculer en battant des bras et des jambes, alors qu'il oscillait dans le vide, éminemment vulnérable.

La trappe céda sous le poids du Grimpeur, qui disparut dans le conduit en pierre. Trop pressé d'attraper le vieil éclaireur, il avait oublié où il était...

Pe Ell éclata de rire.

Soudain, des tentacules crevèrent le sol pour se raccrocher à tout ce qu'ils trouvaient... Et le monstre enraya sa chute.

Dees oublié, Pe Ell hésita. L'instant d'après, un hurlement du vieil homme l'incita à tirer sur les cordages. En vain. Une force de beaucoup supérieure à la sienne avait saisi l'autre extrémité du harnais et tirait en sens inverse.

Le Râteau tenait Horner Dees !

Cette fois, Pe Ell n'hésita plus une seconde. Tenir sa parole ne l'avait jamais tracassé. Pourtant, il agit alors que tout aurait dû l'inciter à ne pas s'en mêler.

Lâchant les cordes, il sauta à terre et courut vers Dees, qu'un tentacule enroulé autour de sa taille attirait inexorablement dans la fosse. D'un coup de Stiehl, il trancha le tentacule, et d'un autre, les cordes du harnais.

— Courez !

Un nouveau tentacule jaillit et manqua lui immobiliser les bras le long des flancs. La magie fit virer la lame du Stiehl au blanc et le tentacule retomba, inerte.

Pe Ell fonça vers la gauche et trancha au passage les autres tentacules enroulés autour de tout ce qui permettrait au monstre de ne pas tomber au fond de la cavité.

De la poussière dansa dans la lumière, voilant tout.

Pe Ell se déplaçait à l'instinct. Il entendit la chute reprendre et s'accélérer.

Cette fois, le Râteau disparut pour de bon dans le gouffre.

Étouffant son envie de danser la gigue, le tueur chercha Dees et le retrouva en train de ramper sur la volée de marches. Il fondit sur le vieil homme pour le relever et l'entraîner avec lui.

Mais au même moment, la terre, derrière eux, parut entrer en éruption et cracha un geyser de pierres.

Projetés sur le sol, les deux compagnons se retournèrent.

Des entrailles d'Eldwist, comme Dees l'avait prédit, le prince de Granit surgit, réveillé par la chute du Râteau. Avec un rugissement, le ver géant jaillit vers le ciel en s'ébrouant. Enduit de poison, le Râteau, coincé dans sa gueule, se pétrifiait à vue d'œil. Quand sa victime eut cessé ses convulsions, le prince le jeta comme un chien se débarrasse d'un rat mort.

Le silence revenu, le prince de Granit retourna dans ses tunnels.

Pe Ell serra la main de Horner Dees. Seuls leurs souffles rauques troublaient encore le silence qui régnait sur la scène.

Sous terre, dans la grotte que surplombait le fief du roi de Pierre, le grondement du prince fut couvert par celui du Fléau des Récifs.

Morgan Leah tenta de sonder la brume.

— Que s'est-il passé ? chuchota-t-il.

Incapable de répondre, Walker Boh secoua la tête. Il sentait encore la terre trembler sous ses pieds en écho à la furie du monstre. Qu'est-ce qui l'avait poussé à abandonner son antre ?

— Il s'est rendormi ? demanda le montagnard, inquiet à l'idée d'être piégé.

— Oui.

— Et *lui* ? (Morgan se tourna vers la brume.) Il sait ?

Uhl Belk...

Walker mobilisa toutes ses perceptions, mais les couches de roche neutralisèrent sa magie. Il était trop loin sous terre.

— Il se repose, assura Force Vitale, surprenant tout le monde.

Calme, le regard distant, elle laissait le vent jouer avec ses mèches argentées.

— Sois tranquille, Morgan, il n'a pas senti de changements.

Mais Walker et elle en avaient capté un. À peine perceptibles, ses effets commençaient à augmenter.

Enfants de la magie, la fille du roi de la rivière Argentée et l'Oncle Obscur l'avaient tous deux pressenti.

Seul le montagnard ne se doutait de rien.

Walker Boh eut la conviction que le temps pressait plus que jamais.

— Suivez-moi !

Il entraîna ses compagnons le long de la corniche. L'écume des vagues qui se fracassaient sur les rochers les aspergeait à chaque pas. Et ils avaient l'impression d'être épiés par les habitants invisibles de l'immense grotte.

Au bout de la corniche, ils atteignirent une autre niche obscure. Levant la main, Walker Boh éclaira une volée de marches taillées à même la roche.

Force Vitale et Morgan sur les talons, il s'y engagea le premier.

Chapitre 29

Enfant, Morgan jouait souvent dans les grottes qui s'étendaient à l'est de sa ville natale. Au fil des siècles, d'innombrables générations les avaient explorées, leur sol devenu de ce fait plus patiné par des milliers de bottes que par l'érosion naturelle.

Ces cavernes avaient survécu aux Grandes Guerres, aux Guerres des Races, à l'intrusion de toutes sortes de formes de vie et même aux bouillonnements de la lave. Un réseau de tunnels les reliait. S'y aventurer n'allait pas sans danger...

Mais pour un petit montagnard aussi intrépide que Morgan, le risque faisait tout l'attrait de l'existence !

À peine assez âgé pour quitter les jupons de sa mère, il s'était donc « promené » autour de la grotte en compagnie d'autres gamins. Mais lui seul avait été assez tête brûlée pour s'y aventurer. Le premier jour, intimidé par sa découverte, il y avait fait seulement quelques pas. Au fond, que ces cavernes s'étendent jusqu'au noyau de la terre n'était pas impossible...

Les jours suivants, il avait progressé, peu à peu. Comme tous les enfants, il s'était gardé de s'en vanter auprès de ses parents. À l'époque, les petits avaient à peine le droit de respirer, tant les restrictions abondaient ! Il jouait donc les explorateurs, pressé de découvrir de nouveaux mondes. Dans les grottes, son imagination se déchaînait et il pouvait se prendre pour qui bon lui semblait ! Il savourait la liberté que lui procurait sa solitude, loin des autres gamins dont il se sentait trop responsable quand ils jouaient. Leur présence lui imposait des limites qu'il n'était pas toujours prêt à accepter. Livré à lui-même, il devenait enfin libre de ses mouvements.

À peine plus d'un an après la découverte de son merveilleux terrain de jeu, il s'y amusait comme à son habitude quand il s'aperçut soudain qu'il s'était égaré. Plongé dans son monde imaginaire et persuadé de retrouver son chemin où qu'il aille, comme les autres jours, il n'avait plus prêté assez attention à ce qu'il faisait. Et voilà qu'il ne savait plus du tout où il était ! Le tunnel où il s'était engagé n'avait rien de familier. Les grottes qu'il traversait lui étaient toutes étrangères. Soudainement l'atmosphère n'avait plus rien d'amical. Il fallut un moment à l'enfant pour accepter sa situation, au lieu de mettre son malaise sur le compte d'une panique passagère.

Alors, il s'arrêta et attendit. Au début, il ignorait quoi... Puis cela devint très clair à ses yeux. Il se résignait à être gobé tout cru ! Par la grotte, un animal trop longtemps assoupi et agacé par l'intrus qui osait le déranger.

Morgan se souvenait encore du désespoir qui l'avait submergé quand la grotte s'était transformée en un prédateur enroulé autour de sa proie à la façon d'un serpent. Mais au lieu de chercher à fuir, recroquevillé sur lui-même, il n'avait plus bougé.

Déterminé à vendre chèrement sa peau, il serrait son couteau.

Lentement et sans comprendre ce qui lui arrivait, il se fondit dans le personnage héroïque qu'il interprétait depuis des heures. Il devint *un autre*. Et ce subterfuge le sauva.

La bête recula.

Plein de défi, l'enfant reprit sa marche d'un pas décidé. Progressivement, la confusion qui menaçait de le conduire à sa perte se dissipa. Il commença à se repérer...

Quand il déboucha à l'air libre, il faisait nuit. Il avait erré sous terre des heures durant et rentra chez lui en pensant que les grottes avaient plus d'un visage. Mais à condition de bien regarder, on pouvait toujours écarter le masque pour voir la vérité.

Le petit garçon avait grandi. Et ses croyances d'enfants appartenaient à un lointain passé. Le jeune homme, lui, avait trop souvent vu le monde sous son vrai jour. Et découvert trop de vérités.

Pourtant, en gravissant les marches taillées à flanc de paroi, Morgan fut frappé par la similitude entre ce qu'il avait ressenti alors et ce qu'il éprouvait maintenant. Piégé hier comme aujourd'hui au fond d'un labyrinthe de pierre... Dans le silence de mort, la présence diffuse d'Uhl Belk l'oppressait. Il avait de nouveau le sentiment d'être épié par une entité sortie d'un long sommeil qui couvait du regard sa proie pour voir dans quelle direction elle allait tenter de fuir.

Et cette bête sans nom pesait de tout son poids sur sa victime potentielle. Sa masse à elle seule défiait l'entendement. Une péninsule, une cité et au-delà, un monde. Eldwist était tout cela à la fois, et Uhl Belk était Eldwist...

Les trois survivants de l'expédition, les seuls à pouvoir encore affronter le roi de Pierre, continuèrent en silence. Morgan tremblait de froid et d'appréhension. De la sueur coulait le long de son échine pendant que son esprit vagabondait. Que se passerait-il quand ses compagnons et lui pénétreraient dans le dôme ? Commencerait-il par dégainer son épée en métal ordinaire ? Ou dégainerait-il son talisman brisé ?

Avec quoi attaquerait-il ?

Et qu'attendait-on de lui ?

Devant lui, menue et délicate, Force Vitale progressait dans le sillage de la lumière argentée de Walker Boh. Un fragile être de chair et de sang qu'Uhl Belk aurait vite fait d'écraser, le renvoyant à sa glaise originelle. À cette vision de cauchemar, Morgan fut plus que jamais angoissé.

Pourquoi agissaient-ils ainsi ? Pourquoi cette expédition suicidaire ?

Walker glissa sur les marches mouillées et se cogna un genou. Morgan craignit qu'Uhl Belk ne s'éveillât. Le chasseur et la proie... Qui était qui ? Le montagnard regretta de ne plus avoir Steff à ses côtés. Ou Par Ohmsford et Padishar Creel. Mais à quoi bon perdre son temps à se lamenter ? Aucun d'eux ne reparaîtrait.

Morgan était seul.

Seul avec la femme de sa vie, réduite à l'impuissance.

Et seul avec Walker Boh...

Le montagnard eut un regain d'espoir en regardant leur guide. Le rescapé de la salle des Rois, quasiment ressuscité à la Pierre d'Âtre... Un chat vivait neuf vies, disait-on. Combien d'existences restait-il à Boh ? L'Oncle Obscur de jadis était certes un peu affaibli – sa mutilation le prouvait. Mais il restait une légende vivante capable de défier les druides, les esprits, les Ombreurs... et d'y survivre. Et maintenant, voilà qu'il était à Eldwist pour accomplir la destinée que lui avait prédite l'ombre d'Allanon – ou y mourir. Après avoir échappé à tant d'épreuves, Walker bravait de nouveau tous les dangers.

Un tel homme, se dit Morgan, ne serait pas facile à abattre.

Et peut-être tromperait-il une fois de plus la mort. L'immortalité de l'adversaire déteindrait-elle en partie sur lui ?

Boh s'arrêta. D'un claquement de doigts, il souffla sa lumière argentée. Ses compagnons se tinrent immobiles dans le noir, l'oreille tendue. À mesure que leur vue s'accoutumait aux ténèbres, celles-ci perdirent de leur opacité. Lentement, des contours prirent forme. Les marches, la voûte, les parois, une ouverture...

Ils étaient au sommet de l'escalier.

Les compagnons se remirent en route. Les marches débouchaient sur un passage qu'ils remontèrent jusqu'au dôme.

Vaste et silencieux comme une tombe. Une nature morte toute en ombre et en demi-lumière.

Pas un mouvement. Pas de trace de vie. Au centre de l'arène se dressait la statue géante d'Uhl Belk, le dos tourné aux intrus.

Morgan retint son souffle. Le silence semblait hurler à ses tympans.

Walker Boh se pencha pour murmurer à l'oreille du montagnard.

— Faites le tour par la gauche, je prendrai à droite. Quand je frapperai, soyez prêt. Je tenterai de lui faire lâcher la Pierre. À vous de la rattraper au vol et de fuir à toutes jambes ! Pas un regard en arrière, c'est compris ? Pas une hésitation ! Que rien ne vous arrête ! (Il lui saisit le poignet.) Soyez rapide, montagnard. Plus vif que jamais !

Morgan hocha la tête. Et croisa le regard impénétrable de Force Vitale.

Walker s'engagea le premier dans l'arène, avançant à l'ombre des parois. Morgan l'imita et marcha dans l'autre sens. Ses peurs oubliées, il s'en remettait à l'autorité de l'Oncle Obscur et puisait une assurance inattendue dans le simple fait d'être en mouvement. Pourtant, la terreur qui le tenaillait refusait de se laisser étouffer. Elle lui faisait l'effet d'être une bête aux abois.

Les ombres paraissaient cerner leur proie et le silence du dôme évoquait le sifflement d'un serpent à l'affût. Les yeux rivés sur la masse énorme, au centre, Morgan se surprit à guetter le moindre mouvement.

Rien.

Uhl Belk ne bougeait pas.

Pourtant, tout se jouerait en un éclair.

Vite, pensa Morgan, *vite !*

À l'autre bout de l'arène, Walker se déplaçait avec une remarquable discrétion, quasi indétectable dans la pénombre.

Encore quelques instants et...

Force Vitale !

Dans sa hâte d'obéir, Morgan l'avait complètement oubliée ! Où était-elle ? S'arrêtant, il la chercha en vain du regard.

Soudain, elle apparut, marchant droit sur Uhl Belk.

Bon sang, à quoi jouait-elle ?

Force Vitale !

Le roi de Pierre sembla entendre le cri silencieux de Morgan.

Lentement, il se retourna...

Une lumière aveuglante jaillit du néant, comme si le soleil venait de percer les nuages, la grisaille et la pierre pour enflammer l'air moisi du dôme.

Morgan vit Walker Boh, le bras tendu. La magie surgissait de sa main en un flot continu.

Grinçant sous l'effort, Uhl Belk se redressa en protégeant ses yeux vulnérables.

Walker Boh bondit... et lui jeta au visage de la poudre noire explosive. Des flammes coururent le long de ses bras. Mais le roi de Pierre refusa de lâcher son talisman.

Et Morgan prit conscience qu'il était, quant à lui, dans l'impossibilité de bouger. Il était paralysé ! Toutes ses craintes, ses doutes, ses appréhensions et ses terreurs le submergèrent d'un coup. Que faire ? Sa magie perdue, sa lame brisée... Réduit à l'impuissance, il vit l'Oncle Obscur revenir à la charge. Mais cette fois, il n'avait plus l'avantage de la surprise. Et le roi de Pierre frémit à peine. Déjà, la lueur du « soleil » invoqué par Walker faiblissait et la grisaille du dôme reprenait ses droits.

Les injonctions de Boh résonnèrent aux oreilles du montagnard.

Soyez rapide... Plus vif que jamais !

Morgan lutta âprement contre sa paralysie. Il réussit à dégainer son épée non magique, mais ses doigts le trahirent et il la lâcha.

Le roi de Pierre s'apprêta à saisir Walker Boh pour l'écraser. L'Oncle Obscur ne pouvait plus lui échapper.

Mais il se volatilisa, remplacé la seconde suivante par deux images de lui-même, puis quatre...

D'innombrables reflets de Boh se campèrent devant le monstre.

Le tour favori de Jair Ohmsford, trois siècles plus tôt !

Dès que le roi de Pierre les touchait, les projections s'évaporaient. Le vrai Walker Boh lui bondit au visage pour l'asperger de poudre explosive avant de s'écarter.

Hurlant de rage, le roi se griffa le visage en se secouant comme un chien galeux. Toute l'arène en trembla. Des fissures coururent le long du sol, une pluie de débris tomba de la voûte. Déséquilibré, Morgan tomba aussi, et la douleur de sa chute le libéra enfin des chaînes de la paralysie.

Uhl Belk écartant les doigts, la non-lumière de la Pierre elfique filtra à travers son poing pour dévorer la magie adverse.

Walker Boh érigea un écran de feu, mais la non-lumière l'enveloppa.

Désespéré, l'Oncle Obscur recula vers les ombres.

Encore quelques secondes et c'en serait fait de lui.

Force Vitale s'embrasa.

Morgan n'en crut pas ses yeux. Parvenue à moins de vingt pas du roi de Pierre, dont l'ombre massive la recouvrait, la jeune fille avait quitté le sol et avait évolué dans les airs jusqu'au niveau de la tête de leur ennemi avant de se transformer en torche vivante. Des flammes dorées d'une pureté incomparable la nimbaient alors qu'elle flottait dans les airs. En cet instant, le montagnard la trouva plus belle que jamais. Radieuse, exquise, sa chevelure argentée flottant au gré de vents invisibles, elle se révélait tout entière, merveilleuse magie portée par le souffle de la vie.

Elle tente de détourner son attention ! comprit Morgan, incrédule. *Elle se trahit afin de nous sauver !*

Confronté à ce nouvel imprévu, le roi de Pierre s'était détourné de sa proie.

— Vous ! cria-t-il.

Uhl Belk oublia Walker Boh. Pris de frénésie, il lutta pour atteindre Force Vitale, cherchant à s'arracher au sol qui le retenait. De désespoir, il leva le poing – celui qui serrait toujours la Pierre elfique. Son rugissement fit trembler la terre.

Morgan réussit à réagir et passa à l'attaque, muré dans une détermination farouche qu'il n'aurait pas cru posséder. Il fonça à travers les poussières et les débris, enjambant sans peine les lézardes. Sans cesser de courir, il dégaina l'arme brisée de ses ancêtres : l'Épée de Leah.

Et sans qu'il en ait conscience, la lame magique devint blanche.

Il poussa le cri de guerre de sa patrie :

— Leah ! Leah !

Le roi de Pierre tourna son regard vide vers le montagnard, au moment où il rebondissait sur une de ses jambes comme sur un tremplin. Se rattrapant à un bras du roi, il y enfonça son moignon de lame.

Uhl Belk hurla de douleur. Un feu incandescent embrasa son corps tandis que Morgan continuait de le larder de coups. Le monstre frémit...

... et lâcha la Pierre elfique.

Aussitôt, Morgan voulut sauter au sol pour la rattraper. Mais l'autre bras de son adversaire décrivit un grand arc de cercle.

Morgan sauta sur le côté sans parvenir à éviter le coup, qui l'envoya voler à travers l'arène. Par miracle, il réussit à ne pas lâcher son arme.

Il aperçut Force Vitale, le visage rayonnant malgré ses feux magiques mourants.

Près d'elle, Walker Boh surgit de l'ombre.

Morgan se releva péniblement. Brève et féroce, la bataille était déjà terminée. Boh avait ramassé la Pierre elfique, qu'il brandissait maintenant contre Uhl Belk. Son équilibre recouvré, Morgan s'étonnait toujours de ce que Force Vitale venait d'accomplir. Malgré sa promesse, elle avait utilisé sa magie, se trahissant aux yeux du roi de Pierre, et avait tout risqué pour que ses compagnons survivent.

Avait-elle deviné qu'il viendrait la sauver ?

Avait-elle su de quoi son Épée était capable ?

La magie dissipée, la pénombre se réinstalla. Sous un nuage de poussière, le roi de Pierre parut se tasser sur lui-même, toujours enchaîné au sol d'Eldwist.

Malgré ses efforts, il n'avait pas pu se relever et s'arracher à l'étreinte de la pierre. En choisissant de s'unir à son royaume, il s'était condamné à l'immobilité.

Il parla d'une voix de dément.

— Rendez-moi la Pierre elfique noire !

Les trois amis le dévisagèrent, incapables d'articuler un son.

Walker Boh finit par retrouver sa langue.

— Non, Uhl Belk ! Elle n'a jamais été à vous. Et nous ne vous la rendrons pas.

— Je vous l'arracherai !

— Vous ne pouvez plus faire un pas. Vous avez perdu la bataille, et la Pierre avec elle. N'essayez plus de la voler.

— Elle m'appartient !

— Elle appartient aux druides.

Uhl Belk lâcha un cri de désespoir qui fit voltiger la poussière.

— Il n'y a pas de druides !

L'Oncle Obscur ne répondit pas, en proie à des émotions conflictuelles qui menaçaient de miner sa propre raison.

Le roi de Pierre tendit un bras avec une grande dignité.

— Rendez-moi la Pierre, humain, ou j'ordonnerai à Eldwist de vous écraser. Donnez-moi le talisman ou préparez-vous à mourir !

— Attaquez-nous, riposta Walker Boh, et je retournerai la magie du talisman contre cette ville ! J'invoquerai assez de puissance pour que tout retombe en poussière, à commencer par vous ! Ne me menacez pas, Uhl Belk ! Vous n'êtes plus en mesure de le faire.

Un lourd silence tomba. Puis le roi de Pierre serra un poing.

— Je n'ai pas d'ordres à recevoir de vous, humain. Personne ne peut...

— Libérez-nous. La Pierre elfique est perdue pour vous.

La statue vivante se redressa péniblement. Et lâcha d'une voix lourde de chagrin :

— Le prince de Granit viendra. Le monstre que j'ai créé s'en prendra à moi, et je serai contraint de l'anéantir. Seule la Pierre elfique noire me permettait de le tenir en respect. Maintenant, il me verra vieux et fatigué et me croira incapable de l'empêcher de me dévorer.

Un regard infiniment noir se riva dans celui de Force Vitale.

— Fille du roi de la rivière Argentée, enfant de celui qui fut mon frère, réfléchis à tes actes. En me volant la pierre, tu m'affaiblis à jamais. Or la vie du prince de Granit n'est pas moins précieuse, à mes yeux, que la tienne à ceux de ton père. Sans lui, mon royaume ne pourra plus s'étendre. Qui es-tu pour t'approprier ce qui m'appartient ? Ne vois-tu pas le miracle que j'ai accompli ? Dans la pierre de mon royaume fleurit une immuable beauté que les Jardins de ton père n'auront jamais. Des mondes naîtront et mourront pendant qu'Eldwist demeurera. Tous les univers devraient être à l'image de ma cité éternelle. Le roi de la rivière Argentée s'estime en droit d'agir comme il le fait, mais sa vision de la vie n'est pas plus lucide que la mienne. Ne suis-je pas habilité à agir en fonction de ce que je crois être juste, ainsi que la Parole m'en a donné le droit.

— Vous corrompez tout ce que vous touchez, Uhl Belk, chuchota Force Vitale.

— Et pas toi ? Ni ton père ? Ni tous ceux qui prétendent vivre en communion avec la nature ? Peux-tu affirmer que... ?

Force Vitale recula d'un pas et la lumière qu'elle diffusait devint plus forte.

— Protéger la vie et la recréer sont deux choses différentes. On vous avait chargé de la défendre. Mais vous avez tout oublié à ce sujet.

Quand le roi de Pierre tendit une main pour s'abriter des particules de lumière, le simple fait de les frôler suffit à le faire hoqueter de douleur.

— Non ! cria-t-il en se redressant comme pour s'arracher à un filet invisible. Oh, mon enfant, je te vois maintenant. Avec le prince de Granit, je croyais avoir créé un monstre abominable. Mais ton père a fait pire !

» Enfant de l'évolution, tu incarnes le mouvement incessant de l'eau. En vérité, je comprends ta mission. J'ai trop longtemps été en pierre pour que cela m'échappe. Dès que tu m'es apparue, j'aurais dû voir que tu étais le chaos ! Confit dans la permanence que j'ai toujours recherchée, j'ai été aussi aveugle que mes serviteurs. Et j'ai signé mon arrêt de mort.

— Uhl Belk..., chuchota Force Vitale, comme une prière.

— Comment pourras-tu faire ce qu'on te demande après avoir goûté tant de choses ?

Morgan ne comprit pas de quoi le roi de Pierre voulait parler. Il sursauta en voyant Force Vitale baisser la tête, presque honteuse. Il s'était douté qu'elle avait beaucoup de secrets. Mais il n'avait jamais rien voulu en savoir.

— Hors de ma vue ! souffla Uhl Belk. Retourne dans le monde et scelle nos destins. Ta victoire sur moi doit te paraître bien vaine et amère face au prix qu'elle coûte...

Aussi dépassé que le montagnard, Walker Boh plissa le front. Morgan aurait voulu demander à Force Vitale ce qui se passait, mais il hésita.

Uhl Belk redressa soudain la tête.

— Écoutez !

La terre frémit. Un grondement sourd enfla très vite.

Le prince de Granit...

Walker recula en criant à ses compagnons de l'imiter.

— Si vous voulez vous sauver, Uhl Belk, libérez-nous tout de suite !

L'Oncle Obscur brandit le talisman sans que le roi de Pierre semble y prendre garde. Il était tellement défiguré que sa laideur dépassait l'entendement. Face aux rugissements du prince de Granit, il siffla comme un serpent.

— Fuyez, imbéciles !

Aucune colère ne vibrait dans la voix du géant de pierre. Seulement de la frustration et un soupçon d'espoir.

Une paroi se fissura, laissant filtrer une lumière grisâtre.

— Partez !

Force Vitale et Walker sur les talons, Morgan s'engouffra dans l'ouverture, fuyant les assauts du prince de Granit.

Chapitre 30

Le prince de Granit avait dû sombrer dans la folie.

Les trois amis l'avaient déjà vu apparaître à deux reprises : au tout début de leur séjour en ville, et lorsque Uhl Belk l'avait appelé. Mais depuis leur arrivée à Eldwist, il ne s'était pas passé un jour sans qu'ils l'entendissent ramper dans les tunnels et sortir à l'air libre au crépuscule.

Chaque fois, des grondements l'avaient annoncé.

Chaque fois, la ville avait tremblé sur ses fondations.

Mais il n'y avait jamais rien eu de semblable.

Eldwist ressemblait à une bête fauve qui s'ébroue après un mauvais rêve.

Les tours et les tourelles tremblèrent. Des pierres tombèrent au milieu de tonnes de poussière. Les rues menacèrent de se soulever tandis que de profondes lézardes s'ouvraient dans la chaussée. Des portes et des tréteaux s'écroulèrent, des escaliers et des passerelles s'effondrèrent. Dans sa nébuleuse grise, Eldwist miroitait comme un mirage.

Courant pour échapper à la mort, Walker Boh atteignait l'issue la plus proche quand des secousses très violentes le firent tomber à genoux. Dans sa chute, il garda le bras serré contre le torse afin de ne pas lâcher la Pierre noire elfique.

Son épaule encaissa le plus gros du choc avant qu'une paroi n'arrête sa glissade. Le souffle coupé, il vit que Force Vitale et Morgan aussi étaient tombés.

Se relevant péniblement, il leur cria de le suivre.
Puis il réfléchit.

Il venait de menacer Uhl Belk de retourner la magie de la Pierre elfique noire contre la cité s'ils n'étaient pas immédiatement libérés. Un coup de bluff, rien de plus. Il ne pouvait pas l'utiliser ainsi sans se détruire lui-même. Une chance pour eux que le roi de Pierre n'ait toujours pas compris comment la magie druidique fonctionnait !

Mais quoi qu'il en soit, ils n'étaient pas tirés d'affaire. Si le prince de Granit les prenait en chasse, que feraient-ils ? Et ils avaient toutes les raisons de penser que le monstre ne les lâcherait pas. La magie de la Pierre avait rapproché le père et le fils, le seigneur spirituel et le monstre – un lien que Walker Boh venait de briser. Et le prince de Granit le sentait déjà.

Cela l'avait réveillé.

La Pierre elfique noire reprise à son père, plus rien ne l'arrêterait.

La chute d'un énorme bloc précipita de nouveau Boh à terre. Force Vitale s'enfonça dans l'ombre tandis que Morgan aidait l'Oncle Obscur à se relever. Ensemble, ils continuèrent à zigzaguer entre les décombres et à enjamber les crevasses.

— Où allons-nous ? cria le montagnard.
— Loin de la cité et de la péninsule, sur les hautes terres !
— Et Horner Dees ?

Walker avait oublié le vieil homme. Il secoua la tête.

— Si nous le retrouvons, nous l'emmènerons avec nous ! Mais pas question de le chercher... (Il glissa la Pierre elfique dans sa poche.) Montagnard, restez près de Force Vitale ! Elle court un grave danger, elle aussi !

— Lequel, Walker ? Que savez-vous ? Que voulait dire Uhl Belk à propos de vaine victoire et de prix à payer ?

Walker secoua la tête. Il pensait l'ignorer, mais au fond de lui, il connaissait la réponse. Cependant, il négligeait un détail important...

Le grondement du prince de Granit mourut dans le lointain.

— Rattrapez Force Vitale, montagnard ! cria Walker. On se retrouve dans le bâtiment où nous nous cachions du Râteau !

Morgan fonça.

Pe Ell et Horner Dees n'étaient pas loin du bâtiment en question quand les secousses commencèrent. Après leur bataille contre le Râteau, ils venaient retrouver les autres – chacun ayant ses raisons qu'il se gardait de partager avec son compagnon. Car leur trêve avait pris fin avec l'élimination du Grimpeur.

Le grondement se faisant plus fort que jamais, les deux hommes s'immobilisèrent. La cité tremblait sur ses fondations.

— Quelque chose s'est passé..., chuchota Horner Dees.

— *Il* s'est réveillé ! cria Pe Ell, dégoûté.

La rue où ils étaient tremblait aussi.

Le tueur désigna l'étage du bâtiment menacé.

— Allez voir là-haut s'il y a quelqu'un.

Dees obéit pendant que Pe Ell restait où il était. Pas encore remis de la bataille contre le Râteau, le tueur, très tendu, avait le sang qui lui cognait aux tempes. Les événements se précipitaient, scellant le destin des cinq compagnons.

Bientôt, tout serait dit.

Horner Dees sortit en trombe de la cachette.

— Personne !

— Alors guettez ici leur retour ! ordonna Pe Ell en tournant les talons. Je vais à leur recherche.

— Pe Ell !

Le tueur se retourna une dernière fois.

— Pas d'inquiétude, vieil homme. Je serai bientôt de retour.

Peut-être...

Pe Ell se fondit dans les ombres, sourd aux appels de Dees. Il était assez furieux d'avoir dû le sauver des griffes du Râteau ! Dire qu'il avait risqué sa vie pour épargner un homme qu'il se proposait de toute façon d'éliminer. Absurde !

Cela étant, ses plans concernant Dees et les autres imbéciles qui accompagnaient Force Vitale commençaient à changer.

Dès que Pe Ell se remettait en mouvement, tout devenait toujours plus clair. Anticiper les événements était bien beau, mais les circonstances et les besoins évoluaient, faisant mentir les prédictions. Le tueur doutait désormais de la nécessité d'éliminer ses compagnons. Naturellement, Force Vitale devrait mourir. Il l'avait promis à Rimmer Dall. Plus important, il se l'était juré. Le destin de la jeune fille était gravé dans le marbre.

Mais pourquoi s'embêter à tuer aussi les autres ? À moins qu'ils ne cherchent à s'en mêler, pourquoi verser leur sang ? S'il parvenait à s'emparer de la Pierre elfique, plus personne ne pourrait rien contre lui. Et même s'il était contraint de renoncer à cette phase de ses plans, le vieux traqueur, le manchot et le montagnard ne représenteraient pour lui aucune menace. S'ils se lançaient sur ses traces, il n'aurait rien à craindre. Comment le retrouveraient-ils ? Et supposé qu'ils le rattrapent, que pourraient-ils contre lui ?

Réflexion faite, Pe Ell n'avait pas besoin de les éliminer. Encore que... Si l'occasion parfaite se présentait, il n'hésiterait pas.

La terre labourée par le ver gigantesque grondait. Pe Ell longea des bâtiments qui se lézardaient, ses yeux sondant l'obscurité. Avec un peu de chance, il espérait découvrir le roi de Pierre, car il n'avait pas entièrement renoncé à s'approprier la Pierre. Tout se mettait en place. Il le sentait dans ses os.

Devant lui, cheveux au vent, Force Vitale courait. Avant qu'elle comprenne ce qui arrivait, Pe Ell la rattrapa par la taille.

Le souffle coupé, déséquilibrée, elle haleta contre lui.

— Pe Ell...

Son intonation surprit le tueur : un étrange mélange de peur, de soulagement, de désarroi et de satisfaction. Il serra plus fort sa proie, qui ne tentait pourtant pas de se dégager.

— Où sont les autres ? demanda-t-il.

— Ils arrivent... Ils viennent d'échapper à Uhl Belk et au prince de Granit. Il est temps de quitter Eldwist, Pe Ell. Morgan, Walker Boh et moi, nous avons repris le talisman au roi de Pierre.

Le tueur s'exhorta au calme.

— Alors, nous en avons vraiment terminé ici. Qui détient la Pierre elfique ?
— Walker Boh.

Le tueur serra les mâchoires. Forcément... Tout aurait été trop facile, si la jeune fille avait eu le talisman. Il aurait simplement dû la tuer, le récupérer et filer avant que les autres se doutent de quelque chose. À tous les coups, le manchot lui barrait la route ! Comment échapper à Walker Boh ? Que fallait-il pour être enfin débarrassé de lui ?

Pe Ell le savait, bien sûr. Et ses plans reprirent forme.

Une voix familière retentit dans la brume.
— Force Vitale !

C'était le montagnard. Pe Ell hésita, puis se décida. Une main plaquée sur la bouche de la jeune fille, il l'entraîna dans l'ombre. À la grande surprise du tueur, elle ne résista pas. Docile, elle ne pesait rien entre ses bras.

Elle éveilla en lui des sentiments si doux et agréables qu'il dut se faire violence pour les repousser.

Morgan passa devant eux en appelant Force Vitale et continua sur sa lancée. Il eut vite disparu de nouveau dans la brume.

Dès que Pe Ell lâcha prise, la jeune fille se tourna vers lui, vivante image de la résignation.
— Il est presque temps pour nous, chuchota-t-elle.

Un doute vint saper l'assurance du tueur. Force Vitale le couvait de son regard étrange, comme s'il n'avait aucun secret pour elle. Mais dans ce cas, elle ne serait pas restée devant lui, au lieu de tenter d'échapper à la mort !

Les grondements augmentèrent avant de diminuer un peu – un signe avant-coureur d'avalanche.

— Temps pour nous ? répéta Pe Ell, déconcerté. De quoi ?

Il n'arrivait pas à détacher les yeux de sa victime.

Force Vitale ne répondit pas. Tournant la tête pour suivre la direction de son regard, le tueur vit arriver Walker Boh. Mais à l'inverse du montagnard, l'Oncle Obscur les avait repérés.

Le Stiehl dégainé, Pe Ell se campa derrière Force Vitale.

— Plus un pas, Walker Boh ! (L'homme s'arrêta.) Chacun de nous sait maintenant de quoi l'autre est capable. Inutile de jouer au plus fin. Mieux vaut que nous nous quittions ici. Le talisman !

Boh n'eut pas d'autre réaction que fixer l'assassin et son otage.

Pe Ell sourit.

— Vous n'auriez pas la stupidité de vous croire plus rapide que moi ?

— Et vous ? Seriez-vous assez bête pour vous croire plus rapide que le prince de Granit ?

— Quand il viendra par ici, j'aurai filé depuis longtemps ! Allons, donnez-moi la Pierre elfique noire !

— Et ça vous satisfera ?

— Donnez-la-moi !

— Libérez d'abord Force Vitale.

Pe Ell secoua la tête.

— Quand je serai loin, pas avant. Alors, promis, je la libérerai.

Pour l'éternité.

Ils se défièrent du regard. Puis Walker Boh sortit le talisman de sous sa tunique. La Pierre brilla sur sa paume, infiniment noire. Pe Ell eut un petit sourire. La Pierre elfique était opaque et lisse, sans le moindre défaut. Le tueur sentait la puissance magique qui s'en dégageait.

— Donnez-la-moi, répéta-t-il.

Walker Boh prit à son ceinturon une bourse en cuir ornée de runes bleues, y glissa le talisman et serra les cordons.

— Essayez de vous servir de la Pierre elfique, Pe Ell, et elle vous détruira.

— La vie est pleine de risques !

Une brise marine faisait tourbillonner la poussière. Les grondements ne cessaient plus.

— Jetez-la-moi, dit Pe Ell. En douceur.

Il menaçait toujours la jeune fille de son couteau, si passive qu'on eût pu la croire endormie.

Walker obéit. Le tueur attrapa au vol la bourse qu'il fourra dans son ceinturon.

— La magie appartient à ceux qui n'ont pas froid aux yeux, dit Pe Ell en reculant. Et à ceux qui sont capables de se battre pour elle.

Walker Boh resta parfaitement immobile.

— Faites attention. Vous risquez le tout pour le tout.

— Inutile de vous lancer sur mes traces, ajouta le tueur. Affrontez donc le prince de Granit. Vous aurez une meilleure chance de vous en tirer !

Sur cette menace, Pe Ell et sa proie disparurent dans la brume.

Walker Boh fut le premier surpris d'avoir cédé si facilement. Il avait pourtant décidé de résister. Jusqu'à ce qu'il lise, dans le regard de Force Vitale, quelque chose qui lui avait coupé tous ses élans. Quoi ? Il aurait été bien en peine de le dire. La détermination ? La résignation ? La vision d'un avenir meilleur ?

Quelque chose...

En tout cas, cela avait amené Boh à changer d'avis aussi efficacement que si Force Vitale avait recouru à sa magie.

Tête baissée, il fronça les sourcils.

À la réflexion, et si elle avait utilisé sa magie ?

Perdu dans ses pensées, il lui fallut un moment pour s'apercevoir qu'il s'était remis à pleuvoir. Alors, il revint brutalement au présent. Sous ses pieds, les vibrations du sol s'accentuaient.

Cogline lui avait sans cesse recommandé de se rappeler qui il était. Et maintenant, Boh croyait le savoir.

Il invoqua sa propre magie, plus présente et vibrante que jamais après sa confrontation avec le roi de Pierre – comme si l'épreuve l'avait affranchi des contraintes qu'il s'était lui-même imposées.

Elle se concentra au plus profond de lui, tel l'œil d'un cyclone. Les runes de la bourse le guideraient.

Boh se lança sur les traces du tueur.

Traînant Force Vitale, Pe Ell courait. La jeune fille le surprenait toujours par sa docilité et son calme inexplicables. Elle ne disait rien, ne demandait rien. Mais son regard troublait l'assassin, chaque fois qu'il lui jetait un coup d'œil. Que voyait-elle qui lui échappait ? Le passé ? L'avenir ? Elle restait une énigme, se dérobant à toute tentative d'explication. Mais bientôt, il saurait, se promit-il... Quand la vie abandonnerait la jeune fille, Force Vitale lui serait dévoilée dans toute la nudité de son être. Il n'y aurait plus aucun secret. La magie ne le permettrait pas. Comme avec toutes les autres victimes du tueur, il resterait uniquement la vérité.

Il sentit les premières gouttes de pluie tomber sur sa peau et bifurqua à gauche, dans une rue perpendiculaire au chemin qu'avait pris Morgan et que Walker Boh allait suivre.

Il passerait rapidement de la ville à l'isthme et gagnerait les hauteurs. Là, en toute tranquillité, il tuerait son otage. La fille du roi de la rivière Argentée, la plus merveilleuse de toutes les enfants de la magie, lui appartiendrait pour toujours.

Pourtant, le doute continuait de le tarauder. Pourquoi ? Là encore, la raison lui échappait.

Il se remémora les propos de Force Vitale, concernant leur magie : celle du montagnard, de Walker Boh et la sienne. Selon le roi de la rivière Argentée, les trois seraient requises. Voilà pourquoi sa fille les avait recrutés et convaincus de l'accompagner, les gardant à ses côtés en dépit de la colère, du ressentiment et de la méfiance. Mais seuls Walker Boh et le montagnard avaient découvert le repaire d'Uhl Belk et récupéré la Pierre elfique noire. Pe Ell n'avait rien fait – à part éliminer le Râteau. Sa magie n'avait-elle pas eu d'autre but ? Était-ce l'unique raison de sa venue ? Non, il y avait forcément autre chose...

Sans lâcher la jeune fille, Pe Ell continua à réfléchir. Toute l'aventure était un puzzle, et il lui manquait trop de pièces pour y voir clair. Ils avaient été à la recherche du roi de Pierre – que les autres, et pas lui, avaient débusqué. La magie du Stiehl était la plus puissante du groupe. Pourtant, à quoi avait-elle servi jusqu'ici ?

Un malaise croissant gâchait sa joie de détenir la fille *et* le talisman.

Quelque chose clochait, et il ignorait quoi. Il aurait dû se sentir maître de la situation, et ce n'était pas le cas.

Ils longèrent d'innombrables bâtiments, s'orientant vers le sud, deux ombres furtives attirées par la lumière.

Rattrapé par la fatigue, Pe Ell ralentit. Était-ce bien par là qu'il voulait aller ? Avec la bruine et la pluie, se repérer n'était pas simple. Le tueur jeta des regards alentour. Cette rue... N'était-ce pas précisément celle qu'il avait voulu éviter ?

Troublé, il se surprit à fuir le regard de sa prisonnière.

Il l'entraîna dans une autre rue latérale, jusqu'à une grande place que dominait un bassin entouré par des bancs délabrés et des poteaux où ne flottaient plus de drapeaux. Entendant crier son nom, Pe Ell pivota, son couteau aussitôt plaqué sous la gorge de Force Vitale.

De l'autre côté de la place, Morgan le regardait. Comment l'avait-il retrouvé ?

Le hasard, décida Pe Ell. Rien d'autre...

D'ailleurs, le montagnard paraissait déboussolé.

— Que faites-vous, Pe Ell ? cria-t-il.

— Ce que bon me semble ! (La lassitude qui perçait dans sa voix surprit le tueur.) Je n'ai rien contre vous, et j'ai tout ce que je voulais. Le manchot m'a remis le talisman ! Si vous tenez à la fille, écartez-vous !

Morgan ne bougea pas. Hagard, l'air perdu, il refusait pourtant de se laisser intimider.

— Lâchez-la, Pe Ell. Ne lui faites pas de mal.

— Partez, montagnard. Force Vitale vient avec moi.

Après une hésitation, Morgan avança. Pour la première fois depuis qu'il l'avait prise en otage, Pe Ell sentit Force Vitale se raidir contre lui. Elle s'inquiétait pour le montagnard, comprit-il. Et cela le mit tellement en colère qu'il fit perler du sang sur la gorge de la jeune fille.

Walker Boh réapparut près de Morgan. Sans hâte, il le prit par un bras pour l'immobiliser. Le montagnard résista, mais même manchot, l'Oncle Obscur restait le plus fort.

— Réfléchissez à ce que vous êtes en train de faire, Pe Ell !

Cette fois, de la colère vibrait dans sa voix.

Comment ce crétin avait-il pu le rattraper si vite ? s'étonna le tueur, déconcerté. Et pourquoi rien ne se déroulait comme prévu ? Il aurait déjà dû être loin de toute cette folie, avec son otage ! Avoir le temps de savourer sa victoire et de dialoguer avec la fille avant de la tuer, afin d'en apprendre un peu plus sur sa magie. Et voilà que les deux hommes qu'il avait eu la stupidité d'épargner venaient le harceler ! Pire, il risquait d'être pris au piège.

— Fichez le camp ! hurla-t-il. En me donnant la chasse, c'est la vie de votre amie que vous mettez en péril ! Disparaissez pour de bon ou c'en sera fini d'elle !

— Lâchez-la ! cria le montagnard.

Derrière Pe Ell, Horner Dees apparut à son tour. L'assassin était bel et bien encerclé. Pour la première fois de sa vie, il eut un vague accès de panique.

— Hors de ma vue, vieil homme !

Dees se contenta de secouer la tête.

— Plus maintenant. Je me suis trop effacé devant vous, Pe Ell. Or, dans cette histoire, je me suis au moins autant investi que vous. Et vous n'avez aucun droit sur ce que vous prétendez voler. Nous savons tout de vous. Lâchez la jeune fille !

Walker Boh reprit la parole.

— Pe Ell, si les Ombreurs vous ont chargé de voler la Pierre elfique noire, prenez-la et filez. Nous ne vous arrêterons pas.

— Les Ombreurs ! ricana le tueur. Ils ne représentent rien pour moi ! J'exécute leurs ordres quand ça me plaît, un point c'est tout ! Croyez-vous que j'aurais fait tout ce chemin pour eux ? Imbécile !

— Alors, gardez le talisman pour vous, si vous le devez.

Toute prudence envolée, Pe Ell laissa libre cours à sa rage.

— Si je le dois ? Quelle question ! Mais même ça, ce n'est pas la vraie raison de ma présence...

— Alors, pourquoi êtes-vous là ? lança Walker Boh.

— La raison, c'est *elle* exulta le tueur en obligeant Force Vitale à relever la tête. Vous voyez ? Osez donc affirmer que vous ne la désirez pas ! Impossible, pas vrai ? Vos sentiments, ceux du montagnard ou les miens, c'est du pareil au même ! Nous avons fait ce voyage pour *elle* et les émotions qu'elle éveillait en nous. Un sacré envoûtement ! Pensez un peu aux secrets qu'elle nous cache et à sa magie. Si j'ai été de l'aventure, c'était pour découvrir qui elle est vraiment. Au premier regard, j'ai décidé qu'elle m'appartiendrait pour toujours ! Oui, les Ombreurs m'ont envoyé, mais c'est moi qui ai décidé de venir. Ne voyez-vous pas ? Je suis venu à Eldwist pour la tuer !

» Je dois découvrir qui elle est, ajouta Pe Ell, tentant de s'expliquer, maintenant qu'il avait eu l'idiotie d'abattre son jeu.

Après cela, les autres feraient tout pour l'arrêter. Comment avait-il pu perdre toute maîtrise de lui-même ? Ça ne lui ressemblait pas !

— Je dois tuer Force Vitale, insista-t-il. Ainsi fonctionne la magie. Elle dévoile toutes les vérités. En prenant la vie, elle la crée. Après, Force Vitale m'appartiendra pour toujours.

Le choc passé, Horner Dees retrouva sa langue.

— Ne soyez pas stupide, Pe Ell. Vous ne vous en sortirez pas. Lâchez-la !

Non loin du fief de son père, le prince de Granit choisit cet instant pour crever le sol tel un serpent d'une taille inimaginable.

Force Vitale en profita pour échapper au tueur avec l'aisance d'un souffle d'air.

Au lieu de fuir, elle se campa face à lui, le paralysant de son regard noir et saisit le Stiehl.

Fasciné, Pe Ell eut l'impression de la redécouvrir dans toute sa perfection, ému par une beauté qui n'était pas uniquement superficielle. En transe, il eut l'impression qu'elle se rapprochait de lui.

La bouche de Force Vitale s'ouvrit sur un « oh ! » de surprise, de douleur et de soulagement mêlés.

Les yeux baissés, Pe Ell vit la garde du Stiehl dépasser de l'estomac de la jeune fille. Comment était-ce possible ? Il ne l'avait pas poignardée ! Il avait voulu choisir lui-même cet instant et savourer toute son intensité. Dépassé, il riva son regard dans celui de la mourante, certain d'y voir la magie sur le point d'être libérée.

Et ce qu'il découvrit le remplit de rage. Avec un hurlement strident, il frappa avec son couteau, comme si cela avait pu l'aider à nier l'évidence. En dépit des spasmes de son corps martyrisé, Force Vitale gardait un regard fixe et lucide.

Pe Ell sentit sa raison vaciller. Pris de désespoir, il s'écarta de sa victime, qui s'écroula sans cesser de river sur lui ses prunelles noires. Il avait vaguement conscience des hurlements de Morgan, de Walker Boh et de Horner Dees qui fonçaient sur lui.

Mais tout cela n'avait plus d'importance. Seule Force Vitale comptait.

Transi jusqu'à la moelle des os, Pe Ell recula encore.

Tous ses espoirs s'étaient envolés.

Qu'ai-je fait ?

Il tenta de prendre la fuite. Une seule idée l'obsédait.

Qu'ai-je fait ?

Poussé par la peur et le désespoir, il passa devant Horner Dees, indifférent à la pluie et aux secousses du sol. L'obscurité le protégeait.

Le fuyard eut bientôt disparu dans le labyrinthe d'une ville à la magie tellement plus puissante et ancienne que la sienne.

Tandis qu'il lardait Force Vitale de coups de couteau, il avait vu son regard exprimer un soulagement infini.

Comme un possédé, il redoubla de vitesse.

Chapitre 31

Morgan s'agenouilla près de Force Vitale et l'attira contre sa poitrine en chuchotant son nom.

Walker Boh et Horner Dees échangèrent un regard accablé. La tunique de la jeune fille était poisseuse de sang.

Son meurtrier filait en direction de l'isthme et des falaises. Quelle expression il avait eue ! L'horreur, l'incrédulité, la rage...

De toute évidence, tuer Force Vitale n'avait pas comblé ses attentes.

— Walker ? gémit Morgan, au désespoir. Faites quelque chose, elle se meurt !

Elle se meurt...

Comment était-ce possible ? s'étonna Boh.

L'instant suivant, il s'étonna au contraire de ne pas avoir prévu beaucoup plus tôt le dénouement du drame. Aussi désemparé et atterré que le montagnard, il entrevit néanmoins un début d'explication à ces événements.

— Walker, supplia Morgan, faites quelque chose !

Dees le prit doucement par l'épaule.

— Que voudriez-vous qu'il fasse, mon garçon ?

— Qu'il invoque sa magie, comme elle l'a fait pour lui !

Walker s'agenouilla.

— Je ne peux pas, Morgan, souffla-t-il. Je n'ai pas le pouvoir qu'il faudrait. (Il prit le pouls de la mourante, faible et irrégulier.) À elle de tenter de se soustraire à la mort.

Fou d'angoisse, Morgan implora Force Vitale de revenir à elle et de lui parler. Sa voix était méconnaissable.

La jeune fille frémit à peine. Puis elle rouvrit de grands yeux voilés par la souffrance.

— Morgan... Emmenez-moi... loin d'ici...

À contrecœur, le jeune homme s'exécuta. La prenant dans ses bras, il s'éloigna à grands pas, Walker et Dees sur les talons, et serra la jeune fille contre lui pour lui communiquer sa chaleur.

La place traversée, ils s'engagèrent dans la rue où le meurtrier avait fui. De nouvelles secousses ébranlèrent la ville. La poussière couvrait tout comme un linceul. Au centre d'Eldwist, le prince de Granit s'était remis en mouvement. Venait-il d'éliminer Uhl Belk ? Ou de décider que la Pierre elfique noire était bien plus importante ?

En tout cas, le monstre avançait en direction des fuyards. Dédaignant ses tunnels, il passait par les rues, à ciel ouvert. Dans son sillage, les murs s'écroulaient et des vapeurs toxiques empoisonnaient l'atmosphère déjà saturée de poussière.

Alors que les secousses menaçaient de les précipiter à terre, les compagnons se ruèrent vers l'isthme. À chaque pas, les décombres envahissaient le sol. Et le prince de Granit semblait accélérer l'allure.

Force Vitale dans les bras, Morgan courait à perdre haleine – un rythme que ne pouvaient soutenir longtemps Walker et Horner Dees. Quand les fuyards sortirent de la ville, le vieux traqueur s'était déjà laissé distancer d'une cinquantaine de pas. Les poumons en feu, les jambes pesant des tonnes, Walker courait un peu devant lui. Il cria à Morgan de ralentir, mais le jeune homme, concentré sur Force Vitale, ne l'entendit pas.

Et le prince de Granit gagnait du terrain.

Dire qu'ils allaient périr pour ce qu'ils n'avaient plus !

Le temps parut se figer. Les fuyards atteignirent l'isthme où l'incessant martèlement des vagues rendait le sol glissant. Le ciel s'assombrit et la pluie recommença. En repensant à l'expression qu'avait eue le tueur, quand il poignardait Force Vitale, Walker modifia ses premières conclusions.

De la surprise... Oui !

Pe Ell avait sans doute voulu tuer lui-même la jeune fille. Or, elle avait pris les devants. Avait-il seulement projeté de la poignarder ? Rien n'était moins sûr. Juste avant que Force Vitale soit frappée, il y avait eu, entre eux deux, des mouvements étranges. Pourquoi la jeune fille n'avait-elle pas tenté de fuir ? S'était-elle jetée sur la lame en se tournant vers le tueur ?

Délibérément ?

Walker frissonna.

Par l'Enfer ! Était-ce pour cela que Pe Ell avait été impliqué dans l'aventure ? Pe Ell, l'assassin à la lame magique, une arme contre laquelle personne ne pouvait rien.

Était-ce la véritable raison de sa présence ?

Morgan atteignit le pied des falaises et le sentier qui en partait. Sans ralentir, il commença l'ascension.

La tête levée pour humer l'air, le prince de Granit quitta à son tour la périphérie de la ville, laissant dans son sillage des ruines et des décombres. Bientôt, sa masse remplit presque tout l'isthme.

Tandis que Horner Dees demeurait bon dernier, Walker entama lui aussi l'escalade et se força à cesser de réfléchir. De toute façon, ça n'avait aucun sens. Pourquoi Force Vitale aurait-elle voulu que Pe Ell l'exécute ? Pourquoi aurait-elle tant désiré la mort ? Pourquoi ?

Jetant un coup d'œil par-dessus son épaule, l'Oncle Obscur vit le monstre aux allures de limace arriver au pied des falaises. L'isthme allait-il s'effondrer sous son poids ? Non, la roche était trop épaisse. En revanche, l'eau ralentirait la créature.

Cette hypothèse établie, il se dit que sa magie ou celle de Cogline n'était pas de taille contre le prince de Granit. Ils ne trouveraient leur salut que dans la fuite.

Au sommet de la falaise, Walker rattrapa Morgan qui, à genoux, reprenait péniblement son souffle.

De là-haut, on dominait Eldwist et la péninsule.

Force Vitale était livide.

— Elle refuse de recourir à sa magie, murmura le montagnard, incrédule.

Walker s'agenouilla aussi.

— Il faut que vous vous arrachiez à la mort, Force Vitale. Vous en avez le pouvoir.

Elle secoua faiblement la tête.

— Morgan, je vous aime... Et je serai à jamais avec vous. Je voudrais que... ce soit différent, mais... Laissez-moi et levez-vous...

— Non ! Je veux rester avec vous.

Force Vitale lui effleura la joue. Accablé, il obéit, les yeux pleins de larmes.

— Prenez votre arme et plantez-la en terre...
Morgan dégaina l'Épée de Leah et obéit.
— Ne mourez pas, Force Vitale...
— Souvenez-vous de moi...
Haletant, Horner Dees rejoignit ses compagnons.
— Que se passe-t-il ? Que fait-elle ?
L'Oncle Obscur secoua la tête.
— Walker..., souffla la mourante.
Il s'agenouilla.
— Relevez-moi et ramenez-moi au bord de la falaise.
Sans poser de question, l'Oncle Obscur la porta vers l'abîme. En contrebas, obscène cylindre de chairs flasques exhalant des vapeurs toxiques, le prince de Granit était à mi-parcours.
Ses tours et ses tourelles brisées, ses structures éventrées, ses bâtiments effondrés, ses murs pulvérisés, Eldwist n'était plus que l'ombre d'elle-même.
Seul le dôme du roi de Pierre était intact.
Force Vitale redevint quelques instants aussi belle et pleine de vie que lorsqu'elle avait ramené Walker d'entre les morts. Sidéré par l'illusion, l'Oncle Obscur en crut à peine ses yeux.
— Quand vous retournerez dans les Quatre Terres, vous n'oublierez pas... ce que vous avez appris... Acceptez votre nature... Rien n'est prédéterminé, Walker... Nous pouvons toujours... choisir...
Elle lui toucha le visage. Contre la joue de l'homme, ses doigts étaient glacés. Des visions envahirent Walker : les pensées de Force Vitale, ses souvenirs et ses connaissances... En un éclair, la mourante se révéla à lui, dévoilant des secrets qu'elle avait jalousement gardés jusque-là.
La vérité sur elle-même.

Comme sous l'effet d'une brûlure, il cria de douleur. Puis il enfouit sa tête dans la chevelure argentée de celle qu'il serrait dans ses bras.

Quand Morgan et Horner Dees firent mine de s'approcher, il leur cria de rester où ils étaient. Hésitants, ils obéirent.

À présent, Walker Boh comprenait tout.

— Walker...

Force Vitale le toucha une dernière fois, et une autre image s'imposa à lui.

La deuxième vision du fantôme du Marais.

— Laissez-moi... tomber..., chuchota Force Vitale.

Walker se revit debout avec elle, au bord du vide, face aux Quatre Terres. Il voulut refuser, mais l'intensité du regard de la jeune fille l'en empêcha.

— Adieu, Walker...

Il la serra une dernière fois contre lui, puis la poussa dans le vide avec l'impression qu'un autre, ayant pris possession de son corps, agissait à sa place. Mais pas lui. Un être tapi au tréfonds de lui-même, inaccessible à la raison.

Dans son dos, il entendit Horner Dees crier d'horreur et Morgan hurler de désespoir.

Trop tard !

Force Vitale se désintégra dans sa chute.

Muets d'épouvante, les trois hommes campés au bord du précipice n'en crurent pas leurs yeux.

En quelques secondes, la jeune fille se changea en une pluie scintillante qui voletait au vent.

En contrebas, le prince de Granit s'immobilisa. Avait-il conscience de ce qui se passait ? En tout cas, il ne tenta pas d'échapper à son sort. Quand la poussière scintillante qui avait été Force Vitale le toucha, il hurla puis rapetissa à une vitesse incroyable et disparut dans la terre.

La roche se métamorphosa à vue d'œil, se couvrant de mousse et d'herbe. Des racines frémirent, gonflées de sève. La poussière ensorcelée, portée par le vent, atteignit la péninsule, puis Eldwist, et continua son œuvre régénératrice. En quelques instants, la macabre tyrannie exercée par Uhl Belk des siècles durant devint un mauvais souvenir. La pierre s'effondra – les murs, les tours, les rues, les tunnels... Tout redevint poussière, anéanti par la magie de Force Vitale.

Et tout ce qui avait existé avant le roi de Pierre revint à la vie. Les roches se transformèrent. Des arbres jaillirent de terre, des fleurs sauvages s'épanouirent en éclatants îlots de couleurs, des algues déferlèrent sur les brisants, reformant une côte fourmillante de vie.

L'air purifié se chargea de la senteur caractéristique des pousses printanières.

Avec réticence, Eldwist s'enfonça lentement dans les entrailles de la terre, appartenant déjà au passé...

La métamorphose achevée, seul subsista le dôme où le roi de Pierre s'était emmuré vivant – une poche de grisaille solitaire dans un océan de verdure.

— Nous n'aurions rien pu faire pour la sauver, Morgan, soupira Walker Boh. Force Vitale était venue à Eldwist pour y mourir.

Au bord de la falaise, il parlait à voix basse, comme si le silence qui avait suivi la transformation de la jeune fille risquait à tout instant de se briser. Dans le lointain, le rugissement des eaux du Fléau des Récifs et les cris des mouettes troublaient à peine la quiétude. La magie avait purifié la roche des émanations toxiques du prince de Granit, ramenant la contrée à la vie. La brise poussait les nuages, laissant filtrer le soleil du renouveau.

Les traits tordus par un chagrin indicible, Morgan hocha la tête.

Horner Dees fit un signe d'encouragement à Walker.

— Elle m'a tout dévoilé, montagnard. Juste avant de mourir... Elle voulait que je sache afin que je puisse tout vous expliquer. Il lui a suffi de me toucher la joue. Tous les secrets qu'elle nous avait cachés, ses mystères...

L'Oncle Obscur changea de position et se rapprocha du jeune homme.

— Son père l'a créée afin de battre Uhl Belk sur son propre terrain. Il l'a *générée* à partir des éléments des Jardins où il vit, et de sa plus puissante magie. Alors, il l'a envoyée à Eldwist pour qu'elle y meure. Dans un sens, c'est une partie de lui-même qu'il sacrifiait. Il n'avait pas le choix. C'était le seul moyen de renverser le roi de Pierre. Et c'était devenu indispensable, car Uhl Belk n'aurait jamais quitté Eldwist – il n'en avait même plus la possibilité. À son insu, il était déjà prisonnier de sa magie. Et le prince de Granit, son exécutant, agissait en son nom pour pétrifier les Quatre Terres. Si le roi de la rivière Argentée avait attendu que le monstre se rapproche assez pour l'affronter, le phénomène aurait pris beaucoup trop d'ampleur et plus rien ni personne n'aurait été en mesure de l'enrayer.

Walker posa une main compatissante sur l'épaule de Morgan.

— Force Vitale nous avait tous choisis dans un but précis. D'ailleurs, elle ne s'en était pas cachée. Vous et moi devions reprendre la Pierre elfique noire. Et tant qu'Uhl Belk la détenait, Force Vitale était dans l'incapacité de recourir à sa magie sans la voir aspirée par le talisman. Si son oncle avait su qui elle était vraiment, il se serait aussitôt attaqué à elle. Voilà pourquoi elle devait conserver le secret jusqu'aux tout derniers instants.

— Elle a pourtant transformé les jardins de Meade en touchant simplement le sol ! cria Morgan.

— Les jardins de Meade, oui... Mais Eldwist était une cité trop monstrueuse pour que cela suffise. Force Vitale avait besoin de faire partie intégrante de la terre pour arriver à ses fins. (Walker soupira.) Voilà pourquoi elle a choisi Pe Ell. Le roi de la rivière Argentée devait se douter que les Ombreurs enverraient un tueur aux trousses de son enfant. Sa vraie nature n'étant pas un secret, elle représentait une menace très réelle. Il fallait donc l'éliminer. Mais un Ombreur n'aurait pas pu se charger lui-même de la sale besogne. En conséquence, Pe Ell s'est infiltré dans notre groupe. Il s'était convaincu que la tuer était son idée. Il se fourvoyait ! Depuis le début, c'est *elle* qui lui a mis cela dans le crâne ! Sur les instances de son père. Car seul Pe Ell possédait l'arme magique capable d'abattre Force Vitale et d'activer sa transformation.

— Pourquoi sa volonté n'aurait-elle pas suffi ?

— C'était une créature vivante, Morgan – et aussi humaine que vous et moi, en définitive. Une élémentale faite femme. Qu'aurait-elle pu être d'autre ? Elle était obligée de mourir pour déployer sa magie contre Eldwist. Aucune arme ordinaire n'aurait suffi à la tuer, puisque son corps la protégeait de tous les métaux communs. Il fallait une magie égale à la sienne, comme celle du Stiehl. Et l'esprit d'un tueur comme Pe Ell...

» Elle a donc tout organisé en fonction de ce plan. Mais cela étant, elle croyait quand même en nous. Si l'un de nous l'avait déçu, même Pe Ell, si nos actes n'avaient pas été à la hauteur de nos talents, Uhl Belk aurait remporté la victoire. Il n'y aurait eu aucune métamorphose. Avec le prince de Granit, le royaume minéral aurait continué de s'étendre. Et si on ajoute les attaques des Ombreurs, tout aurait été perdu.

Morgan releva enfin les yeux.

— Elle aurait dû tout nous dire, Walker. Nous avertir de ses intentions...

L'Oncle Obscur secoua la tête.

— C'était précisément ce qu'elle ne pouvait pas faire. Si nous avions su, nous n'aurions pas pu agir comme il le fallait. N'auriez-vous pas tenté l'impossible pour l'arrêter ? Vous étiez amoureux d'elle, montagnard. Et elle savait parfaitement de quoi il retournait.

À contrecœur, le jeune homme acquiesça.

— Vous avez raison. Elle le savait.

— Elle n'avait pas le choix. Il lui fallait garder secrets ses véritables objectifs.

— Le savoir n'apaise pas mon chagrin ! Je m'obstine à croire qu'elle réapparaîtra d'un instant à l'autre, comme si de rien n'était... (Morgan inspira profondément.) J'ai besoin qu'elle revienne !

Les trois hommes se murèrent dans le silence.

Walker se demanda s'il devait parler de la vision du fantôme du Marais qu'il avait partagée avec Force Vitale. Depuis le début, la jeune fille savait comment tout finirait. À aucun moment elle n'avait reculé, déterminée à remplir la mission confiée par son père.

Il décida de se taire. Le montagnard avait son compte de secrets et d'objectifs cachés. Pourquoi ajouter à ses tourments ?

La voix rauque de Horner Dees brisa le silence.

— Qu'est-il advenu de Belk ? Est-il toujours dans sa forteresse ? Vivant ?

— À mon avis, répondit Walker, songeur, une créature magique telle que lui ne meurt pas aisément. Mais Force Vitale le retient prisonnier, et la terre ne redeviendra pas telle qu'il la désirait avant très longtemps. Quand il le comprendra, il risque de perdre le peu de raison qu'il lui reste.

Comme s'il cherchait quelque chose, Morgan caressait des brins d'herbe. L'Oncle Obscur se releva. Meurtri dans sa chair, il était hanté par de noires pensées. Comble de misère, son estomac criait famine, et une soif atroce le tenaillait.

Sa propre odyssée commençait. Il devait retourner dans les Quatre Terres à la recherche de Pe Ell, pour déterminer à qui la Pierre elfique devrait vraiment revenir. Et s'il survivait à tout cela, il lui resterait à retrouver Paranor et les druides.

Horner Dees prit Morgan par les épaules.

— Allons, montagnard... Elle n'est plus. Réjouissons-nous d'avoir passé du temps à ses côtés. Force Vitale n'était pas faite pour notre monde. Pourtant, elle vous aimait.

Le jeune homme se redressa. Et riva un regard glacial sur le traqueur.

— Je pars à la recherche de Pe Ell.

— Nous partons *tous* à sa recherche ! cracha Horner Dees. Il ne nous échappera pas !

Après un dernier coup d'œil du haut des falaises, les trois hommes prirent la direction des montagnes.

Mais Morgan s'arrêta et revint sur ses pas. L'Épée de Leah était toujours plantée dans le sol. Le jeune homme hésita. Devait-il la laisser là ? Y renoncer une fois pour toutes ?

Il saisit la garde et tira.

L'arme apparut, libérée de sa gangue de terre et Morgan ouvrit des yeux ronds. Il tenait une lame intacte, comme le jour où son père la lui avait donnée !

Horner Dees siffla d'étonnement.

— Elle disait vrai, chuchota Morgan, incrédule. Mais... comment ?

— La magie, répondit Walker, souriant. Force Vitale est redevenue la terre avec laquelle le roi de la rivière Argentée l'avait façonnée. La terre *riche en métaux* utilisés pour forger l'Épée de Leah, mon garçon. Elle a régénéré votre talisman. C'était sa dernière volonté, montagnard. Un acte d'amour.

— En un sens, *elle* restera toujours à mes côtés, n'est-ce pas ? Tant que j'aurai l'Épée... Mon arme aurait-elle retrouvé sa magie ?

— La magie vient de vous, répondit Walker. À mon avis, elle est toujours venue de vous – et de vous seul.

Pensif, Morgan hocha la tête.

— Et votre bras ? N'a-t-elle pas dit que vous seriez aussi guéri ?

Walker tira doucement Morgan vers le défilé.

— Je commence à croire qu'elle ne parlait pas de mon bras, mais d'autre chose.

Derrière eux, le soleil inondait d'or les eaux du Fléau des Récifs.

Ses yeux !

Partout où Pe Ell fonçait, *ils* le pourchassaient.

Par les fenêtres béantes des édifices, du fond des cratères et des fossés de l'isthme, de derrière les rochers...

Qu'ai-je fait ?

Le désespoir le consumait. Comme il en avait eu l'intention, il avait tué la jeune fille et récupéré la Pierre elfique noire. Tout s'était déroulé comme prévu. Excepté que ce plan n'avait jamais été le *sien*, mais celui de Force Vitale ! Voilà la vérité qu'il avait lue dans ses yeux, à l'ultime instant. La véritable raison de sa présence.

Elle ne l'avait pas attiré à Eldwist pour affronter le roi de Pierre, comme il l'avait toujours cru, mais bien pour l'exécuter *elle*.

Par l'Enfer, l'exécuter !

Il courait au hasard, trébuchant et se relevant sans cesse.

Il n'avait jamais été maître de la situation. Il s'en était convaincu, voilà tout. Tous ses efforts avaient été vains ! Depuis le début, Force Vitale le manipulait. D'emblée, elle avait su à qui elle avait à faire. Elle l'avait pourtant persuadé de se joindre à l'aventure en l'amenant à croire que c'était sa volonté *à lui* Elle n'avait cessé de le faire danser au son de sa flûte. Pourquoi ? Pourquoi avait-elle agi ainsi ? Et pourquoi avait-elle tant voulu mourir ?

Mais était-ce bien lui qui avait porté le coup fatal ? Il ne se rappelait pas l'avoir consciemment voulu. À la réflexion, elle s'était jetée sur la lame. Il n'y avait pas d'autre explication. Tout du long, il était resté le pantin de la fille du roi de la rivière Argentée.

Et à l'ultime seconde, elle lui avait enfin dessillé les yeux, lui révélant ses secrets en un éclair.

Pe Ell se laissa tomber entre deux formations rocheuses, regrettant amèrement que la terre ne puisse pas s'ouvrir sous lui pour l'avaler. Dévasté par la colère et le désespoir, il grinça des dents. Pourvu qu'ils soient tous morts ! Jamais personne ne l'avait utilisé ainsi ! Et il ne le tolérerait plus.

Puis il se rappela que les autres devaient être à sa poursuite. Il était en danger. Eh bien, qu'ils viennent !

Pourtant, il n'était pas prêt à un nouvel affrontement. Il en avait conscience. Il devait reprendre sa fuite. Plus tard, au calme, il ferait le point.

Tandis que le sol vibrait encore sous ses pieds, Pe Ell se força à se relever, serrant contre lui la bourse aux runes bleues. Dans l'étui qui battait sa cuisse, le tueur sentait pulser la magie du Stiehl, plus féroce que jamais.

Épuisé, il trébucha sans réussir à éviter la chute. Et il découvrit qu'il avait les mains pleines de sang.

Celui de Force Vitale.

Fou d'angoisse, il se releva d'un bond, cherchant à chasser les visions qui le torturaient et à reprendre le contrôle de lui-même. Mais il n'y parvint pas. Et plus rien n'avait de sens. La folie menaçait de fondre sur lui comme une meute de chiens.

Oui, il avait tué Force Vitale, mais parce qu'elle le voulait !

Oui, il s'était cru fasciné par elle parce qu'elle avait sciemment manipulé des émotions pourtant enfouies au tréfonds de son âme !

Il courut à perdre haleine.

Dans son dos, il sentit la terre gronder et les vents changer.

La magie ! lança une petite voix malicieuse. *Force Vitale est à tes trousses !*

Mais elle est morte !

Talonné par une horde de démons portant le visage de la défunte, Pe Ell courut comme il n'avait jamais couru.

Il tomba de nouveau sur un tas d'os blanchis. Et comprit où il se trouvait.

Le temps s'arrêta.

Le Koden !

Précédé par une odeur de pourriture caractéristique, le monstre bondit et l'emprisonna entre ses griffes.

Pe Ell suffoqua en tentant vainement de l'apercevoir.

Le Koden était là... et il n'y était pas.

Se serait-il rendu invisible ?

Le tueur voulut saisir le Stiehl. Ses doigts refusèrent de lui obéir.

Comment est-ce possible ?

Il sut alors que sa dernière heure était venue. Et fut à peine surpris de se découvrir indifférent à son propre sort.

L'instant suivant, il quitta ce monde.

Chapitre 32

Moins d'une heure plus tard, les trois survivants de l'expédition découvrirent le cadavre de Pe Ell, les yeux grands ouverts et tournés vers le ciel.

Dans une main, il serrait encore la bourse aux runes bleues. Et le Stiehl était toujours dans son étui.

Des fleurs sauvages, jaune et pourpre, s'épanouissaient un peu partout, en quête de soleil. Les ossements s'étaient enfoncés dans le sol d'où ils n'auraient jamais dû sortir, et l'herbe poussait dru.

— Il n'a pas une marque sur lui, constata Horner Dees. (Il se pencha pour mieux examiner la dépouille, puis se redressa.) Il a dû se rompre le cou. Ou des côtes lui auront transpercé les poumons quand il est tombé... Quelque chose de ce genre. Aucune cause visible à sa mort, en tout cas. Le sang qu'il a sur les mains est celui de Force Vitale. Et regardez, il y a des empreintes du Koden un peu partout ! Comment expliquez-vous cela ?

Il n'y avait plus trace du monstre. Disparu... Comme s'il n'avait jamais existé. Walker huma l'air, sonda le silence et ferma les yeux. La magie de Force Vitale avait libéré le Koden. Ses chaînes rompues, il était retourné vers son monde d'origine.

Avec une profonde satisfaction, Walker rouvrit les yeux.

— Regardez l'expression terrifiée du tueur! ajouta Horner Dees. Il n'est pas mort heureux...

— C'était forcément le Koden, insista Morgan, resté à l'écart.

Dees lui jeta un regard acéré.

— Vraiment ? Il l'aurait serré à l'étouffer, c'est ça ? Mais alors, il a été drôlement rapide ! Pe Ell n'a pas eu le temps de dégainer le Stiehl. Voyez vous-même, montagnard. Qu'est-ce qui vous frappe ?

Morgan fit un pas en avant.

— Rien, admit-il.

— Vous voulez que je le retourne sur le ventre ?

— Non. Peu importe... (Morgan se tourna vers Walker.) Je ne sais plus quoi ressentir. N'est-ce pas étrange ? Je voulais le voir mort de ma main ! Il a été tué, et au fond, c'est tout ce qui compte. Pourtant, je me sens lésé ! On ne m'a pas laissé une chance de venger Force Vitale.

— Je doute que vous l'ayez jamais eue...

— Comment ça ? lança Dees.

Walker haussa les épaules.

— Si j'étais le roi de la rivière Argentée, contraint de sacrifier ma fille ainsi, je m'assurerais au moins que son meurtrier ne puisse pas fuir ! La magie de Force Vitale avait peut-être plus d'un rôle à jouer...

— Le sang sur ses mains, vous pensez ? souffla Dees après un long silence. Il aurait agi comme un poison ? Pourquoi pas, après tout...

Walker Boh se pencha pour récupérer la bourse et son précieux contenu. Quelle ironie ! Dire que la Pierre elfique noire n'avait été d'aucune utilité à l'assassin. Au contraire !

Tant d'efforts pour s'approprier sa magie.

Pour rien...

Force Vitale l'avait su.

Le roi de la rivière Argentée aussi.

Si Pe Ell l'avait su aussi, il aurait tué la jeune fille sans se poser de questions. Ou serait-il resté quand même victime jusqu'au bout de l'envoûtement de Force Vitale ?

— Et le Stiehl ? lança Horner Dees en le tirant de l'étui. Qu'en faisons-nous ?

— Jetons-le au fond de la mer ! dit Morgan sans hésiter. Ou d'un abîme.

Des paroles étrangement familières aux oreilles de Walker. Il se rappela soudain le jour où Cogline lui avait apporté le livre des druides.

Autres temps, autres magies... Mais les dangers restaient les mêmes.

— Morgan, ce serait courir le risque qu'il tombe encore entre de mauvaises mains. Il faut mettre ce couteau hors de portée de tout le monde – sans exception. Si vous voulez, je m'en chargerai.

Dees lui tendit le Stiehl.

Walker le rangea avec la Pierre elfique noire, sous son manteau.

Ils marchèrent vers le sud et passèrent leur première nuit loin d'Eldwist sur une plaine nue.

Après la stérilité de la cité, un désert rocailleux à peine égayé par quelques touffes d'herbes paraissait débordant de vie.

Les trois hommes durent se contenter de racines et de légumes sauvages. Mais l'eau était redevenue fraîche et l'air avait une incroyable pureté. Au coin du feu, ils veillèrent tard et prirent plaisir à évoquer leurs souvenirs.

Au matin, réveillés par la caresse du soleil sur leur visage, ils se félicitèrent d'être en vie – tout simplement.

Guidés par Horner Dees, ils retraversèrent les grandes forêts, puis les monts Charnal, mais par un chemin différent, à l'est des Pointes. Le temps clément se maintint même en montagne, et il n'y eut plus d'orage ou d'avalanche. La nourriture redevenue abondante, les trois hommes reprirent rapidement des forces. Au fil des jours, leurs blessures cicatrisèrent.

Morgan parlait souvent de Force Vitale. Conscients que cela l'aidait à vivre son deuil, Walker et Horner Dees l'y encourageaient. Parfois, le montagnard faisait comme si elle était toujours vivante. Il souriait, plaisantait volontiers et guérissait peu à peu.

Horner Dees redevint assez vite lui-même. La tension le quittait un peu plus chaque jour. Pour la première fois depuis des semaines, l'amour qu'il portait à ses chères montagnes refit surface.

Walker Boh se remit moins vite de ses épreuves. Sous sa carapace de résignation, il se sentait nu et vulnérable.

Il avait perdu un bras dans la salle des Rois.

Cogline et Rumeur étaient morts à la Pierre d'Âtre.

Carisman finissait de pourrir à Eldwist.

Force Vitale avait péri.

La jeune fille avait raison... En toutes circonstances, on avait *toujours* le choix. Même si d'autres décidaient parfois à votre place.

Boh aurait pu tenter d'échapper aux pouvoirs des druides, se détournant ainsi de Brin Ohmsford et de son héritage. Mais des concours de circonstances – et la voix de sa conscience – l'en avaient empêché. Les fils de sa destinée n'étaient-ils pas tissés depuis des siècles ? Comment éviter de suivre une voie tracée depuis si longtemps ?

Depuis que Walker avait accepté de retourner dans l'antre du roi de Pierre avec Force Vitale, il n'avait cessé d'y repenser. Car accepter cela impliquait qu'il s'engage également – en cas de succès – à rapporter la Pierre elfique noire dans les Quatre Terres et à tenter de ramener Paranor et les druides en ce monde...

Précisément la mission qu'Allanon lui avait confiée.

Et Boh savait parfaitement de quoi il retournait. Aucun besoin qu'on lui mette les points sur les « i ».

Alors, quel choix lui restait-il ?

Depuis longtemps, il avait décidé de retrouver la Pierre elfique noire. À partir de la mort de Cogline, au moins... Il était également déterminé à percer ses secrets. Autrement dit, à vérifier les allégations d'Allanon sur Paranor et les druides. Si la puissance qu'on prêtait à la Pierre n'était pas un leurre, la restauration de Paranor aurait lieu. Et dans ce cas, les druides seraient de retour dans les Quatre Terres.

Par *son* intermédiaire.

Et à commencer par *lui*, Walker Boh.

C'était ce que Force Vitale avait attendu de lui : qu'il redevienne l'homme qu'il n'avait en réalité jamais cessé d'être. Mais s'il devait prendre les commandes de Paranor, il lui fallait veiller à ne pas s'égarer en chemin. *Walker Boh* devait survivre à l'aventure. Son cœur, ses idées, ses convictions, ses appréhensions... Tout ce qu'il était et ce qu'il croyait. Pas question de devenir ce qu'il avait si longtemps combattu !

Les druides d'antan étaient des manipulateurs et des exploiteurs qui s'entouraient de mystère et maquillaient la vérité. S'ils devaient revenir pour sauver les races de monstres comme les Ombreurs, il leur faudrait d'abord faire amende honorable et prouver qu'ils étaient désormais des hommes, des mentors et des magiciens bien *meilleurs* qu'autrefois.

Ce choix-là était à la portée de Walker Boh. D'ailleurs, s'il voulait conserver sa raison, il devait y souscrire sans attendre.

Il fallut presque deux semaines aux compagnons pour rallier l'Escarpement de Rampling, en prenant la route la plus longue – mais aussi la plus sûre – et en évitant de voyager de nuit.

Un jour enfin, sous un ciel plombé, ils arrivèrent en vue de la ville. Après leurs aventures, les trois compagnons la considérèrent d'un œil moins critique. Puis ils s'engagèrent sur la voie principale, bordée d'auberges, d'écuries et d'entrepôts.

Horner Dees tendit la main à Morgan.

— Il est temps de nous séparer. Adieu.

Le jeune homme baissa les yeux sur le bras de son ami.

— Vous ne venez pas avec nous?

Le vieil homme ricana.

— J'ai une sacrée veine d'être encore en vie, montagnard! Et vous voudriez que je vous accompagne dans le sud? Jusqu'où croyez-vous que ma chance tiendra?

— Mais, je ne voulais pas...

— Je n'aurais jamais dû écouter la jeune fille! Hélas, comment lui dire non? De plus, j'avais fui le roi de Pierre et ses monstres dix ans plus tôt.

Naturellement, j'ai voulu prendre ma revanche. Et me voilà le seul homme au monde à avoir échappé deux fois à Eldwist et à Uhl Belk ! Vous ne pensez pas que cela suffit ?

— Nous serions heureux de vous garder avec nous, Horner Dees, dit Walker Boh. Votre expérience est très précieuse.

— Mais oui ! renchérit Morgan. Et les Ombreurs ? Nous avons besoin de vous pour les combattre. Venez !

Le vieil homme secoua la tête.

— Montagnard, vous me manquerez. Je vous dois la vie. Vous êtes le fils que j'aurais pu avoir. Quel bel aveu, n'est-ce pas ? Mais j'ai eu mon compte d'émotions, ces derniers temps. Un peu de calme sera bienvenu pour changer ! Après tout, qui sait ? À un de ces jours, les amis.

Cette fois, Morgan lui serra la main.

— Quand vous voudrez, Horner.

Émus, les deux hommes s'étreignirent.

Ensuite, le temps parut s'accélérer, car les jours et les nuits s'enchaînèrent à toute vitesse. Arrivés aux contreforts sud des montagnes, Walker et Morgan bifurquèrent vers l'ouest, en direction des plaines de Rabb, et abordèrent les terres fertiles des dents du Dragon.

Ils croisèrent peu de voyageurs et aucune patrouille de la Fédération.

Après une autre semaine, l'Oncle Obscur et le montagnard atteignirent l'embouchure sud du col de Janisson, qui conduisait aux plaines de Streleheim. Padishar Creel avait espéré y rallier des forces du Mouvement des Terres du Sud, de la Résistance des nains, plus des trolls des Rochers kelktiques

— ceux d'Axhind —, afin d'écraser les armées de la Fédération.

Morgan jeta des regards moroses au paysage désert.

— Et maintenant ? demanda Walker en lui posant une main sur l'épaule.

Morgan trouva le courage de sourire.

— Le sud, j'imagine... Varfleet. J'essaierai de contacter Padishar, en espérant qu'il aura retrouvé Par et Coll. Sinon, je me mettrai en quête des Valombriens. Je crois deviner quelle route vous suivrez, de votre côté...

Walker hocha la tête.

— Celle de Paranor...

Morgan prit une profonde inspiration.

— Ce n'est pas ce que vous vouliez. Je le sais.

— Exact...

— Je pourrais vous accompagner, si vous le souhaitez.

— Non, montagnard, vous en avez assez fait. Il est temps de penser à vous.

Morgan hocha la tête.

— Eh bien, si c'est ce que vous croyez, je n'ai pas peur. Avec la magie de l'Épée de Leah, je vous serai utile.

Walker lui serra brièvement l'épaule.

— Là où je vais, je doute que quiconque puisse m'aider. À moi de faire mes preuves... Selon toute probabilité, la Pierre elfique noire sera ma meilleure protection. (Il soupira.) C'est étrange, parfois, comme les choses s'enchaînent... Sans Force Vitale, aucun de nous n'aurait évolué. Elle nous a donné un nouveau but, un nouveau visage, voire de nouvelles forces. N'oubliez pas tout ce qu'elle a sacrifié pour vous, Morgan. Elle vous aimait.

— Je sais...

— Horner Dees a dit que vous lui aviez sauvé la vie. Et vous avez aussi sauvé la mienne. Si vous n'aviez pas utilisé l'Épée, même brisée, Uhl Belk m'aurait tué. Par et Coll ne pourraient pas espérer avoir un meilleur protecteur. Allez à leur recherche ! Assurez-vous qu'ils vont bien. Aidez-les de toutes les façons possibles.

— Comptez sur moi.

Les yeux dans les yeux, ils se serrèrent la main.

— Prenez garde à vous, Walker, dit le jeune homme.

L'Oncle Obscur eut un sourire ironique.

— Au revoir, Morgan Leah.

Walker tourna les talons et s'en fut.

Sans un regard en arrière.

Walker Boh traversa les plaines de Streleheim à l'ouest, assez loin des forêts du sud.

Le troisième jour, il les quitta, le dos tourné au soleil, et s'enfonça entre des arbres massifs qui semblaient surveiller la contrée. Des siècles durant, ces forêts avaient abrité la forteresse des druides. À l'époque de Shea Ohmsford, des loups y montaient la garde. Ensuite, des haies d'épines protégeaient les lieux. Seul Allanon réussissait à y pénétrer.

Aujourd'hui, les loups et les épines étaient un lointain souvenir. La forteresse aussi...

Seuls restaient les arbres.

Walker remonta les pistes et foula des tapis d'aiguilles mortes. L'indécision le torturait. Toute sa vie, il avait cherché à échapper à l'héritage de Brin Ohmsford. Et voilà qu'il fonçait tête baissée vers le piège ! Certes, il s'était décidé tard, après de longs atermoiements. Et sa décision était née autant des circonstances que d'une vraie réflexion.

Une décision mûrement réfléchie. Il était certain de ne plus se tromper. Mais les conséquences continuaient de le terrifier.

Quand il fut au cœur de la forêt, il paniqua. Du haut de son perchoir, histoire de se calmer, il contempla longuement les ruines de l'édifice, sous les feux mourants du crépuscule, et imagina Paranor renaître de ses cendres, ses parapets et ses tourelles perçant l'azur.

Il sentit l'imposante présence de la forteresse et sa magie en gésine.

Walker fit du feu et attendit la nuit. Sous les étoiles, dans la quiétude nocturne, il se sentit seul malgré la présence de la forteresse, dont il avait conscience d'une façon qui défiait la raison. Allanon lui avait demandé de ramener Paranor et les druides dans le monde des hommes. Mais comment ? Que faudrait-il pour réussir ? En plus de la possession de la Pierre elfique noire ?

Il y avait forcément plus que cela...

L'Oncle Obscur dormit quelques heures, échappant ainsi à ses peurs. Au réveil, sa résolution était plus que jamais érodée. Une vie entière de méfiance ne s'oubliait pas comme ça ! Il se força à repenser à Force Vitale. La malheureuse avait dû vivre chaque instant dans la terreur du sort qui la guettait ! Pourtant, l'heure venue, elle n'avait pas hésité à se sacrifier afin de rendre la vie à la terre. Son courage aida Walker à retrouver un peu de sérénité.

Il se rendormit.

Plus tard, après un repas rapide, il reprit sa contemplation, dos au soleil. Rien n'avait changé.

Il ne restait aucune trace de ce qui avait été ou de ce qui pourrait être. Paranor semblait à jamais perdu dans les limbes du temps et de la légende.

Se détournant, Walker tira de sa poche la Pierre elfique noire et s'imprégna de sa puissance. Il se sentait meurtri, son bras fantôme le lançait, et il avait la gorge plus sèche que le désert... De nouveau, ses peurs et ses doutes le harcelèrent, menaçant de le submerger.

Affolé, il referma les doigts sur la Pierre elfique. Et ses pensées s'emballèrent. Il s'agissait en fait de l'antithèse de toutes les Pierres elfiques fabriquées par les créatures d'antan – une magie qui dévorait plutôt qu'elle ne s'étendait, qui absorbait plutôt qu'elle ne libérait...

Les Pierres elfiques qu'Allanon avait données à Shea Ohmsford étaient un talisman dirigé contre la magie noire. Mais la Pierre avait été créée avec une tout autre idée directrice – pas la défense, mais l'*absorption*. Elle était conçue dans un but unique : neutraliser la magie qui avait fait disparaître la forteresse des druides et l'arracher à ses limbes.

Elle consumerait cette magie-là pour la transférer à son porteur.

Walker en était réduit aux conjectures. Quelles seraient les conséquences pour lui ? La protection de la Pierre contre tout mauvais usage était d'une incroyable simplicité : elle fonctionnait de toute façon, quels que soient l'utilisateur et ses intentions. Et cela avait détruit Uhl Belk. Absorber la magie du prince de Granit l'avait peu à peu pétrifié. Et son propre sort, pensa Walker, ressemblerait peut-être à celui du roi de Pierre. Mais comment ? Si la Pierre elfique noire ramenait Paranor, quelles seraient les conséquences pour l'auteur de cet exploit ?

Allanon lui avait-il dévoilé l'*entière* vérité ? Ou une partie ? À quel jeu jouait-il ? Et que croire ?

Solitaire, en proie à l'angoisse et à l'indécision, Walker Boh se demanda comment il avait pu en arriver là.

Sa main trembla.

Soudain, les chuchotements qui le harcelaient devinrent des cris.

Non !

Presque sans y penser, l'Oncle Obscur rouvrit le poing.

Et la Pierre elfique noire s'anima.

La non-lumière, les ténèbres enveloppantes...

Walker Boh fut instantanément délivré de ses doutes, des cris et des murmures. La puissance se lova en lui, puis il la projeta à l'extérieur et elle engloutit tout sur son passage : la matière, l'espace et le temps.

Il eut le sentiment d'être frappé par un poing géant invisible. Pourtant, il ne tomba pas dans le vide. La magie le recouvrit comme une armure.

La lumière noire se répandit à la vitesse d'une tache d'encre et prit soudain une forme...

Sous le regard fasciné de Walker, elle dessina les contours d'une forteresse, avec ses parapets, ses créneaux, ses tours et ses flèches. Des murs se dressèrent, des ponts-levis et des portes apparurent.

La lumière de la Pierre elfique noire jaillit vers les nuées, bloquant celle du soleil. Les ombres projetées par l'édifice revenu du néant enveloppèrent l'Oncle Obscur, qui se fondit peu à peu en elles.

Dans son corps, quelque chose commença à changer. Loin de se désintégrer, Walker Boh fut envahi par une puissance irrésistible.

L'autre magie ! comprit-il.

La magie de Paranor était aspirée par celle de la Pierre elfique noire...

... aspirée en *lui* !

Je refuse de céder ! se jura-t-il, les mâchoires serrées.

La lumière noire envahit la forteresse qui s'était matérialisée sur le promontoire, apportant la vie et la substance à tout ce qu'elle touchait.

Paranor, la forteresse des druides, ramenée dans le monde des hommes après tant d'années. Elle se dressait contre le ciel, immense et intimidante.

La non-lumière diminua puis disparut.

Tombé à genoux, Walker éprouva des sensations indéfinissables. La magie bouillonnait dans ses veines. Incrédule, il vit les contours de son propre corps se brouiller... Frissonnant de froid, il comprit qu'il n'appartenait déjà plus à ce monde. Il était devenu un pur esprit !

Après avoir surmonté sa terreur, il se redressa, serrant toujours la Pierre elfique noire, et se regarda bouger comme s'il était détaché de lui-même.

Puis il eut la sensation de se fragmenter.

Par tous les dieux, que m'inflige-t-on ?

Il trébucha en direction du promontoire, ne sachant plus que faire. D'instinct, il sut seulement qu'il devait atteindre Paranor et y entrer.

Quand il fut enfin devant les grilles de la forteresse, il était hors d'haleine. Son corps projetait une multitude d'images, toutes légèrement décalées les unes par rapport aux autres. Mais il pouvait respirer et se déplacer comme un homme normal. Tirant quelque réconfort de cette constatation, il se hâta de franchir les portes de Paranor. Sous ses doigts, la Pierre avait une merveilleuse réalité. Elle était également très intimidante – d'une façon difficile à définir.

Comme si Walker avait la force d'un millier d'hommes, les portes s'ouvrirent sous une simple poussée.

Il entra à pas prudents.

Les ténèbres l'enveloppèrent. La mort rôdait ici...

Une ombre se détacha des autres et prit une forme familière : un félin de la lande noir comme la poix et aux grandes pupilles dorées.

L'animal était là sans y être vraiment. Exactement comme Walker.

Et ce félin ressemblait étrangement à...

Derrière Rumeur, le spectre translucide d'un vieillard apparut à son tour.

— Te voilà enfin, mon garçon ! s'écria Cogline.

Chapitre 33

Dans son sanctuaire, le roi de la rivière Argentée regardait le soleil disparaître à l'ouest. De l'eau vive coulait à ses pieds. Une licorne s'abreuvait à un étang. La brise charriait des senteurs de lilas et de jonquilles. Les frondaisons bruissaient et les oiseaux lançaient des trilles joyeux.

Au-delà, dans le monde des hommes, la chaleur était étouffante. La lassitude accablait les populations des Quatre Terres.

Pour l'instant, il doit en être ainsi.

Les yeux qui voyaient tout avaient assisté à la fin de Force Vitale et à la métamorphose du territoire du roi de Pierre. Le prince de Granit n'était plus. Eldwist était retourné à la vie et la terre redevenait verte et fertile. La magie de sa fille avait des racines profondes, une rivière invisible qui coulait sous le dôme solitaire d'Uhl Belk. Avant que son frère n'émerge de sa prison, une éternité s'écoulerait.

Ailleurs, la bataille contre les Ombreurs faisait toujours rage. Walker Boh avait invoqué la magie de la Pierre elfique noire, comme Allanon le lui avait demandé. Et la forteresse des druides était sortie des brumes qui la dissimulaient depuis trois siècles.

Que comprendrait l'Oncle Obscur à ce qu'il découvrirait ?

À l'ouest, où les elfes avaient jadis vécu, Wren Ohmsford s'obstinait à tenter de découvrir ce qu'il était advenu d'eux. Et, plus important – même si la jeune femme n'en avait pas conscience –, ce qu'il adviendrait d'*elle*.

Au nord, les frères Par et Coll Ohmsford se battaient pour arriver à se retrouver, puis à comprendre les secrets de l'Épée de Shannara et de la magie des Ombreurs. Certains les aideraient. D'autres les trahiraient. Et tout ce qu'Allanon avait prévu pour leur faciliter la tâche risquait encore de tourner court.

Le roi de la rivière Argentée s'immergea momentanément dans la merveilleuse fraîcheur de l'étang. Puis il repassa dans ses Jardins, au milieu des genièvres, des jacinthes et des ciguës...

Sa fille s'était bien comportée.

Alors d'où lui venaient cette mélancolie et cette sensation de vide ? Qu'avait été Force Vitale, sinon une élémentale générée par les Jardins ?

Une réalité éphémère ?

Il n'avait jamais envisagé qu'elle fût davantage que cela.

Pourtant, elle lui manquait. Il lui avait donné le souffle de la vie... Les sentiments qu'ils avaient partagés ne pouvaient pas se dissoudre aussi aisément que leur trompeuse enveloppe humaine. Maintenant qu'elle était morte, elle aurait dû ne plus rien représenter aux yeux de son créateur.

Alors pourquoi le roi de la rivière Argentée sentait-il en lui un vide que rien ne semblait devoir combler ?

Force Vitale...

Une enfant des éléments et de la magie.

Si tout devait recommencer, le roi n'agirait pas autrement. Il le savait. Mais il hésiterait. Les races mortelles semblaient avoir une étrange aptitude à ne pas disparaître totalement après la destruction de leur corps.

Parce que leurs émotions leur survivaient ?

Le roi entendait encore la voix de sa fille. Il revoyait son visage, il sentait la caresse de ses doigts sur les siens...

Elle était partie.

Pourtant, elle restait présente.

Comment était-ce possible ?

Plongé dans un abîme de perplexité, le roi de la rivière Argentée laissa la nuit envelopper tendrement son domaine.

Ici s'achève le Livre II de L'Héritage de Shannara.

Le Livre III, La Reine des elfes de Shannara, *en dévoilera davantage sur le mystère de Cogline et de Paranor, et décrira les efforts de Wren Ohmsford et ses recherches acharnées pour découvrir ce qu'il est advenu des elfes des Terres de l'Ouest.*

8335

Composition
Achevé d'imprimer en France (La Flèche)
par Brodard et Taupin
le 18 avril 2007. 41312
Dépôt légal avril 2007. EAN 9782290356968

Éditions J'ai lu
87, quai Panhard-et-Levassor, 75013 Paris
Diffusion France et étranger : Flammarion